LOCUS

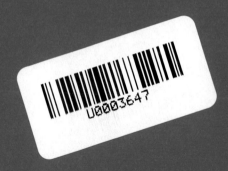

LOCUS

LOCUS

LOCUS

RECREATION

R26

星火燎原（飢餓遊戲2）

Catching Fire (the 2nd book of The Hunger Games)

作者： 蘇珊・柯林斯（Suzanne Collins）

譯者：鄧嘉宛

責任編輯：廖立文 美術編輯：蔡怡欣

校對：呂佳真

法律顧問：董安丹律師、顧慕堯律師

出版者：大塊文化出版股份有限公司

台北市105022南京東路四段25號11樓

www.locuspublishing.com

讀者服務專線：0800-006689

TEL：(02) 87123898　FAX：(02) 87123897

郵撥帳號：18955675　戶名：大塊文化出版股份有限公司

總經銷：大和書報圖書股份有限公司　地址：新北市新莊區五工五路2號

TEL：(02) 89902588　FAX：(02) 22901658

排版：辰皓國際出版製作有限公司 製版：瑞豐實業股份有限公司

初版一刷：2010年2月

初版三十四刷：2023年7月

定價：新台幣 320元

Printed in Taiwan

飢餓遊戲2

CATCHING FIRE

星火燎原

SUZANNE COLLINS
蘇珊・柯林斯—著　鄧嘉宛—譯

獻給

我的母親和父親

Jane and Michael Collins

我的婆婆和公公

Dixie and Charles Pryor

第一篇

火花

1

雖然茶的熱氣早已散逸在冰寒的空氣中，我仍雙手緊握著保溫瓶，繃緊肌肉對抗寒冷。眼下若有一群野狗對我展開攻擊，我搶先爬上樹的機會，委實對我不利。我是應該站起來，走動走動，活絡一下四肢了。但是，我做不到。看著天光逐漸照亮森林，我仍然坐著，一動也不動，一如我坐著的大石塊。我無法叫太陽不升起，只能眼睜睜看著它逼我面對，面對好幾個月來我害怕面對的日子。

等到了中午，他們將群集在「勝利者之村」，在我的新家。記者、好幾組攝影師，甚至我的舊伴護人艾菲．純克特，都會遠迢迢從都城來到第十二區。不知道艾菲會不會依舊頂著那頭好笑的粉紅色假髮，還是會特別為「勝利之旅」找來別種詭異的顏色。等著我的，還會有其他人：一組服務人員，他們會照料我長途火車旅行中的每項需求；預備小組，他們會打理我公開亮相的儀容；還有我的設計師兼好友，秦納，是他設計的那些漂亮服飾，讓觀眾在飢餓遊戲一開始便注意到我。

如果由得我，我會嘗試把飢餓遊戲完全忘掉。永遠不再提起。假裝它不過是一場噩夢。但勝利之旅粉碎了遺忘與假裝。都城將這趟旅程巧妙地安排在今年與明年兩場飢餓遊戲的中間，爲的就是要我們清清楚楚記得遊戲的恐怖，要我們知道我們始終面臨恐怖。每一年，我們行政區的百姓，不單被迫記得都城如鐵鉗般轄制我們的力量，還被迫慶祝它。今年，我是這場大秀的明星之一。我必須長途旅行，走過一區又一區，站在表面上歡呼喝采，暗地裡卻恨我入骨的群眾面前，從台上望著被我殺害的孩子的家人……

太陽堅持上升，我只得強迫自己起身。所有的關節都在抗議，被壓了許久的左腿整個麻掉了，我來回踱步，連續走了好幾分鐘，才讓它恢復知覺。我已經在林中待了三小時，只不過我無心打獵，所以我沒東西可帶回家。這對我媽跟我妹小櫻來說，已經無關緊要。她們買得起鎮上屠夫賣的肉，雖然我們還是比較喜歡打來的新鮮獵物。但我最好的朋友，蓋爾．霍桑和他的家人，仍然需要倚靠今天的收穫，我不能讓他們失望。於是，我開始一個半小時的跋涉，沿線巡察我們布下的所有陷阱。過去，還在學校讀書時，下午放學後我們有足夠的時間潛入森林，去巡察陷阱、打獵與採集，還來得及趕回鎮上交易。但現在蓋爾已經去煤礦坑採礦，而我整天無所事事，於是承擔起這項工作。

這個時辰，蓋爾已經在礦坑打了卡，搭乘令人胃部翻攪的升降機，深入地底，昏天暗地地在某處煤層拼命挖掘。我知道在那底下是什麼樣子。每一年，在學校裡，我們班都必須參觀礦坑，作爲我們教育課程的一部分。我還小的時候，那只是一種很不舒服的感覺，坑道引發幽閉恐懼，空氣污濁，黑暗從四面八方壓逼過來，令人窒息。但我爸跟其他幾位礦工在一次爆炸中喪命之後，我連強迫自己走進升降機都沒辦法。每年的參觀行程都帶給我巨大的焦慮。有兩次，光是預期參觀日逐漸逼近，我就生起病來，乃至於我媽以爲我染上感冒，把我留在家裡。

我想著蓋爾。只有在森林的懷抱裡，有清新的空氣與陽光，有清潔的潺潺流水，他才算眞正活著。我不知道他怎麼忍受得住。是……沒錯，其實我知道。他必須忍受，因爲那是他餵飽他母親、兩個弟弟與一個妹妹的辦法。而我在這裡，如今口袋裡的錢多到足以餵飽我們兩家人還有餘，他卻連一毛錢都不肯拿。我們彼此都知道，如果我在那場遊戲中喪命，他肯定會持續供應我媽跟小櫻的生活，但現在，就算我只是帶獵物去他家，他都難以接受。我告訴他，他這是幫我一個大忙，因爲叫我整天坐著沒事幹，會逼得我發瘋。即便如此，我從不選他在家的時候送獵物過去。要安排這點並不難，因爲他一天工作十二小時。

如今，我唯一能眞正和蓋爾相處的時間是星期天。這仍是一週當中最棒的一天，我們會在森林裡碰頭，一起打獵。但已經跟過去不同了。過去，我們無話不談。那場遊戲連這點都破壞了。我一直期望，隨著時間過去，我們可以重拾往日彼此間的那份自在，但我內心深處隱約知道，這是不可能的。光陰不會倒流，我們回不去。

這趟巡察的收穫頗豐——八隻兔子，兩隻松鼠，還有一隻水獺游進了一具用鐵絲編造的精巧陷阱裡。那是蓋爾親手設計的。他天生是個安設陷阱的奇才，輕易就能用細線拉彎幼樹或細枝，獵物落入陷阱時會彈起吊在半空，讓掠食動物搆不到；或用樹枝架設靈敏的扳機裝置，將一截截圓木穩穩地安放在上頭；也能編製魚笱，讓進入的魚兒無從逃脫。我一邊前進，一邊小心地重設每個陷阱。但我知道，他一眼看出木頭是否架設平穩的眼力，他判斷獵物會從哪裡穿越路徑的直覺，我永遠學不來。那是與生俱來的天賦，與經驗無關。就像我能在幾乎一片漆黑中一箭射死一隻動物一樣。

等我回到圍繞第十二區的鐵絲網前時，太陽已經升得老高。一如既往，我聆聽片刻，但一圈圈的鐵絲並未傳來通電的嗡嗡聲。理論上這東西應該全天候通電，但它照例難得有電。我匍匐在地上，蠕動著鑽過鐵絲網底部的開口，進到雜亂的草場，距離我家，我的舊家，只有幾十步路。我們仍然保有這房子，因爲在官方記錄上，它才是我媽跟我妹住的地方。如果我這時突然倒地死了，她們就必須回來住在這裡。但是目前她們已經快快樂樂地在勝利者之村的新房子裡安頓下來，我是唯一還在使用這個矮小屋子的人。這是我生長的地方，對我來說，這才是我眞正的家。

現在我到這兒來換衣服，脫下我爸的舊皮外套，改穿上好的羊毛大衣。這大衣的肩膀似乎總是太緊。柔軟、磨損的獵靴也換成一雙機器製造的昂貴鞋子。我媽認爲，這麼穿才跟我的身份相稱。至於弓箭，我已經藏在森林中的一截空樹幹裡。雖然時間一分一秒地溜走，我容許自己在廚房裡坐個幾分鐘。火爐裡沒有火，餐桌上沒鋪桌巾，這裡有種被棄置的感覺。我哀悼我在此度過的舊日生活。我們在這屋子裡生活拮据，但我知道自己屬於哪裡，我知道這緊密交織的網絡就是我們的人生，而我是其中一份子。我但願自己能回到其中，因爲，回顧過往，它看起來比現今安全、穩固多了。現在的我是如此有錢，如此有名，卻也如此叫都城的當局痛恨。

後門傳來一聲嚎叫，引起我注意。我打開門，發現是小櫻那隻邋遢的老貓金鳳花。牠幾乎跟我一樣討厭那棟新房子，總是在我妹去上學時離開那裡。我跟這隻貓向來看彼此不順眼，但現在我們分享著這份隱密的情感。我讓牠進來，餵牠吃了很厚一塊水獺的肥肉，甚至還揉搓著牠的頭好一會兒。「你知道你眞是醜死了，對吧？」我問牠。金鳳花頂了頂我的手，乞討更多的撫摸，但是我們得走了。「來吧，你。」我一手把牠攬起，另一手抓起裝獵物的大袋子，把它們一起拎著走到街上。金鳳花一蹬跳脫，消失在一叢灌木底下。

這鞋夾腳，當我嘎吱嘎吱走過煤渣鋪的街道，鞋子令我腳趾生疼。我抄小巷穿過人家後院，幾分鐘便到了蓋爾的家。窗內，他媽媽哈賽兒正彎腰在廚房水槽裡搓洗著。她透過窗戶看見我，在圍裙上擦乾手，從窗前消失，來給我開門。

我喜歡哈賽兒，尊敬哈賽兒。那次爆炸害死我爸，也奪走了她丈夫，留下她跟三個男孩及一個即將出生的孩子。她在生產之後不到一週，便上街去找工作。挖礦不在考慮之內，因爲家裡有個嬰兒要照顧，但她設法從鎮上一些商家攬到洗衣的工作。蓋爾那時十四歲，身爲家中的長子，他一肩挑起主要的養家責任。他已經簽下糧票，讓他們有權領取微薄的配給穀物與油，抽取貢品的籤球則多了好幾張寫上他名字的籤條。此外，即便在那時候，他就已經是個安設陷阱的捕獸高手。就算這樣，若沒有哈賽兒在洗衣板上洗得十指皮開肉綻，依舊不足以養活一家五口。冬天的時候，她雙手凍得通紅龜裂，最輕微的觸碰都足以令十指鮮血淋漓。如果不是有我媽調製的藥膏讓她敷上，現在還是會一碰就流血。但哈賽兒和蓋爾下定了決心，咬緊牙關，絕不讓那兩個男孩，十二歲的羅瑞和十歲的維克，以及四歲的小女娃波西，再去換取賣命的糧票。

哈賽兒看到獵物時露出了笑容。她拎起水獺的尾巴，掂了掂重量，說：「牠可以燉成一鍋好肉湯。」跟蓋爾不同，她毫無困難地接受了我們在打獵這件事上面的安排。

「這身皮毛也很好。」我回答。在這裡，跟哈賽兒一起，如往常地估算著獵物的價值，感覺眞舒服。她給我倒了一杯熱滾滾的青草茶，我滿懷感激，用冰冷的手指握緊杯子，說：「妳知道，我一直都在想，等我從這趟旅行回來，我可以在羅瑞放學之後，找時間帶他一塊兒去打獵，教他射箭。」

哈賽兒點頭說：「那太好了。蓋爾一直打算這麼做，但他只有星期天有空。而我想，他寧可把僅有的這些時間都保留給妳。」

我霎時滿臉通紅。當然，這很蠢。沒有多少人比哈賽兒更瞭解我，更瞭解我跟蓋爾之間的關係。我很確定，大部分的人都以爲我們最後會結婚，縱使我從來沒這打算。不過那是在那場遊戲之前，在我的貢品同伴比德．梅爾拉克公開表明他無可救藥地愛著我之前。我們的愛情，變成我們在競技場上生存下來的主要策略。唯一的差別在於，對比德來說，那不只是策略而已。我不知道那對我來說究竟是什麼。但如今我知道它對蓋爾來說是件痛苦難當的事。當我想到在勝利之旅途中，比德跟我必須再度以愛侶的模樣出現，我的胸口便忍不住一緊。

雖然茶還太燙，我一口把它喝完，把杯子放回桌上。「我最好還是快點回去，打點一下，好上鏡頭。」

哈賽兒擁抱我，說：「一路上好好地吃。」

「絕對會。」我說。

我下一個停留的地方是灶窩，過去我大部分的買賣都是在這裡進行的。多年前這裡是個儲煤倉庫，在棄置後變成了非法交易的場所，後來發展成全天候的黑市。如果它吸引了某些罪犯前來，那麼，我猜我屬於這裡。在環繞著第十二區的森林中打獵，至少違犯了十幾條法律，甚至可以處以死刑。

雖然大家從來不提，但我欠經常出入灶窩的人很多很多。蓋爾告訴我，那個賣湯的老婦人，油婆賽伊，在遊戲進行期間，發起捐款來資助比德跟我。這本來應該只是灶窩裡的事，但有很多其他的人得知這件事以後，也加入捐款。我不知道確實的數目是多少，但任何送進競技場裡的禮物，都是貴死人的天價。我只知道，它給我帶來生與死的差別。

拉開灶窩的大門，手裡拿著空空如也的獵物袋，沒東西可交易，倒是腰包裡沉甸甸裝滿了銅板，仍舊令我感覺很怪。我盡量走遍每個攤位，將我要的咖啡、小圓麵包、雞蛋、紗線和油，分散向不同的人購買。我後來想到一件事，又從一位我們稱作裂膛婆的獨臂婦人那裡買了三瓶白乾。她是一場煤礦意外的受害者，但夠聰明，爲自己謀到了一條生路。

酒不是買給我家人，是買給黑密契的。他乖戾、粗暴，大部分時候醉醺醺的。但他在那場遊戲中擔任比德跟我的導師，盡了他的職責——其實他做到的遠不止於此，因爲這是有史以來第一次，有兩位貢品獲准生還。因此，無論黑密契是什麼德性，我都欠他的。永遠都欠。我買這些白乾，是因爲幾個禮拜前他喝光了家裡存放的酒，偏偏市場上又沒貨，他出現嚴重的戒斷症狀，對著只有他自己才看得見的恐怖事物不停嘶叫跟發抖。他把小櫻嚇得要死，並且，坦白說，我看見他那個樣子，也不覺得有趣。打從那時開始，我便三不五時存個幾瓶，以防萬一又有缺貨的事發生。

我們的維安頭子克雷看到我抱著幾瓶酒時，皺起了眉頭。他年齡較長，滿面紅光，頭頂的幾縷銀髮梳到一側。「女娃兒，那東西對妳來說太烈了。」他當然知道這酒很烈。克雷是黑密契之外，我所見過喝酒喝得最兇的人。

「噢，我媽用它來調製藥劑。」我面不改色地說。

「嗯，它也可以要了任何東西的命。」他說，啪地一聲反掌拍桌，留下一枚銅板，沽了一瓶酒。

我來到油婆賽伊的攤子，手一撐坐到櫃台前，要了碗湯，看起來是某種葫蘆瓜跟豆子混合的東西。我正吃著的時候，有個名叫達魯斯的維安人員走上前來，也買了一碗。就執法人員而言，他算是我最喜歡的人之一，從來不會恃強凌弱，作威作福，多半時候還喜歡開開玩笑。他大概二十來歲，但看起來好像沒比我大多少。大概是他的笑容，還有他那頭朝四面八方亂翹的紅髮，給了他一種年輕男孩的味道。

「妳不是該在一列火車上了嗎？」他問我。

「他們會在中午來接我。」我回答。

「妳不是該看起來漂亮一點嗎？」他像在講悄悄話那樣問我，卻故意大聲到讓人人聽得見。我心情不好，但對他的取笑仍情不自禁地露出笑容。「也許該在頭髮上綁條緞帶什麼的？」他伸手輕拂我的辮子，我把他的手拍開。

「別擔心。等到他們把我打理完畢，我會讓人認不得的。」我說。

「很好。」他說：「現在輪到我們要秀一下本區的驕傲了，對吧，艾佛丁小姐？」他裝出一臉對我這副模樣不敢苟同的表情，朝油婆賽伊搖搖頭，然後走開去加入他的朋友。

「你得把碗給我還回來啊。」油婆賽伊在他背後喊，但由於她是笑著說，所以聽起來並不特別嚴厲。「蓋爾會去給妳送行嗎？」她問我。

「不會，他不在名單上。」我說：「不過，我星期天見過他了。」

「我以爲他會在名單上。他不是妳表哥嗎？」她逗趣地說。

這不過是另一個都城捏造的謊言。比德和我進入飢餓遊戲的最後八強時，他們派了記者到這裡來採訪我們兩人的生平故事。當他們問到我有什麼朋友，大家都指向蓋爾。但是你想想看，我在競技場上賣力演出羅曼史，我家鄉最要好的朋友竟是蓋爾，那怎麼行？他太帥，太充滿男子氣概，而且一點也不願意配合鏡頭的要求，在攝影機前扮笑臉，裝親切。不過，我們兩個是長得蠻像的。我們都有炭坑的長相。黑色直髮，橄欖膚色，灰眼珠子。於是，不知哪位聰明人就編派他是我表哥。直到我回到家鄉，才知道有這回事。在火車站的月台上，我媽說：「妳的表兄弟們等不及要見妳！」然後我轉身，看見蓋爾、哈賽兒和所有的孩子正在等我。我除了跟著把這齣戲演下去，還能怎麼辦？

油婆賽伊知道我們沒有親戚關係。不過，有些認識我們多年的人，似乎都忘了眞相。

「我實在等不及這整件事快點結束。」我低聲說。

「我知道。」油婆賽伊說：「但是妳得把路走完才會抵達終點。最好還別遲到。」

當我朝勝利者之村走去，天空開始飄落淡淡的雪花。村子距離鎮中央的廣場半哩遠，卻像另一個完全不同的世界。那是個與其他地方區隔開來的獨立社區，環繞著一片美麗草地，中間點綴著花團錦簇的灌木。總共有十二棟房子，每棟都有我生長的那間小屋的十倍大。有九棟是空的，一直都是空著的。三棟住了人，分別屬於黑密契、比德和我。

我們家跟比德住的房子散發出溫暖的生命氣息。窗戶透出燈光，煙囪冒著煙，一串串色彩鮮豔的玉米掛在大門上，作為即將來臨的豐收節的裝飾。然而，黑密契的房子，儘管有園丁整理外觀，卻流露出荒廢、疏於照顧的氣氛。我站在他的門口，硬起頭皮，做好準備，知道裡面一定臭氣薰天，然後推門而入。

我馬上噁心得皺起鼻子。黑密契拒絕讓任何人進來打掃，而他自己又做得很糟糕。累積多年的酒臭和嘔吐物氣味、煮糊的洋白菜和燒焦的肉、沒洗的衣服和老鼠的大便，混合成一股嗆鼻的惡臭，刺激得我淚眼汪汪。我費力穿過亂丟一地的包裝袋、破玻璃和啃剩的骨頭，走向我知道可以找到黑密契的地方。他坐在廚房餐桌旁，雙臂張開，趴在桌上，臉浸在一攤黃湯裡，鼾聲震天價響。

我推了推他肩膀。「起來！」我大聲說，因為我知道輕聲細語是叫不醒他的。他的鼾聲停了一下，像是詫異，接著又開始打鼾。我更用力推他，說：「起來，黑密契。今天是展開旅行的日子！」我用力推開窗戶，深深吸入好幾口外面乾淨的空氣。我的雙腳踢著地板上的垃圾，找到一個錫製咖啡壺，我把它拿到水槽裝滿水。爐上的火還沒全熄，我設法撥得幾塊還熱的煤燒起來，再把一些研磨咖啡倒進壺裡，份量多到足以確保煮出來的咖啡夠強也夠好喝，然後將壺放在爐子上煮。

黑密契還是睡得很沉，對外界毫無反應。由於別的辦法都不管用，我乾脆裝了一盆冰冷的水，對他當頭倒下去，並立刻跳開。他從喉嚨裡發出動物般的怒吼，猛跳起來，把椅子踢到背後十呎遠，手上揮舞著一把刀。我忘了他睡覺時手裡永遠握著一把刀。我應該先撬開他的手指，把刀子取走的，但我腦子裡有太多事。一連串咒罵從他嘴裡噴出來，他對著空氣揮砍了好一會兒，才清醒過來。他用衣袖抹了抹臉，轉過身來面對窗台，我蹲在窗台上，以防自己需要迅速逃逸。

「妳在幹嘛？」他大聲嚷著，一臉困惑。

「你叫我在攝影機抵達前一小時叫醒你。」我說。

「什麼？」他說。

「是你叫我這麼做的。」我再次強調。

他似乎想起來了，問：「那我爲什麼全身是濕的？」

「我搖不醒你啊。」我說：「聽著，如果你要人伺候，你應該叫比德來才對。」

「叫我做什麼？」單是聽到他的聲音，就讓我的胃揪成一團。罪惡感、悲傷、恐懼，種種不愉快的情緒紛沓而來。此外，我不得不承認，當中還有部分的感覺是渴望。只不過，湧現的情緒太過紛雜，讓這感覺無法勝出。

我看著比德走到桌旁，從窗戶照進來的陽光，照得落在他金髮上的新雪閃閃生輝。他看起來健康又強壯，跟我在競技場中認識的那個重傷、飢餓的男孩差別好大，並且，現在你幾乎無法察覺他走路會跛。他將一條剛烤好的新鮮麵包放在桌上，並對黑密契伸出手。

「叫妳來把我叫醒，不是叫妳來害我得肺炎。」黑密契說，把手裡的刀交出去。他脫掉骯髒的襯衫，露出底下同樣骯髒的汗衫，用襯衫乾的部分把自己身體抹乾。

比德露出笑容，從地板上拾起一瓶白乾，用酒澆了澆黑密契的刀子，算是消毒，再用他的襯衫下襬把刀擦乾淨，然後開始切麵包。比德讓我們所有的人都有新鮮的烤麵包吃。我打獵。他烤麵包。黑密契喝酒。我們都有讓自己保持忙碌的方法，避免飢餓遊戲那段期間的記憶回來騷擾我們。他把切到最後留下的麵包頭遞給黑密契，這才第一次望向我。「要吃一片嗎？」

「不用，我在灶窩吃過了。」我說：「但謝謝你。」我的聲音聽起來不像是自己的，非常拘泥、死板。自從攝影機拍攝完我們快樂返鄉的情景，我們回復真實生活之後，每次我對比德說話都是這樣子。

「不客氣。」他僵硬地回答。

黑密契把襯衫丟到地上那堆髒亂東西的一角，說：「喂，喂，這樣不行。你們倆在節目上演之前，得多下點工夫準備才行。」

當然，他說得一點也沒錯。觀眾期待看到的是那對贏得飢餓遊戲的戀人，不是兩個連看都沒辦法看對方一眼的人。但我只說：「去洗個澡，黑密契。」然後我躍出窗戶，落到地上，橫過草坪，朝我家走去。

開始堆起的雪，讓我在背後留下一串足跡。我在門前停下來，在進屋前先踱掉鞋子上濕漉漉的雪。我媽日夜忙碌，希望能讓一切完美地呈現在攝影機前，所以，現在最好不要踩髒她擦得亮晶晶的地板。我才一跨進門，她已經站在那兒，一把抓住我手臂，彷彿要阻止我。

「別擔心，我會在這裡把鞋子脫了。」我說，把鞋脫在踏墊上。

我媽發出一聲奇怪的，像喘氣的笑聲，並將裝著物品的獵物袋從我肩上卸下，說：「不過是雪而已。妳散步還愉快嗎？」

「散步？」她知道我在森林裡待了大半夜。就在這時，我看見了她背後那個站在廚房門口的男人。只看一眼他那套量身訂做的衣服、動過手術的完美五官，我就知道他是從都城來的。有事情發生了。「那感覺比較像滑冰。外頭走起來眞的越來越滑了。」

我媽說：「有人來看妳。」她的臉色太蒼白，我可以聽見她聲音中竭力要隱藏的焦慮。

「我以爲他們中午才會到。」我假裝沒注意到她的狀況。「難道秦納提早來幫我做準備嗎？」

「不，凱妮絲，那是——」我媽才要說下去。

「艾佛丁小姐，請這邊走。」那男人開口了。他朝走廊比了比。在自己家裡還要別人來帶路，眞夠詭異，但我還算腦子機靈，沒多說話。

我一邊往前走，一邊回頭給我媽一個要她安心的微笑。「也許是更多有關這趟旅行的指示。」他們已經給我送來這趟旅行有關的各種東西，包括寫明我在各行政區要遵守的禮儀的資料。但是，當我一步步走向書房的門，一扇除了此刻我從未見它關上的門，我腦子裡開始飛快地閃過各種問題。**是誰在這裡？他們想要怎樣？為什麼我媽臉色發白？**

「直接進去吧。」都城的男人說，他跟著我一路走到走廊盡頭。

我扭轉擦得光亮的黃銅門把，跨了進去。我的鼻子嗅到兩股互相矛盾的味道，玫瑰與鮮血。一個似乎有點眼熟的小個子白髮男人正在看一本書。他舉起一根手指，像是在說：「等我一下。」然後，他轉過身來，我的心跳停了一拍。

我望進了史諾總統那雙像蛇一樣的眼睛裡。

2

在我的想像中，史諾總統應該是站在一排掛著巨大旗幟的大理石柱前給人瞻望。見到他置身書房，周遭盡是平常的東西，令我震驚。就像打開鍋蓋，發現裡面不是一鍋燉肉，而是一隻露出尖牙的毒蛇。

他究竟來這裡做什麼？我的思緒飛快回到先前其他勝利之旅的開幕日。我記得看過得勝的貢品由他們的導師與設計師陪伴著。偶爾會有政府高官露臉。但我從來沒見到史諾總統。他只會出席在都城的慶祝會。就這樣。

如果他不辭路遠，從都城來到這裡，那只可能意味著一件事：我有天大的麻煩了。如果我有麻煩，那我家人也一樣。當我想到此刻我媽和我妹距離這個痛恨我的人這麼近，便忍不住打了個寒顫。他會永遠痛恨我。因爲我以智取勝，擊敗了他殘忍的飢餓遊戲，讓都城看起來很蠢，也因此削弱了他的控制力。

我在遊戲中的所作所爲，不過是爲了保住比德跟我自己的命。其中若有任何叛逆的舉動，純係巧合。但是，當都城已經頒布令旨，只有一個貢品可以活命，而你竟膽大妄為地挑戰它，我猜這舉動本身就是一種叛逆。我唯一的辯護是假裝自己深愛比德，為愛而瘋狂。因此，我們兩個被允許活命，被允許戴上勝利者的冠冕，被允許返回家園慶祝，然後揮手告別攝影機，安安靜靜地過自己的日子。直到現在。

也許是因為這房子還太新，也許是因為乍見史諾總統，我太過震驚，也許是因為我們彼此心知肚明，他能在眨眼間殺了我，這時，我覺得自己像個闖入者。彷彿這是他的家，而我是不請自來的那一方。因此我沒開口歡迎他，沒請他坐，我什麼也沒說。事實上，我對待他就像對待一條眞正的蛇，有毒的那種。我動也不動地站著，雙眼盯著他，思考著該如何往後撤退。

「我想，我們如果同意彼此不說謊，就可以讓這整個情況變得簡單許多。」他說：「妳認為呢？」

我認為我的舌頭已經凍結，無法言語。所以，當我以沉著的聲音回答，連我自己都吃了一驚：「是的，我想那樣最省時間。」

史諾總統露出微笑，我第一次注意到了他的嘴唇。我期待看見蛇的嘴唇，而這等於說他應該沒有嘴唇。相反地，他的嘴唇太過飽滿，外面那層皮繃得太緊。我忍不住懷疑他的嘴是不是動過手術，好讓他看起來更吸引人。果眞如此，那眞是浪費時間跟金錢，因爲他完全不吸引人。「我的參謀們擔心妳會很難搞，但妳不打算做個難搞的人，對吧？」他問。

「對。」我回答。

「我就是這麼跟他們說的。我說，任何費了那麼大的勁兒來保住自己性命的女孩，絕不會隨手浪擲自己的生命。再說，她還有家人要考慮。她媽，她妹，還有那群……表兄弟。」從他多花了點時間講出「表兄弟」這三個字的口氣，我肯定，他知道我跟蓋爾沒有親戚關係。

好，這下全攤在檯面上了。也許這樣比較好。我不善於處理不明講的威脅，寧可認清眞實的情勢。

「我們坐著談吧。」史諾總統在那張打磨得油光水亮的木製大書桌後方坐下來。小櫻會在這張桌子寫功課，我媽在這裡做家用預算。這應該是我們的家，他無權佔用，但說到底他又絕對有權。我在書桌前一張雕花直背椅子上坐下。這椅子是做給個子比我高的人坐的，因此我只有腳尖觸及地面。

「我有個麻煩，艾佛丁小姐。」史諾總統說：「這麻煩是從妳在競技場裡掏出毒莓果的那一刻開始的。」

那一刻，遊戲設計師被迫做出選擇，或者看著比德和我雙雙自殺身亡——這意味著沒有了勝利者——或者讓我們倆都活下去，而當時我猜他們會選後者。

「如果那位首席遊戲設計師，希尼卡·克藍，有長腦子的話，他會當場把妳一砲轟成粉末。但是很不幸地，他向來有感情用事的傾向。所以妳還坐在這兒。妳猜得到他在哪裡嗎？」他問。

我點頭，因爲，從他說話的樣子來看，很明顯這位希尼卡·克藍已經被處決了。現在，只有一張桌子隔開我們，玫瑰和鮮血的氣味變得更濃。史諾總統的外衣翻領上別著一朵玫瑰，至少這說明了花香的來源，但它一定是經過基因改良的，因爲沒有哪一種眞正的玫瑰會散發出這麼濃烈的氣味。至於鮮血……我就不知道了。

「在那之後，除了讓妳繼續搬演妳的小戲碼，沒別的事可做。而妳也演得很好，一個爲愛瘋狂的小女生。都城的人民十分相信。不幸的是，不是每個行政區的每個人都被妳的演出瞞過。」他說。

我的臉上一定閃過了一絲困惑的表情，因爲他接著就進一步解釋。

「這點，當然妳不知道。妳沒有管道得知其他行政區人民的情緒。然而，有好幾個行政區的人，把妳使用毒莓果的小詭計視爲違抗、挑釁的行動，而不是愛的行動。如果連一個來自第十二區的女孩，都能公然反抗都城並全身而退，還有什麼能阻止他們做同樣的事？」他說：「這麼說吧，還有什麼能防止暴動發生？」

我花了點時間才聽懂他最後一句話。接著，我意識到事情的嚴重性，胸口像重重地挨了一拳。「發生暴動了？」我問。這個可能性讓我不寒而慄，卻又讓我有幾分振奮。

「還沒。但如果情勢沒有改變，暴動就會隨之而至。而我們都知道，暴動將導致革命。」史諾總統揉著他左眉上方的太陽穴，我自己每次頭痛也是痛那裡。「妳知道那代表什麼意思嗎？有多少人會喪命？那些活下來的人得面對什麼處境？無論任何人對都城有什麼不滿，請相信我，只要都城對行政區的控制稍微放鬆一下下，整個體制就會崩潰。」

他這段話說得是那麼直接，甚至誠懇，令我十分驚訝，彷彿他的首要考量是施惠國全體人民的福祉，偏偏這絕非事實。我不知道我哪來的膽子說下面這句話，但我說了：「如果一把莓果就能讓它垮台，它一定脆弱不堪。」

他停頓了好長一會兒，端詳著我。然後，他只說：「它是很脆弱，但不是妳所想的那種脆弱。」

門上傳來一聲輕敲，接著那都城的男人把頭探進來，說：「她母親想知道你們要不要喝茶。」

「我要。我想喝杯茶。」總統說。門打開，我媽就站在門口，手中捧著托盤，上面放了一套瓷器茶具，她當年帶到炭坑來的嫁妝。「請擺在這兒。」他把他的書放到書桌的角落，輕輕拍了拍書桌中間。

我媽將托盤放到書桌上。托盤裡有瓷的茶壺茶杯、奶油和糖，以及一碟餅乾。餅乾上裝飾著色彩柔和的美麗糖霜花朵。這糖霜裝飾只可能出自比德的手。

「看起來多賞心悅目啊。妳們知道，有意思的是，很多人常常忘了總統也需要吃東西。」史諾總統風趣地說。也好，這似乎讓我媽放鬆了點。

「還需要點別的什麼嗎？如果餓的話，我可以做點能吃飽的餐點。」她主動表示。

「喔不，這就很完美了。謝謝妳。」他說，很清楚是要她退下。我媽點點頭，瞥了我一眼，然後離開。史諾總統幫我們兩人倒了茶，並給他自己的那杯加上奶油跟糖，然後花很長的時間攪拌。我領悟到他已經講完他要講的話了，正在等我回應。

「我完全無意引發任何暴動。」我告訴他。

「我相信妳。但這無所謂。沒想到妳的設計師在衣服的選擇上竟充滿了預言性。凱妮絲．艾佛丁，燃燒的女孩。妳擦出一點火花，不顧後果就走了，而它可能會燒起來，變成毀滅施惠國的燎原大火。」他說。

「你爲什麼不乾脆現在殺了我呢？」我衝口而出。

他說：「公然殺了妳？那只會火上加油。」

「那安排一個意外啊。」我說。

他說：「誰會相信？如果妳是觀眾，妳也不會信。」

「那麼，請直接告訴我你要我做什麼。我做就是了。」我說。

「事情如果有這麼簡單就好了。」他拈起一片裝飾著糖霜花朵的餅乾，端詳著，說：

「眞漂亮。是妳母親做的？」

「比德做的。」頭一次，我發現自己無法面對他的凝視。我伸手去拿我的茶，但一聽到茶杯碰撞盤子的卡嗒卡嗒聲，我立刻放下。爲了掩飾，我迅速拿了片餅乾。

「比德。妳的摯愛怎麼樣啊？」他問。

「很好。」我說。

「他是在哪個節骨眼上明白了妳有多不在乎他呢？」他問，邊把他的餅乾浸入茶裡。

「我沒有不在乎他。」我說。

「但是，妳恐怕沒有那麼愛這個小夥子吧，就像妳希望全國觀眾相信的那樣。」他說。

「誰說我沒有？」我說。

「我說的。」總統說：「並且，如果只有我一個人懷疑，我不會在這裡。妳那位英俊的表哥好不好啊？」

「我不知道……我不……」我對這場對話反感極了。跟史諾總統談論我對自己最關心的兩個人的感覺，讓我沮喪到講不出話。

「說話啊，艾佛丁小姐。如果我們沒有找到令人滿意的解決方案，我可是能輕易要了他的命的。」他說：「妳每個星期天跑到森林裡去跟他會面，可不是在幫他的忙喔。」

如果他連這點都知道，那還有什麼是他不知道的？而他又是怎麼知道的？可以告訴他蓋爾跟我星期天都在森林裡打獵的人太多了。我們豈不是每個星期天結束時都負載一堆獵物回來？我們豈不是多年來都這樣子嗎？眞正的問題是，他以爲我們在第十二區外的森林裡做了什麼事。他們應該不會在那邊跟蹤我們吧。難道他們會？過去那些日子我們都被跟蹤了嗎？那好像不可能，至少不可能有人跟蹤我們。攝影機？在這之前，我從來沒想到這點。森林向來都是我們安全的藏身之處，是都城的魔掌無法觸及我們的地方。在那裡，我們可以做自己，可以自由說出我們眞正的感受。至少，在那場遊戲之前是這樣。如果自始我們就被監視了，那他們看到了什麼？兩個人在打獵，說一些違抗都城的大逆不道的話？沒錯。但不是兩個在熱戀的人，而這似乎才是史諾總統話裡所暗示的。就這項指控而言，我們是安全的。除非……除非……

那只發生過一次。事情發生得很快，又完全出乎我意料之外，但它確實發生過了。

在比德跟我從遊戲中回來之後，過了好幾個禮拜，我才單獨見到蓋爾。起初，有很多必須出席的慶祝會。一場爲勝利者舉辦的宴席，只有身份地位最高的人才獲得邀請。全區放假一天，大家享用直接從都城送來的免費食物與各種娛樂。「包裹日」，十二次的頭一次，那天裝著食物的包裹會分送到區裡每個人的手上。那是戰利品當中我最喜愛的部分。我看見炭坑中所有那些飢餓的孩童四處奔跑，手裡揮舞著蘋果醬罐頭、肉罐頭，甚至糖果。他們家中還有重到扛不動的一袋袋穀物、一罐罐油。而大家都知道，接下來一整年，每個月所有的人都會收到一次包裹。那是少數幾次我確實感覺到，贏得比賽眞好。

就這樣，從典禮到典禮，從活動到活動，我主持儀式，再三感謝，並爲了觀眾親吻比德，記者們則鉅細靡遺地記錄我的一舉一動。我毫無隱私。過了幾個禮拜之後，事情終於冷卻下來。攝影小組和記者們打包回家去了。比德和我回復過去的冰冷關係。我的家人搬到勝利者之村的房子住下來。第十二區的日常生活——工人去挖礦，孩子去上學——恢復到它平常的步調。我一直等到我認爲四下再也無人注意了，才在一個星期天，沒告訴任何人，離天亮還有幾小時，起床出門，直奔森林。

那時天氣還夠暖，我不需穿外套。我裝滿了一袋特別的食物，包括冷雞肉、乳酪、麵包店賣的麵包，以及柳橙，隨身帶走。我去到舊家，換上我打獵的靴子。像往常一樣，鐵絲網沒有通電，我輕易溜進森林裡，取出我的弓箭。我去到我們的老地方，蓋爾和我的地方。那個我被送去參加遊戲的抽籤日的早晨，我們一起享用早餐的地方。

我等了至少兩個鐘頭。我已經開始想，經過過去那幾週，他已經放棄我了。或者，他已經不再關心我，甚至恨我。而想到我可能永遠失去他，失去我唯一信任的，能暢所欲言，講心事的好朋友，令我痛苦難當。已經發生那麼多事了，現在還得失去他，我受不了。我可以感覺到自己眼淚湧上來，喉嚨開始像我每次心裡難過時那樣縮緊。

然後，我抬起頭來，他就站在那裡，十呎開外，只是看著我。想也沒想，我跳起來撲過去抱住他，發出一種混合了笑、嗆咳，和號哭的怪聲音。他緊緊抱著我，抱得那樣緊，緊到我無法仰頭看他的臉。過了眞的好久，他才放開我，其實他實在沒什麼選擇，因爲我開始無法置信地大聲打嗝，必須喝水才行。

那天，我們做了過去我們一向會做的事。吃早餐、打獵、捕魚和採集。談論鎮上的人。但沒談我們自己，沒談他現在的挖礦生活，沒談我在競技場裡的時光。只談其他的事。當我們回到鐵絲網離灶窩最近的破洞，我想，我那時眞的相信事情會回復原狀，我們可以繼續像以前那樣相處。我把所有的獵物都給蓋爾拿去交易，因爲我們家現在已經有許多食物了。我告訴他，我就不跟去灶窩了，雖然我很期盼去那兒，可是我媽跟我妹不知道我出來打獵，她們會擔心我的去向。然後，正當我提議由我接手每日巡視與重設陷阱的工作時，突然間，他伸手捧住我的臉，吻我。

我完全沒準備。你會以爲，我跟蓋爾在一起這麼久，看著他說話、大笑、皺眉，理應知道所有關於他嘴唇的事。但我從來沒想過，當它們緊貼著我的唇，會是這麼燙。我也沒想過，那雙能設下最精巧複雜的陷阱的手，能這麼輕易地捕獲我。我想我喉嚨深處發出了某種怪聲，我模糊記得我的手指緊緊蜷曲著，貼在他胸口。他終於放開我，說：「我必須這麼做。至少做這麼一次。」說完他就走了。

儘管太陽開始西沉，我的家人會擔心，我還是在鐵絲網旁的一棵樹下坐下。我試著釐清自己對這吻有怎樣的感覺，我是喜歡它還是對它感到憤怒，然而，所有我眞正記得的，是蓋爾的嘴唇壓在我唇上的力量，以及仍依附在他皮膚上的柳橙氣味。拿這個吻來跟我和比德之間的那許多吻做比較，毫無意義。我還沒弄明白跟比德的那些吻，有哪一個是算數的。最後我回家去。

那個禮拜，我照料所有的陷阱，並把獵獲物送去給哈賽兒。但我一直沒見到蓋爾，直到下一個星期天。我已經在心裡擬好草稿，準備了一整篇我不想交男朋友，也不打算結婚的大道理要講，結果始終沒機會說。蓋爾表現得像這個吻從來沒發生過。也許他在等我說些什麼，或等我回吻他。然而，我也假裝從來沒那回事。但它確實發生過。蓋爾已經粉碎了我們之間某種看不見的界線，與此同時，也粉碎了我重拾舊日那種單純友誼的希望。無論我怎麼假裝，我都再也無法用完全一樣的眼光看他的嘴唇。

就在史諾總統威脅要殺害蓋爾，並緊盯著我雙眼的那個片刻，這一切迅速閃過我的腦海。我眞蠢，怎麼會認爲一旦回到家，都城就不會再理睬我！也許我是不知道可能會發生暴動，但我確實知道他們很氣我。在這種情況下，我是需要極度謹言愼行的，然而，相反地，我幹了什麼好事？從總統的觀點來看，我完全冷落了比德，並在全區的人面前肆無忌憚地顯露我喜歡和蓋爾作伴。而我這麼做，擺明了我事實上是在嘲弄、蔑視都城。現在，因著我的粗心大意，我危及了蓋爾、他的家人、我的家人，以及比德的性命。

「求你別傷害蓋爾。」我低聲說：「他只是一個朋友。多年來他都一直是我的朋友。我們之間的關係，就只是這樣而已。再說，現在大家都認定我們是表兄妹。」

「我只關心它會如何影響妳跟比德之間的互動，並進而影響各行政區人民的情緒。」他說。

「在這趟旅程中，情況不會改變的。我會像之前一樣跟他熱戀。」我說。

「像妳一直以來一樣。」史諾總統糾正我。

「像我一直以來一樣。」我保證。

「只是，爲了避免暴動發生，妳得表現得更賣力才行。」他說：「這趟旅行是妳扭轉情勢的唯一機會。」

「我知道。我會。我會叫各行政區的每個人都相信，我不是在反抗都城，我是爲愛而瘋狂。」我說。

史諾總統站起身來，用一條餐巾輕輕揩了揩他那腫脹的唇。「把目標拉高一點，以防萬一妳失敗。」

「你是什麼意思？我要如何把目標拉高一點？」我問。

「說服**我**。」他說完，拋下餐巾，取回他的書。當他朝門口走去，我沒有轉頭看他，因此他靠過來附在我耳邊低語時，我嚇得縮了一下。「順帶一提，那個吻我知道。」接著，門在他背後喀嗒一聲關上了。

3

鮮血的氣味……從他嘴裡傳來。

他幹了什麼事？我想。**喝血嗎**？我想像他從茶杯裡啜飲，還拈著餅乾蘸了蘸杯子裡的東西，拿起來時滴著紅色的汁液。

窗外一輛汽車甦醒過來，輕柔安靜，像貓咪打呼嚕，然後緩緩向遠方離去，消失，跟來時一樣悄無聲息，未曾引人注意。

我懷疑自己要昏倒了，整個房間似乎正緩慢地旋轉，畫著一個又一個傾斜的圓。我俯身向前，一隻手抓住桌沿，另一隻手仍抓著比德那片美麗的餅乾。我想餅乾上原來應該有一朵卷丹百合，這時已在我手中捏得粉碎。我甚至沒有察覺自己把它捏碎了，但是當我的世界正在旋轉失控，我猜我得抓緊什麼才行。

史諾總統來訪。各行政區瀕臨暴動。蓋爾的生命受到直接威脅，接下去還有其他人的生命。我所愛的人，個個在劫難逃。天知道另外還有什麼人會爲我的行動付出代價？除非在這趟旅行中我能扭轉情勢，平息各行政區的憤懣，讓這位總統大人安心。但要如何才能辦到？我必須向全國人證明，讓人們沒有絲毫疑慮地相信，我深愛比德・梅爾拉克。

我辦不到，我想。**我沒那麼厲害**。比德才是那個厲害的人，那個受眾人喜愛的人。他能夠讓觀眾相信任何事。我最好閉嘴坐好，盡可能把講話的事情交給他。但現在不是比德必須證明他的愛。是我得證明。

我聽見走廊上響起我媽輕細、急促的腳步聲。**不能讓她知道**，我想。**一點兒都不能讓她知道**。我把手伸到托盤上，迅速拂掉手掌跟指頭上的餅乾碎屑，然後顫抖著啜一口茶。

「事情都還好吧，凱妮絲？」她問。

「沒事。我們從來沒在電視上看過，但總統每次都會在勝利者展開旅程之前去拜訪，祝他們好運。」我裝出輕快的語氣。

我媽臉上湧起如釋重負的神情，說：「噢，我還以爲有了什麼麻煩。」

「一點也沒有。」我說：「等我的預備小組看見我讓眉毛長回原來的樣子，麻煩才會開始。」我媽笑起來，而我想到，我在十一歲挑起照顧家人的擔子之後，就再也回不了頭了。我永遠都得保護她。

「我現在就幫妳準備洗澡水好嗎？」她問。

「好極了。」我說，看得出來我的回答讓她很高興。

自從回到家，我便努力修補跟我媽的關係。我會請她幫我做些事，讓她管理所有我贏來的錢，而不是在她想幫我忙時故意不理會她，像過去多年來，我因爲憤怒而始終拒絕她的任何好意那樣。她擁抱我時，我也擁抱她，而不是消極忍受。競技場內的那些日子讓我明白過來，對於她根本無能爲力的事，我必須停止懲罰她，尤其是爲了她在我爸死後陷入不可承受的憂傷中而懲罰她。有時候，事情就這樣發生在人們身上，而他們實在沒有足夠的能力去應付。

就像我現在這樣。

再說，我剛回到第十二區時，她做了件很棒的事。在火車站，比德和我受到家人跟朋友的歡迎之後，記者獲准問幾個問題。有人問我媽，她對我的新男友有何看法。她回答說，比德是年輕人的楷模，但我年紀還太小，完全不適合交男朋友。她說完這話，還特意仔細地打量了比德一眼。眾人笑聲不斷，有些記者還打趣說：「這下子某人有麻煩了。」比德趁勢鬆開我的手，從我身邊退開兩步。但這沒持續多久，有太多壓力讓我們得扮成一對了，不過我媽的話讓我們有藉口必須保留一點，不能像在都城時那樣演出。這或許也能作爲攝影機離開後，我少有比德在身邊作伴的理由。

我上樓到浴室去，一缸冒煙的熱水正等著我，空氣中香味四溢。我媽在熱水裡加了一小包經過乾燥處理的花，還倒了某種精油進去。我們全家都不習慣這麼奢侈的享受，隨時扭開水龍頭，就有無窮盡的熱水供應。在炭坑，我們只有冷水，想要洗熱水澡，就得自己慢慢燒。我脫掉衣服，坐到滑潤的水裡，試著在腦海中想清楚一些事。

第一個問題是，如果要找人說，找誰？絕不是我媽或小櫻；她們會擔心死。不是蓋爾。就算我有辦法跟他說上話也不行。反正，他得知這消息之後能怎麼辦？如果他是一個人，我可能會試著說服他逃跑。他肯定能在森林中存活下來。但他不是一個人，而且他永遠不會拋下他的家人。或拋下我。等這趟旅行回來，我將必須告訴他，爲什麼我們以後星期天不能再碰面了，但我現在無法想這件事。眼前我只能想我的下一步行動。再說，蓋爾早就對都城憤怒、怨恨得不得了，有時候我甚至覺得他會發起他自己的暴動。他最不需要的就是刺激。不，我不能告訴任何我走之後還留在第十二區的人。

我還有三個人可以考慮。第一個是我的設計師秦納。但是我猜，秦納已經身陷險境了，我不想因爲跟他有更緊密的聯繫，而把他拖進更多的麻煩裡。第二個是比德，他將是我在這場騙局中的搭檔。但是我要怎麼跟他開口？**嗨，比德，還記得我告訴過你，我是假裝在跟你談戀愛嗎？嗯，現在我很需要你把這一切都忘了，格外用力表現出你正在跟我熱戀。要不**

然，總統會宰了蓋爾。我說不出口。再說，無論比德知不知道這事攸關生死，他都會表現得很好的。最後一個，只剩下黑密契了。終日醉酒、暴躁易怒，一碰面就起衝突的黑密契，我才剛對他當頭澆了一盆冰冷的水下去。他在那場遊戲中身爲我的導師，責任是設法保住我的命。我希望他仍對這份工作感興趣。

我整個人沒入水中，讓水阻斷周遭的各種聲音。我希望這浴缸會擴張，我可以在裡頭游泳，就像我以前在炎熱的夏日星期天，在森林中跟我爸一起游泳一樣。那些日子像一種特別的節慶。我們會一大早出門，比平常時候走得更遠，進入森林深處，來到一個他打獵時找到的小湖。我甚至不記得自己是怎麼學會游泳的，他教我的時候我還太小。我只記得潛入水中，在水中翻筋斗，手腳並用地在水中划行。我腳趾頭底下湖底的泥巴很軟。盛開的花朵與茂密的綠葉吐露清香。我會像現在這樣，仰躺著漂浮在水中，看著藍天，森林中各種熱鬧的聲音被水悶住了。我爸會捕捉那些築巢在岸邊的水鳥，我會找尋草叢中的鳥蛋。在淺水處，我們會一起挖掘慈菇的根塊，我爸就是按這種植物的名稱爲我命名的。到了晚上，當我們回到家，我媽會假裝不認得我，因爲我變得好乾淨。然後她會做一頓令人驚奇的晚餐，有烤鴨，有肉汁烤慈菇。

我從未帶蓋爾去那個小湖。我本來是可以帶他去的。走到那裡要花很長的時間，但是水鳥很容易抓，足可彌補走路所損失的打獵時間。不過，那是一個我從來都不想跟任何人分享的地方，一個只屬於我爸跟我的地方。那場遊戲結束之後，我每天都沒什麼事做，因此我去過那裡好幾次。在那裡游泳還是感覺很好，但通常去到那裡都令我非常沮喪。過去五年，物是人非，小湖一點兒也沒變，而我已經變得幾乎自己都認不得。

即使沒在水中，我仍聽見周遭騷動的聲音。汽車按喇叭的聲音，問候的呼喝聲，門砰地關上。這只可能意味著我的隨從人員抵達了。在我的預備小組闖進浴室來之前，我只來得及擦乾自己並套上浴袍。毫無隱私可言。一旦涉及我的身體，這三個人跟我之間沒有秘密。

「凱妮絲，妳的眉毛！」凡妮雅立刻尖聲大叫，即使我這時烏雲罩頂，還是不得不憋住一聲笑。她水綠色的頭髮有了新造型，滿頭尖刺朝四面八方放射，而原來只侷限在眉毛上方的金色刺青，現在一路纏繞到了雙眼下方，簡直就像眞的被我嚇得毛髮直豎，雙眼圓睜。

歐塔薇雅走上前來，安慰地拍拍凡妮雅的背。她豐滿的身材跟凡妮雅有稜有角的瘦削身子比起來，似乎是更滾圓了。「好了，好了。妳三兩下就能把它們搞定的。但我要拿這些指甲怎麼辦？」她抓住我的手，用她豌豆綠的手掌把它撐平。不對，確切而言，她的膚色現在不能算是豌豆綠，應該比較像是淺淺的常春藤綠。這種色澤上的變化，毫無疑問是爲了因應都城變化莫測的時尚潮流。「說眞的，凱妮絲，妳起碼可以留一點指甲讓我有點事做嘛！」

她哀號道。

這話不假。過去幾個月來，我把指甲都啃禿了。我考慮過戒掉這個習慣，卻想不出一個我該這麼做的好理由。「對不起。」我喃喃地說。我眞的沒花什麼時間去擔心這些事會對我的預備小組造成怎樣的困擾。

富雷維斯拎起幾縷我濕淋淋、糾結的頭髮，很不以爲然地搖搖頭，那一頭橘紅色螺旋狀鬈髮跟著不斷彈跳。「妳上回跟我們道別後，有人碰過妳的頭髮嗎？」他嚴厲地說：「記得吧，我們特別要求妳別碰妳的頭髮？」

「記得。」我說，很慶幸自己還有個地方可以證明，我沒完全把他們的話當作耳邊風。「我是說，沒有，沒人剪過我的頭髮。我確實記得別讓人碰。」不，其實我不記得。情況應該是我根本沒想過這件事。既然我已經回到家了，我所做的事不過是繼續照過去那樣，把頭髮編成一條辮子垂在背後。

這似乎讓他們平靜下來了。他們輪流親吻我，擁著我走進我的臥室，讓我在椅子上坐下，並照舊開始講個不停，完全沒理會我有沒有在聽。當凡妮雅重新修整我的眉毛，歐塔薇雅給我裝上假指甲，而富雷維斯用什麼乳液幫我的頭髮護髮按摩時，我聽到的都是有關都城的事。那場遊戲是何等成功的一場秀，那以後生活變得有多無聊，大家多麼迫不及待地等比德跟我在這趟旅行中再次造訪都城。然後，再過不久，都城就要開始準備迎接大旬祭了。

「這眞是令人興奮，不是嗎？」

「妳不覺得很幸運嗎？」

「妳在成爲勝利者的第一年，就可以在大旬祭中擔任導師！」

他們興奮地七嘴八舌搶著講，話都重疊在一塊兒了。

「噢，是啊。」我不帶情緒地回答。我最多只能做到這樣。在平常的年份裡，擔任貢品的導師已經是個噩夢。如今我每次經過學校，都沒辦法不去想我會指導到哪個孩子。但是讓情況變得更糟的是，明年是第七十五屆飢餓遊戲，而這表示，它同時是大旬祭——每二十五年舉行一次，以超大規模的慶祝活動來作爲行政區敗北的週年紀念，並且，爲了增添額外、加倍的趣味，會安排貢品面臨更爲恐怖的挑戰。當然，我還來不及親眼見過大旬祭。但我記得在學校裡聽過，在第二屆大旬祭，都城要求雙倍的貢品進入競技場。老師沒多說細節，這點很令人驚訝，因爲正是那一年，我們第十二區的黑密契・阿勃納西贏得了冠冕。

「黑密契會備受矚目，他最好心裡有所準備！」歐塔薇雅興奮地尖聲說。

黑密契從來沒跟我提過他在競技場中的經歷。我也永遠不會問。就算我曾經看過電視重播他參加的那場遊戲，也一定因爲年紀太小而記不得。但是今年都城絕不會容許他忘記那場遊戲。從某方面來說，比德和我能夠在這次大旬祭上擔任導師，是件好事，因為黑密契屆時肯定天天爛醉如泥。

我的預備小組在談完大旬祭的話題後，開始一籮筐一籮筐地聊起他們無聊、可笑到不可思議的生活。有人談起某個我從未聽過的人，有人講起他們買了什麼樣的鞋，歐塔薇雅則滔滔不絕地說著，讓每個人穿戴著一身羽毛去參加她的生日派對是何等嚴重的錯誤。

沒多久，我的眉毛開始刺痛，我的頭髮滑潤如絲，我的指甲已經修好，可以彩繪了。他們顯然受到指示，只整頓我的手跟臉，大概是因為除此之外，在這天寒地凍的天氣裡，我身體其他部位都會包得密不透風。當他們開始幫我的臉跟指甲上彩妝，富雷維斯巴不得把他的招牌紫色唇膏塗在我嘴上，但只能咬著牙改用粉紅色。從調色板上的顏色，我可以看出，秦納指定他們把我裝扮成純真的小女孩，絕不可以走性感路線。這樣好。如果我試圖顯得煽情惹火，那可永遠不會在任何事上說服任何人。黑密契在指導我準備遊戲前的訪問時，已經非常清楚地指出這一點。

我媽進來，顯得有點怯生，說是秦納請她向預備小組示範她在抽籤日那天幫我編的髮型。他們反應熱烈，然後仔細觀看。她把複雜細緻的步驟拆解開來，一步步編著我的頭髮時，他們都全神貫注地看著。我從鏡子裡看見，他們認真地注意每一個步驟，而輪到他們嘗試模仿某個步驟時，他們熱切地練習。事實上，他們三個人都很尊敬我媽，待她很客氣，這讓我對自己心裡老是瞧他們不起，感覺很糟糕。如果我是在都城出生長大，天知道我會變成什麼樣子，會開口講什麼話？也許我最大的遺憾也是有人在我的生日宴會上穿羽毛裝。

等我的頭髮弄好，我得知秦納已經在樓下的客廳裡等著。單單是看見他，就讓我感覺事情會有轉機。他還是老樣子，簡單的衣著，短短的棕色頭髮，一抹隱約的金色眼線。我們互相擁抱，我差點忍不住一吐爲快，說出整個跟史諾總統交手的經過。不過我沒說，我已經決定第一個要傾訴的對象是黑密契。他會知道該把這重擔分給誰擔。不過，跟秦納聊天好自在。最近我們常常講電話。這房子配有電話，但這差不多是個笑話，因爲幾乎我們認識的人都沒有電話。比德有，但我顯然不會打給他。黑密契在多年前就把他家的電話拔掉了。我的朋友瑪姬，身爲市長的女兒，家裡也有電話，但如果我們要講話，我們會當面講。起初，電話根本沒人用。後來，秦納開始打電話來，幫我培養我的「才藝」。

每位勝利者都該有一種才藝。由於你再也不需要去上學或投入區裡的產業，你的才藝就是你選擇從事的活動。任何活動都行，眞的，媒體來採訪時你有得秀就行。結果，比德確實有一項才藝，那就是繪畫。他過去長年在自家的麵包店裡用糖霜裝飾蛋糕和餅乾。如今他有錢了，他買得起畫布跟顏料來眞正作畫。我沒有半點才藝，除非非法狩獵可以算數，但他們不那麼想。還有，也許唱歌也算，但我再過一百萬年也不會唱歌給都城聽。我媽從艾菲・純克特寄給她的清單中，挑選一些適宜的項目試著引發我的興趣。烹飪、插花、吹長笛。沒一樣行得通，不過小櫻對這三項都頗有才華。最後，秦納插手，提議要幫我培養對服裝設計的熱情。由於這眞的是無中生有，所以還眞需要好好培養才行。我之所以同意，是因爲這意味著我有機會多跟秦納講話，並且他保證他會做所有的事。

此刻，他忙著在我家客廳裡擺設各種東西：衣服、布料，以及他畫好設計圖的素描簿。我拿起其中一本素描簿，端詳一件照理該是我設計的洋裝，說：「你知道，我想我已顯露出潛力。」

「快去著裝，妳這沒用的丫頭。」他說，把一堆衣服丟過來給我。

對服裝設計我或許毫無興趣，但我確實很愛秦納爲我做的衣服。像手上這些。用厚而暖的質料裁剪的，線條流暢的黑長褲。一件很舒服的白襯衫。一件綠、藍、灰三色毛線編織而成的毛衣，那羊毛柔軟得像小貓。還有繫帶長統皮靴，不會夾得我腳趾頭生疼。

「我這身衣服是我自己設計的吧？」我問。

秦納說：「不是。妳渴望能夠設計妳所穿的服裝，並期待能夠及得上我——妳在時尚界的偶像。」他遞給我一小疊卡片。「攝影機在拍衣服時，妳就在鏡頭外照著這些卡片上頭寫的唸。試著做出聲音表情，表現出妳很在乎的樣子。」

就在這時候，艾菲．純克特到了，頂著一頭南瓜橘的假髮。她一進來就提醒大家：「我們時間表滿檔，得抓緊時間！」她一邊親吻我兩邊臉頰，一邊朝攝影小組招手，然後指揮我就位。我們在都城時能準時抵達該去的地方，艾菲是最大功臣，因此，我盡力順從她。我開始像個由人操縱的木偶跑東跑西，逐次拿起一套套衣服，說些毫無意義的鬼話，譬如：「你們不覺得這很可愛嗎？」我用愉悅輕快的聲音唸卡片上那些話，錄音小組一一錄下，以便稍後剪接穿插進去。然後，我被趕出客廳，好讓他們安靜地拍攝那些我（其實是秦納）設計的衣服。

小櫻爲了今天的活動提早放學。她這會兒站在廚房裡，有另一組人員在訪問她。她穿了件能襯出她眼睛顏色的天藍連身裙，一頭金髮用同顏色的絲帶綁在腦後，漂亮可愛極了。她穿著一雙雪白的靴子，稍稍踮起腳尖，身體微微前傾，好像隨時要飛起來的樣子，好像——

砰！眞像有人給了我當胸一拳。當然，沒人打我，但那爆開的痛苦是如此眞實，讓我不禁後退了一步。我緊緊閉上眼睛，我看見的不是小櫻，是小芸，我在競技場中的盟友，那個來自第十一區的十二歲小女孩。她能像鳥一樣飛翔，抓住最細的樹枝，從一棵樹躍到另一棵樹上。小芸，我沒來得及救她的命，讓她死了。我眼前浮現她躺在地上，腹部插著一根標槍的情景……

在都城的報復行動中，我來不及救的人還會有誰？如果我不能讓史諾總統滿意，還有誰會死？

我意識到秦納試著幫我穿上外套，於是舉起手來。我感覺到從裡到外有層毛皮包住了我。我從未見過有這種毛皮的動物。「貂皮。」他在我撫摸著白色衣袖時告訴我。皮手套。鮮紅的圍巾。某種毛毛的東西覆蓋住我的耳朵。「妳會讓禦寒的耳罩又流行起來。」

我痛恨耳罩，我在心裡說。它們讓我聽不清楚。我在競技場中被爆炸震聾了一隻耳朵，因此我更討厭它們。在我贏得勝利之後，都城修復了我的耳朵，但我發現自己還是時不時會去測試它，看看是否眞的聽得見。

我媽雙手攏著個東西匆匆趕過來，說：「討個吉利。」

是瑪姬在我前去參加遊戲時，送給我的胸針。一隻飛翔的學舌鳥，鑲在黃金環上。我本來要把它送給小芸，但她不肯收。她說就因爲這胸針，她決定信任我。秦納把它別在圍巾打好的結上。

艾菲．純克特站在一旁，拍著手說：「大家注意！我們要拍第一場戶外景了，也就是勝利者在展開他們美好的勝利之旅前，問候彼此的鏡頭。好，凱妮絲，大大的笑容，妳非常興奮對不對？」說完，我一點都沒誇張，她眞的是把我猛地推出門外。

此時大雪已經漫天紛飛，有那麼片刻，我什麼都看不清楚。然後，我看見比德走出他家大門。我腦海中迴響著史諾總統的指令：「**說服**我。」我知道我得辦到。

我臉上綻開一個大大的笑容，開始朝比德走去。接著，好像我再也等不及，我邁開步伐跑起來。他一把抱住撲上去的我，轉了個圈，然後他打滑了——他還是無法百分之百控制好自己的義肢——我們一起跌到雪地上，我趴在他身上，就在那兒，我們數個月來第一次接吻。又是毛皮又是雪花，還有唇膏，但在這一切底下，我可以感覺到比德給一切事物所帶來的那種穩定感。我知道我不孤單。縱使我傷他傷得如此厲害，他還是不會在攝影機前揭穿我。不會用敷衍的吻譴責我。他仍在保護我，一如在競技場中。這念頭，不知怎地讓我想哭。但我沒哭，我一把拉他站起來，戴著手套的手穿過他臂彎，快樂地挽著他上路。

這天接下來可說是一片模糊，到達車站，跟大家道再見，火車開動，一群老夥伴——比德跟我，艾菲和黑密契，秦納以及比德的設計師波緹雅，我們一起吃了頓美味得難以形容，但我絲毫記不得內容的晚餐。然後，我換上睡衣，套上一件厚睡袍，坐在我豪華的包廂裡，等著其他人入睡。我知道接下來這幾小時，黑密契會一直醒著。他不喜歡在天黑後睡覺。

等火車似乎整個靜下來後，我穿上拖鞋，躡手躡腳地走到他門口。我敲了好幾次門，他才來應門，一臉不悅，彷彿已經知道我帶來了壞消息。

「妳想幹嘛？」他問，噴出來的酒臭差點把我熏昏過去。

「我得跟你談談。」我低聲說。

「這個時候？」他問。我點頭。「最好是好事。」他等著我講，但我很確定，在都城的火車上講的每個字都會被錄音。「說啊？」他吼道。

火車開始煞車，有那麼片刻，我以爲史諾總統正在監視我，不贊成我找黑密契傾訴，決定要在這時直接宰了我。但我們只是停下來加油。

「車裡好悶。」我說。

這話完全無害，但我看見黑密契瞇起雙眼，明白我話中有話。「我知道妳需要什麼。」他擠過我身邊，搖搖晃晃地走過長廊，來到一扇門前。當他用力拉開門，一蓬雪猛地吹襲在我們身上。他一個踉蹌跨出門外，跌落雪地上。

有位都城的服務人員趕過來要幫忙，但黑密契邊搖晃著跨出步伐，邊和藹地揮手要她走開，說：「出來呼吸點新鮮空氣。只要幾分鐘。」

「對不起，他喝醉了。」我抱歉地說：「我會陪著他。」我跳下車，東倒西歪地跟著他身後的足跡往前走，雪很快濕透了拖鞋。他領我走到火車尾端再遠一些，讓他們竊聽不到我們的談話。然後他轉身面對我。

「什麼事？」

我告訴他所有的事。關於總統到訪，關於蓋爾，關於我若失敗了，我們全會死於非命。

他神情冷靜、清醒、嚴肅，在紅色的車尾燈光中顯得蒼老。「那妳就不能失敗。」

我開口說：「如果你能幫我度過這趟旅行——」

「不，凱妮絲，不只是這趟旅行。」他說。

「你這話是什麼意思？」我問。

「就算妳圓滿完成這趟旅行，再過幾個月，他們還會回來把我們都帶去參加遊戲。妳跟比德現在都是導師了，從此以後每一年都是。他們會每年都重溫這段羅曼史，播放妳私生活的每個細節。從今以後，妳除了永遠跟那小夥子過著幸福快樂的生活，其他的事妳都別想，也辦不到。」

他話中的含意重重地擊中我，驚醒了我。即使我想要，我也永遠不能跟蓋爾共度一生了。我永遠不允許過獨身生活。我必須永遠愛著比德。都城會堅持這點。也許我還能再拖幾年，跟我媽和小櫻住在一起，因爲我才十六歲。然後……然後……

「妳懂我在說什麼嗎？」他逼問。

我點頭。他在說，如果我想保住我所愛的人活命，而自己也能活下去，未來只有一條路走。我必須嫁給比德。

4

我們沉默地拖著沉重的步伐走回火車上。在走廊上我的門外，黑密契拍了拍我的肩膀，說：「妳知道，妳有可能把事情搞得更糟。」然後他朝自己的包廂走去，把酒臭也一併帶走。

回到房裡，我脫掉被雪濕透的拖鞋，以及濕淋淋的睡袍和睡衣。抽屜裡還有許多睡衣，但我只穿著內衣爬進被窩。我瞪著一片漆黑，想著我跟黑密契的談話。所有他講的，關於都城的期待，關於我和比德的未來，甚至他的最後一句話，都是實話。比起比德，我確實可能把事情搞得更糟。但這不是重點，不是嗎？我們在第十二區所擁有的少數自由之一，就是有權選擇嫁娶的對象，或完全不結婚。現在，我連這一點也被剝奪了。我不知道史諾總統會不會堅持要我們生孩子。如果我們有孩子，他們每年都得面對抽籤日。而勝利者的孩子，被選中進入競技場，豈不是大有看頭的事？何況不是一位，而是兩位勝利者所生的孩子？勝利者的孩子中選，並不是新鮮事，總會引起一陣騷動，大家議論紛紛，說機會對那一家人是何等不利。但這種事情太常發生，不像只是機率的問題。蓋爾就深信，都城是故意這麼做，在抽籤時動手腳，增加額外的戲劇性。按照我所惹的麻煩來看，我任何一個孩子恐怕都會被抓去參加遊戲。

我想到黑密契，不結婚，沒有家人，用酗酒把整個世界阻隔在外。區裡那麼多女人，他想娶誰應該都不是問題，然而他選擇獨居。不，不是獨居——這種說法聽起來太平和了。那更像單獨監禁。難道是因爲曾經在競技場裡拼過命，他知道最好別冒險選擇另一條路？當他們在抽籤日叫到小櫻的名字，當我看著她朝台子一步步走上送死的路，我已經嚐到這另一種選擇的滋味了。只不過，身爲她的姊姊，我可以取代她，而我們的母親卻沒有權利救她。

我內心焦急地搜尋著出路。即使要付出性命做代價，我都不能讓史諾總統把我逼到那麼悲慘的地步。不過，在他要我的命之前，我會嘗試逃跑。如果我不聲不響地不見了，沒入森林裡，再也不出來，他們會怎麼做？我有辦法把每個我所愛的人都一起帶走，在杳無人跡的荒野山林中展開新生活嗎？極不可能，但並非絕無可能。

我搖搖頭釐清思緒。現在不是訂定瘋狂逃亡計畫的時候。我必須專心在勝利之旅上。有太多人的命運，要倚靠我精彩的表演。

晨曦比睡眠先來到，然後是艾菲的急促敲門聲。我拉開抽屜，抓起最上面一件衣服穿上，管它是什麼衣服，然後拖著身子走到餐車。由於這是旅行的日子，起床時，我看不出今天跟昨天有什麼不同。結果，昨天的打扮原來只是為了讓我從家裡去到車站。今天我的預備小組還要在我身上忙碌一番。

「為什麼？天氣那麼冷，我只會包得密不透風，不是嗎？」我發牢騷。

「第十一區沒那麼冷。」艾菲說。

第十一區，我們的第一站。我寧可從任何其他行政區開始，因為第十一區是小芸的家鄉。但是勝利之旅不是這麼運作的。旅程通常從第十二區展開，一路按行政區的編號逆向前進，直到第一區，接著去都城。勝利者自家的行政區會先跳過，保留為最後一站。第十二區舉辦的慶祝活動最沒看頭，通常就只是請貢品吃頓飯，在廣場有個慶祝勝利的集會，而參加聚會的人都一臉無趣，沒有一點歡樂氣氛。可能因為這樣，主事者認為不如早早先把我們打發了好。今年，打從黑密契贏得遊戲以來，第十二區首次成為最後一站，而都城將會支付我們區所有慶祝活動的花費。

我試著像哈賽兒說的那樣，一路上好好地吃。廚房的工作人員顯然想要討我歡心。除了其他美食，他們還特別做了那道我最喜歡的嫩羊肉燉李子乾。餐桌上，在我的位置等我品嘗的，還有柳橙汁和一壺冒著熱氣的熱巧克力。所以，我大吃特吃，而餐點也好到讓人無話可說，只不過我沒法說我這頓早餐吃得很享受。還有，餐桌上除了艾菲跟我，其他人都沒出現，這點也讓我心裡很不舒坦。

「其他人都到哪裡去了？」我問。

「噢，天知道黑密契在哪裡。」艾菲說。我沒期待看見黑密契，因爲他八成才剛上床睡覺。「秦納昨天忙到很晚，要把妳裝了一整個車廂的所有衣服都整理好。他起碼爲妳準備了上百套衣服。妳的那些晚宴服眞是漂亮極了。而比德的小組大概還在睡覺。」

「他不需要打理嗎？」我問。

「不像妳那樣。」艾菲回答。

這話是什麼意思？意思是，我得花整個上午的時間讓他們除去我身上的毛，而比德可以繼續睡大覺。我一直沒多想這件事，但是在競技場中，至少有些男孩身上是有體毛的，而女孩全都沒有。現在，我想起在溪裡幫比德清洗時的情形了。當我把他身上的泥巴跟血漬清洗乾淨，他的金色體毛在陽光下十分燦亮。但他的臉光滑無比。有許多男孩的年紀已經大到會長鬍子了，卻沒有一個有鬍子。我很好奇都城究竟對他們動了什麼手腳。

如果我感覺自己精神萎靡，我的預備小組的情況更慘。他們猛灌咖啡，一塊兒吞下顏色鮮豔的小藥丸。就我所知，他們從不在中午之前起床，除非有像幫我除腿毛這類的國家級緊急大事。那些腿毛長回來時，我一度很高興，彷彿那是各樣事情都可能回復正常的信號。我的手指沿著腿往下撫摸那柔軟捲曲的細毛，然後將自己交給預備小組。他們全無往常喋喋不休的興致，因此我可以聽見每根毛被猛地從毛囊扯出的聲音。我必須浸在滿缸氣味難聞的濃稠溶液裡，與此同時，我的臉跟頭髮都被敷上一層乳霜。接著再泡兩次澡，浸在比較沒那麼刺鼻的另一種藥水裡。就這樣，拔毛、刷洗、按摩、敷上油膏，直到我變得光溜溜，赤條條，渾身刺痛。

富雷維斯抬起我的下巴，嘆口氣說：「眞可惜，秦納說不能改動妳的模樣。」

「就是啊，否則我們眞的能把妳變得非常特別。」歐塔薇雅說。

「等她年紀大一點，」凡妮雅簡直是恨恨地說：「到時候他就得讓我們動手了。」

動手？動什麼手？把我的嘴唇注射得像史諾總統一樣飽滿嗎？在我的乳房刺青？把我的皮膚染成洋紅色並植入珠寶？在我臉上割出裝飾圖案？把我的手變成彎曲的鷹爪？在我臉上插入貓咪的鬍鬚？我在都城的居民身上見過所有這些花樣，甚至還有更誇張的。難道他們眞不曉得，他們在我們眼裡看起來有多怪異嗎？

我的身體正在飽受凌虐，我一夜未眠，我將被迫結婚，我一旦無法滿足史諾總統的要求，將會招致恐怖的災難——所有這一切，已讓我心力交瘁。想到有一天我可能得任由我的預備小組擺布，受他們怪異的流行時尚凌虐，只讓我感覺慘上加慘。等到了午餐時間，我的心情已經沉重到不想開口說話。艾菲、秦納、波緹雅、黑密契和比德都已開動，沒等我。大家正興致高昂地稱讚食物，還說他們在火車上睡得有多好。只除了黑密契。他宿醉未醒，只拿了一塊鬆餅，小口小口地咬著。或許是因爲我早上吃了太多油膩的食物，但也可能因爲我太不快樂，我一樣不覺得餓。我有一搭沒一搭地攪著碗裡的肉湯，只吃了一兩口。我甚至無法抬眼看我被派定了的，未來的丈夫比德，雖然我知道這完全不是他的錯。

大家注意到我的沉默，試著要拉我加入談話，但我不理他們。這時，火車停了下來。我們的服務人員來報告說，這不是暫停加油，而是什麼零件發生故障，必須更換。我們需要停留至少一個小時。這讓艾菲整個人焦躁起來。她馬上拿出時間表，開始數說這一延宕對我們往後的人生會造成多大影響。最後，我實在再也聽不下去了。

「沒人在乎的，艾菲！」我吼道。餐桌上每個人，包括黑密契在內，全都瞪著我。由於艾菲總是令黑密契抓狂，你會以爲他會站在我這邊。並沒有。我立刻擺出防衛的姿態，說：「是沒人在乎！」然後起身離開餐車。

突然間，火車似乎變得令人窒息，我現在眞的要暈車了。我找到出口，強行打開門，未料引發了警鈴，但我不理它，往外跳出去，想說自己會落在雪地上。但是迎面吹來的風溫煦暖和，樹上仍長著翠綠的葉子。才一天，我們往南走了多遠？陽光很亮，我瞇著眼睛沿著軌道走，已經開始後悔那樣對艾菲講話。我眼前的困境根本不能怪到她頭上。我該回去跟她道歉的。我突然發脾氣眞是不禮貌到了極點，而艾菲非常重視禮貌。但我的腳只是繼續沿著鐵軌往前走，走過了火車尾，將它抛在背後。延遲一小時，我可以朝一個方向走上二十分鐘，然後折返，時間充裕得很。然而，在走了幾百碼後，我蹲下身，一屁股坐在地上，望著遠方。如果我現在手中有弓和箭，我會不停地走下去嗎？

一會兒之後，我聽見背後傳來腳步聲。一定是黑密契，他要來把我罵到臭頭了。我是活該挨罵，但我還是不想聽。「我沒心情聽你教訓。」我盯著腳邊一撮野草，發出警告。

「我會試著長話短說。」比德在我旁邊坐下來。

「我以爲是黑密契。」我說。

「喔，他還在啃那塊鬆餅。」他說。我則看著他擺放他那隻假腳。「很爛的一天，是吧？」

「沒事。」我說。

他深吸一口氣，說：「聽著，凱妮絲，我一直想跟妳談我在火車上的那種表現。我是指上一趟火車，載我們回家的那趟。我知道妳跟蓋爾之間有某種感情。還沒眞的認識妳之前，我就很嫉妒他了。硬要逼妳把遊戲中發生的事當眞，是蠻不公平的。我很抱歉。」

他的道歉令我大吃一驚。沒錯，在我向比德坦承遊戲期間我對他的愛只是一種表演之後，他就變得很冷，對我不理不睬。但我並沒有因此就生他的氣。在競技場裡，我不也把羅曼史表演得淋漓盡致嗎？坦白說，有好幾次，連我都不知道自己對他到底是什麼感覺。我現在也還是不知道，眞的。

「我也很抱歉。」我說。我不確定自己究竟是爲何事道歉。也許是因爲眼前我很有可能毀了他吧。

「妳沒什麼好道歉的。妳只是想保住我們兩個的命。但我不想再這樣繼續下去，在眞實生活中不理對方，然後，有攝影機照過來時，便把對方撲倒在雪地上。所以，我想，妳知道，如果我停止自憐自艾，也許我們可以試著只是做朋友。」他說。

所有我的朋友，到最後大概都會死得很難看，但拒絕比德也不會讓他安全無虞。「好。」我說。他的提議確實讓我感覺好過多了，起碼不用再假裝。如果他能早一點，能在我知道史諾總統另有打算之前，跟我說這些話，那就好了。現在，我們再也沒有機會只做朋友了。不過，無論如何，我很高興我們又跟彼此講話了。

「所以，出了什麼事？」他問。

我不能告訴他。我伸手拔著眼前那撮雜草。

「讓我們從比較基本的開始吧。我知道妳冒生命的危險救了我，卻不知道，嗯，不知道妳最喜歡的顏色是什麼，這不是很奇怪嗎？」他說。

我臉上不禁露出了微笑。「綠色。你呢？」

「橘色。」他說。

「橘色？像艾菲的頭髮？」我問。

「再柔和一點，」他說：「比較像……夕陽。」

夕陽。我眼前就有一輪落日，只剩弧形的邊緣浮在地平線上，天際染著一道道不同層次的柔和的橘色光輝。真美。我想起那片裝飾著卷丹百合的餅乾，而現在比德在跟我講話，但我所能做的，卻是避免提及有關史諾總統的事。我知道黑密契一定不希望我講。我最好聊些瑣事就好。

「你知道，大家都極力稱讚你的繪畫。我很遺憾自己還沒見過。」我說。

「我帶了一整個車廂的畫來。」他起身，朝我伸出手，說：「來吧。」

他的手指再度纏繞著我的，那感覺眞好，不是爲了在攝影機前表演，而是眞正的友誼。

我們手牽手走回火車。到了門口，我想起來，說：「我得先去跟艾菲道個歉。」

「道歉時不妨誇張一點。」比德告訴我。

當我們走回餐車，大家還在用餐。於是，我向艾菲致上十二萬分的歉意，誠懇得其實很過火，但她心裡大概覺得這才剛夠彌補我的無禮而已。艾菲果然沒有令人失望，她很親切地接受了我的道歉。她說，顯然我是處在很大的壓力下。然後，她絮絮叨叨地解釋，總得**有人**盯著行程，講了足足五分鐘，才五分鐘。說眞的，這樣的懲罰算很輕。

當艾菲說完，比德領我走過幾個車廂，去看他的畫作。我不知道自己期待看到什麼，也許是餅乾花朵的放大版。結果完全不是。比德畫下了那場遊戲。

有些畫，如果你沒跟他一起在競技場裡待過，你不會馬上認出畫的是什麼。水從岩縫滴下，那是我們的洞穴。乾涸的水塘。一雙挖著根塊的手，他的手。其他的畫是任何人都認得的。那個稱爲豐饒角的金色角狀物。克莉芙在整理她插在外套內側的小刀。一隻咆哮著朝我們撲過來的變種狼，清楚分明的金色毛髮與綠眼睛，只可能是閃爍。還有我。到處都有我。在高高的樹上。在溪邊拿襯衫甩打著岩石。失去意識躺在一攤血泊中。還有一幅，我認不出是哪個場景，也許是他發高燒時看見的我的樣子——從銀灰色的霧中冒出來，那霧與我眼睛的顏色一模一樣。

「妳覺得怎麼樣？」他問。

「我痛恨它們。」我說，幾乎可以嗅到鮮血、塵土、變種狼噴吐出來的怪異氣味。「我試著忘記競技場裡的事，你卻讓它們活生生地再現。你怎麼能把這些事情記得這麼清楚？」

「我每天晚上都看到它們。」他說。

我懂他的意思。噩夢。在我去參加遊戲之前，我對噩夢就不陌生了，現在它們更是只要我一睡著就來折磨我。但昔日糾纏我的夢，我爸在礦坑裡被炸得粉碎的場景，已經很少出現。如今，我一再夢到競技場上的事情。我試圖拯救小芸，但我做不到。比德流血至死。閃爍腫脹的身軀在我手中碎爛。卡圖最後落在變種狼爪下的悲慘下場。這些是我最常夢到的事。「我也是。但把它們畫出來，會有幫助嗎？」

「我不知道。我只覺得，畫出來之後，我晚上比較沒那麼害怕睡覺，起碼我是這麼告訴自己的。」他說：「但它們並未就此消失。」

「也許它們不會消失。黑密契的就沒有。」黑密契不曾講過，但我很肯定，這就是他不喜歡在天黑後睡覺的原因。

「是不會。但對我來講，醒來時手裡握著畫筆，總比手裡握著刀要好多了。」他說：「所以，妳眞的痛恨這些畫？」

「對。但你畫得好極了。眞的。」我說。它們眞的是傑出的畫作，但我一點也不想再看第二眼。「想看看我的才藝嗎？秦納幫我做得好極了。」

比德大笑。「待會兒吧。」火車往前開動，我看見窗外大地朝我們身後飛逝。「走，我們快到第十一區了。讓我們好好看看這個區。」

我們走到最後一節車廂。那裡有椅子跟沙發可坐，但最棒的是，它後方的窗戶可以往上直接縮進天花板，讓你像置身戶外，在清新的空氣中，看見大片大片的風景。廣大開闊的原野上有成群的乳牛在吃草。這景色跟我們林木密布的家鄉比起來，實在很不一樣。我們的車速減慢了一點，我想我們可能又要靠站了，這時一堵圍牆陡然升起，橫擋在我們眼前。圍牆聳起，至少三十五呎高，頂端還有一圈圈猙獰的鐵蒺藜。相形之下，我們第十二區的圍牆簡直像兒戲。我迅速察看了一下圍牆底部，居然還覆上一大片一大片的金屬板。你絕不可能從底下鑽過，偷跑出去打獵。接著，我看到了等距離配置的瞭望塔，上面有荷槍實彈的警衛，在野花遍布的田野環繞下，顯得十分格格不入。

「這可眞不一樣。」比德說。

小芸確實給過我這樣的印象：第十一區執法十分嚴苛。但我從來沒想過會是這副情景。這會兒我們看見農田了，極目所見全是農作物，綿延不絕。戴著草帽遮蔽陽光的男女老少，在我們火車經過時全站了起來，轉身看著我們，利用這片刻時間舒展腰背。我看見遠處有果園，不禁想著那是不是小芸工作過，爬到樹梢從最細的枝條上摘果子的地方。我們不時可以見到東一簇西一簇的簡陋小屋，相較之下，炭坑的房子高檔多了。但這些小屋此刻全都看不見人影。顯然，收成的時候一定需要所有的人手。

這樣的景象一直持續著。我眞不敢相信第十一區有多大。「妳想有多少人住在這裡？」比德問。我搖搖頭。在學校裡，他們只說它是個很大的區域，僅此而已。沒有實際的人口數字。但每年我們在電視螢幕上看見的，等候抽籤的那些孩子，不可能是全部住在這裡的青少年。那恐怕只是取樣。他們是怎麼做的？有個預先抽選？事先抽出一批人，再確保抽籤日他們都出席？小芸究竟是經歷怎樣的程序，最後才站上台，除了陣陣颳過的風，無人取代她的位置？

我開始對這地方無邊無際、沒完沒了的景物，感到疲倦。當艾菲來叫我們去換衣服，我沒有抗拒。回到自己的車廂，我讓預備小組幫我梳妝打扮。秦納進來，拿著一件漂亮的橘紅色連身洋裝，上頭的圖案是秋天的樹葉。我想到比德會有多喜歡這件衣服的顏色。

艾菲把比德跟我叫在一起，把今天的節目再走最後一遍。在有些區，勝利者會乘車穿行城市，接受居民夾道歡呼。但在第十一區，或許是因爲幅員太廣，居民太分散，以至於基本上沒有城市可言，也或許是因爲收成時節他們不想浪費太多人手，總之，群眾聚會只侷限在廣場上舉行。地點就在他們的司法大樓前，那是一棟巨大的大理石建築。它肯定曾經美輪美奐過，但時間已經留下殘酷的痕跡。即使是在電視上，你都可以看見常春藤佔領了陷落的屋頂與斑駁毀損的外觀。廣場周圍環繞著一圈破舊的店面，其中絕大部分的店鋪都已經荒廢了。無論第十一區以前有過怎樣的榮景，如今都已不復存在。

我們公開亮相的室外場所，艾菲稱之爲陽台。那其實是司法大樓前從正門到階梯之間的很大一片鋪磚外廊，上方遮陽的廊簷由一根根的圓柱支撐著。他們會將比德跟我介紹給群眾，第十一區的市長會宣讀一篇讚譽我們的講詞，然後我們會以一篇都城提供的謝詞做回應。如果勝利者跟該區死亡的貢品有過任何特別的結盟，在謝詞之後再加上幾句個人感言，也被認爲是合宜的。我該說幾句話的，關於小芸，也關於打麥，眞的該說。但我在家裡每次試著要寫些什麼，最後都是對著白紙乾瞪眼。要我不帶情緒地說些有關他們的話，實在太難了。幸好，比德寫了些東西出來，並且只要稍微做點修改，就可以算是我們兩人要講的話。在典禮的最後，他們會致贈我們某種匾額，然後我們就可以告退，回到司法大樓裡，品嚐一頓特別的晚餐。

當火車在第十一區的車站停靠下來，秦納爲我的裝扮做最後的打點，把我的橘紅色髮箍換成閃耀著金黃色金屬光澤的髮箍，並在我的洋裝上別好我在競技場中所戴的學舌鳥胸針。

月台上沒有歡迎委員會，只有一個由八名維安人員組成的小隊，引導我們上到一輛裝甲卡車的後方車廂裡。隨著車門在我們背後哐啷一聲關上，艾菲用鼻子吸了一口氣，說：「你眞的會以爲我們全部都是囚犯。」

我心裡卻想，**不是我們全部，艾菲，只有我才是**。

卡車在司法大樓後門把我們放下來。我們匆匆進入大樓裡。我可以嗅到預備中美食的香味，但這味道蓋不過發霉跟腐朽的氣味。他們沒給我們時間四處看。當我們直接急步朝正門走去，我可以聽見外面廣場上開始播放國歌。有人在我身上夾了個麥克風。比德牽起我的左手。巨大的門扇隨著市長介紹我們的聲音沉重地打開。

「大大的笑臉！」艾菲說，從後方輕推我們。我們的雙腳開始往前走。

我心裡想著，**就在此一舉了。這裡就是我必須讓大家相信我深愛著比德的地方**。嚴肅的典禮過程安排得十分緊湊，因此我不知道該怎麼做好。沒時間給我們接吻，但也許我能想辦法生出一個機會來。

掌聲很大，但沒有像我們在都城聽到的歡呼、吶喊和口哨。我們走過有遮蔭的陽台直到廊簷外，在燦爛的豔陽下，站在大理石階梯最頂端的巨大台階上。當我的眼睛適應過來，我看見廣場四周的建築都掛著旗幟，這有助於遮蔽它們殘破荒廢的狀態。廣場上擠滿了人，但這仍然只是這區人口的一小部分。

跟過往一樣，在階梯底端，搭了個特別的台子，供死亡貢品的家人出席用。在打麥這邊，只有一位佝僂著背的老婦人和一名高大結實的女孩，我猜是打麥的姊妹。在小芸那邊……我還沒準備好面對小芸的家人。她父母的臉上，仍清清楚楚帶著哀傷。她的五個弟弟妹妹，模樣跟她長得好像，都是小小的個子，燦亮的棕色眼睛，像一小群深顏色的鳥兒。

掌聲停歇，市長發表那篇讚譽我們的演說。有兩個小女孩走上前來，獻給我們兩束巨大的捧花。比德說了都城準備好的謝詞作爲回應，接著我察覺自己掀動嘴唇講話，爲我們這段談話收尾。多虧我媽跟小櫻事先逼我反覆練習，我連在睡夢中也能說出這幾句結尾的話。

比德已經把他個人要補充的回應寫在一張卡片上，但他沒把卡片拿出來。相反地，他用他那簡單、迷人的風格講話，講到打麥和小芸都成功進入最後八強，講到他們如何幫助我活了下來，因此也保住了他的命，而這是我們永遠都無法償還的債。接著，他遲疑了一下，然後加上一段他沒寫在卡片上的話。也許他認爲如果寫了，艾菲會要他刪掉。「我知道這永遠也無法彌補您們的損失，但只要我們兩個活著的一天，我們希望第十一區的這兩個家庭，每年都能從我們所贏得的戰利品中接受一個月的供應，以象徵我們兩人對您們的感謝。」

群眾忍不住發出驚愕的喘息聲，並喃喃低語。比德做的事沒有前例。我甚至不曉得這是否合法。他說不定也不知道，所以他沒問，以免被阻止。至於那兩家人，則只是震驚地瞪著我們。當他們失去打麥跟小芸，他們的人生就已經永遠改變了，但這項禮物會再次改變他們的人生。貢品所贏得的戰利品，一個月的供應量就能輕鬆支撐一個家庭一年的生活。只要我們活著，他們就不至於挨餓。

我看著比德，他給了我一個悲傷的微笑。我聽見黑密契的聲音說：**「妳有可能把事情搞得更糟。」**但在這一刻，我無法想像自己還能做得更好。這禮物……眞是太完美了。因此，我踮起腳尖吻他，毫無勉強。

市長上前頒贈我們一人一塊匾額。那匾額太大，我得放下花束才能抓牢。典禮即將結束，我注意到小芸的一個妹妹一直瞪著我。她大概九歲上下，模樣幾乎就是小芸的翻版，包括她站立時雙臂微微張開的姿勢。儘管才聽到獲贈勝利物資的好消息，她看來並不高興。事實上，她的眼神像是在責難。是因爲我來不及拯救小芸嗎？

不，我想，**是因為我還沒感謝她**。

羞愧的感覺淹沒我。那小女孩是對的。我怎麼可以這麼被動，不發一語地站在這裡，讓比德說所有的話？如果贏的是小芸，她絕不會讓我死得如此無聲無息。我想起在競技場裡我是如何用心地以花朵覆蓋她的身體，確保她的死絕不會不引人注意。但我現在若不表示些什麼，那樣的動作將毫無意義。

「等等！」我將匾額緊抱在胸前，踉蹌著往前跨出幾步。我可以發言的時間已經過去了，但我一定得說些什麼。我欠得太多了。就算我把贏來的物資全部送給這兩個家庭，我今天的沉默也無法寬宥。「拜託，請等一下。」我不知道怎麼開頭，但我一旦開始，那些話便從我口中滔滔不絕湧出來，彷彿它們已經在我腦海深處醞釀許久。

「我要對第十一區的貢品獻上我的感謝。」我說。我望向打麥那邊的兩位女性。「我只跟打麥講過一次話。只足以讓他饒我一命的幾句話。我不認識他，但我始終尊敬他。尊敬他的力量。尊敬他只按自己的方式，拒絕照任何人的規矩來玩這遊戲。專業貢品們從一開始就想拉他入夥，但他不幹。我為此尊敬他。」

那位駝背的老婦人——她是打麥的祖母嗎？——頭一次抬起頭來，嘴角露出一絲微笑。

群眾這時已經完全寂靜無聲，靜到我很好奇他們是怎麼做到的。他們一定全都屏住了呼吸。

我轉向小芸的家人，說：「但我覺得我認識小芸，她也將永遠活在我心裡。每一樣美麗的事物都讓我看見她。當我看見我家旁邊草場上的小黃花，我看見她。當我看見在樹間唱歌的學舌鳥，我看見她。但有更多的時刻，我在我妹妹小櫻的身上看見她。」我的聲音開始顫抖，但我快講完了。「感謝你們養育了這樣的孩子。」我抬起下巴對群眾說：「感謝你們所有的人送來麵包。」

我站在那兒，覺得自己好累好渺小，而數千雙眼睛盯著我。好長一陣子停頓無聲。然後，從群眾中的某處，有人用口哨吹出了小芸那四個音符的學舌鳥曲調。一首在果園裡宣布一天工作結束的曲調。一首在競技場裡意味著平安的曲調。當這曲調結束時，我找到了那個吹口哨的人，一名枯瘦的老人，穿著褪色的紅襯衫與一件工裝褲。他的雙眼迎上我的。

接下來發生的事，實在不像是意外。眾人的動作太一致，太熟練，一點都不像自發的偶然事件。群眾中每一個人都舉起他們的左手，先用中間三根手指貼住他們的唇，再把手伸出來對著我。這是我們第十二區的信號，我在競技場中給小芸的最後道別。

如果我沒跟史諾總統說過話，這個舉動一定會把我感動到涕淚縱橫。但他所下達的，要我設法讓行政區平靜下來的命令言猶在耳，這個場景讓我驚懼。他們如此公開地對一位公然反抗都城的女孩致敬，會讓他怎麼想？

我的舉動所造成的影響，我突然完全明白過來。這不是故意的，我只是想表達我的感謝而已，但我已引發某種危險的狀況，來自第十一區百姓的異議行動。而這正是我應該要極力平息的情況啊！

我試著想要說些什麼，來削弱剛才發生的事，設法使它失效，但我聽見我的麥克風爆出一聲輕微的靜電聲響，便切斷了，市長已經接管整個場面。比德和我接受了最後一輪掌聲。他領我回頭走向大樓正門，完全沒有察覺有事情出錯了。

我感覺頭暈，必須停下來片刻。細碎的陽光在我眼前跳舞。「妳還好嗎？」比德問。

「只是頭昏。太陽太烈了。」我說，接著看見他手中的花束。「我忘了我的花。」我咕噥說。

「我去拿。」他說。

「我自己來。」我回答。

如果我沒忘記我的花，沒耽擱這麼一下子，現在我們已經安全地置身在司法大樓裡了。然而，此刻，從陽台的深蔭處，我們看見了整件事情。

有兩個維安人員把吹口哨的老人拖到階梯頂端，強迫他面對群眾跪下，然後開槍把子彈送進他腦袋裡。

5

老人才剛倒下，一排穿著白色制服的維安人員隨即組成人牆，封鎖了我們的視線。好幾個拿著自動武器的維安人員橫過槍來，將我們往大門的方向推擠。

「我們這就走！」比德把拼命擠壓我的維安人員推開，說：「我們知道了，可以吧？來吧，凱妮絲。」他伸出手臂環住我，引領我走回司法大樓裡。維安人員緊跟在我們背後一兩步。我們一進入大樓，大門便用力關上，我們聽見維安人員的腳步聲回頭朝群眾走去。

黑密契、艾菲、波緹雅和秦納都緊繃著臉，滿心焦慮，等在一面安裝在牆壁上，此刻只布滿靜電干擾信號的大螢幕下方。

「發生什麼事？」艾菲匆忙走過來，說：「在凱妮絲美好的演講之後，我們就斷訊了，然後黑密契說他聽見一聲槍響，我說這太荒唐了，可是誰曉得呢？到處都有瘋子啊！」

「沒事，艾菲。是一台老卡車的引擎逆火。」比德不慌不忙地說。

又是兩聲槍響。大門並未擋住太多聲音。這次是誰？打麥的老奶奶？小芸的哪個妹妹？

「你們兩個，跟我來。」黑密契說。比德和我跟著他走，把其他人留在原地。司法大樓裡四處站崗的維安人員，在我們一旦安全地置身屋內之後，便對我們的行動失去興趣。我們爬上壯麗的弧形大理石階梯。到了頂端，是一條地板上鋪著破舊地毯的長廊。有一道雙扇門大開著，歡迎我們進入我們碰到的第一個房間。天花板一定有二十呎高，周緣的裝飾板條雕刻著各式水果與花朵圖案，還有一些小小、胖胖、長著翅膀的小孩，從各個角度俯視著我們。花瓶中盛開的花朵散發出濃烈的氣味，刺激得我的眼睛發癢。我們的晚宴服掛在靠牆的行李架上。這房間是準備給我們使用的，但我們停留不到一分鐘，只來得及把剛剛收到的禮物放下。接著黑密契從我們胸口把麥克風扯下，塞到一張沙發的坐墊底下，並揮手示意我們繼續跟他走。

就我所知，黑密契只在幾十年前，他進行他的勝利之旅時，來過這裡一次。但他一定有驚人的記憶力，要不就是有可靠的直覺，因爲他似乎毫不遲疑地帶著我們一層層往上爬，走過一道道曲折的階梯和越來越窄的走廊，像走迷宮似的。有好幾次，他得停下來用力推門。從鉸鏈發出的吱嘎聲，可以知道這些門已經很久不曾打開過了。最後，我們爬上一道垂直的梯子，抵達一扇活板門。當黑密契把它推開，我們發現自己來到了司法大樓的圓形穹頂。好大一個地方，堆滿了破爛的家具、一疊疊的書和帳冊，以及鏽蝕的武器。每樣東西上面都布滿厚厚的灰塵，顯然已經很多年沒人來過了。穹頂牆壁上裝有四扇方窗，光線勉強從骯髒的玻璃透進來。黑密契伸腳把活板門踢上，然後轉身面對我們。

「發生什麼事？」他問。

比德把發生在廣場上的事說了一遍。口哨、致敬，我們在廊簷下耽擱片刻，老人遭殺害。「黑密契，這究竟是怎麼回事？」

「最好是由妳來說。」黑密契對我說。

我不同意。由我來說，結果恐怕會糟糕一百倍。但我還是盡可能冷靜地一五一十把每件事都告訴了比德。關於史諾總統，以及各行政區的騷亂。我甚至沒省略蓋爾吻我的那段。我指出，由於我的毒莓果把戲，我們全都處在危險中，整個國家都處在危險中。「照說，我應該要在這趟旅行中修補錯誤的。讓每個懷疑我的人，相信我那樣做真的是出於愛。讓情勢平靜下來。但是，我今天做的事情顯然已經害三個人被殺害，現在每個在廣場上的人都將受到懲罰。」我難過到撐不住，必須在沙發上坐下，雖然那沙發破到彈簧跟填充物都跑出來了。

「那麼我給錢的舉動，不也把事情弄得更糟嗎？」比德說。突然，他一揮手把一盞顫巍巍立在板條箱上的檯燈打飛出去，橫飛過房間，砸碎在地板上。「這一定得停止。這種——這種——你們倆玩的遊戲，現在就得停止。你們把秘密告訴對方，卻把我蒙在鼓裡，好像我無足輕重，好像我太笨，或太軟弱，沒辦法處理這些事。」

我開口說：「事情不是這樣的，比德——」

「事情就是這樣！」他對我大吼：「我也有我關心的人，凱妮絲！在第十二區，我也有家人跟朋友。如果我們不能把事情搞定，他們將跟妳的家人、朋友一樣，全都死定了。在我們一起經歷過競技場裡所有那些事之後，我難道還不能從妳嘴裡聽到一點點的眞話嗎？」

「比德，你總是那麼好，那麼可靠。」黑密契說：「你在攝影機前表現得如此聰明，令人激賞，我不想打亂你的表現。」

「哈，那你眞是高估我了。因爲我今天可把事情搞砸了。你想小芸跟打麥的家人將會發生什麼事？你想他們會分到我們的戰利品嗎？你認爲我給了他們一個光明的未來嗎？我認爲，他們若能活過今天，算他們好運！」比德又打飛一樣東西，一座雕像。我從來沒見過他這個樣子。

「他說得對，黑密契。」我說：「我們沒告訴他是不對的。當初在都城時就該告訴他的。」

「當初在競技場裡，你們兩個就想出了什麼溝通方式，對吧？」比德問。現在，他的聲音小一點了。「某種我被排除在外的方式。」

「沒有，起碼不算是正式的。我只是能夠從黑密契送來的或沒送來的東西中，明白他要我做什麼。」我說。

「嗯，我卻連那樣的機會也沒有。因爲直到妳出現之前，他什麼也沒送來給我。」比德說。

我一直沒細想過這件事。沒想過從比德的觀點來看，整個情況會是什麼樣子。在競技場上，我先是收到燒傷藥膏，然後又收到麵包，而他傷重到一隻腳已經踏進了鬼門關，卻什麼也沒收到。看起來就像黑密契要他付出死亡的代價，來保住我的命。

「聽著，小子——」黑密契開口。

「不必麻煩了，黑密契。我知道你必須在我們兩人當中選一個。而我始終都希望你選她。但現在完全是另一回事。外面已經有人被殺了。除非我們表現得非常傑出，否則接下來還不知道要死多少人。我們都曉得，在鏡頭前面我比凱妮絲強，沒有人需要指導我該說什麼話。但我總得知道我將要踏入怎樣的情況裡。」比德說。

「從現在開始，你不會漏掉任何一件事。」黑密契保證。

「最好是這樣。」比德說。他在離開之前，連看都懶得看我一眼。

他激起的灰塵在空氣中翻騰，找尋新的落點。我的頭髮，我的眼睛，我閃亮的黃金胸針。

「你選了我嗎，黑密契？」我問。

「是的。」他說。

「為什麼？你明明比較喜歡他啊。」我說。

「沒錯。但是妳別忘了，直到他們改變規則之前，我只能希望保住你們兩人當中一個活著離開那裡。」他說：「我想的是，既然他已經下定決心要保護妳，那麼，我們三人當中如果我跟他都盡力的話，我們或許能夠讓妳回得了家。」

「噢。」這是我唯一能想到的話。

「如果這趟旅程下來我們還活著，妳會明白妳必須做什麼選擇的。」黑密契說：「妳會學到的。」

嗯，今天我已經學到一點了。這地方不是我們第十二區的放大版。圍住我們的鐵絲網無人看守，也很少通電。我們的維安人員雖然討人厭，卻沒這麼殘酷。我們的苦難，引發的更多是疲乏，而非憤怒。在這裡，在第十一區，他們受的苦更劇烈，感覺更絕望。史諾總統說得沒錯。一點火花，就足以在他們之間燃起熊熊烈火。

每件事都發生得太快，快到我來不及理解。史諾總統提出警告，維安人員開槍射殺，我察覺自己可能啓動了將導致嚴重後果的事情。這整件事實在太不眞實了。如果我預謀引發動亂，那是另一回事，但現在這狀況……眞是天曉得我怎麼會引起這麼多的麻煩？

「來吧。我們還有一場晚宴要赴。」黑密契說。

我站在蓮蓬頭底下，他們容我洗多久我就洗多久，直到我必須出來讓他們打理。預備小組似乎完全忘了白天發生的事，他們對即將到來的晚宴都感到非常興奮。在行政區裡，他們的重要性夠高，可以出席這類場合，但是在都城，他們從未獲邀參與權貴出席的宴會。當他們不停猜測晚宴會有哪幾道菜時，我卻不停在腦海中看見老人被一槍打得腦袋開花。我甚至沒注意他們對我做了些什麼事，直到快要離開時，我才在鏡子裡看見自己的樣子。我身上是一件淺粉紅色的無肩帶禮服，裙襬長及腳踝。我的直髮打捲了，波浪一般披垂在背後，兩側用夾子固定，裸露出整張臉。

秦納走上前來，站在我背後，在我肩上披上一條閃爍的銀色披肩。他望著我鏡中的雙眼，問：「喜歡嗎？」

「眞美。一如以往。」我說。

「那讓我們看看搭上一個微笑後是什麼樣子。」他溫柔地說。他是在提醒我，幾分鐘之後，就又會有攝影機對著我了。我設法讓嘴角向上揚起。「好極了，就是這樣。」

當我們全體集合好，準備要下樓參加晚宴時，我看得出來，艾菲心情不佳。黑密契應該不會告訴她發生在廣場上的事。如果秦納和波緹雅已經知道有狀況發生，我不會驚訝。但大家似乎有一種沒說出口的默契，就是別把這種壞消息告訴艾菲。是說，我們很快就知道她在煩什麼了。

艾菲看了一遍晚間活動的行程表，然後把它丟到一邊，說：「感謝老天，飯後我們就可以上火車離開這兒了。」

「怎麼啦，艾菲？」秦納問。

「我不喜歡他們對待我們的方式。被塞進卡車裡，不准接近講台。然後，大約一個小時前，我決定要逛逛司法大樓。你知道，我在建築設計方面可說是個專家。」她說。

「噢，是啊，我聽說過。」波緹雅說，免得沒人搭話太尷尬。

「因爲啊，今年大家正在風靡行政區的遺蹟，所以，我打算到處瞧瞧。沒想到，我才開始走動，立刻來了兩個維安人員，命令我回到我們的休息區。其中一個竟然還拿她的槍戳我！」艾菲說。

我立時想到，這一定是黑密契、比德和我稍早消失了一陣子所導致的結果。事實上，這恰好也證明，黑密契的判斷應該是正確的，那個灰塵滿布的穹頂房間，我們密談的地方，沒有人監視。不過，我打賭，現在一定有了。

艾菲看起來好沮喪，因此我主動給了她一個擁抱，說：「那眞是太可怕了，艾菲。也許我們連晚宴都不該去，至少，得等到他們道歉爲止。」我知道她絕不會同意的，但這提議讓她感覺好多了，因爲這表示我認同她抱怨有理。

「不，我可以的。我的工作本來就要承受各種好事和壞事。再說，我們不能讓你們兩位錯過你們的晚宴。」她說：「但謝謝妳這麼說，凱妮絲。」

艾菲安排我們進場的順序。首先是預備小組，然後是她自己、設計師、黑密契。比德跟我，當然是最後進場。

樓下某處，有樂團開始演奏。隨著我們這個小行列的第一波人員開始走下階梯，比德和我牽住彼此的手。

「黑密契說，我不該對妳又吼又叫的。妳只是在他的指導下行事罷了。」比德說：「而且，我表現得好像我以前都沒瞞過妳什麼似的。」

我想起聽見比德當著全施惠國的面，告白他對我的愛時，我有多震驚。黑密契知道這件事，卻沒先告訴我。「我想，在那次訪問後，我自己也打破了一些東西。」

「不過是一個陶壺。」他說。

「還有你的手。不過，此後，不跟對方有話直說實在不值得，對吧？」我說。

「不值得。」比德說。我們站在階梯頂端，按照艾菲的指示，讓黑密契領先十五步。

「妳眞的只跟蓋爾接吻過一次？」

我大吃一驚，開口答說：「對。」今天發生了那麼多事，而最折磨他的竟是這個問題？

「已經十五步了。我們走吧。」他說。

一束燈光打在我們身上，我立刻展露我最迷人的笑容。

我們一步步走下階梯，被吸進一個後來根本無法辨識的，不知哪個行政區的宴會裡。一回合緊接著一回合的典禮、晚宴，以及在火車上度過的時光。每天都一樣。起床。梳妝打扮。遊行通過歡呼的群眾。聆聽讚美我們的演講。致謝詞。只是，現在，除了都城給我們的講稿，不再增添任何個人感言。有時候會走一趟簡短的參觀行程：在某區去瞥一眼海邊的風光，在另一區看看高聳入雲的森林，醜陋的工廠，一望無際的麥田，臭死人的精煉廠。穿上晚宴服。出席晚宴。上火車。

在典禮中，我們莊重又恭敬，但總是牽著手或挽著手臂。在晚宴中，我們陶醉於對彼此的愛。我們親吻、跳舞，被逮到試圖偷溜出去獨處。在火車上，我們安靜、痛苦地試著評估我們有可能達到什麼樣的果效。

即使沒在我們的演講中加上可能觸發不滿情緒的個人感言——不用說，我們在第十一區的那番話，在廣播出來之前就被剪掉了——你都可以在空氣中感覺到某種東西，彷彿一鍋沸騰、熱滾的湯即將溢出。不是每個地方都這樣。有些區的群眾流露出一種猶如疲憊牲口的感覺。第十二區的民眾，在歡迎勝利者的典禮上就經常這樣子。但在某些行政區，特別是第八、第四和第三區，群眾看到我們時，臉上真的洋溢著振奮的神情，而在振奮底下，隱藏著憤怒。當他們呼喊我的名字，那聲音不像是歡呼，反而更像復仇的吶喊。有一次，當維安人員上前制止逐漸失控的群眾，群眾的反應並非撤退、潰散，而是抵住維安部隊的擠壓。於是我知道，要改變這種情勢，我完全無能為力。無論我們的愛情多麼令人信服，都不可能改變。如果我拿出毒莓果是一時瘋狂的舉動，這些人也會擁抱瘋狂。

秦納開始把我衣服的腰圍縮小。預備小組對我的黑眼圈十分苦惱。艾菲開始給我安眠藥吃，但那些藥一點用也沒有，起碼效果不佳。我昏睡過去只為了讓噩夢把我驚醒，次數越來越頻繁，也越來越劇烈。藥物使我在噩夢中要醒卻醒不過來，導致恐怖的夢境延長得更久。夜裡大部分時間都在火車上走動、遊蕩的比德，聽見我尖叫，趕來把我搖醒，哄我冷靜下來。然後他爬上床抱著我，直到我再次入睡。從那之後，我拒絕吃安眠藥。但我每晚都讓他來陪我睡覺。我們像在競技場中一樣，抱著彼此，設法抵禦黑暗，提防著隨時可能降臨的危險。僅此而已，但我們夜夜共眠的事很快就變成了火車上的大八卦。

等到艾菲終於當著我的面提起這事，我心裡想，**很好，也許這事會傳到史諾總統的耳朵裡**。我對她說，我們會盡量小心一點，但是我們沒有。

接連拜訪第二區和第一區，是另一種可怕的噩夢。如果我跟比德沒贏，第二區的貢品卡圖和克菈芙就可能雙雙勝利返鄉了。來自第一區的女孩閃爍，還有那個男孩，都是我親手殺的。我極力避免去看那男孩的家人時，得知他的名字叫馬維爾。我怎麼一直都不知道呢？我猜，在遊戲開始之前，我沒有注意；在遊戲結束之後，我是不想知道。

等我們終於抵達都城，我們已是窮途末路，只剩孤注一擲了。我們不停地露面，在愛慕我們的群眾面前。在這群擁有特權，名字從來沒進過籤球，子女不會因爲先人所犯的叛亂罪而橫死的都城百姓中，我們不用擔心會發生暴動。我們不需說服都城中任何人相信我們的愛，但我們仍抓住微小的希望，希望我們在各行政區沒有說服的人，可以接收到我們此刻從都城傳送出去的信息。只是，無論我們做怎樣的努力，似乎都微不足道，都太遲了。

回到昔日我們在訓練中心待過的地方，我提出了公開求婚的建議。比德同意這麼做，但接著便回到他房裡，許久都不出來。黑密契叫我別去打擾他。

「我以爲這是他希望的。」我說。

「但不是在這種情況下。」黑密契說：「他希望這是眞的。」

我回到房間，鑽進被單底下，試著不去想蓋爾，不去想任何事情。

那天晚上，在訓練中心前搭建的舞台上，我們滔滔不絕地回答一連串問題。凱薩．富萊克曼穿著一身閃閃發亮的深藍色西裝，頭髮、眼皮和嘴唇也都染成了粉藍色。他優雅、流暢地引導我們度過整個訪問過程。當他問及我們的未來，比德單膝跪下，掏心挖肺地求我嫁給他。當然，我接受了。凱薩爲之瘋狂，都城的觀眾全都歇斯底里起來。電視上施惠國各地百姓的鏡頭，顯示我們國家正沉浸在快樂中。

史諾總統令人意外地親自前來恭喜我們。他握緊比德的手，激賞地猛拍一下他的肩膀。他擁抱我，將我裹在鮮血和玫瑰的氣味裡，並用他腫脹的嘴唇親吻我的臉頰。他退開時，手指掐進我的手臂，他充滿微笑的臉對應著我的。我大著膽子揚起眉毛。意思是問他我嘴巴講不出來的問題：**我辦到了嗎？這麼做夠了嗎？我已經一切都按你的意思，讓遊戲繼續玩下去，答應嫁給比德，這樣夠了嗎？**

他的回答是，幾乎令人難以察覺地微微搖了一下他的頭。

6

從那麼一個細微的動作，我看到希望已經終結，毀滅即將開始，這世間我珍愛的一切都將毀滅。我無法猜測他們會怎樣懲罰我，網會撒多廣，但是等事情結束，恐怕什麼也不剩。所以，你大概會以爲，此時此刻，我是全然絕望了。但說來奇怪，我最主要的感覺竟是鬆了一口氣。從此我可以不再玩他們的遊戲了。這趟冒險我到底能不能成功，已經獲得解答，即使那答案是確切無疑的「不能」。如果絕望的時刻需要非常的手段，那麼，我是自由的，我可以鋌而走險，可以孤注一擲，可以不顧一切。

只不過不是在這裡，還不到時候。我必須先返回第十二區，因爲無論什麼計畫，最重要的部分必然包括我媽跟我妹、蓋爾跟他的家人。還有比德，如果我可以說服他跟我們走。我也在名單上加上黑密契。他們是我逃入荒野時，一定要帶著走的人。至於我要怎麼說服他們，在深冬裡要逃往何處，要怎樣才能躲避追捕，我都還沒有答案。但是，至少我現在知道我該做什麼了。

因此，我沒有癱倒在地上哭泣。相反地，我發現自己站得更爲挺直，並且幾個禮拜以來第一次這麼充滿信心。我臉上的笑容，雖然帶著幾分瘋狂，卻不是勉強裝出來的。當史諾總統要觀眾安靜，並說：「我們就在都城幫他們舉辦個盛大的婚禮，你們覺得怎麼樣啊？」我毫無困難地彎腰掩嘴轉圈，既興奮又緊張，露出不敢置信的表情，完全是個小女孩樂昏頭的模樣。完美的演出。

凱薩．富萊克曼詢問，總統心裡是不是已經挑好了日子。

「噢，在我們決定日期之前，最好先獲得凱妮絲她母親的批准。」總統說。觀眾爆出大笑，而總統伸出手臂攬住我。「如果全國上下一心一意要促成這事，我們說不定能在妳三十歲之前把妳嫁掉。」

「你說不定得通過一條新法律才行。」我說，還不停咯咯地笑。

「真有必要的話，我一定辦到。」總統回答，一副俏皮的模樣，好像跟我串通好了。

噢，瞧我們倆一搭一唱，多麼有趣啊。

無與倫比的晚宴，是在總統官邸的宴會廳舉行。四十呎高的天花板轉化成夜空，綴滿星星，看起來就跟在家鄉所見到的星星一模一樣。我猜在都城看到的星星應該是一樣的，但誰曉得？這城市裡的燈光太多太亮，根本看不到星星。在地板距離天花板大約一半的地方，樂隊飄浮在看起來像是蓬鬆白雲的東西上方，但我看不出到底是什麼把白雲托在半空中。沒有傳統的餐桌，取而代之的是數不清的沙發跟椅子，有的圍在火爐旁，有的擺放在芳香的花圃或水池邊，池裡滿是奇形怪狀的魚，人們可以在最舒適的環境中吃喝玩樂。大廳中央有一大塊鋪地磚的區域，可以當作舞池，可以當作表演者來來去去的舞台，也可以供裝扮爭奇鬥豔的賓客在此廝混、交誼。

然而今夜眞正的明星是食物。沿著牆邊排列的長桌上擺滿了各種美食。所有你想像得到的佳餚，還有你做夢都想不到的食物，全擺在那兒等你享用。烤全牛、全豬、全羊都還叉在烤架上轉動著。許多大盤子裡裝著腹中塞滿水果與堅果的雞鴨。海鮮或者已澆上調味醬汁，或者適合蘸辛香調味料吃。還有無數的乳酪、麵包、蔬菜、甜點。葡萄酒流瀉如瀑布，閃爍著火焰的烈酒川流如溪。

反擊的欲望已經燃起，胃口也跟著回來。幾個禮拜以來，我太擔憂，吃不下東西，早餓壞了。

「這房間裡的每一道菜我都要品嘗到。」我告訴比德。

我看得出來，他正試著解讀我的表情，想弄明白我爲什麼改變了。由於他不知道史諾總統認爲我失敗了，所以他只能猜我認爲我們成功了。說不定他甚至會認爲，我眞的因爲訂婚而快樂起來。他的雙眼顯露出困惑的神情，但很短暫，因爲我們還在鏡頭前。「那妳最好節制點，每樣東西都只吃一點點。」他說。

「好，每一道菜最多吃一口。」我說。我的決心在第一張桌子前幾乎立刻瓦解。這張桌子擺了二十幾道湯品，我喝到一碗由南瓜與碎堅果及細小的黑籽調煮的濃湯時，忍不住驚呼：「我可以整晚只喝這道濃湯。」不過我沒這麼做。等我碰到另一道嚐起來充滿春天氣息的清澈綠色湯汁時，我又忍不住多吃兩口。然後，當我嚐到一道泡沫很細，點綴著覆盆子的粉紅色湯品，我再次忍不住多吃了兩口。

人人都來跟我打招呼，報上姓名，拍照，輕吻臉頰。我的學舌鳥胸針顯然已孕育了新的流行熱潮，因爲有好幾個人前來讓我看他們身上的配件。我的鳥兒被複製在皮帶的環扣上，刺繡在絲質的翻領上，甚至刺青在身上的隱密部位。大家都想配戴勝利者的標誌。我只能想像這會令史諾總統抓狂到什麼地步。但他又能怎麼樣呢？那場遊戲在都城是如此地成功，遊戲中的毒莓果不過是一個絕望的女孩嘗試拯救她情人的象徵罷了。

不斷有人來找我跟比德，我們完全無需主動找人攀談。沒有人想在宴會中錯過我們。我一直表現得很愉快，但我對這些都城的人毫無興趣。他們只是害我無法專注於食物而已。

每張桌子都帶來新的誘惑，即使我約束自己每道菜只嚐一口，我還是很快就把自己塞滿了。我拿起一小隻烤小鳥，咬了一口，立時口中溢滿柑橘的醬汁。超級美味。但我要比德幫我把剩下的吃了，因爲我還要繼續品嘗新東西，而我又不願意浪費食物。晚宴上，很多人一樣東西才吃沒兩口，就毫不在乎地把剩餘的丟棄，我覺得實在可惡之至，該遭天打雷劈。在走過大約十張桌子後，我已經撐到不行，然而我們才品嘗了滿屋子佳餚中的一小部分而已。

就在這時候，我的預備小組攔住我。他們一則已經灌飽了美酒，二則因爲難得可以參加這麼重大的盛會而狂喜不已，講起話來幾乎語無倫次。

「你們爲什麼不吃東西呢？」歐塔薇雅問。

「我一直都在吃呀，但現在連一口都吃不下了。」我說。他們聽了全大笑起來，彷彿聽到全世界最荒謬的事一樣。

「沒有人會因爲這樣就停下來不吃！」富雷維斯說。他們帶我們走到一張桌子前，桌上擺了許多裝著清澈液體的小酒杯。「來，把這東西喝下去！」

比德拿起一杯，準備啜一口，他們全都驚慌失色。

「不能在這裡喝！」歐塔薇雅尖叫。

「你得到那邊去喝。」凡妮雅指著通往洗手間的門。「不然你會把這裡吐得滿地都是！」

比德又看了那個小玻璃杯一眼，這才領會過來。「妳是說，這東西會讓我嘔吐？」

我的預備小組笑到要歇斯底里了。「當然，這樣你才能繼續吃啊。」歐塔薇雅說：「我已經上那兒去過兩次了。大家都這麼做。要不然，參加宴會還有什麼樂趣可言？」

我瞪著那些漂亮的小酒杯，想著它們背後的意思，完全說不出話來。比德把他手上那只杯子小心翼翼地放回原處，彷彿害怕它會爆炸。「來，凱妮絲，我們去跳舞。」

音樂從雲端流瀉下來，他領我離開預備小組跟那張桌子，走到中間的舞池。在家鄉，我們只懂得幾支由小提琴和長笛伴奏的舞，而且需要很大的地方來跳才行。不過艾菲教了我們幾支在都城很流行的舞。這時，音樂緩慢，如夢似幻，因此比德拉我入懷，我們緩緩地繞著圈，毫無舞步可言。這樣的舞，不佔地方，彷彿站在一只裝餡餅的圓盤上也能跳。我們安靜了好一會兒。然後，比德用緊繃發顫的聲音說話。

「你和他們廝混，以爲自己終究會接受，想說他們可能沒那麼壞，然後你——」他閉上嘴，沒再說下去。

所有我能想到的，是那些躺在我家廚房餐桌上，枯瘦孱弱的孩子的小小身軀，而我母親開給他們父母的藥方，是他們死也拿不出來的——更多的食物。如今我們有錢了，她常會給那些父母一點食物帶回去。但在過去，沒有多餘的食物可給，我們只能眼睜睜看著那些小孩餓死。然而，在這裡，在都城，他們把吃下去的東西吐出來，只爲了再把東西填進肚子裡，一次又一次，以此為樂。他們這麼做不是因為身體或頭腦有病，也不是因為吃到腐敗的食物，而是大家在宴會中都這麼做，期待這麼做。這是樂趣的一部分。

有一天，我順道給哈賽兒送獵物過去時，維克因為生病待在家裡，咳得很厲害。身為蓋爾家的一份子，這孩子已經吃得比第十二區中百分之九十的人都要好。但他還是花了大概十五分鐘，告訴我一件事：他們打開了一罐在包裹日收到的玉米糖漿，每個人只舀一匙塗麵包吃，並且期望這禮拜稍後能再吃一次。哈賽兒那時說，他可以額外加一小匙在茶裡喝，好舒緩咳嗽，但他覺得這樣不應該，除非其他人也有，他才肯吃。如果連蓋爾家都這樣，其他人家會是什麼樣子？

「比德，他們把我們帶來這裡，彼此殘殺到死，為的只是讓他們獲得娛樂。」我說：「說真的，跟那比起來，這實在算不得什麼。」

「我知道。我很清楚。只是我再也受不了。我已經到了一種……我不曉得自己會做出什麼事來的地步。」他停了一下，然後低聲說：「凱妮絲，也許我們做錯了。」

「什麼事做錯了？」我問。

「企圖緩和各行政區情勢的事。」他說。

我迅速朝左右兩側瞥一眼，不過好像沒人聽見我們交談。攝影小組已經掉轉方向，圍在一桌貝類海鮮的前面，而在我們周圍成雙成對跳著舞的人，若不是醉得厲害，就是完全陶醉在自己的世界裡，沒人注意我們。

「抱歉。」他說。他是該道歉。這裡絕不是吐露這種念頭的地方。

「把話留到回家再說吧。」我告訴他。

就在這時候，波緹雅跟一個大塊頭的男士走過來。那人看起來有點面熟。波緹雅介紹說，他叫普魯塔克．黑文斯比，新任的首席遊戲設計師。普魯塔克詢問比德，他可不可以劫持我跳一支舞。比德恢復了他鏡頭前的和顏悅色，客氣地將我交給他，並開玩笑地警告他別跟我跳上了癮。

我不想跟普魯塔克．黑文斯比跳舞，我不想接觸到他的手，但他一隻手握住我的手，另一隻手搭在我的後腰下方。除了比德跟我家人，我不習慣別人觸碰，而且我看遊戲設計師比蛆還不如，我一點也不想讓這類生物接觸到我的皮膚。他似乎感覺到這一點，因此當我們在舞池中轉動，他始終跟我保持一隻手臂的距離。

我們閒聊，談宴會，談娛樂節目，也談食物，然後他笑說，他自從訓練課程之後，便一直避開雞尾酒。我一下子沒聽懂，隨後才明白過來，原來他是那個在訓練課程的最後一天，我朝遊戲設計師射去一箭時，後退絆倒跌進一大缸雞尾酒裡的人。事實上，我不是朝他們射箭，我只是把他們面前那隻烤豬口裡的蘋果射飛出去。但是我讓他們全跳了起來。

「噢，你就是那個——」我笑出來，想起他跌進大缸子裡濺起水花的畫面。

「是的。妳應該很樂於知道，我還沒有從那次驚嚇中復原。」普魯塔克說。

我想對他指出，那死掉的二十二位貢品，絕不會從他參與設計的遊戲中復生。但我只說：「很好。那麼，你是今年的首席遊戲設計師嘍？那一定是很光榮的事。」

「這話別傳出去，老實說，沒什麼人競爭這項工作。」他說：「責任太大了，得負責整個遊戲的結果。」

是啊，上一任的首席已經掛了，我想。他一定認識希尼卡．克藍，但他看起來一點也不在乎。「你們已經開始規畫大旬祭了嗎？」我問。

「噢，當然。準備工作已經進行了好幾年。競技場可不是一天造成的。不過，這麼說吧，這次遊戲的特殊趣味這時候才開始要決定。相不相信，今晚我就有一次策略會議要開。」他說。

普魯塔克後退一步，從背心口袋掏出一個繫著鍊子的金錶。他輕輕彈開錶蓋，看了一下時間，皺起眉頭說：「我得趕快走。這一次是……」他把懷錶轉向我，好讓我看見錶面。

「從午夜十二點開始。」

「這麼晚才開——」我說到一半，被某個東西分了心。普魯塔克的拇指擦過懷錶的水晶錶面，有那麼片刻，錶面出現一個圖像，發出美麗光澤，像是被燭光照亮了。那是一隻學舌鳥，跟我別在衣服上的胸針一模一樣。只是，他這隻學舌鳥才剛閃現一下就消失了。他啪一聲把錶蓋闔上。

「它眞漂亮。」我說。

「噢，它不只是漂亮。它是獨一無二。」他說：「如果有人問起我，就說我回家睡覺了。照說這是個秘密會議，不該洩漏出去。不過我覺得告訴妳無妨。」

「當然，我會保守你的秘密的。」我說。

我們握手，他對我微微鞠了個躬。這在都城是常見的禮儀動作。「那麼，凱妮絲，我們明年夏天遊戲見嘍。祝妳的訂婚一切順利，還有，祝妳跟妳媽媽講的時候能交好運。」

「我很需要好運。」我說。

普魯塔克走了，我在人群中穿梭，找尋比德，邊走邊有許多陌生人對我說恭喜。恭喜我訂婚，恭喜我在遊戲中獲勝，恭喜我選對了唇膏顏色。我謝謝他們，但心裡一直想著普魯塔克故意給我看他那漂亮的，獨一無二的懷錶。這事情有點古怪。幾乎像是在和我分享一個秘密。可是，爲什麼呢？也許他擔心有人剽竊他的點子，一樣在錶面放一隻會消失的學舌鳥。

一定是。他爲此大概花了大把鈔票，現在卻不能展示給大家看，因爲他怕有人會仿造便宜的山寨版懷錶。這種事，都城才有。

我找到比德，他正在欣賞滿滿一桌精心裝飾的蛋糕。幾名蛋糕師傅特別從廚房裡出來，跟他討論糖霜裝飾的事。你可以看見他們爭相回答他的問題。在他的要求下，他們組合了一整組各色小蛋糕，給他帶回第十二區，讓他可以在家裡安靜地研究他們的作品。

「艾菲說我們得在一點鐘上火車。不知道現在幾點了？」他邊說，邊四處張望。

「差不多午夜十二點了。」我回答，邊伸手從一個蛋糕上摘下一朵巧克力做的花，慢慢地嚼著，完全不在乎自己的吃相。

「是時候跟大家道謝和道別了。」艾菲在我身邊顫著聲音說。這種時候，我最愛她強迫症似的準時習慣了。我們找到秦納跟波緹雅，接著她陪伴我們走一圈，跟重要人物道別，然後把我們驅趕到大門口。

「我們應該要去跟史諾總統道謝吧？」比德問：「這是他家耶。」

「噢，他不是會對宴會感興趣的人，他太忙了。」艾菲說：「我已經安排了明天給他送該送的卡片跟禮物過去。啊，原來你在這裡！」艾菲朝兩名都城的服務人員輕輕揮了下手，兩人中間架著一個醉醺醺的黑密契。

我們坐在一輛暗色玻璃的車中行駛過都城的街道。在我們後面，還有一輛車載著預備小組。街上擠滿了慶祝的人群，我們行進的速度很慢。但艾菲精確到近乎科學的辦事方式，讓我們在一點鐘準時搭上火車，火車隨即開動。

黑密契被塞進他的房間裡。秦納叫了茶，我們全圍著一張桌子坐下，而艾菲唰唰唰地翻閱她的行程表，提醒我們旅程還沒結束。「我們還得把第十二區的豐收節考慮進來。所以，我建議大家喝了茶之後，統統回去睡覺。」沒人反對。

當我睜開眼睛，已經是下午了。我的頭枕在比德的臂彎中。我不記得他昨晚有進來。我小心地翻身，不想吵醒他，但是他已經醒了。

「沒做噩夢。」他說。

「什麼?」我問。

「妳昨晚沒做噩夢。」他說。

他說得對。這麼久以來，我頭一次安穩地睡了一整夜。「不過我做了夢。」我回想著，然後說：「我跟隨一隻學舌鳥穿過森林。走了好久。那其實是小芸，眞的。我是說，那隻鳥唱歌的時候，發出的是她的聲音。」

「她帶妳去哪裡?」他邊說，邊伸手撥開我額前的頭髮。

「我不知道。我們始終沒抵達目的地。」我說：「不過我感到很快樂。」

「嗯，妳沉睡的樣子像是妳很快樂。」他說。

「比德，為什麼你做噩夢的時候我都不知道？」我問。

「我也不曉得。我想我不會大叫或掙扎之類的。我會直接驚醒，僵在那裡，不能動彈，整個人被恐懼籠罩住。」他說。

「你應該要叫醒我的。」我說，想到我做噩夢的夜晚如何三番兩次將他驚醒，而他要花好長的時間才能安撫我平靜下來。

「沒有必要。通常我的噩夢都是失去妳。」他說：「而我一旦知道妳就在這兒，我就沒事了。」

呃。比德說得若無其事，我卻感覺像是被重重打了一拳。他只是誠實回答了我的問題，沒有要逼我說好聽的話，或做任何愛情的告白。但我感覺糟透了，彷彿自己以惡劣的方式利用了他。我有嗎？我不知道。我只知道自己頭一次感覺到，讓他來這裡與我同床共枕是不道德的。然而，諷刺的是，現在我們已經正式訂婚了。

「等回家之後，我又得一個人睡，那才叫糟糕。」他說。

對喔，我們已經快到家了。

在第十二區的行程包括今晚在昂德西市長家出席晚宴，以及明天在豐收節參加廣場上的勝利集會。我們向來都在勝利之旅的最後一天慶祝豐收節，但那通常只是在家裡吃一頓飯；若負擔得起，就邀幾個朋友一起吃一頓飯。但今年，這是公家的活動，由都城主辦，所以整個行政區中每一個人都可以吃得飽飽的。

我們絕大部分的準備工作會在市長家進行，因爲我們是回到寒冬當中，在室外時全身會被皮裘包覆著。我們只在火車站停留片刻，微笑，揮手，然後匆匆擠進汽車。我們甚至得等到今晚舉行的晚宴，才能見到家人。

我很高興晚宴是在市長家，而不是在司法大樓舉行。紀念我爸的儀式是在那棟大樓舉行的。抽籤之後，他們帶我去的地方也是那棟大樓，讓我在那裡和家人傷心道別。司法大樓有太多的悲傷。

但我喜歡昂德西市長的家，尤其現在他女兒瑪姬跟我已成爲朋友。過去，就某方面而言，我們一直是朋友。不過，在我出發去參加遊戲時，她前來道別，並送我學舌鳥胸針，祝我幸運，我們才正式成爲朋友。在我從遊戲生還，返回家鄉之後，我們開始一起消磨時間。原來瑪姬也有很多時間沒事做。一開始的時候有點尷尬，因爲我們都不知道要做什麼。我們這個年齡的其他女孩，我聽過她們談男孩子，或談其他女孩子，或談服裝。瑪姬跟我都不愛聊是非，而聊衣服會讓我無聊到死。在經過幾次失敗的嘗試之後，我才明白，原來她想去森林裡想得要命。因此，我帶她去過幾次，並教她射箭。她則試著教我彈鋼琴，不過我比較喜歡聽她彈，所以大多數時候是她彈琴我聆聽。有時候，我們在對方家裡吃飯。瑪姬比較喜歡在我家吃飯。她爸媽都很和藹，但我發覺她不是經常能見到他們。她爸要管理整個第十二區，而她媽有嚴重的頭痛毛病，經年累月被迫躺在床上。

「也許你們該帶她去都城。」有一次，她媽的頭痛毛病又犯了，我這樣告訴她。那天我們沒彈鋼琴，因爲雖然隔了兩層樓，琴聲還是會讓她媽的頭痛加劇。「我敢說他們一定能治好她。」

「對。但是除非都城邀請你，你不能隨便上那兒去。」瑪姬悶悶不樂地說。市長即使擁有特權，還是有一定的限度。

當我們抵達市長家，我只來得及匆匆給瑪姬一個擁抱，就被艾菲趕上三樓去做準備。等我化好妝，穿上一襲銀色的長禮服，距離晚宴還有整整一小時，於是我溜去找她。

瑪姬的房間在二樓。二樓還有幾間客房和她爸的書房。我把頭探進書房，打算跟市長打聲招呼，但裡頭沒人。電視機是開著的，播報員正絮絮叨叨地說話。我停下來觀看比德跟我昨夜在都城晚宴上的鏡頭。跳舞，吃東西，親吻。此刻，這些鏡頭正在全施惠國每一戶人家裡播放。這對來自第十二區的悲劇戀人，一定已經讓觀眾煩死了吧。起碼我是煩死了。

就在我舉步要離開書房時，一聲嗶的聲響引起了我的注意。我回過頭，看見電視螢幕一片漆黑，接著出現一行閃爍不停的字，**「第八區最新消息」**。我直覺知道，這訊息不是給我看的，只有市長才能看。我應該要離開，迅速離開。但是，我發現自己反而朝電視機走近了幾步。

螢幕上出現一個我從未見過的播報員，一個女人，頭髮開始灰白，聲音嘶啞但充滿威嚴。她警告說，情勢正在惡化，警戒提高到第三級。額外的兵力已經增派到第八區，所有紡織品的生產已經停止。

鏡頭從那個女人切換到第八區的主廣場。我認得那地方，因爲我上禮拜才去過。建築物的屋頂上還飄揚著印有我面孔的彩旗。旗幟下方，是聚集的群眾。廣場上擠滿了嘶喊的人，他們的臉用破布或自製的面具遮著，正在丟擲磚塊。有些建築物正在燃燒。維安人員朝群眾開槍，任意射殺。

我從未見過這種景象，但我此刻目睹的只可能是一件事，史諾總統口中的暴動。

7

一個皮袋，塞了食物。一只保溫瓶，裝了熱茶。一副毛皮襯裡的手套，是秦納返回都城時留下來的。這是豐收節過後的第一個星期天，我把這些東西都放在森林裡我們往常會面的地點，留給蓋爾。還有三根細枝，從光禿禿的樹上折下的，我小心地擺在雪地上，指向我前進的方向。

我繼續前進，穿過寒冷、迷霧籠罩的森林，踏出一條蓋爾不熟悉，但我熟門熟路的小徑。這條小徑通往那個湖。我已經不再相信我們往常私會的地點夠隱密，而今天我亟需隱私，因爲我要對蓋爾傾吐一切心事。但是，他會來嗎？如果他沒來，我只得冒險在深夜裡去他家，沒別的選擇。有些事情，他必須知道……一些我需要他幫我釐清的事情……

當我明白過來，自己在昂德西市長的電視上看見的是什麼，我立刻轉身離開書房，朝長廊走去。還好來得及，因爲市長這時也從樓梯走了上來。我朝他揮了揮手。

「找瑪姬嗎？」他和藹地問。

「是啊，我想給她看我的衣服。」我說。

「嗯，妳知道在哪裡可以找到她。」這時，他的書房傳來另一回合的嗶嗶響聲。他臉色一變，說：「抱歉。」隨即快步走進書房，將門緊緊關上。

我駐足在長廊中，直到自己鎮定下來。我提醒自己，進退應對必須一切如常。然後，我走到瑪姬的房間，她坐在梳妝台前，面對鏡子梳著她那一頭波浪般的金髮。她身上穿著抽籤日那天的白洋裝。她看到我出現在鏡子裡她的背後，露出微笑說：「看看妳，簡直就是直接從都城的街上過來的。」

我走近前去，手指撫摸著那隻學舌鳥，說：「現在，就連這學舌鳥胸針，都在都城流行得一塌糊塗，這得感謝妳。妳確定妳不想把它收回嗎？」

「別發神經，那是給妳的禮物。」瑪姬說，邊用節慶才拿出來的金色絲帶把頭髮綁在腦後。

「妳這胸針是哪兒來的？」我問。

「那是我阿姨的。」她說：「但我想它已經在家族裡留傳很久了。」

「眞有意思，選一隻學舌鳥。」我說：「我的意思是，想想叛亂時期發生的事。那八卦鳥搞砸了都城的計畫，令他們顏面盡失。」

八卦鳥是變種動物，都城用基因改良工程造出來的鳥兒，全都是公鳥，被用來作爲偵察各行政區叛軍的武器。牠們可以記憶並複述大段大段人類所說的話，因此被送到叛軍的區域，竊聽我們談話，然後回報給都城。叛軍明白之後，便以子之矛攻子之盾，餵給這些鳥兒一堆謊言，讓牠們帶回都城。終久事發，於是八卦鳥被遺棄於荒野，自生自滅。幾年之後，牠們在野外滅絕。但是，在絕種之前，牠們已跟母的仿聲鳥交配，生出了一支全新的物種。

「但是學舌鳥從來都不是武器啊。」瑪姬說：「牠們只是唱歌的鳥兒，不是嗎？」

「是的，我想是這樣。」我說，但這不是眞話。仿聲鳥確實只是唱歌的鳥兒，但學舌鳥是都城從來沒算計過會存在的生物。他們從來沒想到，被高度控制的八卦鳥竟有這個腦子能適應野外的生活，還把遺傳因子傳了下去，以新的形式繁衍。他們從未預期到牠要存活下去的意志。

現在，當我跋涉過積雪，我看見學舌鳥在樹梢跳來跳去，隨口模仿別的鳥兒的歌聲，重複它們，然後再把它們轉變成新的曲調。一如既往，牠們讓我想起了小芸。我想起在火車上最後一夜所做的夢，我跟著她往前走，她那時是一隻學舌鳥。我眞希望自己能在睡夢中再待久一點，好知道她到底要帶我到哪裡去。

前往湖邊無疑是一段漫長的路。如果蓋爾決定跟著我去，他一定得多花些力氣，多受點累，而這些力氣花在打獵上頭還比較有效益。在市長家的晚宴上，雖然他家人都到了，他卻缺席，反而顯得突兀。哈賽兒說他生病在家休息，這分明是騙人的話。隔天我在豐收節的慶典上也沒見到他，維克告訴我他去打獵了。那大概是眞話。

走了兩三個小時後，我抵達靠近湖邊的一棟老房子。說「房子」可能太誇張了，它只是一個房間，長寬大約十二呎。我爸認爲，很久以前這邊有許多房子——你還可以看到部分的地基——人們到湖邊來釣魚玩水，住在這些房子裡。這間房子因爲是水泥蓋的，地板、屋頂、天花板都是，所以比其他房子留存得久些。四扇玻璃窗只剩一扇還在，因著時間而變形發黃。這屋子沒有水管，沒有電，但壁爐還可以用。角落裡還有一堆木柴，是我爸跟我多年前撿拾來的。我燃起一小堆火，指望林中霧氣可以遮蓋會洩漏行蹤的煙氣。當火漸漸燃起，我拿我爸用樹枝做給我的掃把，掃掉堆積在空空的窗洞底下的積雪。他做掃把給我那年，我大概八歲，喜歡在這裡扮家家酒。打掃完畢，我在壁爐前小小塊隆起的水泥爐床上坐下，讓火幫我取暖，同時等候蓋爾。

沒多久他就出現了，眞令我驚訝。他肩上背著弓，一隻已經死掉的野火雞繫在腰帶上，大概是他途中獵到的。他站在門口，彷彿在考慮要不要進來。他手上拿著那個不曾打開的皮袋、保溫瓶和秦納的手套。這些禮物，他是不會接受的，因爲他在生我的氣。我完全知道他的感受。我豈不是對我媽做過同樣的事？

我直視他雙眼。他的憤怒並不能遮蓋他受傷的感覺。我跟比德訂婚，讓他覺得遭到了背叛。今天這場會面，將是我不至於永遠失去蓋爾的最後機會。我可以耗時費勁去解釋，然後等他拒絕我。但相反地，我開門見山，直指問題的核心。

「史諾總統親口威脅說要殺了你。」我說。

蓋爾眉毛微揚，半點未顯露恐懼或驚訝。「還有誰？」

「喔，他實際上沒有給我一份名單。不過很容易猜，我們兩家人都包括在內。」我說。這就足以讓他走到火爐邊來了。他在壁爐前蹲下，暖和自己的身體。「除非怎樣？」

「現在沒有除非了。」我說。顯然這要多費點唇舌解釋，但我完全不知要從何說起，因此我只是坐在那裡，憂鬱地瞪著那團火。

片刻之後，蓋爾打破沉默，說：「嗯，感謝妳通風報信。」

我轉向他，準備要發火，卻瞥見他眼中閃爍的光芒。我很氣自己竟露出了微笑。這不是好笑的時刻，但我猜這是壓力超載了吧。無論如何，我們最後都會被抹除滅盡的。「你知道，我有個計畫。」

「是啊，我打賭一定是個絕妙好計。」他把那副手套扔到我膝上，說：「拿去，我不要妳未婚夫的舊手套。」

「他不是我未婚夫，那只是表演的一部分。而這也不是他的手套，這是秦納的。」我說。

「那就拿來吧。」他說。他戴上手套，手指屈伸了幾下，讚賞地點點頭說：「至少我會死得舒服一點。」

「眞樂觀。當然啦，你不知道發生了什麼事。」我說。

「說來聽聽。」他說。

我決定從比德和我被加冕的那個晚上說起。我們成爲飢餓遊戲的勝利者，黑密契卻警告我都城氣炸了。我告訴他，即便回到家，那股不安的感覺仍困擾著我。然後，史諾總統出現在我家，第十一區有人遭殺害，群眾出現騷動的情緒，我們最後奮力一搏，決定訂婚，總統暗示這仍然不夠，而我確定我終究得付出代價。

蓋爾從頭到尾都沒插嘴。我邊說話，他邊脫下手套塞進口袋，然後忙著把皮袋裡的食物拿出來，爲我們準備一餐飯。他把麵包和乳酪烤了，把蘋果去核，把栗子埋進火裡烘烤。我看著他的雙手，看著他修長優美、多才多藝的手指。他手上疤痕累累，一如都城將我全身皮膚磨光去疤之前我的那雙手。但他的手既強壯，又靈巧。那是一雙有力量挖煤，又能精準設下精巧陷阱的手。一雙我信任的手。

我停下來，從保溫瓶裡喝了口茶，然後才準備告訴他我回家以來的事。

「嗯，妳眞是搞砸了不少事。」他說。

「還沒完咧。」我告訴他。

「目前這就夠了。讓我們先跳到妳的計畫吧。」他說。

我深吸一口氣，說：「我們逃走。」

「什麼？」他問。這眞的出乎他的意料之外。

「我們進入森林，逃跑。」我說。他的神情莫測高深。他會把我這主意當成蠢事拋到腦後，大聲嘲笑我嗎？我激動地站起來，準備好好辯論一番。「是你自己說的，你認為我們可以辦到！在抽籤日那天早上，你說——」

他跨步上前，我感到自己雙腳一下子離了地，房間旋轉起來，我得伸出雙臂攬住蓋爾的脖子，才能穩住自己。他大笑，非常快樂。

「嘿！」我抗議，但我也在笑。

蓋爾放下我，但沒放開我。「好，我們逃跑。」他說。

「眞的？你沒認爲我瘋了？你眞的願意跟我走？」一些壓在我肩頭的重擔卸除了，轉移到蓋爾的肩上。

「我**是**認爲妳瘋了，但我**仍然**願意跟妳走。」他說。他是認眞的。不但認眞，而且很高興。「我們辦得到。我知道我們能夠辦到。我們離開這裡，再也不回來！」

「你確定？」我說：「情況一定會很艱苦，還要帶著那些孩子。我可不願意深入森林五哩了，然後你——」

「我確定。我完完全全、百分之百確定。」他低下頭來，用他的額頭抵著我的，把我拉得更靠近。他的肌膚、他整個人，因爲靠壁爐這麼近，散發出一股熱氣。我閉上眼睛，沉浸在他的溫暖中。我吸入皮革被雪打濕的氣味，煙霧及蘋果的氣味，所有那些在那場遊戲之前，我們一起分享的寒冬的氣味。我沒有想要退開。我幹嘛要退開呢？他的聲音降低成耳語，說：「我愛妳。」

原來如此。

我從來沒料到會是這樣。事情發生得太快。前一刻你還在提逃跑的計畫，下一刻……你卻必須應付這樣的事。我脫口說出肯定是最糟糕的回答：「我知道。」

聽起來確實糟透了。好像我早知道他不能不愛我，而我對他沒什麼感覺一樣。蓋爾開始後退，但我一把抓住他。「我知道！你……你知道你對我具有怎樣的意義。」這還不夠。他掙脫。「蓋爾，我現在沒辦法想這種事。打從他們抽籤抽到小櫻的名字那一刻起，每天，我醒著的每一刻，所有我能想的，都是我有多麼害怕。我腦海中似乎沒有空間容納其他的事了。如果我們能逃到某個安全的地方，也許我會變得不一樣。我不知道。」

我可以看見他嚥下他的失望。「好，我們走。讓我們看看妳會不會變得不一樣。」他轉身面向壁爐，爐子裡的栗子已經開始燒起來了。他把它們撥到爐前的地上。「要說服我媽得費點力氣。」

我猜他還是會跟我走。但剛才的快樂已經飛走了，留下這些日子來我早熟悉的我們之間的緊張關係，原封不動。「我媽也是。我一定得讓她明白這當中的道理。也許帶她去散步，好好談談。一定得讓她明白，我們不逃就是死路一條。」

「她會明白的。那場遊戲，很多時候是我陪她跟小櫻一起看的。她不會拒絕妳的。」他說。

「希望不會。」屋裡的溫度像在瞬間下滑了二十度。「黑密契才會是眞正的挑戰。」

「黑密契？」蓋爾拋下栗子，問：「妳不會要叫他跟我們一起走吧？」

「我必須這麼做，蓋爾。我不能拋下他跟比德，因為他們——」他臉上堆起的怒氣打斷了我。「怎樣？」

「對不起，我竟然不曉得我們有多大一群人。」他對我怒道。

「他們爲了問出我跑去哪裡，會把他們折磨到死。」我說。

「那比德的家人呢？他們絕不會跟來的。事實上，他們說不定會等不及去通報，出賣我們。我想他夠聰明，一定知道這一點。萬一他決定留下來呢？」他問。

我試圖裝出無所謂的口吻，但我的聲音突然提高了：「那他就留下來。」

「妳會拋下他？」蓋爾問。

「對，爲了救小櫻跟我媽。」我回答：「我是說，不！我會拉他一起走。」

「我呢？」蓋爾這時的表情冷峻、堅硬如石。「譬如說，假設啦，假設我無法說服我媽拖著三個年幼的孩子在寒冬裡進入荒野，妳會拋下我嗎？」

「哈賽兒不會反對的。她明白事理。」我說。

「假設她不明白呢？凱妮絲，到時候怎麼辦？」他追問。

「那你就得強迫她啊，蓋爾。你以爲我是在說著玩的嗎？」我的聲音因爲生氣也跟著大起來。

「不是。我不知道。也許總統只是在玩弄妳。我是說，他正準備要幫妳舉辦婚禮。妳也看到都城的人是什麼反應。我不認爲他還可以把妳，或比德，給宰了。你們要是出了差錯，他要怎麼收尾？」蓋爾說。

「哼，第八區暴動成那樣，我不相信他還會花時間去挑選我的結婚蛋糕！」我大吼。

這話一說出口，我就後悔了，巴不得能收回來。它們在蓋爾身上所造成的反應是立即的——他雙頰霎時脹紅，灰色的眼珠子亮了起來。「第八區發生暴動了？」他壓低聲音問。

我試圖改變說詞，想要緩和他的反應，正如我想要緩和各行政區的情勢一樣。「我不知道是不是眞的發生暴動。是有些騷動，人們在街上——」我說。

蓋爾抓住我肩膀，問：「妳究竟看到了什麼？」

「什麼也沒有！我沒親眼看到，只是聽到一些事。」跟過去一樣，我太沒說服力，也太遲了。我放棄了，把情況告訴他。「我在市長的電視上看到一些情況。我不該看的。群眾聚集，很多地方失火，維安人員對著百姓開槍，射殺他們，但是他們反擊……」我咬住唇，掙扎著要繼續描述那情景。然而，相反地，我大聲說出這些日子來在我心裡不斷折磨著我的話。「蓋爾，這全都是我的錯，都是因爲我在競技場裡的舉動。如果我吃下那些毒莓果，一死了之，所有這些事就不會發生。比德可以回來，活得好好的，而大家也就都安全了。」

「安全了做什麼？」他的語氣轉溫和了些。「安全地餓死？像奴隸一樣辛苦工作？把自己的孩子送去抽籤？妳沒傷害大家——妳只是給了大家一個機會。他們只需要鼓起勇氣來抓住它。在礦坑裡，已經有人在談論了，那些想要反抗的人。妳不明白嗎？這事發生了！這事終於發生了！如果第八區可以發生暴動，這裡爲什麼不行？其他所有地方爲什麼不行？這可能就是我們一直在期待的事——」

「住口！你不知道你在說什麼。在第十二區以外的維安人員，他們可不像達魯斯，甚至不像克雷！那些區裡老百姓的性命——對他們來講，比螻蟻還不如！」我說。

「這正是我們爲什麼一定要加入抗暴！」他厲聲回答。

「不！我們一定得在他們殺了我們跟其他更多人之前，離開這裡！」我再度用吼的，而且我不明白他爲什麼要這樣。爲什麼他看不見這麼明顯的事實？

蓋爾粗魯地把我推開。「那妳走。我死也不會走。」

「你剛才還很高興要走啊。我不明白，第八區發生暴動不是更說明我們必須離開嗎？你生氣不過是因爲——」不，我不能當他的面拿比德做擋箭牌。我改口說：「那你家人怎麼辦？」

「那其他人的家人呢，凱妮絲？那些沒辦法逃跑的人家呢？他們要怎麼辦？妳還不明白嗎？如果叛亂已經開始，情況就再也不是救**我們自己**就夠了！」他搖了搖頭，毫不掩飾他對我的厭惡。「妳應該可以做很多事的。」他把秦納的手套扔到我腳前，說：「我改變主意了。我不要任何他們在都城製造的東西。」然後他轉身就走。

我低頭看著那雙手套。任何他們在都城製造的東西?那也指我嗎?他會不會認爲我現在也成了都城的另一種產品,所以碰都碰不得?一種不公平的感覺令我憤怒,但這感覺也混合了恐懼,恐懼他接下來不曉得會做出什麼瘋狂的事。

我一屁股在壁爐前坐下,急著想要有人安慰,急著想要立刻想出我下一步該怎麼做。叛亂不會在一天之內發生——我這麼想,藉此讓自己冷靜下來。蓋爾要等明天才能跟其他礦工談上話。如果我可以在那之前找到哈賽兒,她或許可以導正他。但我現在不能去。如果他在家,他一定不會讓我進門。也許今晚,等大家都睡了之後……哈賽兒通常會忙到很晚,直到把所有的衣服都洗完。我可以那時候去,輕敲窗戶,告訴她整個情況,好讓她阻止蓋爾做出傻事。

我又想起史諾總統跟我在書房裡的對話。

「我的參謀們擔心妳會很難搞,但妳不打算做個難搞的人,對吧?」

「對。」

「我就是這麼跟他們說的。我說,任何費了那麼大的勁兒來保住自己性命的女孩,絕不會隨手浪擲自己的生命。」

我想到哈賽兒是如何含辛茹苦地養活一家人。這事她肯定會站在我這一邊。她會吧？現在一定已經快要中午了，冬天晝短夜長。若非必要，最好不要在天黑之後還在森林裡逗留。我踏熄那一小堆火剩下的火苗，清乾淨食物的碎屑，把秦納的手套夾進我的皮帶。我想我會保留它們一陣子。萬一蓋爾改變主意，還可以給他。我想到他把它們扔在地上時臉上的神情。他是多麼厭惡它們，還有我……

我跋涉穿越森林，在天光猶存之際抵達我的舊家。我跟蓋爾的談話顯然是個挫敗，但我決心繼續進行我逃離第十二區的計畫。我決定接下來先去找比德。說來或許有點奇怪，但在這趟旅程中他也看到了不少我所見到的事情，他說不定比蓋爾還更容易接受我的提議。我在他要離開勝利者之村時碰到他。

「去打獵了？」他問。他的表情顯示，他不認爲這是個好主意。

「不算是。到鎮上去嗎？」我問。

「嗯，我應該回去跟家人一起吃晚飯。」他說。

「喔，那我至少可以陪你走過去。」從勝利者之村到廣場的這一段路，應該蠻安全的，可以談話，但沒有什麼用。我不知如何啓齒。先前跟蓋爾提議的下場，是一團糟。我咬著我龜裂的嘴唇。每走一步就更接近廣場，我說不定要等很久才能獲得下一次機會。我深吸一口氣，讓話衝口而出：「比德，如果我請你跟我一起逃離第十二區，你願不願意？」

比德抓住我手臂，令我停下來。他不需要察看我的神情，就知道我是認眞的。「要看妳爲什麼提出這個要求。」

「我沒說服史諾總統。第八區發生了暴動。我們必須離開。」我說。

「妳說『我們』，意思是妳跟我嗎？不會的，還有誰要一起走？」他問。

「我的家人。還有你的家人，如果他們願意的話。也許還有黑密契。」我說。

「那蓋爾呢？」他問。

「我不知道。他說不定有別的計畫。」我說。

比德搖搖頭，對我笑了笑，帶著遺憾。「我敢說他一定有。當然，凱妮絲，我跟妳走。」

我感覺到了一絲希望。「你會跟我走？」

「對，但我一點兒也不認爲妳會走。」他說。

我猛甩開他的手，說：「那你可一點也不瞭解我。準備好，可能隨時就走。」我拔腿就走，他落後一兩步緊跟著。

「凱妮絲。」比德叫道。我沒慢下腳步。如果他認爲我這點子很爛，我不想聽，因爲這是我唯一擁有的計畫。「凱妮絲，等等。」我停下來，踢開路上一團骯髒、冰凍了的雪塊，等他趕上來。煤灰使每樣東西看起來都特別醜陋。「如果妳要，我真的會跟妳一起走。只是我認爲，我們最好跟黑密契仔細商量過，確定我們一走了之不會給大家惹來更大的麻煩。」

他抬起頭來。「怎麼回事？」

我抬起下巴。之前我太專注於自己憂心的事，沒注意到廣場上傳來奇怪的聲音。一種空氣被急速撕裂的聲音，一種擊打的聲音，還有群眾深呼吸的聲音。

「快來。」比德說，他的神情突然變得很嚴肅。我不知道爲什麼，我分辨不出那是什麼聲音，甚至猜不出可能是什麼情況。但比德顯然覺得是一件不好的事。

當我們到達廣場，明顯是出了什麼事，但人太多太擠，我們看不見。比德站上靠在糖果店外牆邊的一個板條箱，伸出手讓我抓，同時掃視著廣場。我才爬到一半，他突然阻止我。「下去。離開這裡！」他低聲說，但聲音嚴厲而堅持。

「什麼？」我說，試著硬要爬上去。

「回家去，凱妮絲！我馬上回去找妳，我保證。」他說。

無論他看到什麼，一定是很可怕的事。我甩開他的手，開始奮力擠進人群裡。大家看見我，認出我的臉，接著卻顯出驚慌的神色。人們相繼伸手把我往後推，還用嘶啞壓抑的聲音急切地對我說話。

「快離開這裡，ㄚ頭。」

「妳只會讓事情更糟糕。」

「妳想幹什麼？要害死他嗎？」

這時我的心已經跳得又急又快，幾乎聽不見他們在說什麼。我只知道，無論廣場中央等著我的是什麼，都是衝著我來的。當我終於突破人群，闖進中間空出來的地方，我發覺我是對的，比德是對的，所有那些聲音也都是對的。

蓋爾雙手手腕被綁在一根木柱上，他稍早獵獲的那隻野火雞懸在他上方，一根釘子穿透牠咽喉。他的外套丟在一旁地上，襯衫被撕開。他跪跌在地上，失去了意識，只靠雙腕上的繩索把他吊著。他原本的背脊，現在是一片赤裸裸、血淋淋的肉板。

站在他背後的，是一個我從未見過的男人，但我認得他的制服。那是我們這區維安隊長的制服。不過，這人不是克雷。這是個高大、肌肉結實、長褲燙得筆挺的男人。

直到我看見他揚起手裡的鞭子，我才在剎那間把分開的片段景象拼成一幅完整的圖畫。

8

「不要！」我大喊，衝上前去。要阻止那一鞭揮下已經太遲了，我直覺知道自己沒本事阻止它，於是我撲過去，直接擋在蓋爾與皮鞭之間。我張開雙臂，盡可能護住他殘破的身軀，因此沒有手來格開這一擊。這一鞭的全部力道狠狠地落在我的左臉上。

劇痛瞬間爆開，鋸齒狀的閃光橫過眼前，我一時之間什麼也看不見，膝蓋一軟跪倒在地。我一手摀住臉，一手撐地，免得栽倒。我已經感覺到鞭痕隆起，腫脹迫使我閉上左眼。我底下的石頭地面濕濕黏黏，染滿了蓋爾的鮮血，空氣中飄著濃重的血腥味。「住手！你會害死他！」我尖叫。

我瞥見加害者的臉，表情嚴峻，皺紋深陷，一張冷酷無情的嘴。灰色的頭髮剃到短得幾乎看不見。雙眼漆黑，彷彿整個眼窩都是瞳孔。筆直的鼻子因爲冰凍的空氣而發紅。那強而有力的手臂又舉起來了，他的雙眼緊盯著我。我的手迅速探到肩上，渴望尋著一支箭，可是，我的武器當然是藏在森林裡。我咬緊牙，等候下一鞭襲來。

「等一下！」有個聲音怒吼道。黑密契出現，走上前來，被一名躺在一旁的維安人員絆了一下。那是達魯斯，額前的紅髮底下突起老大一個醬紫色腫包。他被打昏了，但還在呼吸。怎麼回事？難道他在我來之前，試圖幫助過蓋爾？

黑密契沒理他，一伸手粗粗莽莽地拉我站起來。「噢，這下可好了。」他的手捏著我的下巴，把我的臉抬起來。「她下禮拜要試婚紗，拍婚紗照。你叫我跟她的設計師怎麼交代？」

我看見握鞭的那人眼睛稍微一亮，似乎認出我來了。因爲寒冷，我全身裹得密不透風，臉上又沒化妝，辮子隨便塞在外套底下，要認出我是最近一屆飢餓遊戲的勝利者，並不容易。何況現在我半邊臉腫得像豬頭。但黑密契已經在電視上出現多年，他的模樣可不容易被忘記。

那人放下手，握著皮鞭撐在後腰上，說：「這個罪犯已經俯首認罪，我正在懲罰他，她卻跑來阻撓。」

這人所表現出來的一切，包括他奇怪的口音、發號施令的口吻，都在警告我們，一種危險而未知的威脅已經迫近。他是從哪兒來的？第十一區？第三區？還是直接從都城來的？

「就算她炸掉了該死的司法大樓我也不在乎！看看她的臉！你想下禮拜攝影機來到這裡

之前，這好得了嗎？」黑密契咆哮道。

「那不是我的問題。」那人的聲音依舊冷酷，但我聽得出來他已經有點動搖。

「哼！不是你的問題？我看恐怕很快就會是了，老兄。等我回家，我第一通電話就是打去都城。」黑密契說：「我倒要看看是誰准你打傷我這個勝利者的美麗小臉蛋！」

「他是個偷獵犯。這到底關她什麼事？」那人說。

「他是她的表哥。」比德上前握住我另一隻手臂，動作非常溫柔。「而她是我的未婚妻。所以，如果你想動他，你得先通過我們兩人才行。」

也許我們辦到了。第十二區裡大概只有我們三人，可以聯手阻止這樣的事。不過，可以確定的是，這只是暫時的。事後一定會有嚴重後果。但我不管，此刻我只要緊保住蓋爾的命。這位新來的維安隊長回頭瞥了一眼他的維安小隊。我隨他的視線望見一群熟面孔，都是在灶窩出入的老朋友，不覺鬆了口氣。從他們臉上的表情，你可以知道，眼前這場秀給他們的感覺並不愉快。

有位常在油婆賽伊的攤子吃東西的女維安人員，叫波妮雅，這時動作僵硬地往前跨一步，說：「報告隊長，我相信剛才所執行的鞭數，對一名初犯已經綽綽有餘。除非你要執行死刑，那麼我們會請槍決隊來執行。」

「這邊的標準規約是這樣嗎？」維安隊長問。

「報告隊長，是的。」波妮雅說，有好幾名隊員點頭呼應。我相信他們其實沒有人知道規約到底是怎麼說的，因爲，在灶窩裡，標準規約是一旦有人帶來野火雞，大家就開始搶購雞腿。

「很好。那就把妳表哥帶走吧，丫頭。等他醒過來，提醒他，下次如果在都城的土地上偷獵，我會親自集合槍決隊來行刑。」維安隊長的手抹過長鞭，甩了我們一身的血，然後迅速俐落地把鞭子捲成圈，大步走開去。

大部分的維安人員排成歪歪斜斜的隊形緊跟在後，有少數人留在後頭，他們抓住達魯斯的手和腳，將他抬走。波妮雅走開之前，我瞥見她望過來，便用嘴形對她無聲地說了句「謝謝妳」。她沒反應，但我知道她懂我的意思。

「蓋爾。」我轉過身，雙手笨拙地去解綁住他手腕的繩結。有人遞過來一把小刀，比德把繩子割斷。蓋爾趴倒在地上。

「最好把他帶去給妳媽。」黑密契說。

沒有擔架，但賣衣服的那個老婦人把她攤子上那片充當櫃台桌面的木板賣給我們。「別說是誰賣給你們的。」她說，然後迅速拎起她剩餘的貨物走了。害怕戰勝了同情，廣場上的人幾乎都走光了。看到剛才那一幕，我不怪他們。

等到我們把蓋爾搬到木板上，讓他趴著，廣場上只剩下黑密契、比德，和幾個跟蓋爾同組挖煤的人幫忙抬。

一個我炭坑老家的鄰居女孩麗薇，拉住我的手。去年，她小弟得痲疹，我媽保住了他的性命。「回去時需要幫忙嗎？」她灰色的眼珠子充滿恐懼，但很堅決。

「不用，但請妳去通知哈賽兒，請她過來一趟，好嗎？」我問。

「好。」麗薇說，馬上轉身要走。

「麗薇！」我叫住她。「別讓她帶孩子過來。」

「知道。我會留下來陪他們。」她說。

「謝了。」我抓起蓋爾的外套，快步去追其他人。

黑密契回過頭說：「抓些雪敷著。」我抄起一把雪貼到臉頰上，疼痛麻痺了一些。我的左眼現在淚流不止，在逐漸黯淡的天光中，只能盡力看著我前面的腳步跟著走。

我們邊走，跟蓋爾一起挖煤的夥伴布理斯托和湯姆，邊一人一句說出了事情發生的經過。蓋爾一定是跟過去幾百次一樣，去了克雷的家，知道克雷會付個好價錢買下野火雞。不幸的是，這回碰上的是新來的維安隊長，他們聽見有人叫他羅姆拉斯．崔德。沒有人知道克雷發生了什麼事，他今天早上還出現在灶窩買白乾，顯然那時這個區還歸他管，但現在大家都找不到他，沒人知道他哪裡去了。崔德立刻逮捕了蓋爾，而蓋爾站在他門前，手裡提著一隻死火雞，當然很難替自己辯駁。蓋爾碰上麻煩的事迅速傳開。他被帶到廣場上，被迫承認自己犯下的罪行，然後被判當場處以鞭刑。等到我出現時，他已經被打了至少四十鞭。他在挨到三十鞭左右時昏了過去。

「還好他身上只有一隻野火雞。」布理斯托說：「如果他帶著像以往那樣的獵獲量，情況一定會更糟糕。」

「他告訴崔德，他看見這隻野火雞闖進了鐵絲網內，在炭坑裡亂跑，所以他拿了一根尖木棍刺中牠。但這依舊犯法。如果他們知道他進了森林，而且還有武器，他們一定會把他槍斃。」湯姆說。

「達魯斯是怎麼回事？」比德問。

「在打了二十鞭左右以後，他上前說這樣的處罰就夠了。問題是，他表達的方式不像波妮雅那麼高明，也不照規矩來。他過去一把抓住崔德的手臂，崔德用鞭子的握柄狠狠地把他打昏過去。他等一下肯定要遭殃了。」布理斯托說。

「看來我們每個人不久都要遭殃了。」黑密契說。

雪又開始下了，又大又濕，讓視線更看不清楚。一路上，我認路主要是靠耳朵，而非靠眼睛。就這樣，我跟在其他人後面跌跌撞撞走到了家。門打開時，金黃的燈光染亮了大雪。在我不聲不響消失了一整天之後，毫無疑問我媽正在等我，她也立刻看見了眼前的情況。

「來了個新頭兒。」黑密契說，而她迅速對他點了下頭，彷彿不需要我們再多做解釋。

一如既往，看著我媽從一個叫我幫她打死蜘蛛的女人，轉變成無所畏懼的女人，我內心不由得充滿了敬畏。每當有生病或垂死的人被抬來找她……我想，只有這時候，我媽知道她自己是誰。不消片刻，廚房的長桌就清乾淨了，一塊消毒過的白布鋪在桌面，蓋爾被抬上桌子。我媽邊從一只水壺把水倒到盆子裡，邊指示小櫻從藥櫥中把各類需要的藥品一一拿出來，包括乾燥的藥草、麻醉酊劑、藥房買來的藥水。我看著她的雙手，她纖細的手指一下子捏碎某種藥草扔進盆裡，一下子再滴幾滴藥劑進去。她邊把一塊布浸到熱水中，邊指示小櫻準備第二盆藥水。

我媽朝我的方向瞥了一眼，問：「鞭子傷到了妳的眼睛嗎？」

「沒有，我只是臉腫到眼睛睜不開。」

「再多拿點雪敷一下。」她指示。我很清楚自己不是她優先處理的對象。

「妳救得了他嗎？」我問我媽。她什麼也沒說，手裡忙著把布塊擰乾，再抖開來讓它晾在空氣中涼一下。

「別擔心。」黑密契說：「在克雷來我們這裡之前，常有鞭刑的事。我們總是把傷患帶來給她看。」

我不記得在克雷之前，有個維安隊長任意鞭打人的日子。那時候我媽一定跟我差不多年紀，還跟我外祖父母住在一起，在藥局裡幫忙。即便在那時候，她一定就展現出治療師的天賦了。

她的動作極其溫柔，開始清理蓋爾血肉模糊的背。我覺得胃很難受，覺得自己眞是沒用。剩餘的雪從我的手套往下滴，在地板上聚成一攤小小的水窪。比德拉我在一張椅子上坐下，拿一塊布包了一團新雪來敷在我臉上。

黑密契要布理斯托和湯姆回家去。在他們走前，我看見黑密契在他們手裡塞了些錢，說：「不曉得你們這一組會發生什麼事。」他們點了點頭，接受那些錢。

哈賽兒來了，趕路趕得氣喘吁吁，兩頰通紅，頭髮上都是落雪。她在桌前一張板凳上坐下，一語不發，拉過蓋爾的手貼在她唇上。我媽甚至沒跟她打招呼。她已經進入一個只有她跟病人，偶爾還包括小櫻在內的特殊世界裡。我們其餘的人都只有安靜等待的份。

即使饒富經驗，她還是花了很長的時間才清好傷口，設法把殘剩的皮膚盡量保留，敷上一層軟膏，並包上薄薄一層繃帶。隨著血污被清乾淨，我總算看見每一鞭落在何處，並感覺到它們像落在我臉上那一鞭。我想像自己臉上的疼痛再增加一倍、兩倍，一直增加到四十倍，只能希望蓋爾繼續昏迷不醒。當然，那是不可能的事。當最後一道繃帶裹好，他口中發出一聲呻吟。哈賽兒邊撫摸他的頭髮，邊在他耳旁喃喃低語著。與此同時，我媽跟小櫻正一一察看她們存量不多的止痛藥，那種只有醫生才有辦法拿到的藥。這些藥取得不易，又非常昂貴，偏偏需要量很大。我媽總是把最強的藥留著對付最疼的痛，但什麼才叫最疼的痛？對我來說，任何當下碰到的痛都是最疼的痛。如果是我來管事，那些止痛藥恐怕一天就用完了，因爲我完全見不得人受苦。我媽試著存下這些藥，主要是把它們用在那些臨死的人身上，幫他們平靜地離開人世。

由於蓋爾正在漸漸清醒，她們決定使用一種藥草混合劑，讓他口服。「那根本不夠。」我說。她們瞪著我。「那根本不夠。我知道這有多痛，那個藥劑連頭痛都治不了。」

我媽開始冷靜地解釋：「凱妮絲，我們會把它跟睡眠糖漿混合在一起，他撐得住的。那些藥草主要是用來對付發炎——」

「給他止痛藥就對了！」我對她尖叫：「快給他！妳究竟是誰，憑什麼決定他能忍受多厲害的痛！」

蓋爾被我的聲音驚動，伸手想要找我。他這一動讓傷口又開始流血，染紅了繃帶，同時口中傳出痛苦的呻吟。

「把她帶出去。」我媽說。黑密契跟比德眞的一人一邊，在我開口對她大吼大叫時，把我架出了廚房。他們把我架到一間空著的客房，把我壓制在床上，直到我停止掙扎。

當我躺在床上啜泣，眼淚努力要擠出我腫得只剩一條縫的眼睛時，我聽到比德低聲對黑密契說出有關史諾總統，以及第八區暴動的事。「她要我們一起逃走。」他說。如果黑密契對此有意見，他這時也沒說。

過了一會兒，我媽進來治療我的臉。然後她握著我的手，輕撫著我的手臂，同時黑密契告訴她發生在蓋爾身上的事。

「所以，又開始了？」她說：「跟以前一樣？」

「看樣子是。」他回答：「誰會想到，老克雷走了，我們竟會感到遺憾。」

克雷因爲身上那身制服，當然不會討人喜歡，但是在區裡他之所以惹人厭惡，是因爲他用錢誘使那些飢餓的年輕女子上床。當時機眞的很差時，那些最沒飯吃的女孩會在入夜後聚集在他家門口，爭取出賣自己肉體的機會，以換取幾塊錢來養活一家老小。我爸過世時，如果我年紀夠大，說不定我也會成爲她們當中的一員。只不過，我沒有，我反而學會了打獵。

我不完全懂得我媽說的「又開始了」是什麼意思，但我太生氣太傷心，所以沒問。不過我仍然意識到壞日子回來了，因爲當門鈴響起，我整個人直接從床上彈起來。誰會在深夜這個時候登門拜訪？只可能有一種答案——維安人員。

「不能讓他們抓走他。」我說。

「說不定他們是來抓妳的。」黑密契提醒我。

「或是你。」我說。

黑密契點破實情，說：「這可不是我家。不過我還是會去應門。」

「不，我去吧。」我媽靜靜地說。

結果我們全都跟著她走到了門口，去迎接堅持響個不停的門鈴聲。當她打開門，外面不是一隊維安人員，而是單獨一個被雪覆蓋的身影。瑪姬。她遞給我一個潮濕的、小小的硬紙板盒。

「給妳朋友用這個。」她說。我打開盒蓋，裡面是半打一小瓶一小瓶的清澈液體。「這是我媽的。她說我可以拿來給你們。用這個吧，拜託。」我們還來不及說什麼，她就回頭衝進風雪中消失了。

當我們跟著我媽一路走回廚房，黑密契嘴裡喃喃唸著：「瘋丫頭。」

不管之前我媽給蓋爾吃了什麼，我說得沒錯，那是不夠的。他咬緊了牙，全身一直冒汗。我媽拿針筒從一個小瓶中抽滿一筒，注射到他手臂上。那效果幾乎是立即的，他臉上的神情開始放鬆下來。

「那是什麼東西？」比德問。

「這是從都城來的，叫作麻精。」我媽回答。

「我竟不曉得瑪姬認識蓋爾。」比德說。

「我們以前會賣草莓給她。」我幾乎是氣呼呼地說。不過，我是在氣什麼？肯定不是在氣她拿藥來給我們。

「她一定很喜歡那些草莓。」黑密契說。

啊，激怒我的就是這個。這話暗示了蓋爾跟瑪姬之間有曖昧，而我一點也不喜歡。

「她是我的朋友。」我只說得出這句話。

等蓋爾因為止痛藥的藥力睡著了，大家突然像洩了氣，都覺得累了。小櫻弄了些燉肉湯跟麵包給大家吃。家裡有房間讓哈賽兒過夜，但是她得回去照顧其他的孩子。黑密契跟比德都願意留下來，不過我媽請他們回家去睡覺。她知道她勸不動我，於是留下我照顧蓋爾，她跟小櫻去休息。

我獨自在廚房裡陪蓋爾，坐在哈賽兒先前坐的板凳上，握著他的手，守著他。過了一會兒，我不由自主地伸手去撫摸他的臉。我輕撫著他臉上過去我從無理由去撫摸的地方。他深濃的眉毛，他臉頰的弧度，他鼻子的線條，他咽喉底部的凹窩。我的手指徘徊在他下巴的鬍碴上頭，最後來到了他的嘴唇。柔軟而飽滿，些微龜裂。他呼出的氣息溫暖了我冰涼的肌膚。

人在睡著以後，都會顯得比較年輕嗎？因爲，現在的他，看起來就像多年前我在森林中初遇的那個男孩，那個懷疑我要偷他陷阱中的獵物的男孩。我們眞是旗鼓相當的一對啊，同樣喪父，害怕，但也同樣下定了決心，拼死要養活我們的家人。同樣絕望，不顧一切，但在那天之後，我們都不再孤單，因爲我們找到了彼此。我想到我們在森林中共度的無數時光，慵懶地釣魚的午後，我教他游泳的那一天，還有一次我扭到腳，他背我回家。我們互相依靠，彼此照料，並鼓舞對方勇敢起來。

我在腦海中頭一次把我們的位置對調。我想像看著蓋爾在抽籤日自願取代羅瑞，看著他硬生生地從我的生命中被奪走，爲了活命，變成某個陌生女孩的愛人，然後跟她一起回到家鄉來，就住在她隔壁，還承諾要跟她結婚。

我對他，對那不存在的女孩，對每一件事的恨，是那麼眞實與直接，強烈到幾乎令我窒息。蓋爾是我的。我是他的。只要不是這樣，都無法想像。爲什麼要等到他被鞭打到幾乎沒命，我才看清這一點？

因爲我自私，是個懦夫。我本來或許眞的能做點什麼，卻差一點爲了活命逃走，拋下那些沒有辦法跟來的人，任他們受苦，等死。這就是蓋爾今天在森林裡碰到的女孩。

難怪我會贏得遊戲。高尙的人從來不會贏。

妳畢竟救了比德。我爲自己辯護，但覺得心虛。

現在，我連這點都懷疑起來。我當時就清清楚楚知道，如果我讓他死在那裡，我返回第十二區以後的人生將過不下去。

我把頭靠在桌邊，被悔恨交加壓垮了。眞希望自己死在競技場上。眞希望事情像史諾總統說的那樣，希尼卡．克藍在我拿出毒莓果時就一砲把我轟得粉碎。

毒莓果。我突然明白過來，我是怎樣的人就決定於那一把毒莓果。假使我拿出它們，好救比德一命，是因爲我知道，如果我獨自返鄉，人們將會唾棄我，那麼，我一點兒也不高尙，應該加以鄙夷。假使我拿出它們，是因爲我愛他，我依舊是個自我中心的人，雖然值得原諒。但是，假使我拿出它們，是爲了反抗都城，那麼，我才是一個値得尊敬的人。問題是，在那一刻，我也不知道自己心裡究竟在想什麼。

會不會行政區的百姓是對的——那是個反叛的舉動，即使我自己沒有察覺？因爲，在內心深處，我一定知道，光是逃跑，即使能保住我自己、我家人或我朋友的性命，也是不夠的。就算我辦到了，也不能改變任何一件事，一點也無法防止人們受到蓋爾今天所受的傷害。

第十二區的生活，跟競技場中其實沒有多大差別。到了某個地步，你必須停止逃跑，轉身面對那個要你死的人。難就難在，你得找到勇氣這麼做。對蓋爾來說，這並不難。他天生就是一身反骨。我才是那個計畫逃跑的人。

「對不起，眞的對不起。」我低聲說，傾過身去吻他。

他的睫毛顫動了一下，睜開因麻醉而朦朧的眼睛看著我。「嗨，貓草。」

「嗨，蓋爾。」我說。

「我以爲這時妳已經走了。」他說。

我的選擇很簡單：我可以像被追殺的獵物那樣死在森林裡，也可以留下來死在蓋爾身邊。「我哪兒也不去。我要留下來，就留在這裡，搞得他天翻地覆。」

「我也是。」蓋爾說。他只來得及給我一個微笑，藥力就又使他昏睡了過去。

9

有人搖了搖我肩膀，我猛地坐起來。竟趴在桌上睡著了。我完好的一邊臉頰，因貼在桌面的白布上太久，壓出一些紋路。挨了崔德一鞭的那邊臉，抽痛得厲害。蓋爾依舊睡得死沉，但他的手指緊緊跟我的交纏在一起。我嗅到新鮮麵包的味道，轉動僵硬的脖子，回頭看見比德正低頭看著我，臉上神情悲傷。我意會過來，他一定已經看著我們好一會兒了。

「上床去睡吧，凱妮絲。我來照顧他。」他說。

我開口說道：「比德，有關我昨天說的，逃跑的事——」

「我知道。」他說：「妳不需要解釋。」

在清晨蒼白的天光下，我看見流理台上擺著幾條麵包。他眼睛底下黑青的眼圈，讓我懷疑他根本沒睡，或只睡了一下下。我想到昨天他同意跟我走，他挺身上前站在我旁邊保護蓋爾，他願意將自己的命運完全押在我身上，而我回報他的是這樣少。無論我怎麼做，都會傷害到其中一人。「比德——」

「上床去睡，好嗎?」他說。

我迷迷糊糊爬上樓，爬進被單底下，立刻就睡著了。在某個時刻，那個第二區的女孩克菈芙，進到我夢中。她追趕我，把我壓倒在地，拔出一把刀，要割我的臉。刀子深深刺進我的臉頰，切開老大一個口子。然後克菈芙開始轉變，她的臉拉長，變成動物的口鼻，全身長出黑色毛髮，指甲變成長長的爪子，可是她的眼睛始終沒變。她變成了都城創造出來的變種動物，在競技場的最後一夜把我們嚇得魂飛魄散的變種狼。她把頭往後一仰，口中發出長長一聲可怕的狼嚎，鄰近的變種狼也跟著嚎叫。克菈芙開始舔舐從我傷口流出來的鮮血，每一舔都使我的臉頰爆發新一波的疼痛。我大叫，但喉嚨像是被掐住了。我驚醒過來，渾身發抖，冒汗。我捧住受傷的臉頰，提醒自己，這是崔德而非克菈芙留給我的傷。眞希望比德在這裡抱緊我，然後我才想起來，自己再也不該如此妄想了。我已經選擇了蓋爾跟叛亂。與比德共築未來是都城的計畫，不是我的。

我眼睛周遭的腫脹已經消退了些，左眼可以稍微睜開一點。我拉開窗簾，看見風雪已經加劇爲強烈暴風雪了。外面白茫茫一片，什麼都看不見，呼嘯的風聲聽起來就像變種狼的怒嗥一樣。

來得正是時候。我歡迎這場暴風雪，歡迎它的狂風，和它漫天吹襲堆積的大雪。這或許可以讓眞正的惡狼，也就是維安人員，不會上門來。或許可以爲我爭取幾天時間來思考，想出個計畫。而正好蓋爾、比德和黑密契都在身邊。這場暴風雪眞是老天送來的禮物。

不過，在下樓面對新的人生之前，我花了點時間設法確認這新的人生到底代表什麼意思。還不到一天以前，我才準備要帶著自己所愛的人在隆冬之中進入荒野，而都城極可能派人追殺我們。在最好的情況下，這樣一趟冒險都是一場豪賭。而現在我竟決心要做更危險的事。對抗都城肯定會招致他們的迅速報復。我必須接受自己隨時可能被逮捕的處境。有可能像昨夜一樣，門上傳來一陣敲門聲，但來的是一隊維安人員，二話不說把我拖走。接下來可能就是酷刑，斷手刖足。如果幸運，我可能可以死得痛快一點，被拖到鎭中央的廣場上，一顆子彈貫穿腦袋。但都城有發明不完的殺人方法。我想像這些事，嚇得要命，但是，讓我們承認吧，這種恐懼其實始終潛藏在我腦子深處。我已經當過飢餓遊戲的貢品，遭到總統親自威脅，臉上還吃了一鞭。我早就是靶子了。

再來是比較難的部分。我必須面對事實：我的家人跟朋友可能遭遇同樣的命運。小櫻，只要想到小櫻，我所有的決心就瓦解了。我有責任保護她。我拉起毯子蓋住頭，我的呼吸是如此急促，很快就耗光了氧氣，而感到窒息。我不能讓都城傷害小櫻。

接著，我突然醒悟過來，他們已經傷害小櫻了。他們害我們父親死在惡劣不堪的礦坑裡。他們在她幾乎餓死的時候不聞不問。他們抽中她做貢品，然後又強迫她觀看她姊姊在飢餓遊戲中拼鬥決死。她所受的傷害，遠比我在她這年齡時所受的嚴重多了。然而，比起小芸的人生，這一切似乎又不算什麼。

我推開毛毯，深吸一口從窗玻璃滲進來的冷空氣。

小櫻……小芸……她們豈不正是我要起而反抗的原因嗎？豈不是因為發生在她們身上的事，是大錯特錯、毫無公義、邪惡透頂，所以我們別無選擇嗎？豈不是因為沒有人有權利如此對待她們嗎？

沒錯。當恐懼即將吞滅我，這正是我該牢牢記住的。無論我要做什麼，無論我們被迫忍受什麼，都是為了她們。現在已經來不及救小芸了。但對第十一區廣場上那五張仰起來看我的小臉蛋而言，或許還不太遲。對羅瑞、維克和波西而言，或許還不太遲。對小櫻而言，也或許還不遲。

蓋爾是對的。如果人們有足夠的勇氣，這將是個機會。他還說對另一件事，既然我是那個發動者，我應該可以做很多事的，雖然我不知道自己到底該做些什麼事。但是，決定不逃跑，是極其重要的第一步。

我沖了個澡。今天早上，我腦子裡想的不是該帶哪些食物到野外去，而是試著想弄明白第八區的人是如何發起暴動的。有那麼多人，那麼清楚地採取行動，反抗都城。那是經過計畫的嗎？還是壓抑多年的怨恨不滿突然爆發？我們在這裡要如何引發這樣的行動？第十二區的百姓會出來加入我們，還是會緊閉家門，以免惹禍上身？昨天，在蓋爾受完鞭刑之後，廣場上的人一哄而散。但那不正是因爲我們覺得無能爲力，完全不知道該怎麼辦嗎？我們需要有人引導，向我們保證這事是可能的。我不認爲我是那個人。或許我是引發叛亂的催化劑，但領導者必須是個信念堅定的人，而我自己差一點連這信念也沒有。我們需要一個大無畏的人，而我還在努力找出自己的勇氣。我們需要一個言詞清晰又充滿說服力的人，而我是個一激動就說不出話來的人。

要善於言詞——想到這點，我就想到比德，想到群眾如何擁抱他所說的一切。我打賭，如果他願意，他可以說服群眾起來行動。他會找出該說的話。但是我很確定，這念頭從來不曾閃過他的腦海。

下樓來，我看到我媽跟小櫻正在照料虛弱的蓋爾。從他臉上的表情，我猜止痛藥的藥效一定正在消退。我繃緊神經，準備再吵一場，但開口時盡量讓聲音保持冷靜。「妳不能再幫他打一針嗎？」

「有必要的話，我會打的。但我們認爲應該先嘗試雪敷。」我媽說。她已經拆掉了他的繃帶，你簡直可以看見疼痛的熱氣從他背上散發出來。她先把一塊乾淨的布鋪上他發炎疼痛的背，然後朝小櫻點點頭。

小櫻走過來，手裡攪動著一大盆看似雪的東西。但它泛著淺綠色，有一股清新甜美的氣味。這就是雪敷。她開始小心翼翼地把盆裡的雪舀到布上。我幾乎能聽見蓋爾劇痛的皮肉遇上雪和藥的混合物時發出嗞嗞響，像熱鐵潑上冷水。他的眼睛顫動著睜開，充滿困惑，然後，他發出那種痛苦得到緩解時的聲音。

「我們運氣眞好，有雪可用。」我媽說。

我想像著溽暑天裡，在炙人的熱氣中，連水龍頭的水都是溫熱的，要治療鞭傷會是什麼樣子。「那天氣熱的時候妳都怎麼辦？」我問。

我媽皺起眉頭，眉間出現一道溝。她說：「試著把蒼蠅趕開。」

想到那畫面我就反胃。她把混了草藥的雪敷包在一條手帕裡，我接過來敷在挨了鞭子的臉頰上。疼痛立時消退了。當然，是因爲雪的冰冷，但我媽混進雪裡的我不知道是什麼的草藥汁，也有助於麻木傷痛。「噢，這眞是太棒了。妳昨晚怎麼不給他敷上這個？」

「我需要先把傷口處理好。」她說。

我不知道那究竟是什麼意思，但只要這方法有效，我是誰啊，豈有資格質問她？我媽知道她在做什麼。我突然對自己昨晚在被比德和黑密契架出廚房時，向她粗魯吼叫，感到很懊悔。「昨天對妳又吼又叫，真對不起。」

「我還聽過更糟的。」她說：「那些來求診的人，妳也見過，當他們所愛的人在承受痛苦，他們是什麼樣子。」

他們所愛的人。這話讓我啞口無言，我的舌頭彷彿也被雪敷給凍住了。當然，我愛蓋爾。但她說的愛究竟是哪一種？當我說我愛蓋爾時，我又是什麼意思？我不知道。昨晚，我情緒激動時，的確吻了他。但我很確定，他一定不記得這回事。他會記得嗎？我希望他不記得。如果他記得，所有的事將變得更複雜，而當我想要煽動叛變，我真的無法去想兒女私情。我輕輕搖了搖頭，讓腦袋清醒一點。「比德哪裡去了？」我問。

「當他聽到妳醒來，就回家去了。在暴風雪的日子裡，他不希望家裡沒人看著。」我媽說。

「他安全回到家了嗎？」我問。在這麼強烈的暴風雪裡，即使只走十幾步路，你都可能迷失方向，走到不知道哪裡去。

「妳何不打個電話給他，看他是不是平安？」她說。

我走進書房。自從在這裡跟史諾總統碰過面之後，我就一直避免進到這房間。我撥了比德的號碼，鈴聲響了幾下之後，他接起來。

「嗨，我只是要確定你回到家了。」我說。

「凱妮絲，我家和妳家才間隔三棟房子而已。」他說。

「我知道，但這種天氣很難說啊。」我說。

「好吧，我很好。謝謝妳打電話來。」我們沉默了好長一會兒，然後他問：「蓋爾好嗎？」

「還好。我媽跟小櫻現在正在給他敷上雪敷。」我說。

「妳的臉呢？」他問。

「我也正在敷。」我說：「你今天看到過黑密契嗎？」

「我去他家看過。醉得跟死人一樣。不過我幫他生了個火，給他留下一些麵包。」他說。

「我想跟──跟你們兩個談談。」我不敢在電話裡講太多，這電話肯定受到監聽。

「大概要等一陣子，等天氣好一點再說。」他說：「反正，在天氣轉好之前也不可能發生什麼事。」

「說的也是。」我同意。

這場暴風雪颳了兩天才平息下來，留下的積雪比我的個頭還高。又等了一天，從勝利者之村通往廣場的路才清出來。在這段期間，我幫忙照顧蓋爾，在自己臉上施上雪敷，並努力回想第八區暴動中所有我記得的事，想說時候到了對我們自己可能有幫助。我臉上的腫脹消了，留下一個逐漸痊癒的，會發癢的傷痕，以及一隻烏青的眼睛。然而，當機會一來，我還是馬上打電話給比德，問他願不願意陪我到鎮上一趟。

我們叫醒黑密契，拖著他跟我們一起去。他嘀咕抱怨，但不像往常那麼暴烈。我們都知道，我們需要好好討論一下最近發生的事，而沒有一個地方比我們在勝利者之村的住家更危險。事實上，即使已經離村子相當遠了，我們都還沒開始交談。走路時，我都在觀察這條剛清出來的狹窄小路兩旁十呎高的雪牆，好奇它們會不會塌下來，壓在我們身上。

終於，黑密契打破沉默，問我說：「所以，我們都要朝偉大的未知地帶出發了，是吧？」

「不是。」我說：「不再是了。」

「所以妳解決妳那個計畫裡的缺點了，是嗎，小甜心？」他問：「還是有新的點子？」

「我要發起一場暴動。」我說。

黑密契只是大笑。那甚至不是惡意的笑，卻更惱人。這顯示他根本沒把我說的話當眞。

「嗯，我需要喝一杯。不過，如果妳想通要怎麼發動這件事，請告訴我一聲。」他說。

「那你告訴我你有什麼計畫？」我忿忿地頂他。

「我的計畫是，確保妳婚禮的每個環節都很完美。」黑密契說：「我打了通電話，重新安排了妳拍婚紗照的時間，但避免透露太多爲何要改期的細節。」

「你家根本沒有電話。」我說。

「艾菲找人給我裝上了。」他說：「妳知道嗎，她甚至問我要不要在婚禮中擔任領妳走紅毯的人。我告訴她，越快越好。」

「黑密契……」我聽見自己的聲音流露出一絲哀求的語氣。

「凱妮絲……」他模仿我的口氣。「這事搞不起來的。」

我們在一隊拿著鏟子的人經過我們，朝勝利者之村走去時，閉上了嘴。也許他們有辦法處理那些十呎高的牆。等他們走出能聽見我們聲音的範圍時，我們已經離廣場太近了。我們走進廣場，並登時一起停下腳步。

在颳暴風雪時，不可能發生什麼事。我跟比德都這麼認爲。但我們錯得離譜。整個廣場都變了。一面印著施惠國徽章的巨大旗幟，懸掛在司法大樓的屋頂上。穿著雪白制服的維安人員，在掃得乾乾淨淨的圓石路面上列隊前進。在各個屋頂上，有更多的維安人員守在一具具機關槍旁邊。最令人喪氣的是，廣場中央構築了一些新設施——一根正式的鞭刑柱，好幾座立樁柵籠，還有一個絞刑架。

「崔德的手腳可眞快。」黑密契說。

離廣場幾條街外，我看見有火光往上衝。我們不用開口，全都心知肚明。那火舌濃煙滾滾的地方，只可能是灶窩。我想到油婆賽伊、賣酒的裂膛婆，所有我在那邊討生活的朋友。

「黑密契，你想大家會不會還在——」我說不下去了。

「不會，他們沒那麼笨。妳如果再待久一點，也會學聰明的。」他說：「嗯，我最好趕快去看看藥劑師那裡還有多少外用酒精可賣。」

他拖著沉重步伐橫過廣場走遠了。我看著比德，問：「他要那個幹嘛？」接著我明白過來。「我們不能讓他喝那個，他會害死自己，就算死不了也會瞎掉。我家裡還藏了一些白乾。」

「我家裡也藏了一些。也許這足以供應他，直到裂膛婆想出辦法重新開張爲止。」比德說：「我得去看看我的家人。」

「我得去看看哈賽兒。」我開始擔心起來。我以爲大雪一停，她就該上我家來。但到這時候都還沒看見她的人影。

「我也去。等回家的路上我再順便去麵包店。」他說。

「謝謝。」我突然很害怕自己可能會看到什麼景象。

所有的街道幾乎空無一人。如果是在平日，這沒什麼不尋常，因爲平常這時候大人都在礦坑工作，小孩都在上學。但今天並非如此。我看見一張張的臉，從門縫或窗縫窺視著我們。

發起一場暴動，我想，**我真是個大白癡**。這計畫本身就有個大缺陷，蓋爾跟我都像瞎子般沒看見。要暴動就要違犯法律，對抗當權者。我們一輩子都在做這種事，我們的家人也做過。偷獵，在黑市交易，在森林裡嘲笑都城。但對第十二區絕大部分的人而言，連去一趟灶窩買東西都可能是個大冒險。而我竟期望他們會在廣場集合起來，手握磚頭或火把？就連我跟比德的身影，都讓人們把他們的孩子從窗前拉開，緊緊拉上窗簾了。

我們發現哈賽兒在家，正在照顧病得厲害的波西。我認出發麻疹的疹子。「我不能丟下她。」哈賽兒說：「我知道蓋爾有最好的人在照顧。」

「當然。」我說：「他已經好多了。我媽說，再過幾個禮拜，他就能回礦坑工作了。」

「反正最近礦坑也不會開工。」哈賽兒說：「消息說，礦坑關閉了，要等進一步通知才開。」她緊張地瞄了一眼空空的水槽。

「妳也歇業了嗎？」我問。

「不算正式歇業。」哈賽兒說：「但大家現在都不敢用我。」

「也許是因爲大雪的緣故。」比德說。

「不，今天早上羅瑞出門很快跑了一趟，卻沒收到任何要洗的衣物。」她說。

羅瑞伸開雙臂抱住哈賽兒，說：「我們會沒事的。」

我從口袋裡掏出一把錢放在桌上，說：「我媽會給波西送些東西過來。」

當我們出到門外，我轉向比德，說：「你回去吧。我想繞到灶窩去瞄一眼。」

「我跟妳一起去。」他說。

「不，我已經害你惹上夠多的麻煩了。」我告訴他。

「而避免經過灶窩……將會幫我脫離那些麻煩？」他微笑著說，並牽起我的手。我們一同曲曲折折穿過炭坑的街道，直到抵達那棟燃燒的建築物。他們甚至懶得派維安人員在現場留守。他們知道沒有人會嘗試搶救這個地方。

大火的熱氣融化了周遭的雪，一條黑水流經我的鞋子。「是煤灰，很久以前留下的。」我說。煤灰遍布所有的縫隙，被踩進地板裡，現在都淌出來了。這地方過去居然沒發生爆炸，眞是令人驚訝。「我想去看看油婆賽伊。」

「今天別去，凱妮絲。我想今天我們去探望任何人，都不會給他們帶來好處。」他說。

我們回到廣場。我向比德的爸爸買了些蛋糕，他們則互相閒聊著天氣。沒有人提及離店門口沒多遠的那些醜陋刑具。我們離開廣場時，我注意到的最後一件事，是那些維安人員的面孔，沒有一個是我認識的。

隨著日子過去，情況變得越來越糟。礦坑關閉了兩星期，而這時第十二區已經有半數的人在挨餓。去簽下糧票的孩子大幅增加，但他們經常沒領到自己該得的糧食。食物開始短缺，即使是口袋裡有錢的人，也常兩手空空地離開商店。當礦坑重新開工，工資被砍，工時卻延長，礦工被送到明顯危險的地點去挖礦。大家迫切等待的包裹日，所送來的食物，都是已經被老鼠咬壞吃過的。廣場上三天兩頭就有人被拖來綁到刑具上，遭受懲罰，犯的都是一些我們早就忘記原來那麼做是犯法的事。

蓋爾回家去了，再沒跟我提一句叛變的事。但我無法不想到，每件他所看見的事，都只會更堅定他反抗的決心——礦坑中的慘況，廣場上那些被打得遍體鱗傷的人，他家人的飢餓面容。羅瑞去報名換取糧票，這件事蓋爾甚至連發言的餘地都沒有。即便如此，由於供應不穩定，價格又不斷節節上升，食物還是不夠。

唯一讓人高興的，是我說服黑密契雇用了哈賽兒當管家，結果不但哈賽兒多掙點額外的錢貼補家用，更大大改善了黑密契的生活品質。現在走進他家，不但到處乾淨清爽，爐子上還熱著食物，那感覺可眞怪異。但他幾乎沒注意到這些改變，因爲他正在打另一場全然不同的仗。比德和我試著分次定量給他送去我們私藏的白乾，但存貨已經快要告罄。而上回我見到裂膛婆時，她被抓了，手腳套上了鎖枷。

如今，當我走過街道，我覺得自己好像是賤民。在公開場合，每個人都避開我。但家裡從不缺人作伴。持續不斷有生病和受傷的人被送進我家廚房，擺在我媽面前。她早已停止收費。但她儲藏的藥品即將用盡，很快地，她唯一能拿來治療傷患的東西將只剩下雪。

而森林，當然是禁止進入的。毫無疑問，絕對禁止。現在就連蓋爾都不會挑戰這件事。但是有一天早上，我這麼做了。迫使我從鐵絲網底下鑽出去的，不是那滿屋子生病的人、垂死的人、背上血肉模糊的人、面黃肌瘦的小孩、邁著行軍步伐的隊伍，或無所不在的悲慘景象。逼我這麼做的，是有一天晚上送達的一大箱結婚禮服，裡面還有一張艾菲的紙條，說這些衣服是史諾總統親自批准的。

婚禮。他眞的打算貫徹這個決定嗎？在他那扭曲變態的腦子裡，究竟這能讓他獲得什麼好處？是爲了都城那些人的利益嗎？他保證會舉行婚禮，他終將舉辦婚禮，然後他再宰了我們？作爲對各行政區的一個教訓？我不知道，我完全不明白這有何意義。我在床上輾轉反側，直到再也受不了。我必須離開這裡，即使幾個小時也好。

我兩手在衣櫥裡翻找，直到找出秦納幫我做的，供我在勝利之旅途中遊玩時穿戴的禦寒裝備，包括防水長統靴、能把我從頭遮到腳的雪衣、保暖手套。我喜愛我舊日的打獵行頭，但這套高科技裝備比較適合我今天腦海中所想的行程。我躡手躡腳地下了樓，在我的獵物袋裡裝滿食物，然後溜出了屋子。我躲躲藏藏地挑僻道和後巷走，一路來到最靠近屠夫魯芭家的鐵絲網破洞處。由於許多礦工走這條路去礦場，這裡的積雪布滿了腳印，沒有人會注意到我留下的痕跡。崔德雖然加強了安全警戒，卻還不太注意鐵絲網的問題，或許他覺得惡劣天候跟野獸已經足以讓大家乖乖地待在鐵絲網內。即便如此，我還是一鑽到鐵絲網底下，就開始沿路遮蓋我的足跡，直到我進入森林，讓林木遮蔽我的蹤跡爲止。

我從空樹幹取出一副弓箭時，天才剛亮。然後，我開始在森林的積雪中奮力前進。不管爲了什麼理由，我下定決心今天一定要到湖邊去。也許是爲了跟那地方，跟我爸，跟我們曾經一同在那裡度過的快樂時光道別吧，因爲我知道我大概再也不會回來了。也許只有這樣，我才能再好好地、完整地吸一口空氣。只要我能再見到那地方一次，有一部分的我甚至不在乎會被他們逮到。

這趟路花了我往常雙倍的時間。秦納的這套衣服十分保暖，我抵達湖邊時，雪衣底下整個人汗流浹背，但我的臉因寒冷而凍僵了。冬陽照在雪地上的強烈光芒令我眼花，而且我太累，又沉浸在自己絕望的思緒裡，以至於沒注意到那些不尋常的跡象。煙囪冒出一縷細細的煙，凹陷的足跡才留下不久，空氣中飄著蒸煮松針的氣味。我猛停下腳步時，離那水泥屋的門只差幾步路而已。我之所以止步，不是因爲煙、足跡或氣味，而是因爲背後傳來一聲清楚的槍械拉開扳機的聲音。

第二本能，立即反應，我轉身拉弓，箭已上弦，雖然我知道機會對我是不利的。我看見白色的維安人員制服、尖下巴、淡褐色的眼睛，而我的箭就鎖定一隻眼睛。但是，緊接著，槍枝落到地上，那個拋下槍枝的女人朝我伸出手，那戴著手套的手握著什麼東西。

「等等！」她喊道。

我遲疑了一下，無法瞭解事情何以急遽轉變。也許他們奉命要活捉我，好施加酷刑，逼我指認所有我認識的人的罪證。**很好，想得美**，我心裡說。我正決定鬆手放箭，眼睛卻瞄見了她手套裡的東西。那是一塊小小的、白色的圓形麵包。其實更像是一塊餅乾，邊緣已經濕軟變灰，但中間清清楚楚壓印著一個圖像。

一隻我的學舌鳥。

第二篇

重返

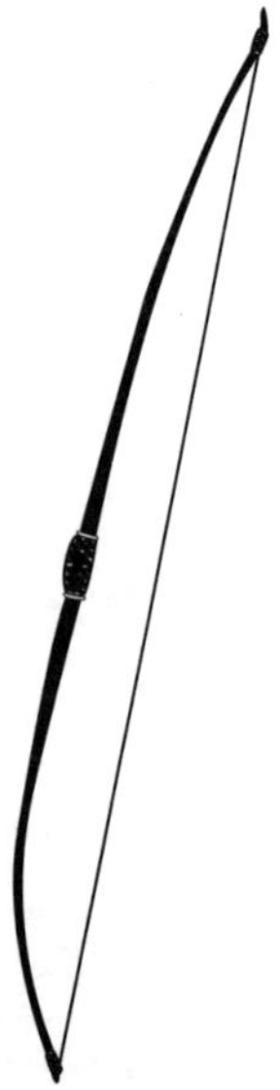

10

我不懂。我的鳥兒被烤成餅乾。這跟我在都城看到的那些裝飾配件不同，絕不是什麼時尚表現。「這是什麼？什麼意思？」我厲聲問道，箭仍在弦上，準備隨時痛下殺手。

「意思是，我們站在妳這一邊。」我背後傳來一個顫抖的聲音。

我剛才走來時並沒有看見她。她一定早在屋子裡了。我沒有把眼睛從眼前的目標挪開。這名新出現的人說不定有武器，一旦再次聽到拉扳機的聲音，我將馬上死去。但我賭她不敢冒這個險，她知道一有聲響，我會立刻放箭殺掉她的同伴。「走到前面來，讓我看見妳。」我下令。

「她沒辦法，她——」拿餅乾的女人開口說話。

「到前面來！」我喝道。先是踏出一步的聲音，接著是拖著腳步的聲音，我聽得出來她移動時得費很大的勁。我背後這個女人，一拐一拐地走入我的視野——或許我該說這個女孩，因爲她看起來跟我差不多年紀。她穿著極不合身的維安人員制服，外面罩著一件同款白色毛皮斗篷。這整套衣服對她那細瘦的骨架來說，真是太大了。我沒看見她有武器。她兩手抓著一根權充枴杖的樹枝。她右腳的靴尖無法從雪裡拔起，所以她用拖的。

我端詳這女孩凍得通紅的面孔，她的牙齒長得歪七扭八的，褐色的雙眼有一邊上方有個紅色胎記。這絕不是維安人員，也不可能是都城的百姓。

「妳們是什麼人？」我問，心裡仍提防著，但不再那麼劍拔弩張。

「我叫織文。」那女人說。她看起來年長許多，大約三十五歲上下。「她是邦妮。我們是從第八區逃出來的。」

第八區！那麼她們一定知道暴動的事！

「妳們從哪兒來的制服？」我問。

「我從工廠裡偷的。」邦妮說：「我們的工廠生產這些制服。只是我身上這件本來是準備要給……給另一個人的，所以它才這麼不合身。」

「這槍是從一個死掉的維安人員那裡拿來的。」織文順著我的目光說。

「妳手裡的餅乾，上頭有一隻鳥，那是什麼意思？」我問。

「凱妮絲，妳竟然不知道？」邦妮看起來真的很吃驚。

她們認得我。她們當然認得我。我的臉又沒遮著，而且還站在第十二區外頭的森林裡，手持弓箭瞄準她們。不是我還會是誰？「我知道它像我在競技場裡戴的胸針。」

「她眞的不知道。」邦妮輕聲說：「也許她什麼都不知道。」

我突然覺得自己有必要裝出消息靈通的樣子。「我知道妳們第八區發生暴動。」

「對，所以我們必須逃出來。」織文說。

「嗯，現在妳們逃得很遠了。接下來妳們打算怎麼辦？」我問。

「我們要去第十三區。」織文回答。

「第十三區？」我說：「哪來的第十三區？地圖上早沒了那個地方，它被毀了。」

「那是七十五年前。」織文說。

邦妮抓緊枴杖，挪動一下身體，痛得皺眉。

「妳的腿怎麼了？」我問。

「我扭到了腳踝。這雙長統靴太大了。」邦妮說。

我咬著下唇。我的直覺告訴我，她們說的是眞話。並且，這眞話背後有一大堆我想知道的訊息。我走上前，取走織文的槍，然後才放下自己的弓。接著，我遲疑了一下下，想起有一次我跟蓋爾在這座森林裡，一艘氣墊船突然憑空出現，抓住了兩個從都城逃出來的人。那個男孩被標槍一槍射死。那個紅髮女孩，我去到都城之後發現，被割了舌頭，變成啞巴侍者，被稱作「去聲人」。「有人在追妳們嗎？」

「我們認爲沒有。我們想，他們一定認爲我們已經在工廠爆炸中被炸死了。」織文說：「我們沒死，純粹是僥倖。」

「好吧，我們進屋裡去。」我說，朝那水泥屋點了點頭。我拿著槍，跟在她們後面進去。

邦妮直接走到壁爐旁，往爐前鋪在地板上的一件維安人員穿的斗篷上坐下。壁爐裡一截焦黑木頭的末端燃著微弱的火，她把手伸到火前烤著。她的皮膚蒼白到近乎透明，我可以透過她的肌膚看見火光。她冷得直發抖，織文上前幫她把肩上的斗篷披好。這件大斗篷一定是織文自己的。

一個切掉一半的錫罐，開口的邊緣參差不齊，看起來好危險。罐子擺在灰燼上頭，裡面裝著一把松針在水裡加溫。

「在燒茶嗎？」我問。

「說眞的，我們也不確定。我記得幾年前看過有人在飢餓遊戲裡這樣煮松針。至少，我猜想那是松針。」織文皺著眉頭說。

我記得第八區的模樣。那是一座醜陋的都市，空氣中盡是工廠排放的煙霧，臭味薰人。

人們住在一排排簡陋的公寓裡。放眼所及，幾乎看不見一片草葉。一個永遠不會有機會認識大自然的地方。這兩個人能在荒野中走這麼遠，眞是奇蹟。

「沒東西吃了？」我問。

邦妮點點頭。「我們帶上所有能找到的食物，但食物本來就一直很缺，這情況已經持續好一陣子了。」她聲音中控制不住的顫抖，融化了我剩餘的防衛心。她只是一個營養不良，受了傷，一心想要逃離都城控制的女孩。

「嗯，那妳們今天眞是走運了。」我說，把獵物袋扔到地上。我們整個區到處都是挨餓的人，但我們家還是飽足有餘。因此，我會四處分送一點食物。我優先照顧的，是蓋爾家、油婆賽伊，及其他一些在灶窩做生意卻被迫收攤的人。我媽另有她想要優先幫助的人，絕大部分是病患。今天早上我故意多裝些食物進獵物袋，知道我媽看見儲藏室的食物少那麼多，一定會假設我是到處分送食物去了。事實上，我是藉此爭取時間前往湖邊，免得她擔心。我本來打算等傍晚返家途中才去分送食物，不過現在看來，我沒機會這麼做了。

我從袋子裡拿出兩顆新鮮的圓麵包，是頂端覆蓋著乳酪烤熟的那種。自從比德知道我最愛這種麵包後，我們家就似乎從來不缺這個。我把一顆拋給織文，然後走到邦妮身旁，把另一顆放在她的膝蓋上。她此刻看起來似乎手眼協調有點問題，我不希望拋了她沒接到，讓麵包掉進火裡。

「噢！」邦妮說：「噢！這整個都是給我的嗎？」

我想起了另一個聲音，心裡有什麼東西翻攪了一下。小芸。在競技場裡。當我把整隻古翎雞腿塞給她時，她說：**「噢，過去我從來沒自己獨享過一隻雞腿。」**那是經年累月忍飢挨餓的人，難以置信的口吻。

「是的，吃吧。」我說。邦妮捧著圓麵包，彷彿不敢相信它是真的。然後，她大口咬下去，一口接一口，完全停不下來。「妳最好嚼一嚼再吞下去。」她點頭，試著慢下來，但我知道，你在餓了那麼久之後，要慢慢吃有多難。「我想妳們的茶煮好了。」我從灰燼上頭迅速移開錫罐。織文從她的背包拿出兩個錫杯，我接過來，拿著杯子從罐子裡舀茶，再將杯子擱在地上放涼。她們靠在一塊兒，吃著麵包，把茶吹涼，一小口一小口啜著滾燙的茶，而我忙著把火生起來。我等到她們開始舔手指上的油脂，才開口說：「好了，把妳們的故事說來聽聽吧。」於是，她們告訴了我。

打從那場飢餓遊戲以後，第八區的不滿情緒就逐步高漲。當然，不滿情緒本來多多少少都存在。差別只在，光是用嘴巴談論已經不足以宣洩，人們想要把舉事的願望付諸實現。提供施惠國紡織品的工廠，裡頭的機器都很大聲，這讓人們的竊竊私語也相對安全。於是，大家交頭接耳，一個傳一個，上頭的人也未察覺，沒有去制止。織文在學校教書，邦妮是她的學生，放學鈴響後，她們兩人都會到專門製作維安人員制服的工廠去打四小時的工。邦妮在成品檢查站工作，那裡總是冷颼颼的。她花了好幾個月的時間，才這裡弄雙靴子，那邊藏條褲子，好不容易湊齊了兩套維安人員的制服。這兩套衣服是給織文和她先生準備的，因爲他們知道，一旦暴動開始，把話傳到第八區以外非常重要，只有這樣才能全面引發暴動，也才有成功的可能。

在我們的勝利之旅途中，比德跟我出現在第八區那天，事實上算是他們的一次預演。參與的人們混在群眾中，依照任務分組，各自前往來日暴動開始時他們將要攻擊的建築附近部署。計畫是這樣：佔領城裡的權力中心，如司法大樓、維安人員總部、位於廣場的通訊中心，以及行政區中的其他地點，包括鐵路、糧倉、電力供應站，和軍械庫。

我們訂婚那一夜，也就是比德在都城的攝影機前跪下，宣告他對我永愛不渝的那一夜，暴動開始。那一夜的官方活動成爲再理想不過的掩護。凱薩·富萊克曼對我們的勝利之旅專訪，是強制百姓觀看的節目。這給了第八區的人民在天黑後走上街頭的理由，於是他們若不是聚集在廣場上，就是聚集在城裡各個社區的活動中心，來觀看訪問節目。在平常，這樣的聚集太過可疑，但那一夜，在預定時間之前，每個人都已經就定位。接著，八點整，大家戴上面罩，暴動展開，天翻地覆。

起初，群眾憑著出其不意與人多勢眾，壓制了維安部隊，並佔領通訊中心、糧倉和電力供應站。隨著維安部隊潰敗，武器也被叛亂的百姓取得。大家都充滿希望，相信這不是瘋狂之舉，只要有辦法把消息傳到其他行政區，說不定眞有可能推翻位於都城的中央政府。

但是，緊接著，都城展開報復。數以千計的維安人員開始抵達，氣墊船把叛軍的據點炸成灰燼。在接下來的大混亂中，人們唯一能做的，就是想辦法活著逃回自己的家。不到四十八小時，城中的叛亂就被敉平。接下來一個禮拜，一切關閉。沒有食物，沒有煤炭，所有的人都不准離家外出。電視唯一有影像的時刻，是播出被控煽動叛亂的人吊死在廣場上的鏡頭。然後，就在全區百姓瀕臨餓死邊緣的時候，有一天晚上傳來恢復一切正常運作的命令。

這表示，織文和邦妮又可回到學校上課了。由於她們前往工廠的那條路被炸彈炸得滿目瘡痍，寸步難行，以至於她們去值班時遲到了。當她們離工廠還有百來碼遠，工廠發生大爆炸，炸死了裡面所有的人，包括織文的丈夫與邦妮所有的家人。

「一定是有人告訴都城，暴動的主意是從那裡醞釀出來的。」織文有氣無力地告訴我。

她們兩人逃回織文的家，那裡還藏著那兩套維安人員的制服。她們勉強收集了所有能找到的食物，包括她們知道如今已全部死亡的鄰居家中的存糧，然後設法摸到了火車站。她們在靠近鐵軌的一間倉庫裡換上維安人員的制服，喬裝混上了一列開往第六區的火車，待在裝滿紡織品的貨車廂裡。她們在一處加油站跳車，藉由樹林的掩護，開始循著鐵軌的方向，徒步前進。兩天前，她們來到了第十二區的外圍，被迫停下來，因爲邦妮扭傷了腳踝。

「我明白妳們爲什麼要逃走，但妳們期望在第十三區找到什麼呢？」我問。

邦妮和織文緊張地交換了個眼色。織文說：「我們也不確定。」

「那裡除了瓦礫廢墟，什麼也沒有。」我說：「我們都在電視上看過那段影片啊。」

「那只是影片。他們一直重複播放同一段影片，打從我們第八區的人有記憶以來就都是這樣。」織文說。

「眞的嗎？」我努力回想，試著記起在電視上看到的第十三區的影像。

織文繼續說：「妳注意到他們每次播放的都是司法大樓嗎？」我點頭。那棟大樓我已經看了上千遍。「妳如果仔細看，一定會看到的，就在右上角的邊邊。」

「看到什麼？」我問。

織文又伸出手，展示那塊有鳥兒圖像的餅乾，說：「一隻學舌鳥。妳可以瞥見牠一閃飛過去。每次都一樣。」

「在我們那裡，我們認爲他們不停重播舊片，因爲都城不能讓人知道現在那裡眞正的情況。」邦妮說。

我不相信，忍不住喉嚨咕噥一聲。我說：「妳們光憑這個，光憑一隻鳥的鏡頭，就要去第十三區？以爲自己可以找到一個新城市，人們在其中四處蹓躂，而都城還若無其事地容許這種狀況？」

「不，」織文很認眞地說：「我們認爲，當那一區地表上的一切都被摧毀後，人們轉移到了地下。我們認爲他們設法活了下來。我們也認爲，都城之所以隨他們去，不再加以追擊，是因爲在黑暗時期之前，第十三區的主要產業是發展核子武器。」

「他們是挖石墨的。」我說。但一說完，我猶豫了，因爲這是都城的說詞。

「沒錯，他們是有一些小礦產。但光憑這個不足以發展出那種規模的人口。這一點，我猜是我們唯一可以確定的。」織文說。

我的心怦怦跳，跳得好快。如果她們是對的，會怎麼樣？那是眞的嗎？除了逃入荒野，眞的還有別的地方可去嗎？眞的有個安全的地方嗎？如果第十三區眞的有人居住，去那裡眞的會比較好嗎？也許我能在那裡做些什麼事，而不是待在這裡等死。但是……如果第十三區有人，又擁有強大的武力……

「那他們爲什麼不幫助我們？」我憤怒地說：「如果妳們說的都是眞的，爲什麼他們讓我們過這樣的生活，總是活在飢餓、殺戮和那些遊戲當中？」突然間，我痛恨起想像中的第十三區地底城，還有那些袖手旁觀，看著我們慘死的人。他們跟都城分明是半斤八兩。

「我們不知道。」邦妮低聲說：「現在，我們只是抱著一絲希望，但願他們存在。」

這話讓我回過神來。這些都是幻想。第十三區並不存在，因爲都城絕不會容許它存在。她們看那段影片時也許看錯了。學舌鳥到處都是，多得跟石頭一樣，而且牠們的命也硬得跟石頭一樣。如果牠們捱過了當初對第十三區的大轟炸，現在恐怕生得滿坑滿谷都是了。

邦妮沒有家，她的家人都死了。返回第八區或歸化其他行政區，都是不可能的。如果有個獨立又興盛的第十三區，當然會吸引她。我無法鼓起勇氣告訴她，她追逐的是個夢，就跟一縷輕煙般虛幻不實。或許她跟織文可以在森林裡打拼出一條生路。我懷疑她們辦得到，但是，她們是如此可憐，我不能不盡力幫助她們。

首先，我把袋中的食物全給了她們，絕大部分是穀物和乾豆子，只要她們省著點吃，足夠她們撐好一陣子。然後我帶織文出到屋外，進入樹林，試著解說基本的狩獵技巧。她所持的武器，在必要時可以把太陽能轉變成殺人光束，所以，這武器可說是永遠可用。當她終於射中第一隻松鼠，那可憐的小東西幾乎被燒成了一團焦炭，因爲光束直接擊中牠的身體。但我還是教她如何剝皮與清除內臟。只要多練習幾次，她一定能學會的。我砍了一支新的枴杖給邦妮。回到屋子裡，我脫下多穿的一雙襪子給那女孩，叫她在白天時把襪子塞在靴子的足尖，好方便走路，到晚上休息時再把襪子穿上。最後，我教她們如何生個像樣的火。

她們求我詳述第十二區的情況，我告訴她們，在崔德手底下討生活有多辛苦。我看得出來，她們認爲這是個重要的訊息，會把它帶去給第十三區的負責人。我順著她們的意思講話，不忍心破壞她們抱持的希望。但是，當天光漸暗，黃昏逼近，我沒時間再迎合她們了。

「我得走了。」我說。

她們再三道謝，還擁抱我。

邦妮忍不住掉下淚來，說：「我實在不敢相信，我們竟然眞的碰到了妳。人人都把妳掛在嘴上，打從——」

「我知道，我知道。打從我掏出那些毒莓果。」我說，覺得有些疲倦。

我整個人像靈魂出竅似地往回走，連又開始下起濕濕的雪都沒注意。我腦子裡一直轉著有關第八區暴動的資訊，以及不太可能存在，卻又逗得人心癢的第十三區。

聽邦妮和織文講那些話，讓我確定一件事：史諾總統始終把我當傻瓜在耍。無論我怎麼演出，再多的親吻和甜言蜜語，都不可能消弭第八區高漲起來的動力。沒錯，我掏出毒莓果是點燃了星星之火。但我絲毫無法控制它的燎原之勢。他一定知道這一點。所以，他幹嘛親自到我家來？幹嘛命令我說服群眾相信我深愛比德？那分明是一個詭計，只爲了讓我分心，要我不在別的區又做出任何煽風點火的事。當然，還爲了娛樂都城的百姓。我猜，婚禮只是這詭計的必要延伸。

我快要接近鐵絲網時，有隻學舌鳥飛來停在樹枝上，對著我鳴囀。我看到牠，才突然想起來，關於餅乾上頭那隻鳥兒，以及它的含意，她們還沒有向我解釋清楚。

「意思是，我們站在妳這一邊。」邦妮如此說。竟然有人站在我這一邊？那是哪一邊？人們巴望叛變。難道在不知不覺中，我已經成了叛變的代表人物？難道我胸針上頭的學舌鳥已經成了反抗的象徵？果眞如此，那我這一邊做得實在不怎麼樣。你只要看看第八區發生的事，就知道了。

我把我的弓箭藏在最靠近炭坑舊家的一處空樹幹中，然後朝鐵絲網走去。我單膝蹲下，準備爬進草場。但我腦子裡仍充斥著白天發生的事，以至於要靠一隻貓頭鷹突然發出尖叫聲，我才回過神來。

在黯淡的天光中，鐵絲網看起來是無害的，一如往常。但有一個聲音，突然讓我猛地把手縮回來。那聲音，嗡嗡地響，就像一棵樹上掛滿了追蹤殺人蜂的窩。這表示，鐵絲網是活的，通了電流。

11

我的雙腳自動往後退，直到我的身子隱入林子裡。我用戴著手套的手遮嘴，湮滅冰寒空氣中我呼吸吐出來的白氣。腎上腺素在我體內奔流，抹除我心裡今天所有的掛慮，整個人全神貫注在眼前的威脅上。這是怎麼回事？崔德讓鐵絲網通上電，是爲了增加額外的安全預防措施嗎？還是他不知怎地知道我今天逃出了他的網羅？於是他決定把我困在第十二區外，直到逮到我，抓住我？然後，他會把我拖到廣場上，關進柵籠裡，鞭打我，吊死我？

冷靜，我命令自己。這又不是我第一次被通電的鐵絲網擋在區外。過去這些年也發生過幾次，只不過，那時都有蓋爾陪著我。我們兩個會挑一棵舒服的大樹爬上去休息，直等到鐵絲網斷電爲止，而電源終究會切斷的。由於我幾次太晚回去，小櫻甚至養成了習慣，會到草場來察看鐵絲網是否通電，好讓我媽不要太過擔心。

但今天我的家人絕不會想到我在森林裡。我甚至故意誤導她們。所以，如果我沒回去，她們一定會擔心。我內心深處其實也感到不安，因爲鐵絲網就在我重返森林這天通上電，我不敢說這是巧合。我認爲沒有人看見我從鐵絲網底下偷溜出去，但誰曉得呢？總是有人願意打小報告領賞。之前蓋爾在同樣這個地點吻我，不就有人打了小報告？不過，那次是天還亮，而且我對自己的舉動也還沒像現在這麼小心。難道這裡有監視攝影機？我之前懷疑過。史諾總統是這樣得知親吻的事嗎？這次，當我從鐵絲網底下鑽出去，天色還暗，我的臉又包在圍巾裡，根本很難認出來。不過，可能擅闖森林的嫌疑犯名單，大概很短。

我躲在樹後，雙眼往外瞄，穿過鐵絲網，望向草場。我只看見炭坑邊緣那些住家的窗戶透出燈光，照在潮濕雪地上，這裡一點那裡一點。視線所及，不見有維安人員，也不像有人在追捕我。無論崔德知不知道我今天離開了行政區，我曉得，自己該採取的行動是一樣的：潛回鐵絲網內，並假裝自己從未離開過。

只要觸碰到鐵絲網，或鐵絲網頂端帶刺的線圈，都會立刻被電死。我想我大概沒辦法在鐵絲網底下挖洞潛入而不被察覺，反正地面也凍得堅硬，根本沒法子挖。因此我只剩下一個辦法。我得設法從它上方越過去。

我開始沿著林子的邊緣走，找尋一棵夠高且樹枝夠長，能符合我需要的樹。在走了大約一哩之後，我找到一棵應該派得上用場的老楓樹。不過，它的樹幹太粗，又結了冰，無法攀爬，而且它沒有低一點的樹枝讓我抓著爬上去。於是，我爬上它旁邊的一棵樹，然後顫顫巍巍地躍向那棵楓樹，差點因爲它的樹皮太滑而失手。但我還是設法抓緊了，然後一吋吋慢慢挪動，爬到一根橫過帶刺線圈上方的樹枝上。

當我往下看，我想起爲何蓋爾跟我總是寧可在樹林裡等，也不願試著對付這道鐵絲網。想要爬高到不被鐵絲網電成焦炭，表示你得爬到離地至少二十呎高的半空中。我猜我所在的這根樹枝起碼有二十五呎高。從這高度跳下去，即使對一個具有多年經驗的爬樹高手而言，也非常危險。但我還有什麼選擇？我可以再找另一根樹枝，但現在天已經幾乎全黑了。即使有月光，視線也會被紛飛的大雪遮蔽。在這裡，我起碼還看得見地面上有一堆積雪可以緩衝我下墜的力道。就算我能找到另一根樹枝——這機率恐怕很低——天曉得我會跳到什麼東西上頭？我把空了的獵物袋掛在脖子上，慢慢地把身子垂下去，直到只剩雙手抓吊在樹枝上。我停了片刻，凝聚勇氣，然後鬆手。

先是下墜的悚慄感，然後是撞擊地面時一股往上直貫背脊的反震力道。一秒之後，我的屁股重重跌在地上。我躺在雪中，試著評估所受的傷。不必起身，單憑左腳跟與尾椎傳來的疼痛，我就知道自己受傷了。問題只在傷得有多重。我希望僅是瘀青而已，但是當我強迫自己起身用雙腳站立，我猜一定有某處的骨頭摔斷了。不過我還能走，所以我開始移動，試著盡量不讓人看出我跛了。

不能讓我媽和小櫻知道我去了森林。我得想出一些什麼藉口。理由就算薄弱，還是得有。廣場上還有些商店開著，因此我走進一家店，買了些白布好做繃帶。反正家裡的繃帶快用完了。我在另一家店買了一袋糖果給小櫻。我塞了一顆進嘴裡，感覺到薄荷的清甜在舌上融化，這才想到這是我一整天下來第一次吃東西。我本來打算在湖邊野餐的，但是看到織文和邦妮的情況，便把食物全給了她們，覺得自己連吃一口都不應該。

當我抵達家門，我的左腳跟已經完全無法著地，承受一丁點重量了。我決定告訴我媽，我試圖修理舊家屋頂一處漏水的地方，不慎跌了下來。至於那些少掉的食物，我打算含糊其詞地說分送給人了。我拖著身子進門，打算直接癱倒在壁爐前。沒想到，等著我的是另一次震驚。

兩名維安人員，一男一女，正站在我家廚房的門口。那女的面無表情，但我逮到那男的臉上閃過一絲驚訝。他們沒有料到我會出現。他們肯定知道我去了森林，現在應該還困在那裡才對。

「哈囉。」我不動聲色地打招呼。

我媽出現在他們背後，不過跟他們保持著距離。「瞧，她這不是回來了嗎？剛好趕上吃晚飯。」她說話的聲音太輕快了點。這頓晚餐我已經遲到很久了。

我想要像平常一樣脫下靴子，但我怕這麼做會暴露自己受傷的事實。於是，我只是拉下濕漉漉的兜帽，搖頭甩掉頭髮上的雪。「有什麼事需要我幫忙嗎？」我問那兩個維安人員。

「崔德隊長派我們送個口信給妳。」那女的說。

「他們已經在這裡等了幾個小時了。」我媽插上這麼一句話。

他們等在這裡，是要等著看我回不來。是要確認我要不是被通電的鐵絲網電死了，就是困在森林裡。然後，他們就有理由把我的家人抓去問話。

「一定是很重要的口信。」我說。

「請問妳到哪裡去了，艾佛丁小姐？」那女的問。

「問我**沒去**哪裡會比較容易回答。」我用氣急敗壞的聲音說。我跨步走進廚房，雖然每一步都痛得我半死，我還是強迫自己用腳正常地走路。我從兩名維安人員中間穿過，咬著牙走到桌旁。我把袋子甩在桌上，轉身面向僵著身子站在壁爐前的小櫻。黑密契跟比德也在，坐在壁爐前的兩張搖椅上，正在下棋。他們是碰巧在這裡，還是被維安人員「邀請」來的呢？不管怎樣，我很高興看見他們也在。

「所以，妳到底跑哪兒去啦？」黑密契問，聲音聽起來彷彿他已經等得不耐煩了。

我對著小櫻，加重語氣說：「我沒跟山羊佬談到話，所以仍然不知道怎麼讓小櫻的山羊懷孕。因爲有人給了我完全錯誤的訊息，害我沒找到他住的地方。」

「不，我沒給錯。」小櫻說：「我給的是正確的地點。」

「妳說他住在礦坑西邊的入口旁邊。」我說。

「是東邊的入口。」小櫻糾正我。

「妳明明說是西邊，因爲我接著問妳：『就在礦渣堆旁邊嗎？』而妳說：『對。』」我說。

「是在**東邊**入口的礦渣堆旁邊。」小櫻耐心地說。

「才不。妳什麼時候說的？」我詰問。

「昨天晚上。」黑密契插嘴。

「絕對是東邊。」比德也加進來。他看了黑密契一眼，兩人哈哈大笑起來。我狠狠地瞪了比德一眼，他則努力裝出表示抱歉的表情，說：「對不起，可是就像我說過的，別人在跟妳講事情的時候，妳老是心不在焉。」

「我打賭，今天大家告訴妳他不住在那兒時，妳還是沒聽進去。」黑密契說。

「閉嘴，黑密契。」我說，而這等於承認他說得沒錯。

黑密契和比德不可抑遏地爆笑，小櫻也忍不住露出了笑容。

「很好，你們自己找別人帶那隻蠢山羊去配種吧。」我說，這讓他們笑得更厲害。而我心裡想，**這就是黑密契跟比德能撐到現在的原因，沒有什麼能嚇倒他們**。

我看著那兩個維安人員。那男的在偷笑，但那女的還是一臉不信。「袋子裡是什麼東西？」她正色問道。

我知道她在等著看裡面是獵物還是野菜，總之是某種會讓我倒大楣的東西。我把袋子裡的東西倒到桌上，說：「妳自己看吧。」

「噢，太好了。」我媽說著，檢視那些布。「我們的繃帶就快用完了。」

比德走上前來，打開那袋糖果。「噢，薄荷口味。」說著，他丟了一顆進嘴裡。

「它們是我的。」我急忙伸手去搶那袋糖果。他把它拋給黑密契，黑密契抓了一把塞進嘴裡，然後才把袋子遞給咯咯咯笑個不停的小櫻。「你們都不配吃糖果！」我說。

「怎麼，因為我們說對了嗎？」比德張開雙臂抱住我。我的尾椎立時抗議，痛得我悶哼了一聲。我試圖把它轉變成發怒的聲音，但從他眼中我看得出來，他知道我受傷了。「好吧，小櫻說西邊。我確實聽到是西邊。還有，我們都是白癡。這樣有沒有好一點？」

「好多了。」我說，並接受他的一吻。然後我望向那兩個維安人員，好像我突然記起了他們的存在。「你們有口信要給我？」

「是崔德隊長的口信。」那女的說：「他要妳知道，圍繞著第十二區的鐵絲網，從現在開始每天二十四小時都是通電的。」

「之前沒有嗎？」我一臉天眞地問。

「他認爲妳會有興趣把這消息告訴妳表哥。」那女的說。

「謝謝妳。我會告訴他的。我想，之前的安全疏失現在都彌補了，之後我們大家都會睡得安穩一些。」我知道自己表演得太過火了，但這麼說給我帶來一種滿足感。

那女的緊緊閉著嘴巴。所有這一切都出乎他們的意料之外，但崔德顯然沒有給她更進一步的指示。她對我禮貌性地點個頭，轉身離去，那男的緊隨在她身後。當我媽把大門在他們背後關上，我整個人朝桌子斜靠過去。

「怎麼回事？」比德穩穩地抱住我。

「噢，我撞傷了左腳，在腳跟。還有，我的尾椎今天也運氣不佳。」他扶著我走到一張搖椅前，我小心地坐在柔軟的椅墊上。

我媽緩緩地脫掉我的靴子。「發生了什麼事？」

「我滑了一跤，跌倒了。」我說。四雙眼睛難以置信地瞪著我。「有些路段結冰了啊。」

我們都知道這屋子裡一定有竊聽器，談話並不安全。此時此地，不能說。

脫掉我的襪子後，我媽用手指檢查我左腳跟的骨頭，我忍不住瑟縮。「骨頭可能裂了。」她說。她察看了我另一隻腳，說：「這邊似乎還好。」至於我的尾椎，她判斷只是嚴重瘀傷而已。

小櫻被派去拿我的睡衣跟睡袍。我換好衣服時，我媽用雪做了個冰敷包，放在腳墊上，用來敷我的左腳跟。當其他人圍著餐桌吃晚餐，我坐在搖椅上，一口氣吃了三碗燉肉湯，以及半條麵包。我瞪著爐火，想著邦妮和織文，盼望紛飛潮濕的大雪能抹去我留下的足跡。

小櫻走過來，在我旁邊的地板上坐下，頭靠著我的膝蓋。我們嘴裡啜著薄荷葉，我把她柔軟的金髮撥到耳後，問：「今天學校怎麼樣？」

「還好。我們學了煤的副產品。」她說。我們瞪著爐火好一會兒。「妳要試穿一下妳的結婚禮服嗎？」

「今晚不要。也許明天吧。」我說。

「那等我放學回來再試，好不好？」她說。

「當然好。」**如果他們沒先逮捕我的話**。

我媽給了我一杯甘菊茶，以及一匙睡眠糖漿，我的眼皮馬上開始往下掉。她包紮好我摔傷的腳，比德自願扶我上床。我一開始是把頭靠到他肩膀上，但我走路搖晃得太厲害，他只得一把將我抱起來，抱上樓去。他幫我蓋好被子，道了晚安，但我拉住他的手，不讓他走。睡眠糖漿的副作用之一，是它讓人比較沒有戒心，就像那些白乾一樣。我知道我得控制自己的舌頭，別多話。但我不要他走。事實上，我希望他爬上床來陪我，當今晚噩夢來襲，他會在這裡陪著我。但爲了某種我也不很明白的理由，我知道自己不能提出這樣的要求。

「先別走。等我睡著。」我說。

比德在床沿坐下，把我的手握在他雙手中暖著。「今天妳遲遲沒回來吃晚餐，我幾乎以爲妳改變主意了。」

我昏昏欲睡，但我猜我知道他是什麼意思。鐵絲網通了電，我又遲遲沒出現，維安人員進到家裡來等著，他以爲我已經展開逃亡了，也許是跟蓋爾一起。

「沒有，我已經告訴過你了。」我說。我拉過他的手，把臉頰貼在他手背上，呼吸到淡淡的肉桂與蒔蘿的味道，那一定是因爲他今天烤的麵包。我想告訴他織文和邦妮的事、有關暴動的事，以及對第十三區的幻想，但在這裡說這些事不安全，而且我可以感覺到自己正在滑入夢鄉，因此我只來得及再說一句話：「別離開我。」

隨著睡眠糖漿的捲鬚把我往下拖，我聽見他低聲說了一個字，但沒聽懂他在說什麼。

我媽讓我一直睡到中午，才把我叫醒，察看我的腳跟。她要我臥床休息一週，我沒反對，因為我覺得自己糟透了。不僅腳跟和尾椎骨疼痛，我整個身體都因為耗盡了力氣而疼痛。因此，我讓我媽照顧我，在床上餵我吃早餐，又給我加蓋了一條棉被。然後，我就躺在那裡，瞪視著窗外隆冬的天空，反覆想著事情到最後會變成什麼樣子。我不斷想到邦妮和織文，以及樓下那一堆婚紗禮服，還有崔德會不會終於弄明白我是怎麼回來的，然後逮捕我。好笑的是，他大可根據我以前的罪行，立即逮捕我，但由於我是個勝利者，除非他眞的握有無可辯駁的證據，現在他倒是不敢動手了。而且我很好奇，史諾總統是否跟崔德有聯繫。我想，他從來沒想到有老克雷這個人存在，但現在我是個全國性的大麻煩，他會不會仔仔細細地指示崔德該怎麼做？還是崔德完全是按自己的意思做？無論如何，我確信他們一定都同意把我關在第十二區的鐵絲網內。就算我能想出什麼逃脫的方法——也許設法在那棵楓樹的樹枝綁上繩子，然後爬出去——我現在絕不可能帶著我的家人和朋友逃跑了。反正，我已經跟蓋爾說了，我會留下來反抗。

接下來幾天，每當門上傳來敲門聲，我就忍不住跳起來。不過，始終沒有維安人員跑來抓我，所以我終於開始放鬆下來了。當比德不經意地告訴我，鐵絲網現在是分段通電，因為維安人員正忙著分段鞏固鐵絲網接近地面的部分，我就更確定他們暫時不會來惹我了。崔德一定認為，雖然已經通上致命的電流，我肯定是從鐵絲網底下鑽進來的。由於維安人員都去忙別的事，沒空修理老百姓，第十二區總算獲得喘息的機會。

比德每天都帶乳酪圓麵包來給我，並開始幫我增補我們家傳的那本古書。這書真的很古老了，是用羊皮紙和皮革製作的。不知多少年前，我媽那邊的家族有位草藥師開始執筆撰寫。書中一頁接一頁用墨水畫出各種植物，旁邊記載了它們的醫療用途。我爸後來加上新的篇章，登載的是食用植物。他死後，這一部分的記錄成了我養活一家人的指南。很長一段時間以來，我一直想在書中補上我習得的知識，包括我從經驗或從蓋爾那裡學到的東西，以及後來我在飢餓遊戲之前接受訓練時獲得的資訊。我沒有著手去做，是因爲我不是藝術家，而對植物的描繪，最重要的一點就是所有細節都必須畫得非常精確，絲毫不爽。這正是比德使得上力的地方。有一些植物，他已經認得；有一些，我們有乾燥標本；另外一些，就得靠我描述了。他先在廢紙上畫出草圖，直到我滿意，確定沒錯，然後我才讓他把圖畫到書上。在那之後，我再用印刷字體，工工整整地一個字母一個字母寫下所有我知道的有關事情。

這是個安靜的，需要全神貫注的工作，有助於我暫時忘掉煩惱。他工作時，我喜歡看著他那雙手，用墨水一筆筆地讓空白的書頁綻放出花草，或在我們原本只有黑色筆觸的泛黃的書中添上色彩。他專注的時候，臉上有一種特別的神情，平常的那種悠然自得，被一種熱情與一種遙遠的感覺所取代，彷彿他心裡保藏了一整個世界，不爲外人所知。之前我曾瞥見過他這樣的神情：在競技場中，或他在對群眾說話時，還有那次在第十一區，他推開維安人員手中頂著我的槍的時候。我不很知道該怎麼理解那時的他。我也開始對他的眼睫毛著迷起來。平常，因爲它們是淡金色的，你不太會注意。但現在，靠得這麼近，在從窗戶斜照進來的陽光映照下，它們呈現一種金黃的色彩。這麼久了，我始終不明白，他眨眼的時候，它們爲什麼不會糾結在一起。

有一天下午，比德正在爲一朵花畫上陰影，卻突然停了下來，抬起頭。我嚇了一跳，好像我被逮到正在偷看他似的——說來奇怪，也許我是在偷看他。但他只說：「妳知道，我想這是我們頭一次在一起做一件正常的事。」

「對喔。」我同意。我們之間的整個關係都被那場遊戲蒙上了一層陰影，從來沒有哪個部分是正常的。「能有所改變眞好。」

每天下午，他會抱我下樓，讓我有機會變換眼前的景物。而我會打開電視，搞得大家心情很壞。通常，我們只在受到強制，不得不看時才看電視，因爲混合著政令宣傳與都城力量展示的節目，包括七十四年來飢餓遊戲的片段鏡頭，實在令人厭惡。但現在，我正在找尋某種特別的東西，那隻邦妮和織文寄託了全部希望的學舌鳥。我知道，這個念頭或許很傻。然而，如果這眞的很傻，我要摒除它，並把有一個繁榮興盛的第十三區存在的幻想，永永遠遠地從我腦海中抹去。

我第一次看見牠，是在一則提及黑暗時期的新聞報導。我看見第十三區殘存的司法大樓還在悶燒，同時，當一隻學舌鳥從螢幕右上角飛過，我瞥見牠黑白相間的翅膀內側。老實說，這啥也沒證明。它不過是一段舊事的一個舊鏡頭罷了。

但是，幾天之後，另一件事引起我的注意。新聞主播正在讀稿，談到石墨短缺影響第三區工廠生產的事，然後切到一段看起來應該是現場轉播的畫面，一位女記者穿著全套的防護衣，站在第十三區司法大樓的廢墟前。她透過面具報導說，很不幸地，今天剛出爐的一份研究報告指出，第十三區的礦坑仍布滿有毒氣體，無法接近。現場報導在這裡結束。但是，就在他們把鏡頭切回原來的主播之前，我清清楚楚地看見同一隻學舌鳥的翅膀一閃而過。

那個女記者分明是被剪接到那段舊影片裡了。她人根本不在第十三區。這讓人不得不問，**搞什麼鬼**？

12

在這之後，要我乖乖躺在床上實在很難。我想要做點事情，例如搜尋更多有關第十三區的資訊，或做點什麼有助於推翻都城的事。然而，我只是坐在家裡，用乳酪麵包把自己塞得飽飽的，並看比德畫圖。黑密契偶爾會過來一下，給我帶來一些鎮上的消息，沒有一樣是好事。有更多的人遭到懲罰，或餓死。

冬天接近尾聲時，我的腳開始可以走路了。我媽要我做些運動，讓我自己走一點路。有一天晚上上床睡覺時，我決定第二天早上一定要到鎮上走一趟。當我醒來，卻看見凡妮雅、歐塔薇雅和富雷維斯正低頭衝著我咧嘴笑著。

「給妳個驚喜！」他們尖聲叫道：「我們提早來了！」

在我臉上挨了一鞭之後，黑密契請他們將來訪的時間往後延了幾個月，好等我臉上的傷痊癒。我以爲他們還要再過三個禮拜才會到。但我盡量表現得好像我很開心終於可以拍婚紗照了。我媽早把所有的禮服都掛好，只等我去穿，不過老實說，我到現在連一件都沒試過。

在照例戲劇性地數落一頓，埋怨我美麗外貌的惡化程度後，他們立刻著手打理我。他們最大的苦惱是我的臉。但我認爲我媽已經做得非常好，把傷治好了，只留下一條淡淡的粉紅色痕跡橫過我的顴骨。鞭傷不是他們常見的東西，所以我告訴他們，我是在冰上滑倒，劃傷了臉頰。然後我才察覺，我也是拿這個當作腳受傷的藉口。腳傷一定會害我穿高跟鞋走路時出問題。還好富雷維斯、歐塔薇雅和凡妮雅都不是多疑的人，所以我在他們面前不用擔心會穿幫。

至於除毛，由於我只需在拍照的那幾個小時裡顯得肌膚光滑，不需要維持幾週，所以他們用剃毛來取代上蠟拔除。我仍舊得在滿浴缸不知道什麼東西裡頭泡上大半天，還好那東西不難聞。然後，在我意識過來之前，他們已經開始忙我的頭髮跟化妝了。我這個預備小組照例會帶來一大堆消息，往常我總是盡可能充耳不聞。然而，這次歐塔薇雅提到的一件事引起了我的注意。說眞的，她不過是隨口抱怨，說舉辦派對時買不到蝦子，卻冷不防觸動了我。

「爲什麼買不到蝦子？是因爲這個季節沒有嗎？」我問。

「噢，凱妮絲，我們已經好幾個禮拜買不到海鮮了！」歐塔薇雅說：「妳知道，因爲第四區的天氣太壞，他們無法出海作業。」

我的腦子開始嗡嗡響。沒有海鮮。好幾個禮拜。第四區。在勝利之旅途中，我已經感受到該區人民幾乎無法壓抑的憤怒。突然間，我很確定，第四區已經造反了。

我開始假裝不經意地問他們，這個冬天還給他們帶來其他哪些不便。他們向來要什麼有什麼，不習慣缺乏，因此任何一點供應出問題都會給他們帶來衝擊。等到我準備好可以著裝時，他們對於難以取得各種產品的抱怨——從蟹肉到音樂晶片到緞帶——已經讓我對哪幾個區可能已經發生叛變，有了大致的概念。海鮮來自第四區。電子零件來自第三區。當然，還有紡織品是來自第八區。沒想到發生叛亂的範圍竟然這麼廣，我忍不住因爲恐懼和興奮而顫抖。

我想要再多問他們一點，但是秦納到了，他給了我一個擁抱，同時檢查我的妝扮。他的注意力直接擺在我臉頰上的疤。不知怎地，我認爲他並不相信我在冰上滑倒的說詞，但是他沒多問。他只簡單地修飾一下撲在我臉上的粉，那道僅存的淡淡的鞭痕就消失了。

樓下客廳已經清理乾淨，並打上燈光，等著拍照。艾菲依然表現得很好，緊湊地支使大家做東做西，讓我們每個人都準時按表操課。這樣也好，因爲一共有六套禮服，每一套都得搭配特定的頭飾、鞋子、首飾、髮型、化妝、背景和燈光打法。奶白色蕾絲配粉紅玫瑰還有小鬈髮。象牙白緞子配金色刺青和綠色植物。鑲鑽的罩紗配珠寶面紗，要搭月光。厚重的白絲綢和袖子從我的手腕垂墜到地板，搭配珍珠。一套拍好了，我們立刻進房換穿下一套。我覺得自己像個麵團，被一再地揉捏成各種樣子。他們在我身上忙來忙去的過程中，我媽不時設法插進來餵我吃點東西或喝口茶，但是等到全部都拍完時，我還是覺得累壞了，也餓死了。我希望這下子能有時間跟秦納聊一會兒，但是艾菲把大家都趕出門去。秦納保證他一定會打電話給我，我只好勉強接受了。

夜幕降臨，我的腳因爲那些匪夷所思的鞋子痛得要命，我只好放棄到鎮上去的念頭，上樓去洗掉那一層層的彩妝、乳液和染劑，然後再下樓來到壁爐旁烘乾頭髮。放學回來的小櫻正好趕上最後兩套衣服的拍攝，此時正跟我媽喋喋不休地討論那些禮服。她們對拍婚紗照的事，似乎顯得太過高興了。當我躺上床去睡覺，我才想到，她們這麼快樂，是因爲她們認爲，這意味著我安全了，都城沒有把我干擾鞭刑的執行當一回事，因爲沒有人會花那麼多時間跟力氣，不嫌麻煩地對待一個他們打算殺掉的人。是啊。

在噩夢中，我穿著新娘的絲綢禮服，但禮服又破又髒。我在森林裡逃命，長長的袖子不斷勾到荊棘跟樹枝。那群由貢品改造的變種動物越追越近，直到牠們追上我，口鼻吐出的熱氣噴在我臉上，滴血的尖牙往我咬過來，我在大聲尖叫中把自己喚醒。

天已經快亮了，沒有必要設法回頭再睡。再說，我今天一定得出門找個人談談。蓋爾會在礦坑裡，我根本找不到他。但我需要黑密契或比德或別的什麼人，聽我傾吐這一陣子積壓在心裡的事，自從那天我去了湖邊以來發生的每件事：逃逸的叛徒、通電的鐵絲網、獨立的第十三區、都城的物資短缺，所有的事。

我陪我媽和小櫻一起吃了早餐，然後直接出門去找能說心底話的人。空氣相當暖和，帶著一絲絲春意。我想，春天是舉事造反的好時機。冬天一過，大家的脆弱感會減少很多。比德不在家。我猜他已經到鎮上去了。不過，我對黑密契這麼一大早就在廚房裡打轉，不禁大吃一驚。我沒敲門就走進他家，聽見哈賽兒正在樓上打掃這如今一塵不染的屋子。黑密契沒有大仰八叉地醉倒，但他也不是那麼清醒。我猜，有關裂膛婆又開始賣起私酒的傳言是眞的。我正想著也許最好是讓他去睡大頭覺時，他卻提議一起散步到鎮上去。

黑密契跟我現在能用一種簡短隱誨的方式溝通，三言兩語就瞭解彼此的意思。才幾分鐘時間，我已經把所有的事情都告訴了他，而他也告訴我有關第七跟第十一區發生暴動的傳聞。如果我的直覺沒錯的話，這表示幾乎有一半的行政區起碼都試圖起來叛變。

「你仍然認爲這事在這裡行不通嗎？」我問。

「還行不通。其他那些行政區都比我們大很多。他們就算有一半的人膽小躲在家裡，反抗者仍有成功的機會。但在第十二區，除非全體動員，否則免談。」他說。

我沒想過我們缺乏人數的優勢這一點。「但在某種情況下至少可以放手一搏吧？」我仍不放棄。

「也許。但我們的區很小，很弱，而且我們也沒發展核子武器。」黑密契說，話裡帶著挖苦的意思。他對我所說有關第十三區的故事，並不怎麼興奮。

「黑密契，對於那些發生叛變的行政區，你想他們會怎麼做？」我問。

「喔，你已經聽說過他們對第八區所做的事。你也看見我們還沒做出任何挑釁的舉動，他們就在這裡做了什麼。」黑密契說：「如果事情眞的失控，我想他們會毫不考慮地再摧毀一個行政區，就像摧毀第十三區一樣。殺雞儆猴，這妳懂吧？」

「所以你認爲第十三區眞的被摧毀了？我是說，關於那段有學舌鳥的影片，邦妮跟織文說得沒錯呀。」我說。

「好吧，那又怎樣？證明了什麼嗎？根本沒有。他們使用舊影片，可能基於很多不同的原因。也許那個鏡頭看起來比較令人印象深刻，而且這樣也比較省事，不是嗎？在剪輯室裡按幾個按鈕，總比飛到那裡去拍攝要簡單多了，對吧？」他說：「第十三區不知怎樣已經重新站起來，而都城居然裝作沒看到——妳想，這可能嗎？聽起來就像絕望的人會緊抓著不放的那種謠言。」

「我知道。我只是忍不住抱著希望。」我說。

「一點也沒錯。因爲妳很絕望。」黑密契說。

我沒反駁，因爲，他說得沒錯。

小櫻放學回來時，抑制不住內心的興奮，說老師在學校宣布，有命令大家今晚都要看節目。她說：「我想那一定是妳的婚紗照！」

「不可能的，小櫻。他們昨天才拍的照片。」我告訴她。

「喔，可是有人聽說是這樣。」她說。

我希望她是錯的。我還沒有時間告訴蓋爾這件事，讓他有心理準備。從那次他被鞭打之後，我只有在他來給我媽檢查背傷痊癒的狀況時，才會見到他。通常他一個禮拜七天都排滿，在礦坑裡工作。在我陪他走回鎮上那僅有的幾分鐘相處時間裡，我得知礦坑裡在第十二區發起叛變的情緒，已經因爲崔德的鐵腕手段，平息了下來。他知道我不打算逃了。但他一定也知道，如果我們不在第十二區鬧造反，我就注定要成爲比德的新娘。在他家的電視上看見我穿著美麗的婚紗，或坐或臥，擺出各種姿勢……他能怎麼辦？

當我們七點半聚集在電視機前，我發現小櫻是對的。一定是的，因爲凱薩．富萊克曼出現在螢幕上，在訓練中心前面，面對擠得水泄不通，充滿期待的群眾，談論我即將來到的婚禮。他介紹秦納出場。自從幫我設計遊戲中的那些衣服之後，秦納已經在一夕之間變成知名人物。在他們倆進行一小段愉快的訪談閒聊後，我們的注意力被引導轉向一面巨大的螢幕。

現在我明白他們怎麼能昨天才幫我拍照，今晚就隨即播放特別節目。最初，秦納設計了二十四件結婚禮服。從那時候開始，就有一連串淘汰部分設計、實際裁製衣服，以及挑選配件的過程。在每個階段，都城的民眾顯然有機會投票支持自己最喜歡的禮服。所有這一切，在我穿上最後獲選的六套禮服拍照時，達到最高潮。我相信，要把昨天攝製的那些鏡頭剪接進節目裡，根本不費吹灰之力。每個鏡頭都引起觀眾極大的反應。人們對自己喜歡的禮服大聲尖叫歡呼，對不喜歡的發出噓聲。他們投了票，說不定還下了賭注，看哪一套會勝出。他們在我的結婚禮服上可眞是投注了不少心力。看著他們熱烈參與，我想到自己在攝影小組來到之前，根本懶得試穿，那感覺眞是怪得很。凱薩宣布，參與的人一定要在明天中午以前投下他們的最後一票。

「讓我們幫凱妮絲．艾佛丁穿得漂漂亮亮、體體面面來出席自己的婚禮！」他對群眾大喊。就在我想要關上電視的時候，凱薩叫我們等等，讓電視開著，今晚還有一件大事要宣布。「沒錯，今年是舉辦飢餓遊戲的第七十五週年，換句話說，又到了我們的第三屆大旬祭了。」

「他們要做什麼？」小櫻問：「不是還有幾個月的時間嗎？」

我們轉頭去看我媽，她的神情看起來既嚴肅，又像是若有所思，彷彿在回想什麼事情。

「一定是要讀卡片了。」

開始演奏國歌。當我看見史諾總統走上舞台，我的喉嚨因爲強烈的嫌惡感而緊縮。他後面跟著一個穿了一身白衣的小男孩，手裡捧著一個樣式簡單的木盒。國歌演奏完畢，史諾總統開始說話，提醒大家記得黑暗時期的歷史與飢餓遊戲的由來。他們在制定有關遊戲的法律時，規定每二十五年爲一個週期，要舉辦大旬祭。這表示，都城將對飢餓遊戲做特別的設計，以榮耀這個活動，紀念那些遭行政區叛亂殺害的人。

這番話的針對性再清楚不過，因爲我懷疑目前有好幾個行政區正在叛變。

史諾總統接著告訴我們之前兩次大旬祭所發生的事。「在第二十五年的第一屆大旬祭，爲了提醒反叛政府的叛徒，他們的孩子之所以會死，是因爲他們選擇發動暴亂，因此每個行政區都必須舉辦一場選舉，投票選出貢品來代表那個區。」

我難以想像那是一種怎樣的感覺——選出要被送去死的孩子。我想，被自己的鄰居出賣的感覺，比自己的名字從籤球中被抽出，還要糟糕。

「在第五十年的大旬祭，」史諾總統繼續說：「爲了提醒反叛政府的叛徒，每死一位都城公民都要有兩個叛徒來陪葬，每個行政區必須派出多一倍的貢品。」

我想像在競技場上面對四十七位而非二十三位對手的情形。機會更不利，希望更渺茫，並且最終是更多孩子死亡。正是那一年，黑密契贏了……

「我有個朋友，在那年被抽中了。」我媽靜靜地說：「梅絲麗．唐納。那家糖果店是她父母開的。後來他們把她那隻會唱歌的鳥兒送給了我，是一隻金絲雀。」

小櫻跟我交換了一個眼神。這是我們頭一次聽到梅絲麗．唐納的名字。也許這是因爲我媽覺得，我們會想要知道她是怎麼死的。

「現在，我們要兌現諾言，如期舉辦第三屆大旬祭。」史諾總統說。那個穿白衣的小男孩走上前來，打開盒蓋遞上前去。我們可以看見盒子裡整齊豎立著成排的發黃的小信封。無論是誰發明了大旬祭制度，都已經準備好讓飢餓遊戲玩上數百年。史諾總統從盒中取出清楚標示著「75」的那個信封。他的手指滑到封口底下，取出一張正方形的小紙片。他毫不遲疑地念出上面的文字：「在第七十五年的大旬祭，爲了提醒反叛政府的叛徒，即使他們當中最強的強者也不能勝過都城的力量，因此，這屆的男女貢品將從現存的勝利者當中抽選出來。」

我媽發出一聲微弱的尖叫，小櫻把臉埋進自己的手裡，但我覺得自己比較像那些我在電視裡看見的觀眾，有點困惑。那話是什麼意思？從現存的勝利者當中抽選？

然後，我懂了，懂了那是什麼意思。至少，對我是什麼意思。第十二區只有三位勝利者可以抽選。兩個男的，一個女的……

我將重返競技場。

13

我的大腦還來不及反應，身體已經採取行動，衝出了門，橫過勝利者之村的草坪，衝進遠處的黑暗中。地面潮濕的水氣浸透了我的襪子，我感覺到寒風刺骨，但我沒停下來。哪裡？要去哪裡？當然是去森林。在鐵絲網前，嗡嗡聲迫使我想起，自己已經完全受困。我後退，喘氣，猛然轉身，再度拔腿飛奔。

等恢復意識，我發現自己雙手雙膝著地，趴跪在勝利者之村一棟空房子的地窖裡。微弱的月光從我頭頂上方的窗戶流瀉進來。我又濕又冷，喘個不停，但我一番奔逃，一點也沒緩和我裡面不斷高漲的歇斯底里。除非我把它發洩出來，否則我一定會被淹沒。我拉起衣衫的下襬，捲成一團，塞進嘴裡，然後開始放聲尖叫。我究竟持續叫了多久，我不曉得。但是當我停下來，我幾乎已經發不出任何聲音。

我蜷曲著身子側躺在地上，瞪著水泥地板上那幾方月光。重回競技場。重回噩夢的所在。那就是我要去的地方。我得承認，我完全沒料到會發生這樣的事。我預期過許多其他的事情：被公開羞辱、折磨、處死。在荒野中奔逃，維安人員跟氣墊船在後頭緊追不捨。嫁給比德，我們的孩子被迫踏入競技場。但我從來沒想過，我自己會再度成爲飢餓遊戲中的一員。爲什麼呢？因爲史無前例。勝利者的名字永遠不必再進入籤球。如果你贏了，你就贏得了這項權利。這是約定，這是規矩。直到現在。

地窖裡有一塊布，那種油漆時鋪在地上的布。我把它拉過來當毯子蓋住自己。我聽到有人在遠處叫我的名字。但在此刻，我容許自己什麼都不想，連那些我最愛的人也不想。我只想著自己，想著橫在面前的未來。

那塊布硬繃繃的，但能保暖。我身上的肌肉放鬆了，我的心跳緩和下來。我看見那小男孩手中拿的木盒，史諾總統從裡面抽出那發黃的信封。那眞的是七十五年前寫下的，有關這次大旬祭的內容嗎？似乎不太可能。對於今天都城所面對的麻煩，這簡直是太完美的解答了。一個信封，既除掉我，又壓制住各行政區，多麼乾淨俐落的一石二鳥之計。

我在腦海中聽見史諾總統的聲音說：**「在第七十五年的大旬祭，為了提醒反叛政府的叛徒，即使他們當中最強的強者也不能勝過都城的力量，因此，這屆的男女貢品將從現存的勝利者當中抽選出來。」**

沒錯，勝利者是我們當中最強的。他們從競技場生還，脫離了貧困的絞索，那必將扼殺我們其餘所有人的絞索。他們，或者我該說我們，是人們在無望之中懷抱的希望，我們是希望的具體象徵。現在，我們當中有二十三個人會被殺，藉此顯示連這樣的希望都是假象。

我很高興我是去年才成爲贏家。否則，我將認識所有其他的勝利者。不單因爲我在電視上見過他們，而是因爲他們在每一屆的飢餓遊戲中都是來賓。就算他們不像黑密契一樣，每年都要當導師，絕大部分的人還是每年都會爲這盛事回都城一趟。我想，他們有許多人已經成了朋友。相對地，我只需擔心，我唯一可能殺害的朋友，將是比德或黑密契。**比德或黑密契！**

我甩開那塊布，猛坐起身來。我剛才腦子裡是在想什麼？在任何情況下，我都不可能殺害比德或黑密契。但他們當中將會有一個跟我一起進入競技場，這是無法逃避的事實。他們甚至可能已經決定了是誰要去。無論抽中的是誰，另一個都可以選擇自願取代他的位置。我已經知道會發生什麼事。無論如何，比德都會要求黑密契讓他陪我進入競技場。爲了我。爲了保護我。

我在地窖裡跌跌撞撞，找尋出口。我是怎麼進到這裡來的？我摸索著爬上一段階梯，進到廚房，這才看見門上的玻璃窗已經破了。這一定是我的手好像在流血的原因。我匆忙返回黑夜裡，直接奔向黑密契的家。他獨自坐在廚房的餐桌前，一隻手握著一瓶喝掉一半的白乾，另一隻手握著他從不離身的刀子，醉得像一隻臭鼬。

「啊，她這會兒可出現了。終於精疲力盡了。妳總算推算出來了，是吧，小甜心？搞清楚妳不會獨自前往了吧？現在妳跑來這裡，是要求我……求我什麼呢？」他問。

我沒回答。窗戶洞開，獵獵寒風直接從我身上吹刮而過，好像我還在屋外奔跑。

「我承認，對那小夥子來講，這要容易多了。我還沒來得及扳開一只酒瓶的瓶塞，他就來這裡了，懇求我再給他一次機會去競技場。但是，妳呢？妳要說什麼呢？」他模仿我的聲音說：「『取代他，黑密契，因為，其他事情我們且擱下不提，我寧可是比德有機會好好度過他的餘生，而不是你？』」

我咬緊下唇，因為他既然這麼說了，我很怕這眞是我想要的。讓比德活下去，即使這意味著黑密契得死。不，我不想要這樣。黑密契是很令人討厭沒錯，但如今他也是我的家人。**那我到底為何而來**？我思忖著，**我來這裡是想要什麼呢**？

「我是來喝一杯的。」我說。

黑密契爆發大笑，砰一聲把酒瓶重重放在我面前的桌上。我用袖口擦了一下瓶嘴，然後連灌好幾口，直到自己嗆到。我花了好幾分鐘才讓自己平靜下來，即便如此，我還是眼淚鼻涕淌個不停。但在我身體裡面，烈酒感覺像火，熊熊燒著，我喜歡。

「也許是應該你去。」我拉開一張椅子坐下時，就事論事地說：「你反正痛恨人生。」

「說得好。」黑密契說：「並且，既然上一回我極力要保住的是**妳的**命……似乎這次我有責任救那小夥子的命。」

「這話說得更好。」我說，用袖子抹過鼻子，再次舉起酒瓶灌了兩口。

「比德的說詞是，由於上回我選了妳，所以我欠了他。無論他要什麼，我都得答應。而他要的，就是再次進入競技場去保護妳。」黑密契說。

我就知道。在這種事情上頭，比德實在不難預料。當我還在地窖的水泥地板上打滾、哀嚎，只想到自己，他已經在這裡，只想到我。羞恥二字已經不足以形容我這時的感受。

「妳再活上一百個人生，也配不上他，妳知道嗎？」黑密契說。

「沒錯，沒錯。」我粗聲粗氣地說：「在我們這三個傢伙裡頭，毫無疑問，他是最優秀的一個。所以，你打算怎麼辦？」

「我不知道。」黑密契嘆口氣說：「如果我可以，也許我就跟妳一起重返競技場。但是，即便到時候抽中的是我的名字，也毫無影響。他會自願取代我的位置。」

我們沉默地坐了好一陣子。然後我問：「如果是你回到競技場，那感覺豈不是很差？你認識所有其他的人，不是嗎？」

「噢，我想，我們可以預見，無論我在哪裡，都會很難受。」他對瓶子點了一下頭，說：「現在可以把它還給我了嗎？」

「不行。」我說，張開雙臂抱住它。黑密契從桌子底下拿出另一瓶酒，扭開瓶蓋。我突然明白過來，我不是來這裡喝酒的。我來，確實是想跟黑密契要別的東西。「好，我想清楚我是來跟你求什麼了。」我說：「如果是比德跟我去競技場，這次我們要努力保住**他的**命。」

他充血的雙眼閃過某種東西。痛苦。

「就像你說的，你不管怎麼做，都會很難受。所以，無論比德要的是什麼，這次輪到他被救了。這是我們兩個欠他的。」我的聲音出現哀求的語調。「再說，都城恨我入骨，我現在是死定了。但他說不定還有機會。拜託，黑密契，答應我吧。」

他鎖緊眉頭，瞪著酒瓶，衡量著我的話。最後，他終於開口說：「好吧。」

「多謝。」我說。現在，我該去看比德了，但我不想去。我的腦袋因爲喝了酒而不斷旋轉，而且我好累好累，天曉得他會說服我答應什麼事。不，我現在必須回家面對我媽跟小櫻。

當我搖搖晃晃走上我家門口的台階，大門隨即打開，蓋爾一把將我拉進懷裡，低聲說：

「我錯了。妳說要逃跑時，我們就應該逃走。」

「沒有。」我說，根本無法集中注意力，手上的酒瓶晃蕩著，不斷潑灑出酒，濡濕了蓋爾的外套後背，但他似乎一點都沒注意。

「現在走還不遲。」他說。

越過他的肩膀，我看見我媽跟小櫻站在門口緊緊抓著彼此的手。我們逃走，她們就死定了。況且，現在我還有比德要保護。討論結束。「不，太遲了。」我膝蓋一軟，他趕忙抱緊我。當酒精淹沒我的神智，我聽見酒瓶掉在地上砸碎了。理當如此，因爲我顯然已經失去掌握任何東西的能力。

我醒來之後，才勉強走到浴室，那些酒就又冒了出來，害我吐得一塌糊塗。嘔吐時它所帶來的燒灼感，跟把它喝下去時一樣，但嚐起來的味道加倍糟糕。我吐完時，不但全身顫抖，還冒了一身汗，但起碼那東西大部分都離開我的身體了。不過，還有一些酒已經流進我的血液，導致我頭痛欲裂，口乾舌燥，胃部灼熱。

我站到蓮蓬頭底下，扭開水龍頭，讓溫暖的水沖刷著我。過了一分鐘，我才發覺自己還穿著內衣。我媽一定只脫了我骯髒的外衣，就扶我上床，幫我蓋好被子。我把濕透的內衣扔到水槽，然後把洗髮精倒到頭上。我的雙手一陣刺痛，這才看到我一隻手掌與另一隻手的側緣，有幾道細小、勻淨的縫線。我模模糊糊記得自己昨晚打破了一面玻璃窗。我繼續沖澡，並從頭到腳用力擦洗，但中間一度停下來嘔吐。我這時吐出來的東西，差不多都是膽汁，隨著氣味香甜的泡泡一起沖進排水口裡。

終於洗乾淨之後，我披上睡袍，直接爬回床上，顧不得頭髮還滴著水。我鑽到層層毛毯底下，心想中毒大概就是這種感覺吧。樓梯上響起的腳步聲，喚醒我昨夜的驚慌。我還沒準備好要見我媽跟小櫻。我得收拾好自己，回復冷靜和篤定，就像上回抽籤日之後跟她們道別時那樣。我一定得堅強。我掙扎著坐起身來，太陽穴抽痛得厲害，我把黏在旁邊的頭髮撥到腦後，繃緊全身，準備面對她們。她們出現在門口，捧著茶跟麵包，一臉的擔憂。我張開嘴，打算說個笑話，卻控制不住，迸出了眼淚。

堅強實在好難。

我媽在床沿坐下，小櫻爬上床依偎著我，她們一起抱住我，口中喃喃發出安慰我的聲音，直到我哭夠了。然後小櫻拿了條浴巾，幫我把頭髮擦乾，再把我頭髮糾結的地方梳順，同時我媽哄著我喝茶跟吃麵包。她們給我穿上溫暖的睡衣，又幫我蓋上更多層毯子，我再次沉沉睡去。

當我再度醒轉過來，從天光判斷，我知道已經接近傍晚了。我床邊的小几上擺著杯水，我一口氣喝光，渴極了。我覺得胃仍在翻騰，頭還有點暈，但比之前好多了。我起身，穿上衣服，把頭髮在腦後編好辮子。下樓前，我在樓梯頂端停了一下子，覺得有點不好意思，懊惱自己竟這樣面對大旬祭的消息——突然飛奔而逃，和黑密契一起喝醉酒，大哭。在這種情況下，我猜我可以這樣縱容自己一天。不過，我很高興攝影機沒在這裡拍下我的這些鏡頭。

下得樓來，我媽和小櫻再次擁抱我，但是她們沒有太情緒化。我知道她們是壓抑著自己，好讓我別太難過。看著小櫻的臉，我很難相信這是九個月前，在抽籤日那天我留下的那個脆弱的小女孩。那段日子的折磨跟接下來的一連串事件，在她身上留下了痕跡。區裡殘酷的暴行，接應不暇的病患與傷患——現在，她經常因為我媽忙不過來，而必須自己也動手處理——這些事情，讓她變得成熟了。她也長高了不少，現在我們可說是一樣高了。但身高不是讓她看起來成熟的原因。

我媽舀了一碗燉肉湯給我，我又要了一碗，打算拿去給黑密契。然後我出門，越過草坪，朝他家走去。他才剛睡醒，二話不說便接過了食物。我們坐在屋裡，靜靜地啜飲著肉湯，透過他客廳的窗戶看著夕陽西下。我聽見有人在樓上走動，以為是哈賽兒，但幾分鐘後，下來的卻是比德，他把一箱空酒瓶扔在桌上，一副問題解決了的神情。

「喏，解決了。」他說。

黑密契費了九牛二虎之力，才把雙眼視線集中在那些酒瓶上，因此我開口問：「什麼解決了？」

「我把全部的酒都倒進排水口了。」比德說。

這似乎讓黑密契驚醒過來，他雙手急攘攘地翻尋箱子，難以置信。「你剛才說你幹了什麼事？」

「我把它們全倒光了。」比德說。

「他會去買更多回來的。」我說。

「喔，他不會的。」比德說：「今天早上我找到裂膛婆，警告她如果再賣酒給你們兩個，我立刻把她扭送維安部隊。當然，爲了以防萬一，我也付了她一筆可觀的錢。不過，我想她不會急著想回去蹲牢房。」

黑密契對他一刀揮過去，比德卻輕易就躲開了，看起來眞是悲哀。我忍不住冒火，說：「他要幹什麼關你什麼事？」

「當然關我的事。無論結果如何，我們當中都有兩個要再度進入競技場，而另一個要當導師。我們這個小組擔待不起有一個酒鬼。尤其是妳，凱妮絲。」比德衝著我說。

「什麼？」我氣得快口齒不清了。如果我不是宿醉這麼嚴重，或許還有點說服力。「昨晚是我生平唯一一次喝醉酒好嗎？」

「對，看看妳現在是個什麼樣子。」比德說。

在昨晚大旬祭的消息宣布之後，第一次跟比德見面，我不知道自己抱持怎樣的期待。也許是一些擁抱跟親吻，一些互相安慰的話。結果都不是。我轉向黑密契，說：「別擔心，我會幫你弄更多酒來。」

「那我就連你們兩個一起告發，讓你們戴著鎖枷冷靜冷靜。」比德說。

「你這麼做的目的是什麼？」黑密契問。

「目的是，我們當中有兩個可以從都城回來。一個導師，一個勝利者。」比德說：「艾菲會把所有活著的勝利者的紀錄片寄來給我。我們要仔細觀看他們參加的那幾場遊戲，盡可能搞清楚他們是怎麼戰鬥的。我們要增加體重，讓自己變得強壯。我們要開始表現得像專業貢品。不管你們兩個喜不喜歡，我們當中都有一個人必須再度成爲勝利者！」他一陣風似地走出房間，用力甩上大門。

那砰的一聲令黑密契跟我都畏縮了一下。

「我不喜歡自以爲是的人。」我說。

「那要喜歡什麼？」黑密契邊說，邊開始吸吮空瓶子裡殘存的酒。

「他腦子裡計畫著能回家的人，是你跟我。」我說。

「很好，那他是個白癡。」黑密契說。

但是幾天之後，我們都同意要表現得像專業貢品，因爲這也是讓比德做好準備的最佳方式。每天晚上，我們一起觀看現存勝利者參加過的那幾場遊戲的老片子。我這才發覺，在勝利之旅途中，這些人我們連半個也沒碰到。現在回想起來，不免覺得奇怪。當我把這問題提出來，黑密契說，史諾總統最不希望的，就是電視上出現這樣的鏡頭：比德和我，尤其是我，在那些可能叛亂的行政區裡，跟其他勝利者碰面。勝利者地位特殊，如果他們顯露出的態度，是支持我違抗都城，這在政治上將會非常危險。我還發覺，經過了這麼些歲月，我們有些對手都已經是老人了。這既令人難過，卻也令人放心了些。比德記了許多筆記，而黑密契主動向我們介紹各個勝利者的人格特質。漸漸地，我們開始瞭解我們的競爭對手。

每天早晨，我們做運動，鍛鍊身體。我們跑步、舉重、伸展肌肉。每天下午，我們練習戰鬥技巧，擲飛刀，徒手搏擊。我甚至教他們爬樹。按官方規定，貢品不得事先接受訓練，但是沒有人想阻止我們。即便是在平常的年份裡，那些來自第一、第二和第四區的貢品，一開始就顯露出他們能舞刀弄劍。我們這種練習，跟他們簡直沒得比。

在經過這麼多年的糟蹋之後，黑密契的身體看樣子是改善不了了。他仍舊很壯，但隨便跑幾步就喘不過氣來。還有，你會以爲一個每天晚上抓著刀子睡覺的人，總能擲刀子射中牆壁吧。實則不然，他的手抖得太厲害，光是要用刀擲中牆壁，就花了他好幾個星期才辦到。

不過，在新的生活規律之下，比德跟我的狀況越來越好。這給了我一些事情做。其實，這讓我們三個人除了接受失敗之外，都很有一些事情可做。我媽特別爲我們調配了增加體重的飲食。小櫻照料我們痠痛的肌肉。瑪姬則從她爸爸那裡偷偷帶了都城的報紙來給我們看。有關報導顯示，人們在預測誰會成爲勝利者中的勝利者，而我們也是熱門人選之一。就連蓋爾，雖然一點也不喜歡比德跟黑密契，卻還是在星期天跑來幫忙，教我們所有他會的陷阱和套索。同時跟比德和蓋爾在一起討論說話，讓我感覺很怪，但他們似乎把跟我有關的糾葛暫時放到一邊了。

有一天晚上，當我陪蓋爾走回鎮上，他甚至承認說：「如果他讓人討厭，事情會容易一點。」

「這還要你講。」我說：「如果我在競技場裡就很討厭他的話，現在我們也不會陷在這樣的困境裡。他早已死翹翹，而我會獨自成爲一個快樂的小小勝利者。」

「那我們會在哪裡做什麼呢，凱妮絲？」蓋爾問。

我停了下來，不知道該說什麼。我跟這位不是我的表哥，卻因爲比德的緣故得假裝是我表哥的人，**會**怎樣呢？他仍然會吻我，而我如果可以自由選擇，也會回吻他嗎？在不同的情況下，身爲勝利者會帶來安全的假象，過著金錢和食物不虞匱乏的安逸日子，那時，我會對他敞開自己嗎？但是，無論我要的是什麼，抽籤的威脅仍將永遠懸在我們頭上，懸在我們孩子的頭上……

「打獵，像每個星期天那樣。」我說。我知道他問那句話，不是字面上的意思，但這是我所能給的最誠實的回答了。蓋爾知道，當我沒有逃跑，我已經選擇了他而非比德。對我來說，談論過去如果怎樣或不怎樣，實在沒有意義。就算我在競技場中殺了比德，我仍然不會想嫁給任何人。我訂婚，只爲了拯救人們的性命，而眼前我所見到的結果，完全事與願違。

反正，我害怕情緒性的場面可能導致蓋爾做出什麼激烈的舉動。譬如，在礦坑中展開暴動。而正如黑密契說的，第十二區還沒準備好。若說情勢有什麼改變，那就是人們現在比大旬祭宣布之前，更加沒有準備好。因爲，就在大旬祭宣布之後的隔天早晨，火車載來了另一百名維安人員。

由於我不打算第二次活著回來，蓋爾越早放手越好。有一兩件事，我確實打算在抽籤之後，在我們被允許跟親友道別的那個鐘頭裡，跟他說一說。我想讓蓋爾知道，過去這些年來，他在我生命中佔了何等重要的位置。因爲認識了他，因爲愛他，我的人生才變得這麼有意思——雖然我是以我所能付出的、有限的方式愛他。

但是，我始終沒有機會跟他說。

抽籤那天的天氣非常濕熱。第十二區所有的人聚在廣場上，在機關槍口下，淌著汗，沉默地等待著。我獨自站在一個用繩子圈起來的小地方，比德和黑密契在我右邊，站在同樣的小繩圈裡。抽籤過程只花了一分鐘。艾菲頂著一頭閃耀著金黃色金屬光澤的假髮，完全缺乏她往常的活力。她伸手在女生的籤球裡撈了好一會兒，才取出裡面唯一的一張籤條，而大家都知道，那上面寫著我的名字。然後她抽中黑密契的名字。他才剛剛轉頭憂傷地看我一眼，比德已經出聲自願取代他。

我們立刻被押著走進司法大樓。在裡頭，維安頭子崔德正在等我們。「新的程序。」他微笑著說。我們在維安人員引導下，從後門離開，上了車，直接前往火車站。月台上沒有攝影機，也沒有群眾送我們上路。黑密契和艾菲出現，也是由警衛護送。維安人員急急忙忙把我們趕上火車，用力關上門。火車立即啓動。

我站在那裡，瞪著窗外，看著第十二區在我眼前消失，而我所有道別的話，都還懸在唇邊……

14

這是我最後一次凝視我的家園。在森林將它吞沒之後許久，我還站在窗前。這次，我絲毫不抱返鄉的希望。在我的第一場飢餓遊戲展開之前，我向小櫻保證，我會盡一切所能贏得勝利，而現在，我已經向自己發誓，我會盡一切所能保住比德的命。這趟旅程，我再也不會回頭。

事實上，我想對所愛的人說的最後幾句話，我已經想好：最好是關上門，把門鎖緊，雖然悲傷，卻可以安全地留在家裡。然而，現在都城連這一點也從我身上偷走了。

「我們可以寫信，凱妮絲。」比德在我背後說：「反正，這也會比較好。給他們一點我們的東西，讓他們可以握在手裡。黑密契會幫我們送到的，如果……需要送的話。」

我點點頭，然後直接走回我房間。我坐在床上，知道自己永遠也不會寫那些信。它們會像我嘗試對小芸跟打麥致敬的話，永遠不會變成文字。那些話在我腦中似乎很清楚，就連我在群眾面前開口時，它們在我腦海中也都字字清晰，但我就是無法好好地將它們寫下來。再說，它們應該跟擁抱、親吻、撫摸小櫻的頭髮、愛撫蓋爾的臉龐、捏一捏瑪姬的手搭配在一起，才會對。它們不能跟一個裝著我冰冷僵硬的身軀的木頭盒子，一起送到他們手上。

我難過到哭不出來，只想蜷縮在床上，一覺睡到明天早上我們抵達都城時才醒。但是，我還有個任務。不，它不只是任務。它是我死前的最後心願：**保住比德的命**。面對都城的憤怒，看來我似乎很難辦到，因此我必須竭盡所能，把自己的能力發揮到極致。這一點很重要。而如果我還在這裡爲了家鄉我所愛的人傷心難過，我就不可能做到。**放手讓他們去吧**，我告訴自己。**說再見，並忘掉他們**。我盡力在腦海中一個一個想他們，然後我打開內心保護他們的籠子，像釋放籠中鳥一般，將他們一個一個放走，再關上門，讓他們不得返回。

當艾菲來敲門叫我去吃晚餐，我心裡已經空了。這種輕盈的感覺，似乎沒什麼不好。

用餐時氣氛相當低沉。實際上，是非常低沉，大部分時候都是一片沉默，只在撤下舊的一道菜換上新的菜時，才有聲音打破寂靜。晚餐內容是：一道冷蔬菜泥湯、魚餅搭配濃稠的奶油酸橙糊、塡滿柳橙醬的小鳥搭配野粟和西洋菜，以及點綴著櫻桃的巧克力乳蛋糕。

比德和艾菲幾次試圖帶起話題，卻很快就都不了了之。

「我喜歡妳的新髮型，艾菲。」比德說。

「謝謝你。我特別去做了頭髮，來搭配凱妮絲的胸針。我曾經想過，我們該給你打個戴在腳踝上的金環，或許再給黑密契打個金手鐲什麼的，這樣我們看起來就像一個團隊了。」艾菲說。

艾菲顯然不知道，我的學舌鳥現在已經被叛亂者用來當作象徵符號了。至少在第八區是如此。在都城，學舌鳥仍是一個有趣的標誌，用來紀念一場特別令人興奮的飢餓遊戲。要不然，它還能是什麼呢？眞正的叛亂者，不會把一個秘密的象徵符號，做成首飾那麼耐久的東西。他們會把它印在餅乾上，必要時能一口吃了。

「我覺得這眞是個好主意。」比德說：「黑密契，你覺得呢？」

「隨便。」黑密契說。他沒喝酒，但我看得出來他很想喝。艾菲看到他在努力克制，也叫人把她自己的葡萄酒撤走。不過，他現在看起來很淒慘。如果他是貢品，他就什麼都不欠比德，可以愛喝多少就喝多少。但現在，他得竭盡所能，在一個全是他老朋友的競技場裡，保住比德的命，而且他很可能失敗。

「或許我們也可以幫你找一頂假髮。」我故意試著輕快一點。他只瞪了我一眼，意思是叫我別惹他，於是我們便在沉默中吃著巧克力乳蛋糕。

艾菲用亞麻布餐巾輕輕摁了摁嘴角，說：「我們是不是該看抽籤的報導重播了？」

比德離開去拿他的筆記本，上頭記錄了那些仍然健在的勝利者的有關訊息。我們聚在有電視機的那節車廂裡，好瞭解我們在競技場上會碰到的競爭對手是哪些人。等我們都坐好，國歌開始演奏，緊接著本年度十二個行政區的抽籤典禮開始重點播報。

在飢餓遊戲史上，總共有七十五名勝利者。目前仍有五十九位健在。他們當中許多張臉我都認得，有的是我在先前他們當貢品或導師的遊戲中見過，有的是我們最近觀看勝利者的錄影帶時見過。當中有些人已經很老了，還有一些人則因為生病、嗑藥或酗酒而糟蹋得不成人形，讓我認不出來。正如大家所預期的，有專業貢品的第一、第二和第四行政區，參與抽籤的人數最多。但每個行政區總算都抽出了至少一男一女兩名勝利者。

抽籤過程進行得非常快。比德認真地在他的筆記本上，在抽中的貢品名字旁邊畫上星號。黑密契只是面無表情地看著他的朋友一個個被抽中，踏上講台。艾菲則頻頻嘆息，並不時小小聲沮喪地插一兩句話，例如「噢，怎麼會是希希利雅？」或「嗯，有打鬥的機會，麥糠絕不會放過。」

至於我，我試著在腦海中記下其他貢品，但是就跟去年一樣，只有幾個我真正記住了。像是第一區的那對有著古典美的兄妹勝利者，他們在我小時候連續兩年相繼取得勝利。第二區的自願者布魯塔斯，至少有四十歲了吧，卻顯然迫不及待地想返回競技場。第四區的帥哥芬尼克，有一頭漂亮的古銅色頭髮，十年前以十四歲之齡贏得勝利。同區被抽中的女性，是個歇斯底里的年輕女子，有一頭飄逸的棕色頭髮，但她馬上被取代，自願者是一位需要拄著枴杖才能爬上台的八十歲老婦人。然後是喬安娜．梅森，第七區唯一還健在的女勝利者，幾年前靠著佯裝怯儒而贏得了勝利。第八區的女性，就是艾菲口中那位希希利雅，看起來大約三十歲，必須掙脫三個衝上來巴著她的孩子才上得了台。還有麥糠，第十一區的男貢品，我知道他是黑密契最要好的朋友之一。

我被叫到名字。然後是黑密契。接著比德自願取代。有一名播報員眞的忍不住眼眶噙淚，因爲機會對我們這對來自第十二區的悲劇戀人，看來眞是不利啊。然後她強自鎭定下來，說她打賭「這將會是有史以來最棒的一場遊戲！」

黑密契一語不發地離開車廂，而艾菲在針對這個或那個貢品說了幾句不連貫的話後，也跟我們道了晚安。我坐在那裡，看著比德把那些沒抽中的勝利者的資料，從筆記本上一張張撕掉。

「去睡一會兒吧。」他說。

沒有你，我無法應付那些噩夢，我心裡想。今晚的噩夢一定會很可怕。但我實在無法開口要比德陪我睡覺。自從那天晚上蓋爾被鞭打之後，我們幾乎沒碰過彼此。「你打算做什麼？」我問。

「再把我的筆記複習一遍，搞清楚我們將要對抗的都是些什麼樣的人。不過明天早上我會跟妳一起再看一遍的。去睡吧，凱妮絲。」他說。

於是，我上床睡覺。正如所料，沒幾個小時，我就被噩夢驚醒。在夢中，那個第四區的老婦人變成一隻大老鼠，不停啃食我的臉。我知道我曾經大聲尖叫，可是沒有人來。比德沒來，連都城的服務人員也一個都沒來。我披上一件長袍，試圖撫平爬滿全身的雞皮疙瘩。我無法忍受繼續留在自己的車廂裡，於是我決定出去找個人幫我泡杯熱茶或熱巧克力什麼的。也許黑密契還醒著。他肯定無法入睡。

我跟服務人員叫了杯熱牛奶，這是我所想到，最能幫助人鎮定的東西。我聽見電視間有聲音，於是走進去，發現比德還在。他身旁的沙發上，是艾菲寄來的那盒往年歷屆飢餓遊戲的錄影帶。我認出這時播放的，是布魯塔斯成爲勝利者的那一屆。

比德看見我，站起身來，切掉放映中的影帶。「睡不著嗎？」

「沒法睡得久。」我說。我想起那位老婦人變成一隻大老鼠的樣子，忍不住把袍子拉緊一點。

「想談談嗎？」他問。有時候，談談會有幫助，但這時我只搖搖頭。還沒開打，那些人就已經變成噩夢纏上我，讓我覺得自己好脆弱。

當比德張開雙臂，我直接走入他懷中。自從他們宣布大旬祭之後，這是他第一次對我做出帶有感情的舉動。在此刻之前，他比較像一個要求嚴格的教練，總是不斷敦促，堅持黑密契跟我要再跑快一點，再吃多一點，對我們的敵人再多認識一點。當情人？門都沒有。他甚至放棄假裝是我的朋友。我伸出雙臂緊緊纏住他脖子，免得他又要命令我做伏地挺身什麼的。不過，相反地，他將我拉得更近，把臉埋進我的頭髮中。溫暖從他的嘴唇觸及我頸項的那個點向外擴散，緩緩散布到我的全身。這感覺眞好，好得令人難以相信，我知道我絕不會先放手。

我幹嘛要放手？我已經跟蓋爾道別了。我肯定再也不會見到他了。無論我現在做什麼，都不會傷害到他了。他不會看見，或者，他會以爲我仍是在攝影機前表演。至少，從此我肩膀上的重擔脫落了一個。

拿著熱牛奶的都城服務人員走了進來，我們這才分開來。他把托盤放在桌上，托盤裡有一個冒著熱氣的陶壺和兩個馬克杯。「我多帶一個杯子過來。」他說。

「謝謝你。」我說。

「我在牛奶裡面加了些蜂蜜，會更香甜。還加了一點點香料。」他又說。他看著我們，像是想要再說些什麼，然後，他微微搖了下頭，便退出車廂去了。

「他是怎麼回事？」我問。

「我想他是為我們感到難過。」比德說。

「是喔。」我說，動手倒牛奶。

「我是說真的。我不相信都城的人看到我們或其他勝利者重回競技場，都會很高興。」比德說：「他們對自己所支持的冠軍還是有感情的。」

我冷冷地說：「我猜，一旦鮮血開始四濺，他們就不會再那樣覺得了。」說真的，如果有什麼事是我不會浪費時間去擔心的，那肯定就是大旬祭對都城人情緒的影響。「所以，你要把所有的錄影帶再看一遍？」

「也沒有。只是跳著看一些他們不同的戰鬥技巧。」比德說。

「下一個是誰？」我問。

「妳挑。」比德說，捧起盒子端到我眼前。

那些錄影帶上標示著遊戲的年份及勝利者的名字。我翻找著，突然發現手上那一卷是我們從來沒看過的。那是第五十年的飢餓遊戲，也就是第二屆大旬祭。勝利者的名字是黑密契．阿勃納西。

「我們從來沒看過這一卷。」我說。

比德搖搖頭，說：「沒。我知道黑密契不會想看，就跟我們不會想重溫我們自己的遊戲一樣。而且，既然我們是一夥的，我想不看也沒關係。」

「贏得第二十五屆遊戲的人有在這裡面嗎？」我問。

「我想沒有。不管那是誰，應該已經死了，艾菲只寄來那些有可能成爲我們對手的勝利者。」比德手裡掂著那卷黑密契的錄影帶。「怎麼？妳覺得我們該看嗎？」

「這是我們手上唯一的大旬祭帶子。我們說不定可以從裡面學到一些有用的東西，像是他們是怎麼運作的。」我說。但我還是覺得很怪，彷彿我們是要侵犯黑密契的隱私。我不知道爲什麼有這種感覺，因爲這些事情都是公開的啊。但我就是有這種感覺。我得承認，我也好奇極了。「我們不需要告訴黑密契我們看了這一卷。」

「好吧。」比德同意。他把錄影帶放進去，我拿著牛奶，坐在沙發上，縮起雙腿，窩在他身邊。加了蜂蜜跟香料的牛奶眞的很好喝。接著，我整個人沉浸在第五十屆飢餓遊戲裡。在播放國歌之後，螢幕上是史諾總統抽出第二屆大旬祭的信封。他看起來年輕得多，但一樣令人厭惡。就像在讀我們這一屆的卡片時那樣，他以逼壓得人心裡發慌的聲音，讀出一方紙片上的記載，告訴全體施惠國人民，爲了榮耀大旬祭，這次將有雙倍的貢品參賽。剪輯這卷帶子的人直接將鏡頭跳到抽籤，一個接一個再接一個的人被叫上台。

等看到第十二區，想到有那麼多孩子將要踏上必死之路，我已經快要受不了了。那個來第十二區抽籤的女人，不是艾菲，但她同樣說：「小姐優先！」她先叫喚一個女孩的名字，從她的長相你知道她來自炭坑。然後我聽見她喊出另一個女孩的名字：「梅絲麗．唐納。」

「噢！」我說：「她是我媽的朋友。」攝影機在人群中找到她。她跟另外兩個女孩緊抱在一起。三個全都是金髮，肯定都是商家的孩子。

「我想那個擁抱她的是妳母親。」比德靜靜地說。他說得沒錯。當梅絲麗．唐納勇敢地掙開友人的懷抱，朝台子走去，我瞥了一眼在我這年紀時的我媽，人們對她美貌的讚揚絲毫不誇張。緊抓著她的手正在哭泣的另一個女孩，長得很像梅絲麗，但更像另一個我認識的人。

「瑪姬。」我說。

「那是她媽媽。她跟梅絲麗好像是雙胞胎。」比德說：「我爸提到過一次。」

我想著瑪姬的媽媽，昂德西市長的妻子。她的人生有大半時間躺在床上，因劇烈的疼痛而動彈不得，把整個世界封閉在外。我想著，我怎麼從來不知道她跟我媽有這樣的關係。還有，瑪姬在那個風雪夜出現，給蓋爾帶來止痛藥。我想著我那個學舌鳥胸針，在我知道它原來的主人竟是瑪姬的阿姨，梅絲麗．唐納，一位在競技場中遭到殺害的貢品後，現在具有何等不同的意義。

黑密契的名字是最後一個被抽中的。看見他，比看見我媽還令我震驚。年輕、強壯。我不得不承認，他長得還蠻好看的。一頭深色的鬈髮，那雙炭坑的人才有的灰色眼珠子看起來十分明亮，甚至可說，十分危險。

「噢，比德，你想不會是他殺了梅絲麗吧？」我衝口而出。我不知道自己爲什麼這麼想，但我完全無法忍受這念頭。

「在總共有四十八個參賽者的情況下？我敢說機率很小。」比德說。

馬車遊行——第十二區的孩子一身礦工裝束，難看得要死。然後訪問很快帶過，時間短到沒機會注意任何人。但是既然最後贏得勝利的是黑密契，我們看到了凱薩．富萊克曼訪問他的整個過程。凱薩還是穿著他那始終如一的深藍色禮服，閃爍著無數小燈泡，不同之處只在他深綠色的頭髮、眼皮和嘴唇。

「好，黑密契，你對這次遊戲中競爭者的人數比往年增加百分之百，有什麼看法？」凱薩問。

黑密契聳聳肩，說：「我看不出會有什麼太大不同。他們還是會百分之百跟往年一樣愚蠢，所以我想我的機會還是差不多一樣吧。」

觀眾爆發大笑，而黑密契給了他們一個要笑不笑的表情。不馴，傲慢，冷漠。

「他不需要再多說什麼了，對吧？」我說。

現在鏡頭是遊戲開始的那個早晨。我們從一位女貢品的角度，看見競技場的模樣。她從發射室出發，經由一個圓筒往上升，進入競技場。這時，我忍不住驚詫地倒抽一口氣。每個參賽者的臉上都出現難以置信的表情。就連黑密契也揚起了眉毛，狀似愉快，不過他立刻又鎖緊眉頭，一臉不悅。

眼前是出人意料的美景，美得令人屏息。金色的豐饒角坐落在一片青草地的中央，四周有一簇簇美麗的花朵。碧藍的天空飄浮著朵朵白雲。歌聲清亮的鳥兒在頭頂飛翔。從某些貢品仰頭吸氣的表情來看，那裡的空氣聞起來一定棒極了。一個從空中鳥瞰的鏡頭顯示，草地綿延好幾哩。遠處，朝某個方向看去，應該是一座森林；從另一個方向看去，是白雪覆頂的山嶺。

美景顯然讓許多貢品迷惑，失去了方向感，因爲，當鑼聲響起，絕大部分人都像努力要從夢中醒來一樣。不過，不包括黑密契。他已經到了豐饒角，拿了武器，選好物資放進背袋背好。在大部分人才要離開所站的金屬圓盤時，他已經朝森林直奔而去。

在第一天的浴血戰中，總共死了十八名貢品。其他人也開始一個一個死去。情況逐漸明朗，原來在這個美景如畫的地方，幾乎每一樣東西，從垂掛在樹叢中的香甜水果，到水晶般清澈的溪水，都含有致命的劇毒。甚至某些花的花香，一旦直接吸入，也足以叫人喪命。只有雨水，以及豐饒角所提供的食物，才可以安全食用。另外，十名專業貢品結盟打夥，裝備精良，物資豐富，在山區裡搜尋獵殺的目標。

黑密契在森林裡遇到不一樣的困難險阻。原來那些毛茸茸的黃金色松鼠是食肉的，而且是一群一群地對人展開攻擊；如果被蝴蝶叮到，就算不死，也會痛得去掉半條命。但是他堅持不懈，繼續往前走，始終背對著越來越遠的山嶺。

另一方面，梅絲麗·唐納顯然也很有辦法。她離開豐饒角時只背了一個小背包。她在背包裡找到一個碗、一些牛肉乾，以及一個吹箭筒和兩打吹箭。競技場上唾手可得的毒成爲她的資源，她只要把吹箭沾上毒汁，射入對手的血肉之軀，吹箭立刻變成致命的武器。

到了第四天，那美麗如畫的山嶺突然火山爆發，一口氣又清除了十二名貢品，包括那群專業貢品中的五個。由於火山噴吐出大量冒火的熔岩，青草地已無立足藏身之處，剩餘的十三名貢品，包括黑密契和梅絲麗，都別無選擇，只能侷限在森林裡活動。

黑密契似乎鐵了心執意持續朝同一個方向走，遠離如今已變成火山的山嶺，但是一片緊密纏繞的樹籬迷宮，迫使他繞了一圈之後仍回到森林的中心。他在那裡遭遇三名專業貢品，他拔刀對抗。他們或許比他高大強壯，但是黑密契的速度驚人，在第三個人奪下他的刀子之前，他已經宰了兩個。正當那名專業貢品要一刀切斷他的喉嚨，一支吹箭將他射倒在地。

梅絲麗．唐納從樹後走出來，說：「我們聯手的話，可以活得比較久。」

「看來妳剛剛已經證明了這一點。」黑密契邊揉著脖子邊說：「要結盟嗎？」梅絲麗點頭。他們結盟了，也立刻形成堅固的盟友關係，難以違背，除非你不想回家去見自己的鄉親父老。

正如我跟比德，他們合作比單打獨鬥要好。從此，他們獲得更多的休息，找到接取更多雨水的方法，共同作戰，分享從死亡的貢品背包裡取得的食物。但是，黑密契仍然堅持往前走。

「為什麼？」梅絲麗不停地問，他始終不予理會，直到她拒絕前進，除非他給個答案。

「因為它總有個盡頭，對吧？」黑密契說：「競技場不可能永無止境地延伸下去。」

「你期望找到什麼呢？」梅絲麗問。

「不知道。但也許能找到什麼我們可以利用的東西。」他說。

等他們從一名死亡貢品的背包裡取得小型噴火裝置，才終於利用它穿過不可能穿過的樹籬，然後他們發現自己來到一片平坦、乾燥的高地，通往一處懸崖。深深的懸崖底下，你只看得見嶙峋銳利的岩石。

「到底就是這樣了，黑密契。我們回去吧。」梅絲麗說。

「不，我要留在這裡。」他說。

「好吧。現在只剩下五個人了。反正，現在說再見也好。」她說：「我不希望最後是你我兩人面對面。」

「好吧。」他同意。就這樣。他沒跟她握手道別，甚至沒多看她一眼。她就這樣走了。

黑密契沿著懸崖的邊緣走，似乎想要搞懂某件事。他的腳不小心踢到一塊鵝卵石，石頭落入深淵，顯然永遠消失了。但是一分鐘之後，當他坐下來休息，那塊鵝卵石彈回來落在他身邊。黑密契瞪著它，大惑不解，隨後，他的臉上出現一種奇怪的專注神情。他抓起一塊拳頭大小的石頭，拋向空中，落入懸崖，等著。當那塊石頭飛彈回來，直接落入他手中，他開始大笑。

也就在這時候，他聽見梅絲麗開始尖叫。結盟已經結束，而且是她主動拆夥的，如果此時他置之不理，沒有人能怪他。但是，無論如何，黑密契立刻循聲奔去。他抵達時，只趕上看見一群粉紅糖果色澤的鳥兒，當中的最後一隻，用牠那長而尖銳的鳥喙戳穿了她的脖子。他緊握著她的手，直到她斷氣。所有我腦海中想到的，只有小芸，只有我如何遲了一步救不了小芸。

那天稍後，另一名貢品在打鬥中死亡，第三個被一群那種毛茸茸的食肉松鼠給吃了，只剩下黑密契和來自第一區的女孩爭奪最後的冠軍。她的塊頭比他還大，而且動作跟他一樣快。當最後無可避免的戰鬥來臨，那眞是一場慘烈的血戰，兩人都身受好幾處致命的傷，最後黑密契還被繳了械。他搖搖晃晃地穿過美麗的森林，手裡捧著自己的腸子，而她跌跌撞撞地緊跟在後，手裡握著要給他最後致死一擊的斧頭。黑密契直接趕往他的懸崖，他才剛到達崖邊時，她扔出斧子。他趴倒在地上，斧頭飛下了懸崖。現在，雙方都沒有武器了，那個女孩就站在那裡，試圖止住從她已經失去眼珠子的眼窩泉湧出來的鮮血。她認爲自己或許能拖得比黑密契久，因爲黑密契已經倒在地上抽搐不止。但是，她不知道，而他知道，那把斧頭會彈回來。當斧頭從懸崖底下飛回來，它直接砍進了她的腦袋。大砲響了，她的屍體被移走，然後喇叭聲大作，宣布黑密契是勝利者。

比德切掉放影機，我們一語不發地坐在那裡好一陣子。

最後，比德說：「那個在懸崖底部的力場，跟在訓練中心天台上的那個，是一樣的。如果你試圖從天台跳下去自殺的話，它會把你彈回來。黑密契想到了一個把它轉變成武器的方法。」

「不只是用來對付其他貢品，也對付了都城。」我說：「你知道，他們沒預料到會發生這樣的事。那不該是競技的一部分。他們從來沒打算有人拿它當武器。他想通了這件事，讓他們臉上無光，顯得很笨。我打賭，他們一定花了好大一番工夫，試圖掩飾這一點。難怪我不記得在電視上看過這一段。這簡直跟我們用毒莓果來做威脅一樣壞！」

我忍不住大笑，幾個月以來，第一次眞正開懷大笑。比德只是搖頭，好像我喪失了心智一樣──也許，我是有點瘋了吧。

「非常類似，但不盡相同。」黑密契的聲音從我們背後傳來。我猛轉過身，很怕他會因爲我們觀看他的錄影帶而發火，但他只是臉上掛著得意的笑，仰頭喝了一大口瓶子裡的葡萄酒。戒酒的日子結束了。我猜我該爲他又開始喝酒感到沮喪，但這時另一種感覺佔據了我。

我這幾個禮拜都花在認識我的競爭對手是誰，一點都沒去想我的隊友是誰。現在，我內心燃起一股新的信心，因爲我想我終於認識黑密契是誰了，而且我也開始認識自己是誰。兩個給都城帶來這麼大麻煩的人，肯定可以想出一個保住比德性命的辦法來。

15

給預備小組的富雷維斯、凡妮雅和歐塔薇雅整過那麼多次以後，我本來以為，這次應該就是那同一套程序，忍一忍就過去了。沒料到，等著我的竟是情緒的磨難。預備過程進行到某個階段時，他們每個人都至少有兩次突然把持不住，哭出來。歐塔薇雅幾乎整個早上都不停地啜泣。看來他們真的對我有了感情，而想到我要重回競技場，他們崩潰了。再加上失去我，他們等於失去參加各種重大社交場合的門票，尤其我的婚禮，於是，對他們而言，這整件事變得無法忍受了。他們的腦子從來沒有想到過，為了別人，自己應該要堅強起來。我發現，自己竟然必須反過來安慰他們。要被送去宰殺的人明明是我，這實在有些叫人心煩。

不過，當我想到比德說，火車上那位服務人員不樂見勝利者必須重返競技場，都城的人也未必喜歡，我覺得有點意思。我仍舊認為，一旦鑼響，所有這一切都會被忘記。不過，都城的人對我們居然有感覺這點，倒洩漏了一些事。每年觀看一群孩子遭到殺害，他們確實絲毫不以為意。但他們對勝利者太熟悉了，尤其是那些多年來已成為名人的勝利者，這可能使他們記得了我們也是人。這更像是你看著自己的朋友死亡。這時，他們的感受會更像我們這些行政區居民對遊戲的感受。

等到秦納出現的時候，我爲了花力氣安慰預備小組，已經感到既煩躁又疲累。尤其他們動不動就掉眼淚，提醒了我，那些留在家鄉的人也一定正在哭泣。我穿著薄薄的袍子站在那裡，皮膚跟內心都在刺痛。我知道，只要再看到另一個難過的眼神，我一定受不了。因此，他一跨進房間，我立刻衝口而出：「如果你敢哭，我發誓我馬上當場宰了你。」

秦納只是露出笑容，說：「怎麼，有個濕淋淋的早晨嗎？」

「你可以把我絞出水來了。」我回答。

秦納用手環住我肩膀，領我去吃午餐。「放心。我總是把情緒發洩在自己的工作上。如此一來，除了自己，我不會傷害到任何人。」

「這種事我無法忍受第二次。」我警告他。

「我知道。我會跟他們說說。」秦納說。

吃午餐讓我感覺好多了。野雉雞可以從幾種寶石色澤的果凍中挑一種來搭配，縮小版的眞實蔬菜在奶油濃湯中浮沉，馬鈴薯泥拌了荷蘭芹。甜點是把切塊的水果蘸著一鍋融化的巧克力吃，秦納必須再點第二鍋，因爲我開始乾脆直接用湯匙舀巧克力吃。

「所以，我們在開幕典禮上要穿什麼？」我終於問這個問題，邊用湯匙把第二鍋也刮得乾乾淨淨。「礦工頭燈，還是火焰？」我知道馬車遊行時，我跟比德得穿戴某種跟煤炭有關的服飾。

「差不多類似那樣。」他說。

爲開幕典禮著裝打扮的時間到了，預備小組出現，但秦納把他們打發走，說他們早上已經做得非常完美，現在沒什麼要做的了。他們滿心感激地將我留給秦納，退下去好好復元一番。他先弄我的頭髮，依照我媽教他的樣式編了辮子，然後給我上妝。去年他只給我上一點點淡妝，好讓我在進入競技場後，觀眾依舊認得我。但現在我的臉做了戲劇化的明暗強調，變得幾乎難以辨認。高聳的眉毛，突出的顴骨，怒張的雙眼，深紫色的嘴唇。那套衣服乍看之下很簡單，不過是一件把我從脖子遮到腳的合身的黑色連身褲裝。他把一個類似髮箍的半截冠冕戴在我頭上，看起來就像我當上勝利者時戴在頭上的那個，只不過這冠冕是沉重的黑色金屬，不是黃金打造的。他把室內的燈光調整到類似暮色微光，然後按了一下我手腕上安置在衣服裡面的按鈕。我低下頭著迷地看著身上這套衣服慢慢活起來，起初是柔和的金色光芒，然後漸漸轉變成煤炭燒著時的橘紅色。我覺得自己看起來好像被裹在一塊灼熱的煤炭裡——不，我**就是**一塊直接從我家壁爐裡拿出來的灼熱煤炭。火光的顏色明滅閃爍，移轉變幻，跟眞正的煤炭燒著時一模一樣。

「你是怎麼辦到的？」我驚訝地問。

「波緹雅跟我花了很多時間盯著火看。」秦納說：「現在看看妳自己吧。」

他把我轉向一面鏡子，好讓我看見整個效果。我看見的不是一個女孩，甚至不是女人，而是某種不屬於這個世界的生物，比較像是住在火山當中，在黑密契的大旬祭裡摧毀許多性命的熔岩。黑色的冠冕現在變得火紅，在我滿臉戲劇化的妝飾上投下奇怪的光影。凱妮絲，燃燒的女孩，已經將她熠耀的火焰、鑲滿珠寶的禮服，及燭光般柔和的洋裝，都拋在身後了。現在，她跟火焰本身一樣致命。

「我想……這正是我面對其他人時所需要的裝扮。」我說。

「是的，我認爲粉紅色唇膏與絲帶的日子已經過去了。」秦納說。他又按了一下我手腕上的按鈕，熄掉了我身上的光。「我們別把電池的電耗盡。這次，當妳站在馬車上，不要揮手，也不要微笑。我要妳雙眼直視前方，彷彿所有的觀眾都不値得一顧。」

「終於碰到一件我擅長的事了。」我說。

秦納還有點事要忙，因此我決定自己先下到重塑中心的底層。那裡是開幕典禮前，所有貢品與他們的馬車聚集的地方，面積很大。我希望能遇到比德跟黑密契，但是他們還沒到。

這時的情況跟去年很不同。去年所有的貢品都緊挨著他們的馬車，今年的景象卻像社交場合。所有的勝利者，包括今年的貢品與他們的導師，全圍成一個個小圈子站著，聊天。當然，他們全都彼此認識，只有我誰也不認識，並且我也不是那種會上前去跟大家做自我介紹的人。因此，我只是撫摸著我們的一匹馬的頸項，試著別讓人家注意到我。

當然沒用。

我耳朵先聽見喀吱喀吱的嚼食聲，接著才發現他站在我旁邊。當我轉過頭，芬尼克·歐戴爾那雙著名的碧綠色眼睛，離我的眼睛只有吋許。他靠在我的馬身上，揚手把一粒方糖拋進嘴裡。

「哈囉，凱妮絲。」他說，彷彿我們是認識多年的老朋友，而事實上我們從未見過面。

「哈囉，芬尼克。」我說，學他那種漫不經心的樣子，雖然心裡對他靠得這麼近，特別是他身上衣服那麼暴露，感覺很不舒服。

「要吃塊糖嗎？」他說著，把手伸過來，手裡一疊方糖堆得老高。「這本來應該是給馬吃的，但誰管他啊？牠們已經吃了很多年的方糖了，可是妳跟我……嗯，如果我們看到有甜的東西吃，最好先搶了再說。」

芬尼克·歐戴爾可說是施惠國的活傳奇。由於他贏得第六十五屆飢餓遊戲時才十四歲，他可說仍是最年輕的勝利者之一。他來自第四區，是個專業貢品，因此，機會本來就已經對他十分有利。不過，他有一項特徵，任何訓練師傅都不能誇口宣稱是他們的功勞，那就是他那非比尋常的俊美：高大，運動員般的體格，金色光澤的肌膚與古銅色的頭髮，再加上一雙奪魂攝魄的眼睛。那一年，當所有其他貢品迫切渴望獲得一些糧食或火柴之類的禮物，芬尼克卻不缺任何東西，無論食物、藥品或武器。他的競爭對手過了大約一週的時間，才搞清楚他是那個最該被除掉的人，但那時已經太遲了。他本來就是一個厲害的鬥士，帶著他在豐饒角找到的標槍跟刀子。當他收到一朵銀色降落傘，獲得一把叉魚的三叉戟——那大概是我所見過送進競技場裡最昂貴的一件禮物——大局就已經底定了。第四區的產業是捕魚。他在船上待了一輩子，那把三叉戟就像是他手臂的延伸，既自然又致命。他用找到的藤蔓編織了一張網，用網纏住對手，然後用三叉戟刺殺他們。不過幾天的時間，冠冕就是他的了。

那之後，都城的人民就對他癡迷不已。

由於他年紀太小，頭一兩年她們還不能對他染指。但自從他滿十六歲以後，他來參加遊戲時，都被那些渴望愛他的人緊緊盯著。不過，他沒跟任何一個保持長久的關係。他每年來的時候都會泡上四、五個，老的或年輕的，美麗或平庸的，有錢或非常有錢的，他會陪伴她們，收下她們極奢侈的禮物，但從來不會停留，而且一旦走了就是走了，不會回頭。

我不否認，芬尼克是世界上最帥、最令人目眩神迷的人之一。但是坦白說，他從來沒吸引過我。也許是因爲他太漂亮，或是太容易到手，或者，也許其實是因爲他太容易失去了。

我看了一眼那些糖，說：「不，謝了。不過，改天我倒想借你的衣服一用。」

他身上披掛著一張金色的網子，只刻意在胯間打個結，讓他嚴格說來不能算是全裸，但也差不多了。我很確定，他的設計師認爲，觀眾看見越多的芬尼克越好。

「妳這身裝扮可眞是嚇壞我了。小女孩的那些漂亮洋裝都哪裡去了？」他問，用舌尖微微潤了一下他的唇。這動作或許會讓絕大部分的人瘋狂，但不知道爲什麼，所有我能想到的，竟是老克雷，垂涎著貧窮、飢餓的年輕女子。

「我長大了，不適合穿了。」我說。

芬尼克伸手拈起我的衣領，指尖沿領口滑動。「這次大旬祭眞是糟糕。妳本來有本錢在都城大肆劫掠一番的。珠寶、錢財，任何妳想要的東西。」

「我不喜歡珠寶，我的錢也多到用不完了。倒是你，你都把你贏來的錢花在哪裡啊，芬尼克？」我說。

「噢，我已經很多年沒處理過像錢那麼庸俗的東西了。」芬尼克說。

「那，你陪她們玩，她們怎麼酬謝你啊？」我問。

「告訴我秘密。」他輕聲說。他的頭往前傾，直到他的嘴唇幾乎就要接觸到我的嘴唇。

「那麼妳呢，燃燒的女孩？妳有什麼值得我花時間聽的秘密嗎？」

爲了某種愚蠢的理由，我臉紅了，但我強迫自己絕不退縮。「沒有，我胸無城府。」我同樣低聲回答：「好像大家在我自己知道之前，就都已經曉得我的秘密了。」

他露出微笑。「唉，眞不幸，我想妳說的是眞話。」他的眼睛往旁邊瞥了一下，說：「比德來了。眞遺憾妳必須取消妳的婚禮。我知道這對妳來說是多麼難受的事。」他又拋了顆方糖進嘴裡，然後慢慢踱著步子走開。

比德來到我旁邊，穿著跟我一模一樣的衣服。「芬尼克．歐戴爾想要幹嘛？」他問。

我轉過頭，模仿芬尼克那樣，嘴唇靠近比德的嘴唇，垂下眼皮，說：「他想給我糖吃，想要知道我所有的秘密。」我盡可能裝出最誘惑人的聲音。

比德大笑。「噁，不會吧。」

「眞的。」我說：「等我雞皮疙瘩掉完之後，我再跟你多說一點。」

「如果當初我們只有一個人贏，妳想我們最後會落得像他們一樣嗎？」他邊問，雙眼邊四處瞄著其他那些勝利者。「成爲怪胎秀裡的一員？」

「那當然，尤其是你。」我說。

「噢，為什麼尤其是我？」他帶著笑容說。

「因為你有個喜歡漂亮東西的弱點，我沒有。」我說，語氣裡帶著優越感。「他們會引誘你掉進都城的生活方式，而你會完全迷失在其中。」

「懂得喜歡美麗的東西，未必是弱點。」比德指出：「或許，除非是碰到妳。」音樂開始播放，我看見巨大的門為第一輛馬車打開，聽見觀眾的吼叫聲。「上車吧？」他伸出一隻手，幫我爬上了馬車。

我爬上車後，把他拉上來。「別動。」我說，伸手調整他的冠冕。「你看到了你的衣服點亮的樣子嗎？我們將再次令人讚嘆。」

「絕對會。但波緹雅說我們不要受到影響。不揮手，不做任何事。」他說：「是說，他們都到哪裡去了？」

「不知道。」我望了一眼馬車的行列，說：「也許我們該直接點亮我們的衣服，不等他們了。」我們這麼做了，而當我們開始發光，我看到人們對我們指指點點，竊竊私語。我知道，我們將再次成為開幕典禮的話題。我們幾乎來到門邊了。我伸長脖子張望，既沒見到波緹雅，也沒看見秦納。去年，他們陪我們直到最後一秒，現在卻完全不見人影。「今年我們該牽手嗎？」我問。

「我猜，他們讓我們自己決定。」比德說。

我抬頭望進那雙湛藍的眼睛，再怎麼戲劇化的化妝，都不能讓它們眞的顯得致命，同時我想起才一年前，我是怎麼打算要殺了他。當時，我深信他也打算殺了我。現在，事情顚倒過來了。我決心保他活命，即便代價是賠上我自己的性命。不過，有一部分的我並沒有自己期望的那麼堅強，因此我很高興這時在我身邊的是比德，而非黑密契。不必說什麼，我們的手自然而然地緊握在一起。我們當然會共同面對這場遊戲。

當我們的馬車駛進黃昏漸暗的天光中，群眾的聲音匯成一片尖叫，但我們毫無反應。我只是將目光定在遠處一點，假裝周遭沒有觀眾，沒有歇斯底里的叫聲。沿途，我無法不瞥見出現在巨大螢幕上的我們倆，我們不只是美麗，我們既黑暗又充滿力量。不，不僅如此。我們這對來自第十二區的悲劇戀人，受了那麼多的苦，雖然獲勝，贏得豐碩的報償，卻享受得那麼少。不，我們不在乎愛慕者的好感，絕不用我們的微笑增添他們的光彩，也不接受他們的飛吻。我們絕不原諒。

我愛死這感覺了。我終於可以做自己了。

當我們繞著市圓環前進，我看見有幾位別的設計師嘗試偷取秦納跟波緹雅的點子，讓他們的貢品也會發光。第三區的衣服綴滿發光的小燈泡，算是還有點道理，因爲該區是製造電子產品的。但第十區負責畜牧業，他們的貢品打扮成牛隻，卻繫著燃燒的腰帶，這是怎麼回事？是要把自己烤熟嗎？眞可悲。

另一方面，比德跟我穿著這身亮度與色澤變換不停的燃煤服裝，是如此令人著迷，絕大多數其他貢品也都瞪著我們。我們似乎特別吸引第六區的那一對貢品。眾所周知，他們已染上麻精的癮。兩個人都瘦得皮包骨，而且皮膚鬆垮發黃。他們那四隻過大的眼睛始終無法轉離開我們。就連史諾總統開始在官邸露台上講話，歡迎我們所有的人來參加大旬祭，他們還是目不轉睛地瞪著我們。演奏國歌了，當我們最後一次繞行圓環，是我看錯了嗎？還是，總統也眞的一樣盯著我看？

比德跟我一直等到訓練中心的門在我們背後關上，才放鬆下來。秦納和波緹雅都在，對我們的表現感到非常高興。黑密契也來了，算是今年第一次出現，只不過他不是站在我們馬車這邊，而是在另一頭跟第十一區的兩位貢品在一起。我看見他朝我們的方向點了點頭，然後他們跟著他一起過來跟我們打招呼。

我一眼就認出麥糠，因爲多年來，在電視上，我常看見他跟黑密契一個酒瓶互相遞來遞去。他大約六呎高，膚色黝黑，一隻手臂是殘缺的，因爲他在三十年前他獲勝的那場遊戲中失去了手掌。我相信，他們一定提議過幫他安裝義肢，就像他們必須把比德的小腿截掉之後所做的那樣，不過我猜他拒絕了。

那位女貢品撒籽，看起來簡直就像來自炭坑，皮膚是橄欖色，一頭黑色的直髮攙了一些銀絲。只有她那雙金棕色的眼睛，顯示出她來自另一個區。她大概有六十歲了，但看起來依舊很強壯，而且一點也沒有用酒精或麻精或任何其他藥物來幫自己逃避的跡象。我們大家都還沒開口，她就先擁抱我。不知怎地，我曉得，這一定是因爲小芸跟打麥的緣故。我想也沒想，忍不住低聲問道：「那兩家人好嗎？」

「他們都還活著。」她輕聲回答，然後才放開我。

麥糠用他完好的那隻手臂抱住我，對著我的嘴給了我老大一個響吻。我嚇得往後跳開，他和黑密契則捧腹大笑。

我們也就只有這麼一點時間聚在一起，因爲都城的服務人員已經走過來，堅決地引導我們走向電梯。我清楚感覺到，他們對勝利者之間顯露出同袍之誼，感到不安，而我們根本不在乎他們怎麼想。當我朝電梯走去，我跟比德的手仍牽在一起，有人發出枝葉颯颯的聲音走到我旁邊。那女孩把枝葉茂密的頭飾扯下來，往背後一扔，也不管它掉到哪裡去。

是喬安娜・梅森，來自第七區。第七區供應木柴和紙，難怪打扮得像棵樹。她當年會贏，靠的是裝成弱小無助的樣子，成功地騙過人們，讓大家都忽視了她。然後她才展現傑出的殺戮本領。她伸手抓亂那一頭尖刺般的髮型，翻了翻那兩隻距離過寬的棕色眼睛，說：「我的服裝是不是糟透了？我的設計師是都城的頭號大白癡。任她手底下，我們區的貢品當樹當了四十年。眞希望我有秦納。妳看起來眞是棒極了。」

女生聊天的話題，衣服、頭髮、化妝。偏偏這是我最不擅長的。因此我只好說謊。「是啊，他還幫我設計我的系列服裝呢。妳該看看他能把天鵝絨做成什麼樣子。」天鵝絨，唯一我能立即想到的高級布料。

「我看了。在你們進行勝利之旅時我看了。那件無肩帶禮服，妳在第二區穿的，對吧？還有深藍色鑲鑽的那件？眞是美極了，我眞想把手伸進電視機裡，直接從妳背上把衣服扯下來。」喬安娜說。

我完全相信，我心裡說，**而且順便把我背上的肉也扯一塊下來**。

在我們等電梯的時候，喬安娜拉開拉鍊，解開身上的樹衣，讓衣服滑落到地上，然後一臉噁心地把它一腳踢開。除了她腳上那雙森林綠的拖鞋，她現在全身一絲不掛。「這樣好多了。」

結果我們跟她搭同一部電梯，從一樓到七樓，她只顧著跟比德聊他的繪畫，而他衣服上面仍閃爍著的光，就照在她赤裸的乳房。當她離去，我故意不理他，但知道他正在笑。等麥糠和撒籽離開，門關上，電梯裡只剩下我們兩人時，我甩開他的手，而他爆出大笑。

我們跨出電梯，踏上我們的樓層時，我轉向他，說：「笑什麼笑？」

「妳啊，凱妮絲。妳還不明白嗎？」他說。

「我怎麼了？」我問。

「他們故意這麼做，是因爲妳啊。芬尼克吃著方糖找妳聊天，麥糠親妳，還有喬安娜脫光光這整件事。」他想裝出嚴肅一點的口吻，但沒成功。「他們是在逗著妳玩，因爲妳眞是……妳知道的。」

「不，我不知道。」我說。而且我是眞的不知道他在講什麼。

「就像我們在競技場裡，即使我已經半死不活了，妳還是不肯看我的裸體。妳眞是太……太純潔了。」他終於說出來。

「我才沒有！」我說：「去年每次有攝影機在時，我幾乎都在扒你的衣服！」

「對，但是……我的意思是，對都城來說，妳很純潔。」他說，很明顯是要安撫我。「但對我來說，妳非常完美。他們只是在逗妳。」

「才不，他們是在笑我，而你也是！」我說。

「不是。」比德搖頭，但他仍壓抑著笑。我開始認眞重新思考，在這場遊戲中該讓誰活下來，而就在這時，另一部電梯的門打開了。

黑密契跟艾菲朝我們走來，看起來像是爲了什麼事很高興。接著，黑密契的臉突然僵住。

我又做錯什麼了？我差點說出來，但我看見他瞪著我背後的餐廳入口。

艾菲朝同樣的方向眨了眨眼，然後愉快地說：「看來他們今年給妳找了一對相配的人來。」

我轉身，看見去年那位照顧我直到遊戲開始的紅髮去聲人女孩。我心想，能在這裡遇到朋友眞好。我注意到站在她旁邊的年輕男子，另一個去聲人，也有一頭紅髮。這一定就是艾菲所謂相配的意思。

接著，一陣寒慄貫穿我的背脊。因爲，我也認識他。不是在都城裡認識的，而是多年來在灶窩裡閒聊，拿油婆賽伊煮的湯開玩笑，這樣認識的。我最後一次見到他，是蓋爾被鞭打得死去活來那天，他失去意識躺在廣場上。

新派來照顧我們的去聲人是達魯斯。

16

黑密契一把抓住我的手腕，彷彿他知道我下一步要做什麼，但是我跟遭到都城行刑者凌虐的達魯斯一樣，完全說不出話來。黑密契曾經告訴我，他們對去聲人的舌頭動了手腳，讓他們再也無法說話。在我的腦海裡，我聽見達魯斯的聲音，生氣勃勃，輕鬆愉快，在灶窩裡迴盪，逗我開心。不是今天其他那些勝利者戲弄我的方式，而是因爲我們眞心喜歡彼此。如果蓋爾看到他……

我知道，我對達魯斯做出任何舉動，任何顯露出我認得他的舉動，都只會導致他遭受懲罰。因此，我們只是瞪著對方的眼睛。如今，達魯斯是個啞巴僕役，我則等著去送死。我們還能說什麼？說我們爲對方的運氣感到難過嗎？說我們爲對方的痛苦感到悲傷嗎？說我們很高興能有機會認識彼此嗎？

不，達魯斯不該爲認識我而感到高興。如果當時我在場阻止崔德，他就不必上前去救蓋爾，就不會變成去聲人。更確切地說，就不會變成**我的**去聲人，因爲史諾總統顯然是爲了我，才把他安置在這裡。

我掙開黑密契的手，直奔我從前的臥室，把門在身後鎖上。我坐在床邊，手肘抵住膝蓋，額頭頂在拳頭上，看著身上的衣服在黑暗中閃爍發亮，幻想自己在第十二區我們的那間老房子裡，蜷縮在火爐邊取暖。隨著電池的電力告罄，衣服慢慢褪回了黑色。

終於，艾菲來敲我的門，叫我去吃晚飯。我起身脫了這套衣服，摺疊整齊，把它跟冠冕一起擺在桌上。在浴室裡，我洗掉臉上的濃妝，看著烏黑的水一道道流淌下來。我換上簡單的襯衫、長褲，沿著長廊往餐廳走去。

晚餐桌上，我只知道達魯斯跟那個紅髮去聲人女孩在服侍我們，其餘的事我全沒注意。艾菲、黑密契、秦納、波緹雅和比德全都在，我想他們大概在談開幕典禮的事吧。我故意把一碟豌豆打翻在地上，在任何人來得及阻止之前，我已經蹲下身去清理。只有在這一刻，我才感覺到自己也確實在這餐廳裡。我打翻碟子時，達魯斯就在我旁邊，那一刻我們肩並肩，在眾人的視線之外，一起收拾地上的豌豆。有那麼片刻，我們碰觸到彼此的手。我可以感覺到他的皮膚沾了碟子裡潑灑出來的奶油醬汁，卻仍是粗糙的。我們的手指絕望地緊緊互相交纏了一下，而這就是我們永遠無法說出來的千言萬語了。接著，艾菲在我背後小聲叫喚，說什麼「那不是妳該做的，凱妮絲！」他趕緊鬆開了手。

當我們一起去看開幕典禮的重播，我擠到秦納和黑密契中間坐下，因爲我不想跟比德坐在一起。達魯斯的悲慘遭遇，是屬於我和蓋爾的，或許黑密契也可以算上一份，但跟比德無關。或許他跟達魯斯有點頭之交，但比德跟灶窩的關係，跟我們其餘的人完全不同。再說，我還在氣他跟著其他勝利者一起取笑我，這時我最不想要的就是他的同情與安慰。我還沒改變要在競技場中保住他性命的想法，但是除此之外，我什麼也不欠他。

當我看著大家遊行到市圓環，我想到過去這些年來，他們把我們全穿上特殊打扮的服裝，要我們站在馬車上穿行街道，是多麼糟糕的一件事。在平常的年份裡，年輕孩子穿著特殊的服裝已經夠可笑了。現在，連上了年紀的勝利者還這麼搞怪，結果是，很可悲。一些還算年輕的，像喬安娜和芬尼克，以及一些身體仍挺得直的，像撒籽和布魯塔斯，還勉強能夠維持一點尊嚴。但絕大部分那些遭到酒精或毒品或病痛箝制的人，在他們那身像牛、像樹或像一條麵包的裝扮下，看起來眞是荒誕透了。去年，我們邊看邊聊著每個參賽者，但今晚只偶爾有人說一兩句評語。難怪比德跟我出場時，觀眾要爲之瘋狂。穿著那身燦爛服飾的我們，看起來年輕、強壯，又美麗。這才是貢品該有的模樣啊。

節目一播完，我立刻站起來，感謝秦納和波緹雅設計了這麼令人驚奇的服裝，然後直接回房上床去。艾菲喊著提醒我，明天早上一起吃早餐，商量我們的訓練策略。不過，她的聲音聽起來也顯得空洞、虛弱。可憐的艾菲，好不容易今年在游戲期間可以和比德跟我度過風光的時光，現在全部破滅了。面對這一團糟的場面，即使是她，也無法想出多正面的看法來。從都城的角度來看，我猜這眞的算得上是一齣悲劇。

我上床後沒多久，有人在我的房門輕輕敲了一聲，但我不理會。今晚我不想要比德作伴。尤其是達魯斯在這裡時更不要。這簡直就跟蓋爾在這裡一樣糟糕。啊，蓋爾。當達魯斯就在外面那些走廊上走來走去，我要怎樣才能不想到蓋爾？

我的噩夢中有一堆舌頭。起初，我驚愕無助地看著戴著手套的手，從達魯斯嘴裡切下鮮血淋漓的舌頭。接著，我在一個宴會中，大家都戴著面具，有個人不斷舔著濡濕的舌頭，緊跟在我身後，我猜那是芬尼克，但是當他趕上我，摘下面具，我發現他竟是史諾總統。他腫脹的雙唇滴著血沫。最後，我回到了競技場，我自己的舌頭乾得如同砂紙，我拼命接近一個水池，但每次我快要碰到它時，它便往後退去。

當我醒來，我踉踉蹌蹌地撲向浴室，扭開水龍頭大口大口喝水，直到再也喝不下爲止。我脫掉被汗濕透的衣服，光著身子倒回床上，不知不覺又睡著了。

第二天早上，我盡量拖延時間，不想去吃早餐，因爲我眞的不想討論我們的訓練策略。有什麼好討論的？每個勝利者都知道其他人的本事，或過去曾經有過的本事。所以，比德跟我會繼續扮演戀人，就這樣。我不知怎地就是不想談這件事，尤其是達魯斯沉默地站在旁邊的時候。我花了很長時間沖澡，慢吞吞地換上秦納爲訓練所準備的衣服，然後在房間裡看著菜單點餐，對一個小通話器報出食物名稱。才一會兒，香腸、雞蛋、馬鈴薯、麵包、果汁和熱巧克力便出現了。我吃了個夠，嘗試把時間拖到我們必須下樓去訓練中心的十點整。到了九點半，黑密契前來大聲敲我的門，顯然是受夠我了。他命令我**現在**立刻到餐廳去。但是，我依舊先刷了牙，才慢慢踱過長廊，有效地又殺掉五分鐘。

餐廳裡除了比德跟黑密契，沒有別人在。黑密契的臉因爲酒精與氣憤，脹得通紅。他的手腕戴了一個純金手環，上頭有火焰圖案——這一定是他對艾菲的「象徵同組配飾」計畫的妥協。他不高興地扭動著它。事實上，那是個很帥氣的手環，但是他扭轉的動作，讓它看起來像是個束縛他的手銬，而不是一件首飾。「妳遲到了。」他對我怒吼。

「抱歉。我做了個噩夢，夢見被切除的舌頭，害我大半夜睡不著，然後我就睡過頭了。」我本來打算裝出惡狠狠的語氣，但才說完這句話，我的聲音就卡住了。

黑密契怒目看著我，然後和緩下來。「好吧，算了。今天，在訓練中，你們有兩項任務。第一，繼續談戀愛。」

「還要你說。」我說。

「第二，去交幾個朋友。」黑密契說。

「不。」我說：「我不信任他們任何一個人，我受不了他們絕大部分的人。我寧可就我們兩個人單獨行動。」

「我一開始就這樣告訴他，但是——」比德開口。

「但是這樣不夠。」黑密契堅持。「這次你們會需要更多的盟友。」

「爲什麼？」我問。

「因爲你們明顯處在不利的位置。你們的競爭對手彼此已經認識多年。所以，你們想，他們的首要目標會是誰？」他說。

「我們。而且無論我們怎麼做，都不可能勝過多年的友誼。」我說：「所以幹嘛費事？」

「因爲你們能打，你們受群眾歡迎。這可以讓你們成爲別人想結盟的對象。但只有在你讓他們知道你願意跟人結盟的情況下，才有可能。」黑密契說。

「你的意思是，你要我們今年加入專業貢品那一夥？」我問，完全無法掩飾我的厭惡之情。傳統上，第一、第二和第四區的貢品會結成一夥，也許再拉幾個特別能打善鬥的貢品加入，然後獵殺那些比較弱的競爭對手。

「那不正是我們的策略嗎？像專業貢品那樣訓練自己，不是嗎？」黑密契反擊。「而哪些人會加入專業貢品一夥，通常在遊戲開始之前就已經達成協議了。去年比德差一點就無法加入。」

我想到去年的遊戲中，我發現比德竟然跟專業貢品同一夥時，自己那種憎惡的感覺。

「所以，我們要試著跟芬尼克和布魯塔斯交上朋友——這就是你的意思吧？」

「不一定。每個人都是勝利者。願意的話，找你想找的人，選擇你喜歡的人，自己結成一夥。我會建議找麥糠和撒籽。不過，芬尼克也不容忽視。」黑密契說：「總之，找一些可能會對你有用的人結盟。記住，你們現在可不是處在一群發抖的孩子當中。不管現在這些人的外表看起來像什麼樣子，他們全都是有經驗的殺手。」

他說的或許沒錯。問題在於，我能信任誰？撒籽嗎？也許吧。但是，我眞的願意跟她結盟，然後到最後可能必須殺了她嗎？不，我不願意。但是，在同樣的情況下，我還是跟小芸結盟了。我跟黑密契說，我會試試看，雖然我認爲這件事我一定會做得很差。

艾菲出現得早了一點，要帶我們下樓。去年，雖然我們準時到，卻是最後到場的兩位貢品。但是黑密契告訴她，他不要她帶我們到體育館去。其他勝利者絕不會在褓母的帶領下出現，而我們身爲最年輕的貢品，更需要表現出獨立自主的樣子。於是，她只好忍下來，僅把我們帶到電梯前，嘮叨了一下我們的頭髮，並爲我們按了電梯的按鈕。

搭電梯的時間短得來不及講什麼話，不過當比德牽住我的手，我沒甩開。昨晚在私底下我可以不理他，但在接受訓練時，我們一定要表現得像是無法分割的一組。

艾菲實在不用擔心我們會是最後到場的人。場子裡，只有布魯塔斯和第二區那個叫伊諾巴瑞雅的女人在。伊諾巴瑞雅看起來三十歲左右。對於她，我只記得她在一次近身搏鬥中，用牙齒撕開了對手的咽喉，殺了他。她因爲這個動作而名聞遐邇，在成爲勝利者之後，去動了牙齒的美容手術，把每顆牙都磨成尖銳的利牙，並且鑲上黃金。她在都城有許多仰慕者。

到了十點，只有差不多一半的貢品出現。主持訓練的阿塔菈，準時展開她的說明，一點也不受出席率太低所困擾。也許她心裡早就有數吧。我則鬆了口氣，因爲這表示我不用費心假裝去跟另外半數的人做朋友。阿塔菈照著單子介紹各個訓練站，包括各種戰鬥和求生技巧的站，然後解散，讓我們去接受訓練。

我告訴比德，我認爲我們最好分開來，這樣才能涵蓋更多的學習項目。當他前去跟布魯塔斯和麥糠擲標槍，我直接前往結繩站。這個站幾乎沒有人要來學。我喜歡這個教練，而他記得我，很高興看到我來，也許是因爲我去年肯花時間跟他學習吧。當我秀給他看，我仍會設那個把人一腳吊起來倒掛在樹上的陷阱時，他非常高興。他去年顯然注意到我在競技場中所設的各種陷阱，所以現在把我視爲高段班的學生，因此我請他幫我複習每一種特別有用的繩結，以及幾種我可能永遠也不會用到的。我很樂於一整個早上單獨跟這位教練在一起，但是大約一個半小時後，有人從我背後伸長雙臂環著我，兩隻手的手指在我面前三兩下就打完了一個我剛才忙得汗流浹背的複雜繩結。除了芬尼克，還會有誰？我猜，他小時候除舞弄三叉戟，以及爲了編織魚網，用繩子打出各種匪夷所思的結，其他什麼事也沒做。我花了一分鐘，看著他拿起一條繩子，打出一個繩套，然後作勢把自己吊死，想逗我笑。

我翻了翻白眼，朝另一個沒人的訓練站走去，那是教貢品生火的站。我已經很會生火了，但一開始要生起火來，我依舊倚賴火柴。因此，教練教我用打火石、鋼鐵，以及一些燒焦的布料來生火。這做起來比看起來難多了，即使我非常專注跟努力，也花了大約一小時才把火生起來。我歡欣鼓舞地笑著抬起頭來，發現自己竟然有了同伴。

來自第三區的兩位貢品就在我旁邊，費力地想用火柴生個像樣的火。我考慮走開，但是我很想再試一次打火石，而且，如果我回去得向黑密契報告交朋友的事，這兩個人算是可以忍受的對象。他們倆的個子都很小，蒼白的皮膚，黑色頭髮。女的叫金屬絲，大約我媽的年紀，說話很小聲，聲音聽起來像是個很聰明的人。但我馬上就發現，她講話習慣只講半句，好像忘了她正在跟別人講話。男的叫比提，年紀比較大，看起來有點神經質，總是不斷抽動身體。他戴著眼鏡，但大部分時間都從眼鏡上方看東西。他們有點怪，但我很確定，他們倆都不會脫光衣服來讓我覺得不舒服。而且，他們是來自第三區。說不定他們還能證實我對該區發生暴動的懷疑。

我環顧了一下體育館。比德混在幾個滿嘴髒話，正在擲刀子的貢品中間。第六區那兩個麻精蟲在僞裝站，用鮮明的粉紅色顏料在彼此臉上畫漩渦。第五區的男貢品把肚子裡的黃湯吐得擊劍區一片狼藉。芬尼克和他那一區的老婦人，正在射箭站練習。喬安娜．梅森又脫光了，而且全身塗滿了油在上摔角課。我決定待在原地不動。

金屬絲和比提是很好的同伴。他們相當友善，不會問東問西。我們談論著自己的才藝。他們告訴我，他們都是發明東西的人，這讓我對服裝設計裝出來的興趣，相形之下顯得不值一哂。但金屬絲因此提到，她正在製造某種編織裝置。

「它能辨識布料的緊密度跟挑選——」她說，然後便專注於一根乾稻草，沒把話講下去。

「挑選絲線的強韌度。」比提幫忙把話講完。「是自動的。能排除人爲的錯誤。」然後他談到他最近成功創造出一種音樂晶片，小到足以藏在一片衣服亮片裡，但可以容納好幾小時的歌曲。我想起在拍攝婚紗照的期間，歐塔薇雅提過音樂晶片的事。我覺得，這或許是個機會，可以拐彎抹角地打探暴動的消息。

「噢，對了。幾個月前，我的預備小組感到很沮喪，我想，那是因為他們沒辦法買到音樂晶片。」我若無其事地說：「我猜，許多從第三區送出來的貨都被遲滯了。」

比提從他的眼鏡上方打量我。「對。你們今年的產煤過程有任何類似的遲滯狀況嗎？」他問。

「沒有。嗯，應該說，他們派來新的維安隊長及隊員那陣子，我們停擺了幾個禮拜，不過沒什麼大的狀況。」我說：「我是指對生產而言。對絕大部分人來說，坐在家裡兩個禮拜沒事做，只不過意味著餓兩個禮拜的肚子。」

我想，他們明白我想要表達什麼。那就是，我們區沒有發生暴動。「噢，那真遺憾。」金屬絲說，聲音中帶點失望。「我覺得你們那一區非常……」她聲音變小，停止，又被自己腦中的什麼事情分心了。

「非常有意思。」比提補充說完。「我們兩個人都這麼覺得。」

我感覺很糟，知道他們區一定比我們吃了更多苦頭。我覺得必須為自家人辯護一下。「嗯，在第十二區，我們的人口不多。」我說：「如今，光從維安部隊的人數來看，你不會知道我們人竟那麼少。不過，我猜，我們是蠻有意思的。」

當我們朝搭造掩蔽物的站走去，金屬絲停下腳步，凝視著上面的看台。遊戲設計師在那上面走來走去，吃吃喝喝，有時也會留意觀察我們。「看。」她說著，頭朝遊戲設計師的方向微微點了一下頭。我抬起頭，看見普魯塔克·黑文斯比穿著一件漂亮的紫色袍子，衣領上有一圈皮毛，顯示他是首席遊戲設計師。他正在啃一隻火雞腿。

我不知道這爲什麼値得看，但是我說：「對啊，他今年升官，做了首席遊戲設計師。」

「不是，不是。那邊，靠近那張桌子的角落，妳可以隱約……」金屬絲說。

比提從他眼鏡上方瞇著眼睛看。「可以隱約看見。」

我瞪著那個方向，困惑極了。但接著我看見了。在那張桌子的角落，有一小塊地方，大約六吋見方，似乎正在微微地震動著。彷彿那裡的空氣起了漣漪，泛著細細的、隱約可見的波浪，讓木頭桌子原本銳利的桌角和放在那裡的一只裝葡萄酒的高腳杯，有一點點變形。

「那是力場。他們在我們和遊戲設計師之間，架設了一個力場。我很好奇他們爲什麼要這麼做。」比提說。

「大概是因爲我。」我自首。「去年，在我跟他們單獨面試時，我對他們射了一箭。」比提和金屬絲好奇地看著我。「因爲我被激怒了。所以，所有的力場都有那樣一塊地方嗎？」

「裂縫。」金屬絲說，意思不清不楚。

「像盔甲上出現了裂縫。」比提幫忙說完整。「照理，它是不該被看到的，不是嗎？」

我想要再多問他們一點，但有人來宣布午餐時間到了。我望向比德，他跟大約十個勝利者在一起，因此我決定只跟第三區這兩人吃飯。或許我可以叫撒籽過來加入我們。

當我們走近餐廳，我看見比德那幫人有不同的想法。他們把所有的小桌子全併在一起，成了一張大桌子，以至於大家必須聚在一塊兒吃飯。現在，我不知道該怎麼辦了。即使在學校裡，我也總是避免坐到人多的桌子吃飯。老實說，如果不是瑪姬習慣跑來跟我坐在一起，我大概都會獨自一人吃午餐。我猜，我會跟蓋爾一起吃飯，問題是我們差了兩個年級，午餐時間從沒排在一塊兒。

我拿了個托盤，開始沿著房間四周擺放食物的手推車一個一個慢慢選取食物。比德在燉肉湯的推車前趕上我。「怎麼樣，都還好嗎？」

「不錯。還蠻好的。我喜歡第三區的勝利者。」我說：「金屬絲和比提。」

「眞的嗎？」他說：「對其他人來講，他們簡直像個笑話。」

「啊，爲什麼我一點也不覺得驚訝？」我說。我想到在學校裡，比德四周總是圍繞著一群朋友。說眞的，他竟然會注意到我，而不是只覺得我怪，委實令人驚訝。

「喬安娜都叫他們綽號，瘋子和電壓。」他說：「我想，她是瘋子，他是電壓。」

「就因爲那個爲了摔角，在自己光溜溜的胸脯上抹油的喬安娜‧梅森這麼說，所以，我就成了個蠢蛋，居然認爲他們可能會有用。」我反駁。

「事實上，我想，這兩個綽號已經叫了許多年了。而且，我這麼說並沒有絲毫侮辱他們的意思。我只是在跟妳分享消息。」他說。

「好，金屬絲跟比提非常聰明。他們發明很多東西。他們光憑目視，就知道我們跟遊戲設計師之間架設了力場。如果我們一定得有盟友，我要他們。」我把一根湯杓扔回一鍋燉湯裡，濺得我們倆一身肉汁。

「妳爲什麼這麼生氣？」比德問，伸手把襯衫胸口的肉汁抹掉。「就因爲我在電梯裡逗妳嗎？我很抱歉。我以爲妳會一笑置之。」

「算了。」我搖搖頭說：「有太多事情了。」

「達魯斯。」他說。

「達魯斯。這場遊戲。黑密契要我們跟其他人結盟的事。」我說。

「可以只有妳跟我，妳知道的。」他說。

「我知道。但是，也許黑密契說得沒錯。」我說：「別告訴他我這麼說，但在遊戲這件事情上頭，他通常都是對的。」

「那麼，我們要和誰結盟，妳說了算。不過現在，我傾向麥糠和撒籽。」比德說。

「撒籽我沒問題，但麥糠不行。」我說：「目前還不行。」

「來吧，跟他一起吃飯。我保證，我不會讓他再親妳。」比德說。

在餐桌上，麥糠似乎沒那麼糟。他沒喝酒，雖然說話太大聲，又講了很多爛笑話，但絕大部分是在開自己的玩笑。現在我明白爲什麼對個性這麼陰鬱的黑密契而言，有麥糠陪伴是好的。不過，我還是不確定自己已經準備好要跟他結盟。

我努力表現得更隨和一點，不只是跟麥糠，而是跟大部分的人。午餐之後，我在學習辨認可食用昆蟲的那一站碰到第八區的兩位貢品——有三個孩子在家鄉等她的希希利雅，以及老緯。老緯眞的很老了，又重聽。從他老是要把有毒的昆蟲塞進嘴裡來看，他似乎不曉得我們在這裡是要做什麼。我眞希望能跟他們提一提在森林裡碰見織文跟邦妮的事，但是我不知道該怎麼提起才好。來自第一區的那對兄妹，光澤和凱絲米爾，邀請我過去，於是我們一起學做了一陣子的吊床。他們很有禮貌，但很冷淡，而我從頭到尾都在想，我去年是如何殺了他們那區的兩位貢品，閃爍和馬維爾。他們說不定認識他們兩個，甚至，說不定正是他們倆的導師。我的吊床跟我試著與他們交朋友的努力，都做得不怎麼樣。在擊劍訓練站，我加入伊諾巴瑞雅，並且互相交談了幾句，但情況很清楚，我們誰也不想跟對方結盟。我在學習釣魚的技巧時，芬尼克又出現了，但他主要是來介紹第四區那位老婦人跟我認識。她叫梅格絲，第四區的口音很重，也許中風過，咬字含混不清，我大概每四個字裡才聽懂一個。但是我發誓，她能用任何東西，無論草葉上的芒刺、禽鳥胸部的叉骨，或耳環，做出一個漂亮的魚鉤。過了一會兒，我已經不理會那個教練，只專心試著學做任何梅格絲做的東西。當我用一根彎曲的鐵釘做出一個相當好的魚鉤，並在鉤子上綁好我的幾絲頭髮，她給了我一個大大的、沒有牙齒的笑容，以及一串我完全無法聽懂的評論，我想大概是在稱讚我吧。突然間，我想起她自願取代他們區那個歇斯底里的年輕女子。這絕不可能是因爲她認爲自己有機會贏。她這麼做，是要救那個女孩，正如我去年自願取代小櫻一樣。於是我決定我要她加入我這一組。

好極了。現在，我得回去告訴黑密契，我要一個八十歲的老太婆，以及瘋子和電壓做我的盟友。他一定會愛死這個消息。

所以，我放棄交朋友這件事，獨自走到射箭區去讓腦袋清醒清醒。這裡眞是太棒了，可以嘗試所有不同的弓與箭。教練泰克斯看出那些立著不動的靶子對我毫無挑戰性，於是開始把一些可笑的假鳥發射到空中讓我射。起初這似乎蠻蠢的，但不一會兒工夫就變得好玩起來，感覺很像在獵殺會移動的動物。由於不管他扔什麼上去我都射得中，他開始增加發射到空中的鳥兒的數量。我忘了體育館的其他地方和那些勝利者，也忘了自己的悲慘命運，完全沉醉在射箭中。當我一口氣連射五隻鳥下來，我突然察覺周遭好靜，我可以聽見那些鳥兒一隻隻掉到地板上的聲音。我轉頭，看見絕大多數的勝利者都停下來看著我。他們臉上顯露出各種神情，從嫉妒、憎恨到讚賞都有。

第一天的訓練課程結束之後，比德跟我無所事事地晃悠著，等黑密契跟艾菲出現，一起吃晚餐。當我們被叫去吃晚餐，黑密契立刻對我開砲：「至少有一半的勝利者告訴他們的導師，要求跟妳結盟。我知道這絕不是妳那溫暖又快活的個性招來的。」

「他們見識到她射箭了。」比德帶著笑容說：「事實上，這也是我第一次眞眞正正親眼看見她射箭。我也正打算爲自己提出正式的要求呢。」

「妳眞有那麼厲害？」黑密契問我：「厲害到連布魯塔斯都要妳？」

我聳聳肩，說：「可是我不要布魯塔斯。我要梅格絲跟第三區的那兩位。」

「我就知道妳會這樣。」黑密契嘆口氣，叫了瓶酒。「我會告訴大家，妳還沒做決定。」

在我展示過射箭的本事後，人們有時還是會逗我，但我已經不再覺得自己被戲弄了。事實上，我覺得自己好像眞的加入了勝利者的圈子。在接下來的兩天裡，我幾乎跟每個要進競技場的人都處在一起過，甚至包括那兩個痲精蟲。他們在比德的協助下，把我塗成一片長滿黃花的田地。就連芬尼克也幫我上了一小時三叉戟的課，用來交換我指導他一小時的射箭。當我越認識這些人，情況就越糟糕。因爲，基本上，我一點也不恨他們。我甚至喜歡某些人。並且當中許多人的身體是如此地衰弱殘敗，我的本能反應是保護他們。但是，如果我要保住比德的性命，他們就統統得死。

訓練的最後一天，以個別面試作結。我們每個人會有十五分鐘的時間面對遊戲設計師，用我們的本領來令他們驚嘆，但我不曉得我們這些人還能有什麼東西秀給他們看。午餐的時候，大家拿自己能做什麼說了許多笑話。唱歌、跳舞、脫衣秀、講笑話。梅格絲決定進去打個盹。現在我比較聽得懂她在說什麼了。我不知道我要進去做什麼。射幾箭吧，我猜。黑密契說，可能的話，盡量讓他們大吃一驚，但我已經想不出任何新的點子了。

身爲來自第十二區的女孩，我被排定最後一個入場。隨著貢品被一一點名進場表演，餐廳變得越來越安靜。人多的時候，要維持這幾天來我們那種桀驁不馴、當世無敵的姿態，比較容易。隨著人們穿過那扇門消失，所有我能夠想到的，都是他們只剩幾天能活。

終於，只剩下比德跟我二人。他從桌子對面伸過手來，將我雙手握住。「決定好要做什麼給遊戲設計師看了嗎？」

我搖搖頭，說：「今年有力場擋在我們雙方之間，加上別的事，我沒辦法再拿他們當靶子練習了。也許做幾個魚鉤吧。你呢？」

「毫無頭緒。我一直想著如果我能現場烤個蛋糕什麼的就好了。」他說。

「再表演一次僞裝術吧。」我提議。

「如果那兩個麻精蟲還留下點東西給我用的話。」他苦笑。「從訓練一開始，他們就黏在那個站上沒離開過。」

我們沉默地坐了一會兒，然後我衝口說出掛在我倆心頭的事：「比德，我們要怎麼樣才能殺得了這些人？」

「我不知道。」他低下頭來，把額頭靠在我們交纏的雙手上。

「我不想找他們做盟友。爲什麼黑密契要我們認識他們？」我說：「這會讓事情變得比上一次困難。也許小芸除外吧。但我猜我反正永遠也下不了手殺她。她跟小櫻實在太像了。」

比德仰起臉來看我，心事重重，眉頭深鎖。「她的死，最是齷齪，對嗎？」

「沒有一個人是死得好看的。」我說，心裡想到閃爍跟卡圖的死。

他們叫喚比德，這一來只剩下我一個人在等了。十五分鐘過去。然後差不多半小時過去。等我被叫到名字，時間已經過了將近四十分鐘。

當我走進去，馬上嗅到清潔劑的刺鼻味道，並且注意到有一塊墊子被拖到體育館的中央。整個氣氛跟去年非常不一樣。當時，遊戲設計師們不是灌飽了黃湯，就是心不在焉地吃著筵席桌上的點心。但此刻，他們彼此交頭接耳，看起來有些氣惱。比德做了什麼事？某件令他們不舒服的事嗎？

突然間一股強大的憂慮襲上心頭。情況不妙。我不希望比德凸顯自己，成爲遊戲設計師發脾氣的靶子。那種事該由我來做，好把火頭從比德身上引開。但他是怎麼惹他們不高興的？我樂於跟他做同樣的事，並且做得更過分。他們把聰明才智用在設計有趣的方法，殺害我們，還自以爲了不起。我要擊破那一層薄薄的自得的外表，讓他們明白，我們在都城的殘忍暴虐之下是脆弱不堪，但他們也一樣。

你們這些把才智拿來貢獻給遊戲的人，我心裡說，**可知道我有多痛恨你們嗎**？

我望向普魯塔克．黑文斯比，試圖和他正眼對看，但他似乎故意不理我，一如這三天訓練期間，他一直以來的樣子。我想起他如何非要找我跳一支舞，多麼高興地向我展示他懷錶上的學舌鳥。在這裡，他的友善態度已全然不見了。哪有可能呢？我只是個貢品，而他是首席遊戲設計師，握有大權，離得那麼遠，那麼安全……

突然間，我知道我要做什麼了。一件可以把比德所做的任何事立刻一筆抹煞的事。我走到結繩站拿了一條繩子，開始打繩結，不過很難打，因爲我從來沒眞正自己打過這種繩結，只見過芬尼克那靈巧的手指打了一次，而他的動作是那麼快。過了大約十分鐘之後，我總算打好了一個還算有模有樣的繩套。我將一個做靶子的假人拖到房間中央，拿繩套拴上它的脖子，利用一些單槓把它吊起來。把它兩手綁在背後會是畫龍點睛的神來一筆，但我怕時間會不夠。我匆忙跑到僞裝站，那裡已經被其他貢品搞得一片狼藉，我敢說一定是那兩個痲精蟲幹的好事。但我找到一個容器裡還有一些血紅的莓汁，正好合用。充當假人皮膚的肉色布料，本身就是絕佳的吸水畫布。我小心翼翼地用手指在它身上寫字，並用身體擋住，不讓人看到。然後我迅速退開，欣賞遊戲設計師們臉上的反應，當他們看見假人身上的名字——

希尼卡・克藍。

17

遊戲設計師們的反應是立即的，而且令人十分滿意。有幾位發出小小聲的尖叫。其他人手中的高腳酒杯紛紛掉落，砸碎在地板上，聲音清脆動人。有兩個看起來像是要昏倒了。但他們臉上的表情是一致的，震驚。

現在，我終於獲得普魯塔克．黑文斯比的注意了。他一動也不動地瞪著我，但他手中的桃子已經整個捏爛了，桃子汁沿著他手指往下淌。終於，他清了清喉嚨，說：「現在妳可以走了，艾佛丁小姐。」

我恭敬地微微鞠個躬，轉身離開，但在最後一刻，我忍不住把手中裝莓汁的容器朝肩後扔去。我聽見容器裡的汁液噴濺在假人身上，又有幾個高腳杯落地跌碎。當電梯門在我面前關上，我看見他們沒一個人動彈。

這可讓他們大吃一驚了，我想。我的舉動是衝動的，危險的，並且，毫無疑問，我將付上不止十倍的代價。但在此刻，我的感覺是振奮，而我放任自己盡情享受這種感覺。

我想馬上找到黑密契，跟他講我個別面試的事，但一個人也找不到。我猜他們在梳洗，準備吃晚餐，於是我決定自己也去沖個澡，因爲我的手上沾滿了莓汁。當我站在蓮蓬頭底下，我開始懷疑我剛才那個把戲是否耍得夠聰明。現在，我的座右銘應當永遠都是：「這有助於比德保住性命嗎？」從間接效果來看，我剛才的舉動大概不能。在訓練中所發生的事是高度機密，所以，在沒人知道我幹了什麼好事的情況下，處罰我沒什麼意義。事實上，去年我的唐突反應還受到獎賞。不過，這次我犯下的罪行性質不同。如果遊戲設計師對我太火大，決定在競技場中嚴懲我，比德也會在他們的攻擊行動中受到連累。也許我眞的太衝動了。可是……我還是無法說，我遺憾做了這件事。

當我們聚在一起吃晚餐，我注意到比德的頭髮因爲淋浴還是濕的，但他手上仍透著淡淡的先前染上的各種不同顏色。他畢竟表演了某種僞裝術。等湯送上來時，黑密契開口，直接切入大家心裡掛著的事：「好啦，說說你們單獨面試的情況吧。」

我跟比德交換了一下眼色。不知道爲什麼，我不再那麼急著把自己做的事講出來。在餐廳裡這麼平靜的氣氛中，那件事好像太過頭了。「你先。」我對他說：「你一定做了很特別的事，害我等了四十分鐘才能進場。」

比德似乎也跟我一樣，不太願意說。「嗯，我——我做了些僞裝的事，就跟妳建議的一樣，凱妮絲。」他遲疑著。「不完全是僞裝啦。我是說，我用了染料。」

「用染料做什麼？」波緹雅問。

我想到我走進體育館要秀我的才能時，遊戲設計師們惱火的神情。還有清潔劑的味道。一塊墊子被拉來放在體育館中央。難道是要遮蓋某種他們刷洗不掉的東西？「你畫了什麼東西，對吧？一幅圖畫？」

「妳看到了？」比德問。

「沒有。但是他們費心地把它遮蓋起來。」我說。

「喔，那是標準程序。他們不能讓任何貢品知道另一個人做了什麼。」艾菲不以爲意地說。「你畫了什麼，比德？」她看起來有點傷感，眼中泛著淚光。「你畫了凱妮絲嗎？」

「他幹嘛要畫我，艾菲？」我問，有點火大。

「表示他會盡他一切所能保護妳啊。總之，都城裡每個人都是這麼期待的。他難道不是自願參賽，好跟妳一起進競技場嗎？」艾菲說，彷彿這是全世界最明白不過的事。

「事實上，我畫了小芸。」比德說：「畫了凱妮絲用花覆蓋她之後的模樣。」

餐桌上有好長一陣子寂靜無聲，大家都在默默吸收他的話。「你這樣做究竟想要達到什麼？」黑密契非常愼重地問。

「我也不確定。我只是想要他們負責，即使只有片刻也好，」比德說：「對殺害那個小女孩負責。」

「這真是太可怕了。」艾菲聽起來像是快要哭了。「那種想法……是不被允許的，比德。絕對不允許。你這樣只會給自己跟凱妮絲帶來更多麻煩。」

「這一點，我必須同意艾菲的看法。」黑密契說。波緹雅和秦納依舊保持沉默，但是他們的神情非常嚴肅。當然，他們說得沒錯。不過，雖然他這樣做讓我憂心，我還是覺得他做得太棒了。

「我猜，這時候說我把一個假人吊死，並在它身上寫上希尼卡．克藍的名字，還真不妥當。」我說。這句話的效果一如預期。大家露出難以置信的表情。過了一會兒，一屋子不認同的反應狠狠砸在我頭上。

「妳……吊死……希尼卡．克藍？」秦納說。

「是啊。我在秀我新學會的結繩技巧，而他不知怎地就跑進繩套裡去了。」我說。

「噢，凱妮絲，」艾菲壓低聲音說：「妳怎麼會知道這件事？」

「這是秘密嗎？史諾總統可沒表現出這是秘密的樣子啊。事實上，他似乎還急著要我知道呢。」我說。艾菲用餐巾蒙住臉，起身離開。「這下好了，我害艾菲傷心難過了。我應該騙你們，說我不過射了幾支箭的。」

「大家一定會以爲我們是計畫好的。」比德說，望了我一眼，微微帶著一絲笑意。

「不是嗎？」波緹雅問。她用手指按著兩眼眼皮，把眼睛闔上，彷彿爲了遮擋強光。

「不是。」我說，並用一種激賞的新眼光看著比德。「我們兩個在進去之前，都不曉得自己要做什麼。」

「還有，黑密契，」比德說：「我們已經決定了，我們在競技場裡不想要有任何別的盟友。」

「很好。這樣，我的那些朋友就不會因爲你們幹下的蠢事被害死。」黑密契說。

「我們也是這樣想的。」我告訴他。

我們在沉默中用完晚餐。但是，當我們起身前往起居室，秦納用手臂環著我，緊緊抱了我一下，說：「來吧，讓我們去看訓練的評分。」

我們在電視機周圍坐下，紅著眼眶的艾菲重新加入我們。貢品們的臉孔依照行政區編號，一個接一個出現在螢幕上，他們的得分就顯示在照片下方。從一到十二分。果不其然，凱絲米爾、光澤、布魯塔斯、伊諾巴瑞雅和芬尼克都拿高分，其餘的人則得到低分和中等分數。

「他們給過人零分嗎？」我問。

「沒有，不過凡事都有第一次。」秦納說。

結果，他說得沒錯。因爲比德跟我雙雙得到十二分，寫下了飢餓遊戲的歷史。不過，沒有人歡欣鼓舞。

「他們爲什麼這麼做？」我問。

「如此一來，其他人就別無選擇，一定要把你們當作靶子了。」黑密契淡淡地說。「去睡覺吧。我再也受不了看到你們兩個了。」

在沉默中，比德陪著我走回房間，但在他開口道晚安之前，我張開雙臂抱住他，將頭歇在他胸口。他雙手輕輕移到我的背上，臉頰貼著我的頭髮。「如果我害事情變得更糟，我很抱歉。」我說。

「不會比我做的糟。不過，妳爲什麼那麼做？」他說。

「我不知道。也許是爲了向他們顯示，我不僅僅是他們遊戲中的一顆棋子。」我說。

他笑了，顯然記起去年遊戲開始前那個晚上的事。那晚，我們倆都睡不著，於是跑到天台上。比德說了這樣的話，但那時我聽不懂他的意思。現在我懂了。

「我也是。」他告訴我：「不過，這不表示我不會盡力。我會盡力的，我是說，讓妳回得了家。但如果要我百分之百誠實……」

「如果要你百分之百誠實，你一定得承認，史諾總統大概已經直接對他們下達命令，要他們確保我們倆都死在競技場上。」我說。

「我是這麼想過。」比德說。

我也這麼想過，重複再三地想過。不過，我雖然知道自己絕不會活著離開競技場，卻仍然抱著比德可以生還的希望。畢竟，掏出毒莓果的人是我，不是他。從來沒有人懷疑，比德的反抗是出於愛。因此，史諾總統說不定會選擇讓他活著，不成人形地活著，心碎地活著，當作一個活生生的教材，用來警告所有的人。

「但是，即便事情眞的這樣，大家也都會知道，我們曾經奮戰過，對吧？」比德問。

「大家都會知道的。」我回答。自從大旬祭宣布以來，痛苦日夜齧咬著我，我只想到自己的悲慘命運。現在，我第一次跳脫個人的角度。我想起他們在第十一區槍殺的那個老人，還有邦妮和織文，以及暴動的傳聞。是的，所有行政區的每個人都將注視著我，看我如何面對這個死刑，這個史諾總統展現控制權力的最後行動。他們將會找尋某種跡象，證明他們的戰鬥不是一場空。如果我可以清楚讓大家看到，我仍將反抗都城，直到最後；都城終將殺了我……但殺不了我的精神——還有什麼別的方法，更能帶給反叛者希望呢？

這個主意的美麗之處，在於我決定捨棄自己的生命來保比德活命，這本身就是反抗的行動，拒絕按照都城的規則來玩這場飢餓遊戲。於是，我私人的目標跟眾人的目標完全吻合。如果我眞的救得了比德……就革命而言，這眞是太理想了。因爲我死了將會比活著更有價值。他們會將我當作爲信念殉難的烈士，把我的臉畫在旌旗上，而比起我活著所能做的任何事情，這樣更能號召群眾。相反地，比德活著會更有價值——也更悲慘——因爲他能將他的痛苦訴諸言語，鼓動與改變人們。

但是，如果比德知道我心裡在盤算什麼，他一定會發瘋。因此，我只說：「所以，我們最後這幾天要做什麼呢？」

「我只希望自己剩下的生命裡，每一分鐘都跟妳在一起。」比德回答。

「那麼，來吧。」我說著，將他拉進我房裡。

我好愛這樣的奢侈，再次跟比德一起睡。直到此刻，我才明白自己多麼渴望與人親近，渴望在黑暗中感覺到他就在身邊。眞希望自己沒浪費過去那幾個晚上，把他關在門外。在他溫暖的懷抱中，我沉沉睡去。當我再次張開眼睛，明亮的天光從窗外流淌進來。

「沒做噩夢。」他說。

「沒做噩夢。」我確認。「你呢？」

「也沒有。我幾乎忘記一夜好眠是什麼感覺了。」他說。

我們躺在床上好一會兒，一點也不急著展開這一天。明晚是電視訪問，所以今天艾菲跟黑密契將會指導我們。**更多的高跟鞋，更多的尖刻指責**，我心裡想。但是，不一會兒那個紅髮去聲人女孩拿著一張紙條進來，艾菲寫的，上面說，從我們最近在勝利之旅途中的表現看，她跟黑密契一致同意，我們在公開場合一定能夠做出合宜的表現。指導課程取消。

「真的嗎？」比德說，從我手上拿走字條，仔細看了一遍。「妳知道這是什麼意思嗎？這一整天都屬於我們自己的了。」

「真可惜我們不能到什麼地方去。」我惋惜地說。

「誰說不能？」他問。

天台。我們點了一堆食物，抓了幾條毯子，直接上天台去野餐。在一個充滿風鈴叮噹聲的花園裡野餐一整天。我們吃東西。我們躺在陽光下。我折下垂掛的藤蔓，用我從訓練中新學來的技能，練習打繩結和編織網子。比德幫我畫素描。我們利用圍繞著天台的力場，開發出新的遊戲——一個人把蘋果朝它扔去，另一個人要在蘋果彈回來時接住它。

沒有人來打擾我們。到了傍晚，我頭枕在比德的腿上，躺著編織花冠，而他撥弄著我的頭髮，宣稱他在練習打他的繩結。過了好一會兒，他的手突然停住。「怎麼了？」我問。

「我眞希望能凍結這一刻，此時此刻，並永遠活在這一刻裡。」他說。

通常，這類的話，這種暗示他對我的愛永不止息的話，會讓我充滿罪惡感，讓我感覺很差。但這時我覺得好溫暖，好放鬆，完全不擔憂我永遠不會擁有的未來，因此，我開口，讓話自己溜出來：「好。」

我可以聽見他的聲音中帶著笑。「那麼，妳允許嘍？」

「我允許。」我說。

他的手指又撥弄起我的頭髮，我打起盹來，但他把我搖醒，要我起來看夕陽。我們看著那壯觀的亮黃與橘紅色火球沉到都城的天際線下。「我不認爲妳想錯過這景象。」他說。

「謝啦。」我說。因爲，我還剩下多少個日子可以看夕陽，用手指都數得出來，而我不想錯過任何一個。

我們沒下去和其他人一起吃晚餐，也沒人來叫我們。

「我很高興。老是搞得身邊每個人都很悲慘，我實在累了。」比德說：「每個人都在哭。而黑密契……」他不需要再說下去。

我們在天台上一直待到該上床睡覺的時間，然後靜靜地下樓到我房間，沒碰見任何人。

隔天早晨，我們被我的預備小組喚醒。看見比德跟我睡在一起，歐塔薇雅完全忍不住了，馬上迸出眼淚來。「妳記得秦納是怎麼叮嚀我們的。」凡妮雅很兇地說。歐塔薇雅點點頭，走到外面去哭。

比德必須回他房間去做準備，把我留下來單獨面對凡妮雅和富雷維斯。慣常的喋喋不休不見了。事實上，除了叫我抬起下巴，或提一下有關化妝技巧的意見，完全沒人講話。快到午餐時間時，我突然覺得有東西滴在我肩膀上，我轉頭，發現正在幫我剪頭髮的富雷維斯，眼淚正默默地不斷流下。凡妮雅瞪了他一眼，他輕輕地把剪刀放在桌上，然後離去。

現在只剩下凡妮雅了。她的膚色是那麼蒼白，使得她的刺青看起來簡直要從皮膚上跳出來。她鐵了心腸，咬緊牙，雙手忙碌地弄著我的頭髮、指甲，替我化妝，以飛快的動作來彌補她缺席的組員。從頭到尾，她都避開我的目光。直等到秦納進來，認可了我的模樣，告知她可以走時，她才拉起我的雙手，直視著我的眼睛，說：「我們三個人要妳知道，能幫妳呈現妳最美的樣子，是我們……極大的榮幸。」然後，她飛快地離開房間。

我的預備小組。我愚蠢、膚淺，如同深情的寵物一般，迷戀羽毛跟宴會的預備小組，他們的道別幾乎令我心碎。從凡妮雅最後這句話，可以確定，我們都知道我不會回來了。**這事全世界都知道嗎**？我不禁納悶。我看著秦納。他肯定知道。但是正如他保證過的，他不會哭哭啼啼，我不用怕。

「好，今天晚上我要穿什麼？」我看著那裝著我今晚禮服的塑膠衣袋問。

「史諾總統親自下令選了這件衣服。」秦納說。他拉開衣袋的拉鍊，取出一件我在拍攝婚紗照時穿過的禮服。沉重的雪白絲綢，低領高腰的剪裁，袖子從手腕垂墜到地上。還有珍珠。到處都是珍珠，縫在衣服上面，編成一串串項鍊環住我的喉嚨，還組構成頭紗上的冠冕。「雖然在展示婚紗照那天晚上，他們宣布了大旬祭，人們還是對他們最喜歡的衣服投了票，這件禮服勝出。總統不顧我們的反對，堅持妳今天晚上穿上這件衣服。」

我拈起一小片絲綢在指尖摩搓著，試著弄明白史諾總統的思路。我猜想，由於我是最大的罪犯，我的痛苦、失敗和羞辱應該要呈現在最明亮的聚光燈下，成為眾人矚目的焦點。他認為，這件禮服足以清楚顯示這一點。眞野蠻，史諾總統要把我的婚紗變成我的壽衣。他這個動作果然一擊中的，夠清楚，夠有力，在我內心留下隱隱的痛。所有我能說的，只是：「這麼漂亮的禮服就這麼浪費了，眞是可惜。」

秦納小心地幫我穿上它。當它落在我肩上，我的肩膀忍不住聳了一下，以示抗議。「這件衣服之前有這麼重嗎？」我問。我記得有幾件衣服很笨重，但現在這件穿起來像有一噸重。

「因為燈光的關係，我必須做一點調整。」秦納說。我點點頭，但我看不出燈光影響到什麼。他幫我穿上鞋子，戴上珍珠首飾和頭紗，並修補一下我的妝。然後要我走動走動。

「妳眞是令人心醉神迷。」他說：「現在，凱妮絲，因爲這套衣服上半身的馬甲非常合身，所以我不要妳把雙手舉超過頭。嗯，至少等到妳轉圈的時候才舉。」

「我又要轉圈嗎？」我問，想起去年的那件衣服。

「我很確定凱薩一定會要求妳轉圈的。如果他沒說，妳就自己提議好了。只不過不要一開始就轉，把它留到最後，當作最後的節目。」秦納指示我。

「你給我個暗號，這樣我就知道該什麼時候轉。」我說。

「好。我知道黑密契這次讓你們兩個自己去想策略，妳對訪問有什麼計畫嗎？」他說。

「沒有，今年我打算見機行事。有趣的是，我竟然一點也不緊張。」我眞的不緊張。無論史諾總統有多恨我，都城的觀眾可都是向著我。

我們在電梯口跟艾菲、黑密契、波緹雅和比德碰面。比德穿著高雅的晚禮服，戴著白手套。在都城這裡，婚禮上新郎就是這一身穿著打扮。

在家鄉，所有的事情都簡單多了。女生通常會去租一件已經被穿過幾百次的白色禮服，男生只要穿一件不是採礦時穿的乾淨衣服就行了。他們去司法大樓塡一些表格，然後分配到一間屋子。親友會聚在一起，如果負擔得起的話，大家吃頓飯，或吃一小塊蛋糕。就算負擔不起，我們有首傳統歌謠，大家可以在新婚夫妻跨過門檻進入他們的新家時，一起唱歌祝賀。而且我們有我們自己的小小儀式：在新家，他們第一次點燃爐火，烤一點麵包，大家分著吃。也許這有點老式，但是在第十二區，得等烤了麵包，人們才會眞的感覺結了婚。

其他貢品已經聚集在舞台後方，正輕聲交談著，但比德跟我到達時，他們全安靜下來。我注意到每個人的目光都像刀子一樣利，直接射向我的結婚禮服。他們是嫉妒這衣服的美麗嗎？還是它可能具有操縱群眾的力量？

終於，芬尼克說：「我眞不敢相信秦納竟然叫妳穿這樣。」

「他沒得選擇。史諾總統要他這麼做的。」我說，不自覺地帶著辯護的口氣。我不容許任何人批評秦納。

凱絲米爾將她飄逸的金色鬈髮往後一甩，忿忿地說：「妳看起來眞是可笑極了！」她抓住她哥哥的手，拉他就位，準備帶領我們列隊踏上舞台。其他貢品也開始排好隊。我眞是被弄糊塗了，因爲，他們全都很生氣，不過也有些人拍了拍我們的肩膀，表示同情與支持。事實上，喬安娜．梅森還特別停下來幫我調整了一下珍珠項鍊。

「讓他爲此付出代價，好嗎？」她說。

我點點頭，卻不知道她是什麼意思。直到我們都在舞台上坐定，凱薩．富萊克曼（今年他把頭髮跟臉都染成薰衣草的藍紫色）說完他的開場白，貢品開始接受訪問時，我才逐漸明白過來。這是我第一次瞭解到，這群勝利者所感受到的遭到背叛的感覺有多深，以及伴隨而來的憤怒有多強烈。但是他們太聰明了，聰明到知道怎麼玩這場遊戲，因爲無論他們怎麼表達，話裡的意思歸結起來都在質疑政府，尤其史諾總統。當然，不是每個人都這樣。像布魯塔斯和伊諾巴瑞雅，仍是昔日那個專業貢品，來到這裡只爲了投入另一場遊戲。另外，還有一些人太困惑，毒癮太深，或太失落，無法加入攻擊陣線。但是，在場仍具備智慧與膽量，敢於起來抗爭的勝利者，已經夠多了

訪問從凱絲米爾開始，情緒的醞釀也由她發動。她發表了一番談話，說她一想到都城人民將因爲失去我們而痛心難過，她便忍不住哭個不停。光澤則回憶這裡的人對他跟他妹妹是多麼地友善。比提一邊不自覺地抽動身體，一邊用他神經質的聲音，質疑這場大旬祭的合法性，懷疑晚近的專家根本沒有仔細檢視過那張紙片上的內容。芬尼克唸了一首他自己寫的詩，是獻給他在都城裡的那位眞愛，而上百名觀眾因此昏倒，因爲她們認定他說的人就是自己。等到喬安娜．梅森上場，她問道，這情況有沒有什麼解決的辦法；當初制定大旬祭的先人，肯定從未料到，勝利者跟都城人民之間竟會產生如此深的感情；不應該會有人殘忍到要斬斷這麼緊密的情感聯繫吧。撒籽靜靜地思忖著說，在家鄉第十一區，大家是多麼相信史諾

總統擁有一切的權力；所以，如果他眞的擁有一切權力，他爲什麼不改變這次的大旬祭呢？麥糠接踵而上，緊跟著說，他堅信，如果史諾總統願意的話，他一定可以改變這次的大旬祭，但是他顯然不認爲這對大家很重要。

等輪到我上場，觀眾的情緒已經難過到無以復加。人們哭泣、哀號、崩潰，甚至叫喊著要改變。一看見我穿著白色絲綢新娘禮服上場，現場簡直可以說要發生暴動了。再也不會見到我，再也沒有悲劇戀人從此過著幸福快樂的日子，再也沒有婚禮了。我看見連凱薩的專業表現，在他試圖讓觀眾安靜下來，好讓我說話時，也露出了破綻。而我的三分鐘正在飛快流逝。

終於，當觀眾情緒稍歇，他趕忙說：「凱妮絲，對眾人而言，這顯然是個情緒非常激動的夜晚。妳有什麼想跟大家說的嗎？」

我開口說話時，聲音微微顫抖。「我只想說，我很遺憾你們無法來參加我的婚禮了……但我很高興，你們至少看見了我穿著這件禮服。你們說……這是不是天底下最美的東西？」

我不需要望向秦納，等他暗示。我知道就是這時候。我開始慢慢地旋轉，揚起我沉重禮服的垂地衣袖，雙臂舉起，超過我的頭。

當我聽見觀眾尖叫，我以爲那是因爲我看起來一定美得令人目眩神迷。接著，我注意到有什麼東西在我周圍升起。煙。煙從火冒出來。不是我去年在馬車上穿在身上的那種閃爍搖曳的東西，而是某種更眞實的，正在燃燒我的衣服的東西。隨著煙霧變濃，我開始慌起來。燒焦的絲綢碎片在半空中飛舞，珍珠散落到舞台上。不知怎地，我反而害怕停下來，因爲我不覺得自己的肌膚被燒到，並且我知道這整個變化的背後，設計人是秦納。因此，我繼續旋轉，旋轉。有那麼一瞬間，我差一點喘不過氣來，整個人被吞沒在怪異的火焰裡。接著，突然間，所有的火都熄了。我慢慢地停了下來，懷疑自己是不是已經變得一絲不掛，同時納悶著秦納爲什麼要設計燒掉我的結婚禮服。

但我沒有一絲不掛，我仍然穿著一件設計完全相同的衣服，只不過現在它漆黑如炭，而且是用細細的羽毛縫製而成。我好奇地舉起我那長長的、飄逸的袖子，雙臂向兩旁平伸高舉，也就在這個時候，我看見了電視螢幕上的自己。我穿著一身黑衣，只除了一片片白色斑點點綴著我兩條長長的袖子——或者，我該說，那是我的兩隻翅膀。

因爲，秦納將我變成了一隻學舌鳥。

18

我還稍微冒著煙，所以，凱薩伸出手來碰觸我的頭飾時，是那麼地小心翼翼。白紗已經燒掉了，留下一面平滑、伏貼的黑紗，從頭上披垂下來，底部縐褶起來，變成衣服背後的領口。「是羽毛。」凱薩說：「妳像是一隻鳥。」

「我想，是一隻學舌鳥。」我說，輕輕揮了揮我的翅膀。「就是我那枚胸針上的鳥，我戴在身上當作標誌的。」

凱薩的臉上掠過一抹陰影，顯示他已經明白過來。我敢說，他知道學舌鳥不只是我的標誌。如今它象徵太多東西了。在都城，它不過是絢麗的裝扮配件；但在各行政區，它引起全然不同的迴響。不過，凱薩不愧是凱薩，即便在這種狀況下，仍能應付得宜。

「很好，讓我們向妳的設計師致敬。我相信沒有人會反對，這是我們在訪問中所見過最引人注目的奇觀了。秦納，我想你最好站起來向大家答禮！」凱薩伸手比向秦納，請他起身。於是，他站起來，優雅地微微鞠了個躬。突然間，我替他害怕起來。他做了什麼事？一件極端危險的事。這舉動本身就是一種反叛。而他竟爲我這麼做。我想起他說過的話……

「放心。我總是把情緒發洩在自己的工作上。如此一來，除了自己，我不會傷害到任何人。」

……我怕他已經把自己傷害到無法彌補的地步。我迸發火焰的轉變隱含了什麼意義，史諾總統絕不可能錯過。

因爲震驚而鴉雀無聲的觀眾，這時爆發瘋狂的掌聲。我的三分鐘時間結束了，但我幾乎聽不見信號聲。凱薩向我道謝，我轉身往回走。現在，我這身衣服輕得像羽毛一樣。

當我經過起身上前接受訪問的比德，他的眼睛沒看著我。我小心翼翼地坐下，但除了幾個地方還冒著輕煙，我似乎毫髮無傷，因此我把注意力轉向他。

打從去年凱薩和比德第一次碰面，兩人便配合得天衣無縫，深受觀眾歡迎。他們有本事輕鬆地一來一往，在恰當時機引發笑聲，卻又能順暢地轉移到令人心痛的話題，譬如比德對我的愛的告白。此時，他們輕鬆自在地說笑，談論著火和羽毛，還有烤過頭的雞。但是大家都看得出來，比德有心事，因此，凱薩把話題轉向大家都掛在心上的那件事。

「所以，比德，在經歷過所有這一切之後，當你得知大旬祭的消息，你是什麼感覺？」凱薩問。

「我很震驚。我是說，前一分鐘，我看到身穿婚紗的凱妮絲是如此美麗，而下一分鐘……」比德的聲音變小。

「你發覺永遠不會有婚禮了？」凱薩溫柔地問。

比德停了好長一會兒，似乎在猶豫著什麼事。他轉頭望著彷彿著了魔的觀眾，然後垂眼盯著地板，最後，仰起臉來看著凱薩，說：「凱薩，你想，我們所有在這裡的朋友，能保守秘密嗎？」

觀眾發出一陣不太自在的笑聲。他是什麼意思？對誰保守秘密呢？整個世界都在看啊。

「我相信他們一定能的。」凱薩說。

「我們已經結婚了。」比德靜靜地說。觀眾的反應是驚愕，而我得把臉埋進裙褶裡，好讓他們看不見我的滿臉困惑。他到底想把話題帶到什麼地方呀？

「但是……這怎麼可能呢？」凱薩問。

「噢，我們沒有舉行正式的婚禮。我們沒去司法大樓登記或怎樣。但是在第十二區，我們有這樣的結婚儀式。我不知道其他行政區是怎麼做的。但在我們區我們會這麼做。」比德說，然後簡短地描述了一下烤麵包分享的傳統。

「你們雙方的家人在場嗎？」凱薩問。

「沒有。我們沒告訴任何人，甚至沒告訴黑密契。再說，凱妮絲的媽媽一定不會同意的。可是，你看，我們知道如果我們在都城結婚，一定不會有烤麵包分享這件事。而我們兩個都不想繼續等下去了。所以，有一天，我們就這麼做了。」比德說：「對我們來說，這比一紙證明或盛大宴會都還要眞實。」

「所以，這是在大旬祭的消息宣布之前？」凱薩問。

「當然是在大旬祭宣布之前。如果是在得知消息之後，我很確定我們一定不會這麼做的。」比德說，開始顯得難過起來。「但誰知道會發生這樣的事呢？沒有人能料到。我們經歷了整場遊戲，我們是勝利者，大家看到我們能在一起似乎都很興奮，然後，突然冒出這個——我是說，我們怎麼可能料到會發生這樣的事？」

「你們是不能，比德。」凱薩伸出一隻手臂環住他肩膀。「正如你說的，沒有人能料到。但是我必須承認，我很高興得知你們兩人至少擁有幾個月在一起的快樂時光。」

熱烈的掌聲如巨浪襲來。彷彿受到鼓勵，我從羽毛中仰起臉來，讓觀眾看到我悲傷、感謝的微笑。羽毛上殘留的煙害得我雙眼噙著淚水，讓整件事看起來更像眞的。

「我一點也不高興。」比德說：「我眞希望我們可以等到這整件事正式結束。」

比德的反應連凱薩都感到吃驚。「有短暫的快樂時光，總比一點都沒有好吧？」

「也許我本來也可以那麼想，凱薩，」比德傷心又憤怒地說：「但是我們有了孩子。」

這就是了。他再次辦到了。丟下一顆炸彈，把在他之前每位貢品的努力全部一筆抹殺。嗯，也許不是這樣。也許今年他只是在這群勝利者慢慢打造出來的炸彈上，點燃了引信。他們希望有人能夠引爆它。他們說不定認爲引爆的人會是穿著新娘禮服的我，卻不知道我是多麼倚賴秦納的才華。然而，比德靠的是他自己的才智，不需要其他任何東西。

隨著炸彈爆炸，四面八方都有人發聲，指控事情的不公不義、野蠻，以及殘忍。連最愛都城、最渴望遊戲、最嗜血的人，至少在這一刻，都無法忽視這整件事是多麼地可怕。

我懷孕了。

不是每個人都馬上意會過來。等所有觀眾都接收到訊息，經過沉澱，再獲得其他聲音的確認，他們像一群受傷的動物，開始呻吟，尖叫，呼喊救命。我呢？我知道我的臉部特寫此刻佔滿了整個螢幕，但我沒有想到要再把臉藏起來。因爲，有那麼片刻，我也在咀嚼比德所說的話。這豈不正是我對婚姻、對未來最害怕的事嗎？我不正是擔心有一天在遊戲中失去我的孩子嗎？而現在這種事有可能眞的會發生，不是嗎？我這輩子豈不是一直都在築起一層層的防衛，只要有人提及結婚或組織家庭的事，我就馬上退縮嗎？

凱薩再次無法控制群眾，即便時間到的信號聲響起，眾人的騷動仍無法平息。比德點頭向大家道別，然後不發一語地回到他的位子坐下。我可以看見凱薩的嘴在動，但整個場面已經亂成一團，他說的話我一句也聽不見。等國歌如暴雷般響起，調高的音量大到我覺得全身骨頭都在震動，我們才知道節目進行到了什麼階段。我自動起立，才一起身，就感覺到比德向我伸過手來。當我握住他的手，淚水便從他臉上滑落。這些眼淚有多眞實？這些眼淚是承認他跟我一樣，始終被相同的恐懼糾纏著嗎？每位勝利者都一樣嗎？施惠國所有行政區的每個父母呢？

我回頭看觀眾，但小芸父母親的臉在我眼前浮現。他們的哀傷。他們失去女兒的痛。我本能地轉向麥糠，將另一隻手伸向他。我感覺到我的手指在他的殘肢的末端闔上，我緊緊握住。

然後，事情就這樣發生了。這一整排的人，從這一頭到那一頭，從那一頭到這一頭，這些勝利者，開始牽起手來。有些人是立刻牽手，像痲精蟲，像金屬絲和比提。有些人，像布魯塔斯和伊諾巴瑞雅，一開始有點猶豫，但在旁邊的人要求下，也伸出手來。當國歌演奏到最後一節，我們二十四個人已經連成一線，沒有中斷。這一定是黑暗時期之後，各行政區第一次公開連結在一起。你可以知道，大家已經意識到這件事，因爲螢幕突然變成一片漆黑。不過，已經太遲了。在混亂中，他們沒有及時切斷我們的畫面。所有的人都已經看到了。

現在，舞台上也開始陷入混亂。燈光熄滅，我們只能在黑暗中跌跌撞撞地回到訓練中心。我不知道麥糠哪裡去了，但比德領著我進了一台電梯。芬尼克和喬安娜試圖加入我們，但一名匆忙趕來的維安人員擋住了他們，我們單獨在電梯裡迅速上升。

我們一踏出電梯，比德馬上抓住我肩膀。「沒時間了，所以，告訴我，我有需要道歉的地方嗎？」

「沒有。」我說。在沒有獲得我首肯之前，他就這麼做了。他跨出了一大步。但我很高興自己沒有想到要質疑他，也沒有時間在事後批評他，或是讓我對蓋爾的愧疚，影響到我對比德所作所爲的眞實感受。這是默許。我已經賦予比德權力這樣做。

在遠方，有一個叫作第十二區的地方，在那裡，我媽、我妹和我的朋友們，將必須設法面對今晚這場大爆炸所產生的後果。明天，在搭乘氣墊船飛行一陣子之後，比德和我和其他貢品，會來到一個叫作競技場的地方，面對我們自己的懲罰。但就算我們全都面臨悲慘的下場，今晚發生在舞台上的事也無法抹滅。我們這群勝利者在台上發動了我們的叛變，而或許，只是或許，都城將無法遏止這場叛變。

我們等候其他人返回，但電梯門打開時，只有黑密契一人出現。「外面眞是一片混亂。他們叫大家都回家裡去，他們也取消了今晚訪問的電視重播。」

比德跟我趕到窗戶前，試著看清楚在我們下方遠處街上的騷亂。「他們在說什麼？」比德問：「他們會要求總統停止這次的遊戲嗎？」

「我不認爲他們知道自己想要求什麼。這整個情況前所未見。對這裡的人來說，即便只是想到要反對都城的計畫，都會造成大混亂。」黑密契說：「不過，再怎麼樣，史諾都不會取消遊戲的，你們明白這點，對吧？」

我當然明白，他現在騎虎難下了，不可能退讓。他現在唯一的選擇是反擊，而且是重重反擊。「其他人回家了？」我問。

「他們奉命回家去。要通過這群暴民，我不知道他們夠不夠運氣。」黑密契說。

「那麼，我們再也見不到艾菲了。」比德說。去年，遊戲當天清晨我們也沒有見到她。

「要麻煩你代我們向她道謝了。」

「不只道謝。要讓它更特別一點。畢竟，那是艾菲啊。」我說：「告訴她我們有多麼感激她，並且，她是有史以來最棒的伴護人，告訴她……我們愛她。」

有好一會兒，我們只是沉默地站在那裡，拖延無法避免的道別時刻。然後黑密契還是說了：「我想，我們也就在此道別了。」

「有什麼最後的指示嗎？」比德問。

「給我好好活著。」黑密契粗聲粗氣地說。這幾乎已成了我們之間開玩笑的一句老話。他迅速給了我們每個人一個擁抱。我敢說，這已經是他所能忍受的極限了。「去睡覺吧。你們需要休息。」

我知道我有一大堆的事要跟黑密契說，但我想不出來有哪一件是他還不知道的。真的，我想講的他都已經知道了。再說，我的喉嚨鎖得好緊，我懷疑自己還講得出話來。所以，我再次讓比德代表發言。

「黑密契，你自己要保重。」他說。

我們橫過房間，但在走到門口時，黑密契開口叫住我們。「凱妮絲，當妳進到競技場裡——」他講到一半，停下來。他皺眉頭的模樣，讓我很確定，我已經又令他感到失望了。

「怎樣？」我防衛性地問。

「妳只需記得敵人是誰。」黑密契告訴我。「就這樣。現在走吧。給我出去。」

我們沿著走廊往前走。比德想先進他的房間沖澡，洗掉臉上的妝，稍後再來找我，但我不讓他走。我很確定，一旦門在我們之間關上，那門就會被鎖上，我就必須獨自度過今晚，沒有他在身邊。再說，到我房間也可以沖澡。我不肯放開他的手。

我們有睡著嗎？我不知道。整夜，我們擁抱著彼此，徘徊在半夢半醒之間。沒有交談。

都害怕打擾到對方的睡眠，都希望我們能夠在這寶貴的剩餘時間裡多休息一下。

天一亮，秦納和波緹雅就到了。我知道比德必須離開。貢品都是獨自進入競技場。他輕輕給了我一個吻，說：「待會兒見。」

「待會兒見。」我說。

秦納等一下必須幫我著裝，他陪我上到天台。就在我要踏上氣墊船的梯子時，我突然想起來：「我忘了跟波緹雅說再見。」

「我會告訴她的。」秦納說。

我一踏上梯子，電流立刻把我凍結在原處，直到有位醫生在我左前臂注入追蹤器之後，才放開我。從現在起，他們永遠可以鎖定我在競技場裡的位置。氣墊船起飛，我望著窗外，直到窗戶忽然變成一片黑暗。秦納一直敦促我吃東西，但我吃不下，於是他改勸我喝水。我盡量一小口一小口持續喝著水，想到去年那幾天脫水差點要了我的命，想到我需要保持自己的體力，才能保比德活命。

當我們抵達競技場的發射室，我沖了個澡。秦納幫我把頭髮在背後編成辮子，再幫我在簡單的內衣上頭著裝。今年，貢品的服裝是合身的藍色運身褲裝，非常輕薄的質料，拉鍊在前面拉上。一條六吋寬的腰帶，裡面有塡塞物，外表包覆著亮紫色的塑膠。一雙橡膠底的尼龍鞋。

「你覺得怎麼樣?」我邊問，邊拉著衣服上的布料給秦納檢視。

他用指尖揉搓著那薄薄的料子，皺起了眉頭，說:「我不知道。這既不保暖又不防水。」

「防日曬呢?」我問，心裡想像著一幅荒漠上烈日灼人的景象。

「有可能，如果特別加工處理過的話。」他說:「噢，我差點忘了這個。」他從口袋拿出我的黃金學舌鳥胸針，將它別在我的連身褲裝上。

「昨晚我的衣服眞是太棒了。」我說。太棒，而且太不顧後果了。我沒把心裡想說的話說完，但秦納一定明白。

「我想妳會喜歡。」他說，勉強擠出笑容。

跟去年一樣，我們坐在那裡，握著彼此的手，直到有個聲音通知我準備發射了。他陪我走到金屬圓盤上，幫我把連身褲裝的拉鍊往上拉到脖子。「記住，燃燒的女孩，」他說:「我仍然賭妳會贏。」他親吻我的額頭，然後退開，看著玻璃圓筒降下來罩住我。

「謝謝你。」我說，雖然他大概聽不見。我抬起下巴，一如他向來告訴我的，抬頭挺胸，等候圓盤上升。但它沒動。它一直沒動。

我看著秦納，揚起眉毛，希望他能告訴我這是怎麼回事。他輕輕搖了一下頭，跟我一樣困惑。他們爲什麼延遲呢？

突然間，他背後的門砰一聲打開，三名維安人員衝進房間。其中兩個押住秦納，將他的手扭到背後，銬上手銬，另外一個猛力對他的太陽穴揮拳，打得他一下子跪跌在地上。但他們繼續打他，戴著有金屬突起物的手套，將他的頭臉跟身體打得皮開肉綻。我拼命大聲嘶喊，捶打著堅硬的玻璃，想要出去幫他。那些維安人員完全當我不存在，隨即把秦納癱軟的身體拖出房間，只留下地板上的血跡。

在難過和驚恐之中，我感覺到圓盤開始上升。當微風拂動我的頭髮，我還靠在玻璃圓筒上。我強迫自己站直。時間剛剛好，因爲我才一站好，玻璃圓筒就收回去了，我已經無所依憑地站在競技場中。我的視覺好像出了什麼差錯。地面太亮，閃爍著光，而且起伏不定。我瞇著眼睛瞄向腳下，看見我的金屬圓盤被藍色的波浪所環繞，起伏的波浪還拍上圓盤，打濕了我的靴子。我慢慢地抬起眼睛，看到水向四面八方延展開去。

我只勉強想清楚一件事——

這絕不是燃燒的女孩該來的地方。

第三篇

敵人

19

「各位女士、各位先生，第七十五屆飢餓遊戲，現在開始！」飢餓遊戲的宣布者克勞帝亞斯·坦普史密斯的聲音，轟擊著我的耳朵。我只有不到一分鐘的時間看清楚自己到底在怎樣的地方。然後，鑼聲將會響起，所有的貢品就可以離開他們的金屬圓盤。可是，離開去哪裡呢？

我無法好好思考。秦納慘遭痛毆，滿身是血的影像，佔據了我的心思。他現在在哪裡？他們會怎麼處置他？用酷刑折磨他？殺了他？把他變成去聲人？很明顯地，這是故意安排的，突然攻擊他是爲了害我心神不寧，就跟故意把達魯斯安排在我住的第十二樓一樣。而這**確實**擊潰了我。我現在只想癱倒在我的金屬圓盤上。但是，在發生我剛剛目睹的事情之後，我絕不能這樣。我必須堅強。這是我欠秦納的。他不顧一切地扯史諾總統的後腿，把我的婚紗轉變成學舌鳥的羽衣，我不能辜負他。並且，我也欠了那些反叛者，他們受到秦納的激勵，此刻也許已經奮起抗爭，要推翻都城。拒絕依照都城的規則來玩這場遊戲，將是我最後的反叛行動。因此，我咬緊牙關，決心成為一名鬥士。

妳在哪裡？我仍然搞不清楚周遭的環境。**妳到底是在哪裡?!** 我逼問自己。慢慢地，眼前的景象逐漸清晰。藍色的水。粉紅色的天空。白熾的陽光直射而下。好，是有一個金黃色的豐饒角，金屬打造的，閃閃發亮，就在大約四十碼外。起初，它看起來像是橫躺在一個圓形的小島上。但更仔細端詳，我看見一條條狹長的陸地，像車輪的輻條那樣，從中間那個圓形小島向外輻射出來。我想，總共有十到十二條，它們彼此間似乎是等距離的。在輪輻與輪輻之間，都是水。水，以及一對貢品。

對，沒錯。總共有十二條輪輻，輪輻與輪輻之間的每個區間，都有兩名貢品站在金屬圓盤上。在我所在的這個區間，另一位貢品是第八區的老緯。他站在我右邊的水中圓盤上，跟我之間的距離，與我跟我左邊那條狹長陸地的距離差不多。在這一整片水域的盡頭，無論你朝哪個方向望去，都是一整片狹長的海灘，再後面則是濃密的綠色樹林。我掃視一圈貢品，找尋比德，但他一定是被豐饒角擋住了，我沒看見他。

又一道浪沖刷過來，我俯身掬起一捧水，嗅了嗅，然後用舌頭舔了一下濕濕的指尖。正如我所懷疑的，是鹹鹹的海水。跟勝利之旅途中，在第四區，比德和我短暫到海灘一遊時所接觸到的海浪一樣。不過，起碼這裡的水似乎是乾淨的。

放眼望去，沒有船，沒有纜繩，連一塊可以讓人攀附的漂流木都沒有。要去豐饒角只有一個辦法。當鑼聲響起，我毫不猶豫地躍入我左邊的水裡。這距離比我以前游過的距離都要長，並且，比起在家鄉游過那座平靜的小湖，橫渡波浪更需要技巧。不過，此刻我的身體似乎輕得古怪，可以毫不費力地渡過這片海水。也許是因爲鹽的關係。我破水而出，渾身滴著水，爬上輪輻一般的狹長陸地，踩著沙地，直奔豐饒角。雖然豐饒角擋住了我大部分的視線，但在我這一側，除了我自己，我看不到有其他人衝向豐饒角。不過，我沒有因爲顧慮可能冒出來的對手，而減緩自己的速度。現在，我像專業貢品那樣思考，而頭一件我想要達成的任務，便是馬上取得武器。

去年，補給物資散布在豐饒角四周，分布得很開，越靠近豐饒角的東西越有價值。但是，今年，所有的物資似乎全堆在那個直徑二十呎的開口。我的眼睛立刻鎖定一把金色的弓，距離我才一臂之遙，我一伸手將它攫過來。

突然，我警覺到背後有人，我不知道爲什麼，也許是因爲沙子移動的輕響，或只是氣流的改變。我從還壓在一堆東西之中的箭袋抽出一支箭，轉身的同時將箭搭上弦。

芬尼克，全身閃爍著水光，美極了，距離我幾碼遠，站著，一隻手抓著一把三叉戟，已經擺好攻擊的架勢，另一隻手垂掛著一張網。他臉上帶著一抹淡淡的微笑，但他上半身的肌肉緊繃著，蓄勢待發。「妳也會游泳。」他說：「妳在第十二區是從哪裡學會游泳的？」

「我們有個超大的浴缸。」我回答。

「肯定是。」他說：「妳喜歡這個競技場嗎？」

「沒特別喜歡。但你應該很喜歡。他們一定是特別爲你打造的。」我的口氣透著一絲不平。反正事實看起來是這樣，到處都是水，而我打賭會游泳的勝利者沒幾個。並且，訓練中心裡沒有游泳池，根本沒機會學。在這裡，要不你必須是已經會游泳，要不你最好趕快學會。即使想參與最初的浴血戰，還得看你有沒有本事游過二十碼的海水再說。這個競技場給了第四區極大的優勢。

有那麼片刻，我們僵在那裡，打量著對方，也打量著對方的武器和本事。接著，芬尼克突然咧嘴笑了，說：「幸虧我們是盟友，對吧？」

意識到這是個陷阱，我正要射出手中的箭，希望在三叉戟刺穿我的身體之前，這一箭能射中他的心臟，突然他的手輕輕轉動，他手腕上有個東西在陽光下閃了一下。一個純金手環，上面有火焰圖案。我想起來，訓練第一天早上，我在黑密契手腕上看到一模一樣的手環。有一瞬間我想到芬尼克有可能偷了它來騙我，但不知怎地，我曉得事情不是那樣。是黑密契給他的。那是給我的一個暗號。事實上，是個命令。要我信任芬尼克。

我聽到有其他腳步聲接近。我必須立刻決定。「對！」我怒吼，因爲雖然黑密契是我的導師，會盡量保我活命，這仍然觸怒了我。爲什麼他事前不告訴我他做了這樣的安排？也許是因爲比德跟我已先言明我們不要盟友。於是，現在黑密契自己選了一個。

「低頭！」芬尼克喝道，聲音威武有力，跟之前那種誘惑人的溫言軟語完全不同，我立刻聽從。他的三叉戟從我頭上呼嘯而過，命中目標時發出可怕的撞擊聲。第五區那個喝醉酒把擊劍區地板吐得一片狼藉的男人，在芬尼克將三叉戟從他胸口拔出來時，跪倒在地上。同時，芬尼克說：「別信任第一和第二區的。」

沒時間質疑這點。我用力把箭袋扯出來。「一人巡一邊？」我問。他點頭，我立刻疾步繞行這堆物資。大約四個輪輻之外，伊諾巴瑞雅和光澤剛剛抵達陸地。他們若不是泳技太差，就是刻意慢慢游，擔心水裡藏有別的危險。這當然有可能。但有時候，不要推想太多可能性比較好。現在，他們已經踏上一條輪輻的沙地，幾秒鐘之內就會抵達這個小島。

「找到什麼有用的嗎？」我聽見芬尼克喊道。

我迅速掃視我這邊的東西，發現有狼牙棒、劍、弓和箭、三叉戟、刀、標槍、斧頭，以及一堆我叫不出名字的金屬器械……僅此而已。

「全是武器！」我喊回去：「除了武器，沒別的！」

「這邊也是。」他確認。「拿妳要的，然後我們走！」

伊諾巴瑞雅的距離已經近到令我不安，我朝她射出一箭。但她已有準備，立刻翻身潛回水裡，我一箭射空。光澤的動作就沒那麼快了，當他躍入水中，我的箭已穿入他的小腿肚。我多抓了一把弓跟一袋箭甩到肩上，再將兩把長刀跟一把錐子插在腰帶上，然後跟芬尼克在這堆物資的正前方碰頭。

「麻煩妳處理一下那邊好嗎？」他說。我看見布魯塔斯朝我們快速衝過來。他的腰帶已經解下，抓在兩手中拉直，好像一面長條形的擋箭牌。我朝他射出一箭，原本可能擊中他的肝臟，竟被他用手中的腰帶擋下來。不過，腰帶被箭射穿的地方噴出一種紫色液體，濺得他一頭一臉。我重新搭箭時，布魯塔斯已經急趴到地上，連續幾個翻滾下水，潛入水中去了。我背後傳來金屬落地的聲音。「我們快點離開這裡吧。」我對芬尼克說。

剛才這番交手，已經給了伊諾巴瑞雅和光澤時間，抵達了豐饒角。布魯塔斯肯定還在射程內，而凱絲米爾也一定就在某處，很靠近了。這四名典型的專業貢品，毫無疑問一定早就結盟了。如果我只需考慮自身安全，我說不定會想與芬尼克並肩作戰，和他們拼上一拼。但我心裡顧慮的是比德。現在我看見他了，這時還困在他的金屬圓盤上。我拔腳就跑，芬尼克毫不遲疑地緊跟著我，彷彿已先知道我下一步會怎麼做。當我來到離比德最近的輪輻上，我開始從腰帶上卸下長刀，準備游過去他那邊，設法把他帶過來。

芬尼克一手搭上我肩膀，說：「我去帶他。」

我心裡立刻猜疑起來。這一切不會都只是詭計吧？芬尼克先贏得我的信任，然後游泳過去，把比德溺死？「我做得到。」我堅持。

但是芬尼克已經把他所有的武器都扔在地上。「妳最好別太勞累了。起碼在目前的狀況下不要。」他說，伸出手輕輕拍了拍我的肚子。

噢，對喔。我應該是懷孕了才對，我心想。正當我試著想清楚這是什麼意思，而我又該表現出什麼樣子——或許該嘔吐一下什麼的——芬尼克已經在水邊就位。

「掩護我。」他說，隨即以漂亮的跳水動作潛入水中，不見了人影。

我舉起我的弓，提防著任何來自豐饒角的攻擊，但似乎沒有人有興趣追殺我們。光澤、凱絲米爾、伊諾巴瑞雅和布魯塔斯，肯定已經聚集在一起，組成自己的團隊，正在挑選武器。我迅速掃視了一眼競技場的其他角落，發現絕大部分的貢品都還困在他們的金屬圓盤上。不，等一下，有個人站在我左邊的輪輻上，就在比德對面的那個方向。是梅格絲。但是她既不朝豐饒角前進，也不打算逃走。相反地，她噗通一聲跳入水中，開始划著水朝我游過來。她的頭浮在水面上，一頭灰白的髮。嗯，她是老了沒錯，但是我猜，在第四區活了八十年，她一定不會沉下去的。

芬尼克這時已經接到比德，正拖著他游回來。芬尼克一隻手橫抱比德的胸膛，另一隻手划水，輕鬆地往前推進。比德任他拖行，絲毫沒有抗拒。我不知道芬尼克說了什麼或做了什麼，竟能說服他把自己的性命交在他手中。也許芬尼克給他看了手環吧。或者，我等在這裡的身影，已經足以說服他。當他們抵達沙灘，我幫忙把比德拉上乾燥的陸地。

「哈囉，又見面啦。」他說，親了我一下。「所以我們有了盟友。」

「對。正如黑密契原先打算的。」我回答。

「點醒我一下，我們還跟其他任何人講好了嗎？」比德問。

「只有梅格絲，我想。」我說，朝固執地向我們游過來的那位老婦人點了點頭。

「我不能拋下梅格絲不管。」芬尼克說：「她是少數幾個眞正喜歡我的人之一。」

「對梅格絲，我一點問題也沒有。」我說：「尤其現在我看到競技場長什麼樣子之後。她的魚鉤說不定是我們取得食物的最佳憑藉。」

「凱妮絲在第一天就想要她。」比德說。

「凱妮絲的判斷力絕佳。」芬尼克說著，一隻手探入水中，一把將梅格絲撈起來，好像她是一隻沒多少重量的小狗。她說了一些話，其中好像提到什麼「浮子」，然後拍了拍她的腰帶。

「看，她說得對。已經有人猜出來了。」芬尼克指向比提。他在波浪中手忙腳亂地拍水，但他的頭始終保持在水面上。

「什麼？」我問。

「腰帶。它們是保持你漂浮在水上的裝置。」芬尼克說：「我是說，你自己得划水，但這腰帶讓你不會沉下去。」

我差一點開口要求芬尼克等一下，去接比提和金屬絲過來，帶他們一起走。但是，比提還在三條輪輻之外，而我甚至看不見金屬絲在哪裡。何況芬尼克說不定會眼睛眨也不眨地宰了他們，就像他幹掉第五區那個貢品那樣。因此，相反地，我提議趕快上路。我遞給比德一把弓、一袋箭，及一把長刀，其餘的我自己留著。但是梅格絲一直扯著我的袖子，口齒不清地講個不停，直到我把錐子交給了她。她很高興，橫過錐子用沒牙的牙床咬緊握柄，然後雙臂伸向芬尼克。他把網子甩上肩膀，背起梅格絲，讓她趴在網子上，另一隻空著的手則抓起他的三叉戟，然後我們跑步離開豐饒角。

沙灘的盡頭，是陡然聳起的樹林。不，不算是樹林。至少不是我知道的那種樹林。我的腦海中冒出一個聽起來很陌生，幾乎已經沒有人用的詞兒，一個可能我在別的飢餓遊戲中聽過，或從我爸那裡學來的詞兒：**熱帶叢林**。絕大部分的樹我都不認得，樹幹光滑，分枝很少。泥土很黑，踩在腳下鬆鬆軟軟，好像海綿似的。地面還經常爬滿糾纏的藤蔓，長出色彩鮮豔的花朵。雖然太陽又烈又亮，空氣卻非常潮濕溫暖。我有一種感覺，在這裡我永遠不會有乾燥的一天。我身上連身褲裝的藍色薄布料，很快就讓海水蒸發掉了，但是它已經開始因爲汗水而黏在我身上。

比德帶頭走，用長刀在一叢又一叢濃密的植物中劈出一條路。芬尼克雖然是最強壯的一位，照料梅格絲已經夠他忙了，我讓他走在我前面。再說，儘管他是使三叉戟的高手，在叢林裡他的武器比我的箭更無用武之地。在高溫濕熱中爬陡坡，要不了多久，大家就開始氣喘吁吁。不過，比德跟我之前受過密集訓練，而芬尼克有絕佳的體魄，即使背上背著梅格絲，看來也不礙事。我們迅速走了大約一哩路之後，他才要求休息一下。我隨即明白，他是爲了讓梅格絲休息，不是爲了自己。

植物的枝葉遮蔽了我們的視線，我們再也看不到以豐饒角爲軸心的那個輪子了。因此，我找了棵枝椏充滿彈性的樹，爬上去好看得清楚一點。然而，我但願自己沒爬上來看。

豐饒角四周的地面血流成河，周圍的水都染紫了。屍體橫陳在地上，或漂浮在海面。不過，從這麼遠的距離看，大家都穿著同樣的衣服，我看不出誰活誰死。我唯一能確定的，是有些藍色的小人兒還在格鬥。唉，我是在想什麼呢？昨晚勝利者們手牽手，就會導致競技場上全面休戰嗎？不，我從來沒有這樣想過。但我猜我曾經一度希望，人們在毫不留情地互相廝殺之前，或許會顯示出某種的……某種的什麼？自制嗎？起碼顯示他們不願意彼此殺害吧。**想想看，你們全都互相認識**，我心裡說，**你們全都表現得像是朋友**。

在這裡我只有一個眞正的朋友。而他不是來自第四區。

我的臉頰在濕潤的微風吹拂下逐漸冷卻，我下了決定。不管那只手環代表什麼意義，我應該快刀斬亂麻，直接射殺芬尼克。這種結盟根本沒有未來。而他太危險了，絕對不能放他走。現在，趁我們之間的互信還未鞏固，這可能是我殺他的唯一機會。當我們走在路上，我可以輕易從背後射殺他。當然，這麼做很卑鄙，但是這會比我繼續等下去更令人厭惡嗎？等我更認識他？欠他更多？不，現在正是時候。我朝打鬥的身影、染血的地表，望了最後一眼，下定決心，狠起心腸，然後滑下樹，回到地面。

但是，我一落地就發現，芬尼克已經跟上我的思路，洞悉我的想法。彷彿他知道我看見了什麼，也知道那個血腥場面對我有何影響。他手中握著一支三叉戟，微微舉起，似乎不經意地採取了防禦的姿勢。

「那邊的情況怎麼樣，凱妮絲？他們都手牽手，發誓絕不暴力相向嗎？他們全都抗拒都城的規則，把武器丟到海裡了嗎？」芬尼克問。

「不是。」我說。

「不是。」芬尼克重複，然後說：「因爲，無論過去發生什麼事，那都已經過去了。在競技場上，沒有人是靠運氣成爲勝利者的。」他定睛看了比德片刻。「或許，比德除外。」

所以，對於比德，黑密契跟我所知道的，芬尼克也知道。比德在本質上比我們其餘所有的人都好，都善良。芬尼克眼睛眨也不眨地就幹掉了第五區的貢品。我呢，需要多少時間才狠得下心殺人？當我將箭射向伊諾巴瑞雅、光澤和布魯塔斯，都是要取他們的性命。比德至少會先試著談判，看更大範圍的結盟是否可能。但這樣做的結局是什麼呢？芬尼克是對的。我是對的。在這個競技場裡的人，沒一個是因爲慈悲而贏得冠冕的。

我緊盯住他雙眼，衡量著我們彼此的速度。是我的箭射中他的腦袋快，還是他的三叉戟擊中我的身體快。我看得出來，他在等我先採取行動，正估算著他是該先擋下我的箭，還是直接進行攻擊。就在我感覺到我們雙方都快要做出決定時，比德故意走過來，擋在中間。

「所以，死了幾個人了？」他問。

滾開，你這白癡！我在心裡說。但他仍舊一動也不動地擋在我們中間。

「很難說。」我回答：「我想，至少六個。他們還在打。」

「那就繼續走吧。我們需要水。」他說。

到目前爲止，還沒看見任何有乾淨淡水的小溪或池塘，而海水是喝不得的。我再次想到去年的遊戲，我差點死於脫水。

「最好快點找到一些水。」芬尼克說：「我們必須在夜幕降臨，其他人前來獵殺我們之前，找到掩蔽的地方。」

我們。其他人要獵殺我們。好吧，或許現在殺芬尼克是嫌早了點。到目前爲止，他還蠻有幫助的。而且他確實是黑密契親自挑選的人。誰曉得黑夜裡會發生什麼事？如果情勢變得更壞，我總能在他睡覺時殺了他吧。因此，我讓這緊繃的一刻過去。芬尼克也是。

找不到水，讓我覺得更渴。我們繼續往上爬，一路上我始終張大了眼睛搜尋水源，但還沒交上好運。又走了差不多一哩路之後，我可以看到樹林的盡頭，以爲我們已經來到山丘頂端。「或許我們翻越到山到另一邊之後，運氣會好一點。說不定能找到泉水什麼的。」

但是，沒有另一邊。我雖然是離山頂最遠的一個，卻比任何人都先察覺這點。我的眼睛捕捉到一塊古怪的，泛著漣漪的方形物，像一片扭曲變形的玻璃懸在半空中。起初，我猜想那是因爲陽光強烈照射，或地面熱氣蒸騰的緣故。但是它固定在空中，我移動時它並沒有隨之變動。就在這時候，我想到金屬絲跟比提在訓練中心看見的那個小方塊，也猛地明白橫在我們前方的是什麼。我想出聲警告，但話才到嘴邊，比德已經一刀朝前方的藤蔓砍過去。轟地一聲尖銳的巨響。有那麼一剎那，眼前的樹都不見了，我看到一小塊光禿禿的地面。接著比德被力場猛彈回來，把芬尼克跟梅格絲都撞倒在地上。

我衝到他身邊，他動也不動地躺在一團糾結的藤蔓中。「比德？」空氣中有淡淡的頭髮燒焦的味道。我又叫了他一聲，輕輕搖了搖他，但是他毫無反應。我慌了，手指顫抖著摸他的唇。片刻之前他還在喘氣，現在卻沒吐出半絲溫暖的氣息。我把耳朵貼在他的胸口，貼在那個我的頭經常靠過去歇息的地方，知道我總是能在那裡聽見他強壯、穩定的心跳。

但是，這次我只聽見一片死寂。

20

「比德！」我尖叫，用力搖他，甚至揮手摑他的臉，但全然無用。他的心跳已停，我是摑在一片虛空上。「比德！」

芬尼克扶梅格絲靠著一旁的樹坐好，然後一把將我推開。「我來。」他用手指按了按比德頸項上幾個地方，接著快速摸了一遍他胸腔和脊椎上的骨頭，然後捏住比德的鼻孔。

「不！」我大叫，整個人撲向芬尼克。他分明是要讓比德死透，確保他絕無活回來的指望。芬尼克一抬手，重重打了我一拳。我胸口正中一擊，整個人飛了出去，撞在旁邊的樹幹上。因爲痛，因爲努力要喘過氣來，我怔了片刻，然後看到芬尼克再次捏住比德的鼻子。我坐在地上，伸手抽出一支箭，搭上弓弦；就在即將鬆手放箭時，我停下來，因爲我看到芬尼克俯身親吻比德。即使芬尼克花名在外，這也未免太詭異了，我不自覺地住了手。不，他不是在親他。他是把比德的鼻子封住，然後托高他的下頷，打開他的嘴，把空氣吹入他的肺部。我看見了，我確實看見比德的胸膛在起伏。然後芬尼克拉開比德連身褲裝的上半身拉鍊，疊起手掌，以手掌根按壓他的心臟。現在，震驚的情緒已經平緩下來，我明白他在做什麼了。

久久一次，我見過我媽做類似的事。但這很少見。在第十二區，倘若你的心跳停止，你家人不太可能及時將你送到我媽那兒。所以，她的病人通常都是燒傷、受傷或生病。當然，還有飢餓過度。

但芬尼克生活的那個世界很不同。無論他這時在做什麼，顯然他過去曾經做過。他的動作有一種穩定的韻律和秩序。我傾身觀看，急切地巴望看到成功的跡象，同時我手中的箭，箭頭已不知不覺垂向地面。令人煎熬的時間一分一秒逝去，我的希望越來越渺茫。就在我以爲一切太遲了，比德已經死了，他的生命已經前往另一個世界，永遠再也無法觸及了，他發出一聲輕咳，芬尼克往後坐下，鬆了一口氣。

我武器一扔，又撲到他身邊。「比德？」我輕聲說，將他額頭上幾縷潮濕的金髮往後撥開，感覺到自己貼著他頸項的手指傳來脈搏的跳動。

他的睫毛顫動著，睜開雙眼，迎向我的眼睛。「小心點，」他虛弱地說：「前面那裡有力場擋著。」

我笑了，但是眼淚不爭氣地淌下臉頰。

「這比訓練中心天台上的那個，一定強了好幾十倍。」他說：「不過，我還好啦。只是被震得有點發抖。」

我還沒來得及想清楚說出來好不好，便衝口而出，「你是死了！心跳都停了！」我伸手摀住嘴巴，因爲我又開始發出那種打嗝抽噎的可怕聲音，就像我每次啜泣時那樣。

「喔，眼前看來我的心臟又在跳了。」他說：「沒事了，凱妮絲。」我點頭，可是那聲音停不下來。「凱妮絲？」現在輪到比德開始擔心我，這反倒害我益發不可理喻地拼命打嗝。

「沒關係，是她的賀爾蒙在作祟。」芬尼克說：「因爲胎兒的緣故。」我抬起頭來，見他坐在自己後腳跟上，仍因剛才一陣攀爬、天氣濕熱，以及費力將比德從鬼門關拉回來，還有點喘。

「不，才不是——」我才開口擠出話來，就又更歇斯底里地抽起噎來，不得不就此打住。這似乎反而更印證了芬尼克所言屬實，是因爲胎兒的緣故。他直視著我雙眼，我卻淚眼婆娑地怒目瞪著他。這很蠢，我知道，但他的付出讓我惱火。我一心想要保住比德的命，卻做不到，而芬尼克做到了。我應該要滿心感激才對。我是很感激。但我同時也很生氣，因爲這表示我將一直欠芬尼克·歐戴爾的債，永遠欠他。如此一來，我怎麼能在他睡著時殺了他？

我本來以爲會在他臉上看到得意或譏刺的表情，卻看見他一臉不解。他看看比德又看看我，彷彿想要搞清楚什麼，然後他輕輕甩了一下頭，似乎想把腦袋甩清醒些。「你還好嗎？」他問比德：「你想你還能繼續走嗎？」

「不行，他一定得休息。」我說。我鼻涕流得一塌糊塗，但我身上連一塊可以當手帕用的碎布都沒有。梅格絲從一根樹枝上抓了一把懸掛在上頭的苔蘚，遞過來給我。我二話不說接過來就擦，反正我已經狼狽到不能再狼狽了。我大聲擤鼻涕，再抹掉臉上的眼淚。這苔蘚眞不錯，驚人地柔軟，又吸水。

我注意到比德胸膛有道金色的閃光。我把手探進他胸口，撈出一條項鍊，圓形的墜子上雕刻著我的學舌鳥。「這是你的幸運符嗎？」

「是。妳介意我用了妳的學舌鳥嗎？我希望我們的配件能配成對。」他說。

「不，我當然不介意。」我強迫自己露出微笑。比德身上帶著一隻學舌鳥出現在這競技場裡，這既是個祝福，也是個咒詛。一方面，這應該能激勵各行政區的反叛者。另一方面，很難想像史諾總統會忽略它，而這將使保護比德活命的任務變得更困難。

「那麼，你們是想在這裡紮營嗎？」芬尼克問。

「我不認爲這樣好。」比德回答：「待在這裡，沒水，沒有遮蔽。我身子可以的，眞的，如果我們走慢一點的話。」

「走慢一點總比都不走好。」芬尼克扶比德站起來，而我忙著收拾自己的情緒，設法鎮定下來。打從今天早上起床，我先是看到秦納被打得皮開肉綻，接著進入另一個競技場，然後看見比德死亡。不過，我很高興芬尼克不停用懷孕這件事來幫我開脫，因爲，從資助人的角度來看，我實在沒把事情處理好。

我知道我的武器狀況絕佳，但我還是仔細檢查了一遍。我這麼做，只是要讓自己看起來顯得很冷靜。「我來帶頭。」我宣布。

比德想要開口反對，但是芬尼克打斷他。「不，讓她來帶。」他皺眉看著我，問：「妳知道那裡有力場，對嗎？妳在最後一刻發現了，正要提出警告，對嗎？」我點頭。「妳是怎麼曉得的？」

我遲疑了一下。說破比提跟金屬絲認出力場的小訣竅，有可能很危險。我不知道當他們倆指給我看的那一刻，遊戲設計師有沒有注意到。不管有或沒有，我都掌握了一則很有用的訊息。如果他們知道我有這訊息，說不定會動手腳改變力場，讓我再也看不見其中的破綻。因此，我說謊：「我不知道，那感覺像是我可以聽見它的聲音。你們聽。」我們全都靜止不動。空氣中充滿了昆蟲、鳥、風吹過樹葉的聲音。

「我什麼也沒聽見。」比德說。

「有啊。」我堅持。「它聽起來就像第十二區的鐵絲網通電之後的聲音，只不過更加小聲，小聲多了。」大家再次專注地聆聽。我也是，雖然我明知什麼聲音也沒有。「就是這聲音！」我說：「你們沒聽到嗎？它就從比德遭到電擊的那個地方傳來。」

「我也沒聽見。」芬尼克說：「但是如果妳聽得見，那肯定是要由妳來帶頭了。」

我決定做戲做到底。「這眞是怪了。」我說，邊把頭左右轉動，彷彿自己也很困惑。「我也只能用左耳聽見。」

「是醫生幫妳修復的那隻耳朵嗎？」比德問。

「是啊。」我說，然後聳了聳肩膀。「也許他們做得出乎自己意料地好。你知道，有時候我這耳朵眞的會聽到一些怪聲音。一些平常你不認爲會有聲音的東西，像是昆蟲拍動翅膀，或雪落在地上。」太好了。這下所有的注意力，都將轉移到去年遊戲結束後，那些修補我聾掉的耳朵的外科醫生身上，而他們得好好解釋爲什麼我的聽力好得像蝙蝠。

「妳。」梅格絲說，輕輕推了我一下，於是我起步帶頭走。既然我們得慢慢走，梅格絲情願自己撐著枴杖走。芬尼克剛才已經趁空砍了樹枝，很快幫她做了根枴杖。他也幫比德做了一根。這太好了，因爲，儘管比德百般不情願，但我心裡明白，他其實很想躺下來休息。芬尼克殿後，這樣，起碼有個夠警覺的人顧著我們的背後。

一路上，我始終維持力場位於左手邊的方向，因爲對遊戲設計師和觀眾來說，擁有超人聽力的是我的左耳。不過由於這是掰出來的，所以我從近旁的樹上砍下長滿堅果，形狀彷彿垂掛著成串葡萄的一把枝葉，邊走邊把果實摘下來往前扔，以防不及發覺，我人先撞上力場。我這麼做還有個好處，因爲對於力場的那些破綻，我覺得，自己沒看見的時候多過看見的時候。每次堅果一擊中力場，就冒出一縷輕煙，變黑，外殼破裂，落地滾到我腳前來。

幾分鐘後，我開始注意到後面不時傳來喀吱喀吱的響聲。我轉頭，看見梅格絲正拿著一粒堅果在剝殼，接著便丟進她塞得鼓鼓的嘴裡。「梅格絲！」我大喊：「快吐出來。它可能有毒啊。」

她沒理我，咕咕噥噥地說了什麼，然後舔了舔嘴唇，彷彿吃得津津有味。我看著芬尼克，希望他插手阻止梅格絲，但他只是笑，並說：「我猜我們等一下就知道了。」

我繼續往前走，心裡納悶著，想不通芬尼克這個人。他救了梅格絲，卻又放任她吃從沒見過的堅果。黑密契顯然認可他。他還把已經踏進鬼門關的比德給搶救回來。他幹嘛不讓比德死了算了？絕對沒有人會責怪他。我不會想到他有本事把比德救活。他救比德會是出於什麼原因呢？還有，他爲什麼那麼堅持，一定要跟我結盟？而如果有必要，顯然又不介意下手殺了我？只是，他把我們是否要翻臉對決的選擇留給我。

我持續邊走邊丟擲堅果，有時瞥見顯示力場存在的破綻，並努力試著朝左邊轉進，盼望能找到一個我們可以突破的點，遠離豐饒角，甚至找到水喝。然而，在又走了一個多小時後，我知道這麼做一點用都沒有。我們絲毫沒有往左邊推進半步。事實上，力場似乎侷限了我們行進的方向，迫使我們走一條弧形的彎道。我停下腳步，回頭看著梅格絲一拐一拐的身影，還有汗流滿面的比德。「我們休息一下吧。」我說：「我需要再爬上去察看一下。」

比起其他樹，我選上的這棵樹似乎長得更高一些，樹梢突出在空中。我攀附形狀扭曲的大枝幹，一路往上爬。由於不確定這些柔軟彷彿橡膠的樹枝有多容易折斷，我攀爬時盡可能靠近主樹幹。不過，我還是爬得超過了看來安全的高度，因爲我一定得看到點什麼才行。當我爬到樹幹如同一棵樹苗那樣粗細的高度，在潮濕的微風中前後搖擺，我的懷疑得到了證實。我們不能向左轉，也永遠無法向左轉，是有理由的。從這顫顫巍巍的制高點，我第一次望見了整個競技場的形狀。一個完美的圓，中央是個完美的輪子。叢林構成圓周，上方的天空染成清一色的粉紅色。而且，我想我可以看見一兩個泛著細微漣漪的小方塊，比提和金屬絲所說的盔甲上的裂縫——它們讓我們看見了本來應該是隱藏的東西，因此，它們成了破綻。為了百分之百確定，我朝樹林邊緣的上空射了一箭。虛空中迸出一蓬光，閃現一道眞正的藍天，然後箭就彈回到叢林裡。我爬下樹，告訴大家這個壞消息。

「力場把我們困在一個圓圈裡。事實上，這是一個有拱頂的圓蓋。我不知道它有多高。我從上往下望，看見了豐饒角、海，以及周圍的叢林。非常精確，非常對稱。而且不是很大。」我說。

「看到任何水源嗎？」芬尼克問。

「只有我們展開遊戲時的海水。」我說。

「一定還有其他水源。」比德皺著眉頭說：「要不然，不出幾天我們就全死光了。」

「嗯，叢林裡枝葉很濃密，看不是很清楚。也許哪裡會有泉水或池塘。」我說，但內心存疑。我的直覺告訴我，都城可能希望這場不受歡迎的遊戲儘早結束。或者，普魯塔克．黑文斯比說不定已經接到命令，要把我們幹掉。「無論如何，我們都不需要想翻過山頂會有什麼了，因為答案是什麼也沒有，根本翻不過去。」

「在力場和輪子之間，一定有可以飲用的水。」比德不放棄。我們都知道這話是什麼意思：回頭往下走，走回那群專業貢品和浴血混戰所在的地方，還帶著幾乎沒辦法走路的梅格絲，以及身體仍然虛弱，無法作戰的比德。

我們決定往下坡走個幾百碼，然後繼續繞著圓圈走，看在這個高度能否找到水源。我仍然帶頭走，偶爾朝左邊丟擲堅果，但我們現在已經離開力場一段距離了。炙熱的陽光直射而下，空氣蒸騰，形成蒸氣，讓我們看花了眼睛。到了午後，比德跟梅格絲顯然都走不動了。

芬尼克選了個力場下方大約十碼的位置紮營，說倘若遭到攻擊，我們可以誘使敵人往那裡衝，力場就變成了武器。然後，他和梅格絲動手從大約五呎高的草叢拔取狹長的葉片，開始編織草蓆。由於梅格絲看起來沒什麼堅果中毒的跡象，比德便去採了一堆來，扔往力場烤熟。他細心地剝殼，將果仁堆放在一片葉子上。我站著警衛，感到燥熱，杌隉不安，被一天下來的各種情緒煎熬著。

口渴。我非常渴。最後，我實在受不了了。「芬尼克，你來警戒吧，我再四處搜尋一下，看能不能找到水。」大家都不樂於讓我獨自一人去闖，但是脫水的威脅籠罩著我們每個人。

「別擔心，我不會走遠的。」我向比德保證。

「我跟妳去。」他說。

「不，若有可能，我還打算打些獵物。」我告訴他。我沒說出口的話是：「你不能跟來，因爲你走路太大聲了。」不過，我話中的含意已經夠清楚了。他笨重的腳步聲，不但會嚇跑獵物，還會爲我招來危險。「我很快就回來。」

我無聲無息地穿越樹林，很高興發現這鬆軟的泥地踩起來更加安靜。我朝斜對角的方向往下走，但除了更多茂密、翠綠的植物，什麼也沒看到。

大砲的聲音讓我停下腳步。在豐饒角那邊最初的浴血戰一定已經結束，死亡人數現在能夠確認了。我數著大砲的聲音，每一聲代表一名勝利者的死亡。總共八響，不如去年那麼多。但這次我知道他們大多數人叫什麼名字，反而覺得死了更多人。

突然間，我覺得自己好虛弱。我靠著一棵樹歇息，熱浪像海綿一樣不斷從我身體吸走水氣。我已經開始感覺到吞嚥困難，疲憊正悄悄席捲我。我試著用手揉搓肚子，希望哪位富有同情心的孕婦願意當我的資助人，然後黑密契會送些水進來。沒那麼好運。我跌坐在地上。

在全然靜止中，我開始注意到四周有動物出沒：羽毛絢麗，造型奇特的鳥兒；閃著藍色舌頭的樹蜥蜴；還有一種看起來既像老鼠，又像負鼠的動物，緊附在靠近樹幹的枝椏上。我射了一隻這種東西下來，打算好好看個仔細。

好吧，眞的很醜，是一種體型很大的齧齒動物，全身長著短短的灰色雜毛，兩隻猙獰的尖牙突出在下唇外面。就在我將牠剖腹剝皮的時候，我注意到一件事。牠的口鼻部分很濕潤，就像一隻才在溪邊喝過水的動物一樣。我馬上振奮起來，開始從牠棲身的樹繞著圈慢慢往外找。這動物飲用的水源絕不會太遠。

一無所獲。我什麼也沒找到，連一滴露水都沒有。最後，我知道比德一定會開始擔心，便回頭往營地走，感覺比之前更熱，更沮喪。

當我回到營地，看見他們已經把那裡變了個樣子。梅格絲和芬尼克用草蓆搭了一座像小屋的棚子，一面開口，三面是牆，還有屋頂和地板。梅格絲另外還編織了好幾個碗，比德在碗裡裝滿了烤熟的堅果。他們轉頭看我，臉上流露期待的神情，但是我搖了搖頭，說：「沒有，沒找到水。不過一定有水，牠知道水在哪兒。」我把那隻剝了皮的齧齒動物拎起來給他們看。「我把牠從樹上射下來時，牠才剛喝過水，但是我找不到牠喝水的水源。我發誓，我踏遍了半徑三十碼內的每一吋土地。」

「這能吃嗎？」比德問。

「我不敢講。但是牠的肉看起來跟松鼠差不多。要吃的話得先烤……」我遲疑起來，想到要在一無所有的情況下生火；就算辦到了，也還要考慮煙的問題。在這競技場裡，大家靠得太近，根本沒有掩藏煙的可能。

比德想到另一個主意。他把肉切塊，插在削尖的樹枝上，然後朝力場扔過去。只聽見刺耳的嗞地一聲響，插著肉塊的樹枝飛了回來。肉塊的外表燒得焦黑，但裡面烤得剛剛好。我們全都不自禁地爲他鼓掌，但馬上停下來，想起了我們身在何處。

白熾的太陽在粉紅色的天際逐漸西沉，我們都聚在蓆棚裡。我對那些堅果還是不太放心，但芬尼克說，梅格絲認出它們了，說是在某一場遊戲中見過。今年，在訓練時，我沒想到要花時間去學習辨認食用植物的那一站，因爲我去年在這方面不費吹灰之力就表現得很不錯。但現在我眞希望自己去過。毫無疑問，在我周圍有好些我不認得的植物。否則，或許我更能夠推想我將面臨的處境。不過，梅格絲吃這堅果已經吃了好幾個小時，看來也沒事。於是我拿了一粒，咬一小口。味道清淡，有點甜，讓我想到栗子。我斷定它吃不死人。那隻齧齒動物的肉，味道卻很強，很有野味的風味，而且非常多汁。我們在競技場的頭一晚有這樣的東西吃，算是很不壞了。但願我們還有點什麼可喝，更方便把食物送進肚子裡。

這動物，我們決定叫牠樹鼠。芬尼克問了很多有關牠的問題。牠爬多高？我觀察牠多久才把牠射下來？牠在樹上幹什麼？我不記得牠在樹上有多少動作，好像只是到處嗅來嗅去，尋覓昆蟲或什麼吃的。

我害怕夜晚的到來。不過，眾聲俱寂之後，緊密編結的蓆棚，至少阻擋了任何東西橫越叢林地面，悄悄侵入。在太陽沉落到地平線下之前，一輪蒼白的月亮升起，我們多少還可以看見景物。我們交談的聲音漸漸變小，因爲我們知道即將來臨的是什麼。我們在蓆棚的入口排成一列，比德伸過手來握住我的。

天空變亮，都城的徽章出現，像是飄浮在半空中。我聽著國歌演奏，心裡想，**這對芬尼克跟梅格絲而言，肯定更艱難**。沒想到，當那八位死亡的勝利者被投影在天空，我也感到很難過。

第一個出現的，是芬尼克用三叉戟幹掉的第五區的男人。這意味著從第一到第四區的貢品全都活著——四位專業貢品、比提和金屬絲，當然，還有梅格絲和芬尼克。繼第五區的男貢品之後出現的，是第六區的男性嗎啡精蟲、第八區的希希利雅和老緯、第九區的兩位、第十區的女貢品，以及第十一區的撒籽。都城的徽章再度閃現，伴隨著最後一段音樂，然後天空轉爲一片黑暗，只留下冷冷的月亮。

沒有人說話。我不能假裝自己和他們熟識。但是我想到希希利雅被抽中時，那三個緊抓著她不放的孩子。還有初見面時撒籽對我是如此和藹親切。就連想到那個眼神呆滯的嗎啡精蟲，在我臉上畫滿小黃花，都令我忍不住一陣悲痛。全都死了。全都不在了。

如果不是從天空降下一朵銀色降落傘，我不知道我們還會呆坐多久。它穿過濃密的枝葉飄落在我們面前，卻沒有人伸手去拿。

最後，我終於開口說話：「你們說，這是給誰的？」

「不曉得。」芬尼克說：「不過，既然比德今天死過一次，我們就讓他擁有這份禮物吧。」

比德解開降落傘的繩結，攤平圓形的傘布。擺在降落傘裡的是個小小的金屬物品，我認不出是什麼東西。「這是什麼？」我問。沒有人知道。我們傳來傳去，輪流檢視。它是一截中空的金屬管，一端緩緩地收成圓錐形，另一端彷彿一片小唇瓣，呈弧狀朝下彎曲。隱約有點眼熟。有可能是腳踏車上掉下來的零件，或窗簾桿的一截。說真的，有可能是任何東西。

比德對著一端吹氣，看它能否發出聲音。不能。芬尼克把小指伸進去，試了試，看它是不是一種武器。一點也不是。

「梅格絲，妳能用它釣魚嗎？」我問。梅格絲幾乎可用任何東西釣魚，但她搖了搖頭，嘴裡咕噥一聲，不知講什麼。

我把它放在掌心滾來滾去。既然我們是盟友，黑密契一定會跟第四區的導師合作，挑選這樣禮物時他一定有參與。這表示，這東西很有價值，甚至是救命的東西。我回想去年，我快要渴死，拼命找水時，他不肯送水來，因爲他知道如果我努力的話，就可以找到水。無論黑密契送或不送禮物來，總是含有重要的訊息。我幾乎可以聽到他正對我大吼，**妳要是有腦子的話，快點好好地用。想想看，這是什麼**？

我擦掉淌到眼前的汗，把這個禮物舉起來對著月光。我將它翻來轉去，從各個不同的角度看它，並用手遮住不同部位，再把手移開，試著發掘它的用途。最後，我喪氣地將一端插進泥地裡，說：「我放棄。如果我們把比提或金屬絲拉來結伴，也許他們搞得懂這是幹嘛用的。」

我伸了伸腰躺下，把熱燙的臉貼到草蓆上，惱怒地盯著那東西。比德幫我按摩兩肩當中繃緊的地方，我讓自己逐漸放鬆了些。我搞不懂，太陽都下山了，為什麼這地方到現在都沒涼快一點。我不知道現在家裡怎麼樣了。

小櫻、我媽、蓋爾、瑪姬，他們可好？我想到他們在家裡看著我。我希望他們至少是在家裡，沒遭到崔德拘禁，沒像秦納那樣被痛毆。更沒像達魯斯那樣，遭到割舌。我希望他們都沒有因為我而遭到懲罰。任何人都沒有。

我好想他們，好想我的第十二區、我的森林。那是一片美好的森林，長滿了強壯堅實的樹木，到處都是食物，獵物一點也不陰森可怕。有奔流的溪水、清涼的微風。不，是可以驅散悶熱的冷風。我在腦海中召喚冷風，請它冰凍我的臉頰，麻木我的手指。就在這時，那截半埋在泥土裡的金屬物件突然有了名字。

「插管！」我大叫，猛坐起身來。

「什麼？」芬尼克問。

我一把將那東西從地上拔起來，拍乾淨。我一隻手攏著遮住圓錐形的那一端，仔細看了看另一端弧狀的唇瓣。沒錯，我以前見過這種東西。那是很久很久以前，一個寒冷刮風的日子，我跟我爸一起在森林裡。我們把這東西緊緊地插進一個在楓樹幹上鑽出來的小孔，讓汁液沿著管子滴進我們的桶子裡。楓糖漿可以讓我們那乾澀難吃的麵包變成一頓美味大餐。我爸死了以後，我不知道他那幾根插管到哪兒去了，也許是藏在林中某處吧。反正，再也沒找到過。

「這是個插管，差不多像水龍頭一樣。你把它插到樹幹上，就會有汁液流出來。」我看著身邊那些粗壯、青綠的樹幹。「嗯，對的樹才會有。」

「汁液？」芬尼克問。他們靠海討生活，沒見過會淌汁液的樹。

「可以做糖漿。」比德說：「不過，這裡這些樹裡面一定還有別的什麼東西。」

我們全都馬上爬了起來。我們口渴，找不到泉水，而那隻樹鼠有著尖銳的門牙和濡濕的口鼻。這些樹的樹幹裡只可能有一種無價之寶。芬尼克抓了塊石頭，打算把插管搥進一棵巨樹的樹幹裡，但我阻止他，說：「等等。你可能會把它打壞。我們得先在樹幹上鑽洞。」

我們手邊沒有東西可鑽洞，於是梅格絲拿出她的錐子，比德馬上用它在樹皮上鑽洞，把錐尖刺入約兩吋深。他和芬尼克輪流用錐子和刀子鑽洞，直到插管可以穩穩固定在樹幹上。我小心地把插管楔入洞中，然後大家全退後一步，等著。一開始，什麼也沒有。然後，有一滴水從管口滴下來，落在梅格絲掌中。她舔掉它，立刻再伸出手，等著承接後續流出的水。

我們一再扭轉插管，調整它，終於讓一線清水沿著管子流出來。我們輪流張嘴在管子下接水，濕潤我們乾燥的舌頭。梅格絲遞過來一個草籃，籃子編織得非常密實，可以盛水。我們用草籃接滿了水，輪流大口大口地喝，稍後，甚至奢侈地用水潑臉，把臉洗乾淨。這水跟這裡所有的東西一樣，是溫熱的，但現在不是挑剔的時候。

不再因爲口渴而焦躁，我們這才發覺自己精疲力竭到了什麼地步，於是開始準備過夜。去年，我總是把所有的傢伙、物資準備好，以防萬一要在黑夜中迅速撤退。今年，沒有背包可以準備。我手中只有弓箭和長刀，而反正我不會讓武器離身。然後，我想到那根插管，連忙把它從樹幹上拔下來。我砍了一條細藤，芟掉上面的葉子，將它穿過插管中間，然後把插管牢牢綁在腰帶上。

芬尼克提議由他先守夜，我由他去，知道在比德好起來之前，一定是我們兩個人輪値。我在蓆棚裡，我在比德身邊躺下，並告訴芬尼克，累了就過來叫醒我。未料，幾個小時後我猛然驚醒，聽到像是敲大鐘的聲音。**噹！噹！**聽起來不完全像新年他們在司法大樓所敲的鐘聲，但這聲音夠像，我認得出確實是鐘聲。比德和梅格絲都沒醒，但芬尼克跟我一樣，臉上流露出專注的神情。鐘聲停了。

「我數了，有十二響。」他說。

我點頭。十二響。這意味著什麼呢？每一響代表一區嗎？也許。但原因何在？「有各種可能，你說呢？」

「不知道。」他說。

我們等候進一步的指示，也許克勞帝亞斯・坦普史密斯會宣布什麼消息，譬如邀請大家去赴一場宴席。但唯一不尋常的事出現在遠處。一道刺眼的閃電擊中一棵高聳的樹，接著開始雷電交加。我猜，這意味著一場大雨即將傾盆而下，給那些導師不像黑密契這麼聰明的人，帶來一些飲水。

「去睡吧，芬尼克。反正該我守夜了。」我說。

芬尼克遲疑了一下，但沒有人能永遠撐著不睡。因此，他在蓆棚門口躺下，一隻手抓著一把三叉戟，漸漸睡著了，但睡得很不安穩。

我坐著守夜，箭搭在弦上，盯著月光下蒼白蓊鬱如鬼魅的叢林。大約一個鐘頭後，閃電停了。不過，我聽到雨下下來了，拍打著幾百碼外的樹葉。我等著雨下過來，但它一直沒過來。

大砲的聲音嚇了我一跳，但我那三個睡著的同伴都沒醒。沒道理為此叫醒他們。又死了一個勝利者，我甚至沒去想那會是誰。

難以捉摸的雨，就像去年在競技場中的那場暴雨一樣，突然停了。

雨停片刻之後，我看見霧氣從剛才下大雨的方向緩緩飄移過來。我想，**冷雨下在熱燙的土地上，這是雨後的正常現象**。濃霧繼續以穩定的速度朝我們移動，宛如植物的捲鬚向前蔓延，然後像手指那樣彎曲起來，彷彿拉著它們背後的一切水氣前進。我邊看，邊感覺到頸後的汗毛都豎了起來。這霧不對勁，它前進的前沿太整齊了，絕不可能是自然形成的。如果它不是自然的……

一種噁心的甜味開始鑽進我的鼻孔，我衝向其他人，大喊著叫他們起來。

就在我努力叫醒大家的那幾秒鐘裡，我的身體開始起水泡。

21

尖銳、灼燙的刺痛。在我皮膚每個被霧氣微粒觸及的地方。

「快跑！」我對其他人大叫，「快跑！」

芬尼克馬上驚醒，跳起來準備迎戰敵人。但是一看見那道霧牆，他立刻一把拎起還在睡覺的梅格絲，扛到背上，拔腿就跑。比德也爬起來了，但還不是很清醒。我抓住他手臂，開始拖拉著他緊跟在芬尼克背後穿越叢林。

「怎麼回事？是什麼東西？」他問，還迷迷糊糊的。

「某種霧氣，是有毒的氣體。快點，比德！」我催促他。我看得出來，無論白天他如何否認，遭到力場電擊的後果顯然相當嚴重。他動作很慢，比往常慢太多了。並且，地上到處爬著藤蔓，長了矮樹草叢，糾結纏繞，我偶爾會踢到腳，比德卻每一步都絆到。

我往後看，無論朝左右哪個方向看，這片毒霧都看不到盡頭。拋下比德，自己快逃的本能衝動，霎時攫住我，緊緊地攫住我。我只需全力奔跑，很簡單。霧牆看起來約四十呎高。

或許，我甚至可以爬到樹上，爬到那個高度以上。我想起去年的遊戲，當變種狼出現，我立即的反應是拔腳就跑，直到抵達豐饒角，才想起還有比德在。但這次我克制住自己的恐懼，壓下它，留在比德身邊。這次我的目標不是自己活命，而是比德活命。我想到各行政區裡那些眼睛緊盯著電視螢幕的人，他們正在看我是會堅持守在比德身邊，還是會獨自奔逃，一如都城所期盼的。

我的手指緊緊扣住比德的手，說：「看我的腳。我每踏出一步，你就踏出一步。」這果然有幫助，我們似乎跑得快一點了。但仍沒快到夠讓我們停下來喘口氣，而毒霧持續緊追在後，舔舐著我們的腳跟。霧氣的微粒不斷從霧牆的主體躍出，拂到身上，帶來一次次灼燙的劇痛。不像火燒，感覺起來沒那麼熱，而更像什麼毒液沾到身上，緊緊咬住，往皮肉裡鑽蝕進去。我們身上的連身褲裝完全幫不上忙。這時，就防護作用而言，穿著它簡直跟穿棉紙差不多。

一開始逃得飛快的芬尼克，在察覺我們有麻煩後，停了下來。但毒霧不是什麼你能對抗的敵人，你只能逃避。他喊著鼓勵的話，催促我們前進。然而幫助有限。他的聲音成爲我們掌握方向的嚮導，但我們的速度仍然無法加快。

比德的義肢絆到地上一團糾結的藤蔓，我沒來得及抓住他，他整個人往前仆倒在地。當我去扶他起來，我發覺一件比水泡、比燒灼更可怕，更令人無力的事。他的左臉整個塌垮下來，彷彿每一條肌肉都廢了。眼皮也垂著，幾乎遮住了他的眼睛。他的嘴角歪了，朝下扭曲成一個奇怪的角度。「比德──」我才開口，就發覺自己的手臂開始痙攣。

不管這毒霧裡含有什麼化學物質，效果都不僅僅是燒灼而已──它直攻我們的神經系統。一種全新的恐懼攫住我，我猛力拉起比德往前走，卻只害他再次跌倒。等我終於扶他站好，我的兩條手臂開始不停抽搐，完全失控。毒霧的前沿已經逼近，它的主體離我們不到一碼。比德的兩條腿不對勁，他想要走，但他的腿動起來卻如同木偶，不自主地抽動著

我感覺到他突然撲向前去，接著發覺芬尼克已經折回我們身邊，正挾著比德往前走。我挪動似乎尚可控制的肩膀，頂到比德的一邊腋下，架起他，盡全力跟上芬尼克快速的腳步。當我們與毒霧的距離拉開大約十碼遠，芬尼克停了下來。

「這樣不行。我得背他。妳能背梅格絲嗎？」他問我。

「能。」我毅然決然地回答，但我的心往下沉。沒錯，梅格絲不可能超過七十磅重，但我自己的個頭也不大。不過，我確定自己曾經扛過更重的東西。只要我的手臂不要再不斷震顫、抽搐就好了。我半蹲下來，她爬上我的背，像她扒在芬尼克背上那樣趴好。我慢慢地挺起腰，伸直雙腿，膝蓋挺直固定。沒問題，我背得動她。芬尼克這時已經把比德背到背上，

我們朝前邁進。芬尼克開路，我隨後踩著他穿越藤蔓的小徑前進。毒霧寂靜、穩定、平展地持續前進，只有前沿像觸鬚般貪婪地攫取每吋空間。我的直覺是直線往下衝，但我察覺芬尼克是採斜角線的方向下山。他試圖在躲避毒氣的同時，也引領我們前往環繞著豐饒角的水域。那酸性的霧氣微粒往我肌膚更深處鑽。我心想，**沒錯，水**。現在，我感謝老天爺沒讓我殺了芬尼克，否則，我怎麼可能帶著比德活著逃離毒霧？感謝老天爺，這時我旁邊有個夥伴，即使這只是暫時的。

當我開始跌倒，問題不出在梅格絲。她已經盡力做到讓我省力好背。事實是，我已經背不動了，尤其現在我的右腿似乎開始變得僵硬了。我頭兩次仆跌在地時，還能設法爬起來站好，但是到了第三次，我已經指使不了我的腿。就在我掙扎著要爬起來，又跌下去時，梅格絲一翻身滾到了我前面。我手忙腳亂，急著想抓住身旁的藤蔓和樹幹，讓自己爬起來。

芬尼克又折回我身邊，比德掛在他背上。「我沒辦法了。」我說：「你能背負他們兩個嗎？你先走，我會跟上。」我這個提議分明行不通，但我還是鼓足勇氣，用盡可能堅定的語氣說出來。

在月光下，我可以看見芬尼克的眼睛，清晰如同白晝所見。碧綠的眼睛，幾乎像貓一樣，閃著一種奇異的光芒。也許是因爲他眼中泛著淚光。「不行，」他說：「我沒辦法同時背兩個人。我的手臂已經不聽使喚了。」沒錯，他的兩隻手臂正不自主地抽動著。他兩隻手都是空的。他的三把三叉戟這時只剩下一把，而且是握在比德手裡。「眞對不起，梅格絲，我辦不到。」

接下來的事發生得太快，也毫無道理，我連移動身體去阻止都來不及。梅格絲勉力爬起來，在芬尼克的唇上親了一下，然後搖搖晃晃地直接撲進濃霧裡。才一眨眼，她整個身體便瘋狂地抽搐扭動，跌倒在地上，恐怖地彈跳抽動著。

我想要尖叫，但喉嚨像著了火一樣。我不自禁地朝她跨出一步，隨即聽見大砲響起，知道她心跳已停，人已死。我這一步毫無意義。「芬尼克？」我啞著聲音喊，但他已經轉身背對這場景，繼續往前奔跑，逃離毒霧。我拖著那條已經不聽使喚的腿，跌跌撞撞地緊跟在他身後，不知道該怎麼辦。

毒霧似乎侵入了我的腦袋，混亂了我的思緒，讓一切變得不眞實，時間與空間都失去了意義。我可能已經死了，但某種根深柢固的動物的求生本能，讓我繼續跟在芬尼克和比德後面，搖搖晃晃地前進。有一部分的我已經死了，或顯然正在垂死邊緣。而梅格絲確實已經死了。這是我唯一知道的，但或許我只是以爲自己知道，因爲這一點道理也沒有。

月光在芬尼克古銅色的頭髮上閃爍著，身上點點密布的燒灼的痛咬齧著我，一條腿已經失去了知覺。我跟著芬尼克，直到他崩潰倒地，比德還趴在他身上。我似乎沒有能力停止前進，依舊推動著自己向前走，直到我在他們俯臥的身體上絆倒，趴跌在他們身上。我心裡想著，**此時此地，就是我們的葬身之所，我們竟是這樣死的**。但這個念頭很抽象，遠不及我身體此刻所承受的痛苦，來得令人害怕。我聽見芬尼克在呻吟，勉力掙扎著從他們身上滾下來。現在，我可以看見那面霧牆散發出珍珠白的色澤。也許是我眼花了，也許是月光的緣故，但那霧似乎正在轉變。沒錯，它變得越來越濃稠，彷彿前進的路被一片玻璃擋住，被迫逐漸擠壓、濃縮。我瞇起眼睛仔細看，發覺它那手指般的前沿已經不再往前伸展。事實上，它已經完全停止前進了。就像我在競技場中看過的其他恐怖事物，它已經抵達它的領域的盡頭。若非如此，就是遊戲設計師決定，現在還不到殺死我們的時候。

「它停了。」我試著說，但我腫脹的嘴巴只發出難聽的嘎嘎聲。我又試了一次：「它停了。」這次我大概說得夠清楚，因爲比德和芬尼克都轉頭望向毒霧。現在，那霧開始往上升，好像有個眞空吸塵器慢慢地將它抽向天空。我們看著它，直到它被抽得乾乾淨淨，一滴不剩。

比德從芬尼克背上滾下來，芬尼克翻過身躺在地上。我們便這樣躺在那裡喘息、抽搐，繼續承受身體跟心智遭到毒氣侵入的痛苦。幾分鐘過後，比德不清不楚地朝上方比了比，說：「呴—茲。」我往上看，望見兩隻生物，我猜是猴子。我從來沒見過眞的猴子，我們家鄉的森林裡沒有這樣的東西。但是我一定看過圖片，或在以前的遊戲重播鏡頭中見過，因爲當我看見那生物，腦海裡也浮現「猴子」這個名稱。雖然很難看清楚，但我想牠們的毛皮是橘紅色的，體型大概有成人的一半大小。我把這兩隻猴子的出現當作好兆頭。如果空氣還會致命，牠們不可能在樹上晃蕩。有好一會兒，我們靜靜地觀察彼此，人類和猴子。然後，比德掙扎著跪起來，開始爬下坡去。我們全都用爬的。現在叫我們走路，就跟要我們飛一樣不可思議。我們一直爬到地上的藤蔓消失，變成一條狹長的沙灘；爬到環繞著豐饒角的溫暖海水沖刷到我們的臉。我猛地後退，彷彿碰到火一樣。

在傷口上抹鹽。生平第一次，我眞正明白了這話的意思，因爲海水中的鹽分沾到臉上的傷口，痛得我差點昏過去。但是觸及海水還有另一種感覺，像是被淘洗乾淨了。我小心翼翼地把手伸進水裡測試。沒錯，痛得要死，但痛楚會漸漸減輕。透過藍色的水面，我看見有種奶白色的物質從我皮膚上的傷口滲出來。隨著那白色的東西越來越少，疼痛也越來越輕。我解開腰帶，脫掉身上那件到處穿孔，像破抹布一般的連身褲裝。我的鞋子和內衣不知什麼緣故，竟然毫無損傷。我將手腳一次一點地泡進水中，讓有毒物質滲出傷口。比德似乎在做同樣的事。但是芬尼克在第一次接觸到水就縮回去後，便臉朝下趴在沙灘上，不知道是不願意還是沒有能力洗滌自己。

最後，當我捱過了最痛苦的階段，我在水中張開眼睛，把水吸進鼻腔裡，再擤出來，我甚至重複漱口，清洗我的喉嚨，直到我的身體聽從使喚，有能力幫助芬尼克。我的腿已經恢復了一些知覺，但我的手臂還在抽搐。我沒辦法把芬尼克拖進水裡，再說，那樣做說不定眞的會把他痛死。因此，我用顫抖的手捧水澆在他的拳頭上。由於他不是在水中，那有毒物質從他傷口冒出來時，是一縷一縷的霧氣，一如它侵入時的樣子，我萬分小心地避免沾到。比德也恢復到了一定的程度，過來幫我忙。他割開芬尼克的連身褲裝，並且不知從哪兒找來了兩個貝殼，用它們裝水。這比我們用手捧水有效率多了。我們先專注於清洗芬尼克那兩條傷得厲害的手臂。雖然已經有一大堆白色物質冒出來，他似乎仍毫無所覺，只是癱在那兒，緊閉著雙眼，偶爾發出一兩聲呻吟。

我張目四顧，逐漸意識到我們的處境有多危險。現在是黑夜沒錯，但月光太亮，我們無從隱藏。還沒有人來攻擊我們，是我們運氣好。如果有人從豐饒角那邊過來，我們自是看得見，但如果四名專業貢品同時發動攻擊，他們將具有壓倒性優勢。就算一開始他們沒發現我們，芬尼克的呻吟也遲早會暴露我們的位置。

「我們得盡可能把他浸到水裡才行。」我低聲說。但在這種情況下，我們不能讓他的頭臉先下水。比德朝芬尼克的腳點了點頭。我們一人抓住他一隻腳，把他轉了一百八十度，再把他拖進鹹水裡。一次一點點，先是他的腳踝，等個幾分鐘，然後到小腿肚，再等幾分鐘，然後到他的膝蓋。一縷一縷有毒物質從他身上冒出來，像白雲一般迴旋散開，他大聲呻吟。我們繼續爲他解毒，一點一點來。而且我發現，我在水裡浸得越久，感覺越好。不只是我的皮膚，還有我的腦袋，以及肌肉的控制，都在持續改善。我看得出來，比德的臉開始恢復正常，他的眼皮張開了，歪斜的嘴歸正了。

芬尼克開始慢慢甦醒。他的眼睛睜開，盯著我們，並且明白我們正在幫助他。我讓他的頭枕在我腿上，頸部以下全泡進水裡。大約十分鐘後，當芬尼克把雙臂舉出水面，比德和我相視一笑。

「現在只剩下你的頭了，芬尼克。這會是最痛苦的一步，不過只要你能忍住，浸泡過後你會感覺好很多。」比德說。我們幫他坐直起來，並讓他抓著我們的手，把頭沉到水裡，清洗他的眼睛、鼻子跟嘴巴。他的喉嚨還太痛，沒辦法講話。

「我去找棵樹挖洞取水。」我說。我伸出手去摸我的腰帶，發現插管仍用藤蔓綁在上面。

「讓我先去挖洞。」比德說：「妳留在這裡陪他，妳是治療師。」

這可真是個笑話，我心裡想。但我沒說出來，因爲芬尼克現在要面對的問題已經夠嚴重了。他是被毒霧傷害得最厲害的人，我不知道原因何在。或許因爲他是我們當中最高大的一個，也或許因爲他是我們當中耗費最多力氣的一個。當然，還有梅格絲，他眼睜睜看著她送死。我依舊不明白到底發生了什麼事。爲什麼他會放下梅格絲，改背比德？這基本上等於放棄了梅格絲，不是嗎？爲什麼她對他這個決定毫不質疑，後來又毫不遲疑地奔向死亡？難道是因爲她已經很老，活著的日子反正不多了嗎？難道他們認爲，保住比德和我的命，有我們兩個做盟友，芬尼克贏得勝利的勝算會比較大嗎？看著芬尼克臉上憔悴的神情，我知道，現在還不是問這個問題的時候。

於是，我試著整頓好自己。我把我的學舌鳥胸針從那件已經毀壞的連身褲裝取下，別在我汗衫的肩帶上。那條有浮力的腰帶一定是抗酸的，因爲現在看起來仍嶄新如昔。我會游泳，所以這條腰帶不是那麼必要，但是布魯塔斯用他的腰帶擋住了我的箭，因此我把腰帶繫回去，心想它必要時或許能保護我。我解開頭髮，用手指梳順，結果我的頭髮因爲毒霧的侵蝕，大把大把地掉下來。我把剩下的變薄的頭髮照樣綁成辮子。

比德在距離狹長沙灘十碼遠的地方，找到一棵不錯的樹。我們幾乎看不見他的身影，但是他的刀子鑿在樹幹上的聲音清脆響亮。我想著那把錐子的下落。梅格絲若不是在路上搞丟了，就是帶著它一起奔入了毒霧裡。總之，錐子沒了。

我在淺水處往外游了一段距離，有時仰躺，有時俯臥，交替姿勢漂浮著。若說這海水醫治了比德跟我，那它簡直把芬尼克變了個人。他開始慢慢移動，測試他的四肢，然後漸漸開始游起來。但是他的游法不像我。我拍水、划水的動作是規律的，節奏是勻稱的。他那模樣則像是某種海中生物回了魂，又活了起來。他時而潛下水底，時而破水而出，從口中噴出水柱，以一種怪異的旋轉方式在水中翻滾著，一遍又一遍，看得我頭都暈了。然後，當他潛在水底好久好久，我覺得他肯定溺死了，他的頭突然從我旁邊冒出來，嚇了我一大跳。

「別這樣。」我說。

「別怎樣？冒出水面還是潛入水中？」他問。

「別這樣或那樣。兩者都別。唉，隨便啦。反正就是乖乖泡水，別搗蛋。」我說：「要不，如果你感覺這麼棒，那我們去幫比德吧。」

就在跨過叢林邊緣的這段短短的時間裡，我察覺情況已經出現變化。就說是因爲我多年打獵的經驗吧，也或許是因爲我修復的那隻耳朵眞的出人意料地靈敏。總之，我感覺到有許多溫暖的軀體懸在我們上方。牠們不需要說話或喊叫，單單那麼多身體一起呼吸，就讓我警惕起來。

我碰了碰芬尼克的手臂，他隨著我的視線往上看。我不知道牠們如何能這麼悄無聲息地來到。也許牠們有發出聲音，只不過我們全專心泡在水裡而沒聽見。牠們在那段時間聚集。不是五隻十隻，而是數不清的猴子盤據在叢林的樹上，壓低了樹枝。我們逃離毒霧時望見的那兩隻猴子，給人一種歡迎我們死裡逃生的感覺。現在這一大群，給人一種不祥之兆。

我在弓弦上搭了兩支箭，芬尼克也抓緊了手中的三叉戟。「比德，」我用盡可能冷靜的聲音說：「我需要你過來幫個忙。」

「好，我馬上好了。我想我快把洞挖好了。」他說，仍舊專心地對付眼前的樹幹。「好了。妳把插管帶來了嗎？」

「我帶了。不過我們發現了別的東西，你最好過來看一下。」我繼續用愼重的語調說：「你靜靜地朝我們走過來，別驚動它。」不知爲什麼，我不希望他注意到猴子，甚至不希望他朝牠們望去。有些動物，單是視線接觸，牠們都會將之視爲挑釁。

比德轉向我們，因爲奮力鑿樹還微微喘著。我發出要求的語調太奇怪，他已經警覺到有什麼事情不對勁。「好。」他若無其事地說，開始穿過叢林。我知道他已盡力保持安靜，但這從來不是他拿手的事；即便以前他兩條腿都還健全，也很難不發出聲音。不過沒關係，他反正開始走動了，而那些猴子還維持在原地不動。他察覺到那群動物就蹲踞在上方時，離沙灘還有五碼遠。他的眼睛只朝上方瞥了一下，卻像引爆了一顆炸彈，那群猴子隨即爆發，變成一大團尖叫的橘紅色毛球，朝他直撲過去。

我從來沒見過有哪種動物移動速度這麼快。牠們抓著藤蔓滑下，彷彿那些藤蔓上都抹了油。牠們一棵樹跳過一棵樹，跨躍驚人的距離。牠們咧嘴露出尖牙，豎起頸背的毛髮，伸出利爪如同彈出彈簧刀。我對猴子是不熟悉，但大自然中的動物行動起來絕不是這副模樣。

「變種動物！」我大喝一聲，跟芬尼克一起衝入綠色的叢林。

我知道每一箭都得命中目標，我也確實做到了。在陰森的月光下，我射倒一隻又一隻猴子，擊中牠們的眼睛、心臟與咽喉，而這表示牠們都是一箭斃命。但是如果沒有芬尼克，我將忙不過來。他像刺魚一樣刺殺這些野獸，刺中一隻就把牠甩往一旁。比德則揮舞著長刀，拼命砍殺。好幾次，我已經感覺到爪子攫住我的腿，抓上我的背，然後有人馬上解決掉攻擊者。空氣變得越來越濁重，瀰漫著枝葉踩爛的味道、血腥的氣味，以及猴子的體臭。比德、芬尼克和我，彼此分開幾碼，背對背，站成鼎足之勢，互爲犄角。當我的手指摸到最後一支箭，我的心往下一沉。接著我想起比德還有一袋箭，他並未射箭，而是用刀把猴子劈開。我已經拔出長刀，握在手上，但這些猴子快若閃電，跳進跳出，快到你根本沒時間反應。

「比德！」我大喊：「你的箭！」

比德轉頭瞥見我的窘況，準備把箭袋滑下肩膀拋給我。就在這時候，事情發生了。有隻猴子突然從樹上撲下來，直襲他胸口。我手中無箭，無法射出。我聽見芬尼克的三叉戟砰地一聲悶響，擊中一個目標，知道那武器一時之間分不了身。比德握刀的手因爲要卸下箭袋而騰不出來。我把手中的刀對準那隻猴子擲去，但那妖猴在空中翻個筋斗，避過了刀鋒，依舊維持迅疾的攻勢。

沒有武器，毫無防備，我採取我唯一能想到的辦法。我朝比德奔去，要把他撲倒在地，用我的身體保護他，雖然我知道我一定來不及。

但是，她辦到了。彷彿是從空氣中冒出來，前一刻還空無一物，下一刻她已經一晃擋在比德身前。她渾身是血，張大嘴巴，發出銳利的尖叫聲，瞳孔放大，眼睛看起來像兩個黑洞。

第六區這位瘋癲的痲精蟲，張開枯瘦的雙臂，彷彿要去擁抱那隻猴子，而牠的尖牙深深埋入了她的胸腔。

22

比德拋下箭袋，雙手握刀，刺進那猴子的背脊，一刀接一刀，直到牠鬆開牙齒。他一腳踢開那隻變種猴，全身緊繃，等著迎戰下一隻。我這時已經拿到箭，搭上弦，芬尼克也趕到了我背後，喘著大氣，但沒有主動出擊。

「來啊！那就來啊！」比德大吼，憤怒地喘著氣。但那些猴子的舉動很奇怪，牠們開始撤退，回到樹上，沒入叢林，彷彿有某種聽不見的聲音召喚牠們回去。也許是某個遊戲設計師的聲音，告訴牠們這樣就夠了。

「抱她走。」我對比德說：「我們掩護你。」

比德將那麻精蟲輕輕抱起來，抱著她走過最後一小段叢林地，來到沙灘，芬尼克和我繼續握著武器保持警戒。但除了地上那些橘紅色的屍體，所有猴子都已經離開了。比德將她放在沙灘上。我割開她胸前的衣物，露出四個深深的血洞。鮮血緩慢地滲出來，慢得好像那些傷口不至於致命。眞正的傷害是在裡面。從傷口的位置來看，我很確定，那野獸刺穿了重要的器官，也許是一邊的肺，甚至可能是她的心臟。

她躺在沙灘上，喘得像離水的魚。她肌膚塌陷，病態地發青，胸廓高高凸起，跟餓死的孩童一樣。她當然買得起食物，卻寧可沉溺於麻精，讓自己變成吸毒者，我猜，這就像黑密契讓自己變成酒鬼一樣。她渾身上下，她的身體，她的人生，她空洞的眼神，都只說明了兩個字：糟蹋。我握住她不停抽搐的一隻手，不清楚這抽搐是什麼造成的——是侵襲我們的神經毒氣，還是遭受攻擊時的震驚？或者，這是戒斷她賴以維生的毒品的反應？我們束手無策，只能在她垂死前陪著她。

「我來留意那片林子。」芬尼克說著就別過頭走開了。我也想走開，但她抓我抓得那樣緊，我得扳開她的手指才能掙脫，而我沒有力氣做出那麼殘忍的事。我想到小芸，想到我或許可以唱支歌什麼的。但是我連這位麻精蟲的名字都不知道，更不用說她是否喜歡聽歌了。我只知道她快死了。

比德跪坐在她身體的另一邊，撫摸著她的頭髮。當他開始低聲溫柔地說話，聽起來簡直像是不知所云，但他不是對我說的。「我家中的畫箱裡有很多顏料，我可以調配出所有妳能想像的色彩。粉紅色，淡到像新生嬰兒的皮膚，或深濃到像大黃。翠綠，像春天的草。湛藍，像在水中閃爍的冰。」

麻精蟲瞪視著比德的眼睛，專注地聽他講話。

「有一次，我花了三天時間調一個顏色，才找到陽光照在白色毛裘上的正確色澤。妳看，我一直以爲它是黃色的，但事實上遠不只如此。那是所有各種顏色，一層又一層地疊上去。」比德說。

她的呼吸逐漸減緩，換氣短淺。她空著的手濡染胸口的血泊，畫著一個又一個小小的圓圈。這是她最喜愛的作畫動作。

「我還沒找出彩虹要怎麼畫。它們來去匆匆，我始終沒有足夠的時間去捕捉它們。只看到這裡一點藍，那裡一點紫。然後它們就消褪了，回到空氣中。」比德說。

麻精蟲似乎被比德的話迷住了，一臉陶醉。她舉起一隻顫抖的手，在比德的臉頰畫了一個東西。我想，那可能是一朵花。

「謝謝妳。」他低聲說：「眞的好漂亮。」

有那麼片刻，麻精蟲露出笑容，整張臉燦亮起來，並發出小小一聲尖銳短促的聲音。然後，沾滿血的手落回胸口，她吐出最後一口氣。接著，大砲響了，緊抓著我的手鬆開了。

比德將她抱起來，放到水裡去。他走回來，坐在我身邊。麻精蟲緩緩朝豐饒角漂去，然後氣墊船出現，有四個鉤子的爪子落下，抓住她，將她帶入夜空，消失了。

芬尼克回到我們身邊，手裡握滿了我的箭，上頭還沾著黏膩的猴血。他把箭擱在我身旁的沙灘上。「我想，妳或許還需要這些。」

「謝謝。」我說。我涉入水中，清洗掉所有凝結的血，我武器上面的，以及我的傷口上面的。當我再次回到叢林採苔蘚來擦乾我的箭，所有那些猴子的屍體都不見了。

「牠們到哪兒去了？」我問。

「我們無法確切知道。那些藤蔓移動了位置，然後牠們就不見了。」芬尼克說。

我們瞪著叢林，既麻木又疲憊。在寂靜中，我注意到毒霧微粒沾到我皮膚的地方，已經結痂了。它們不再刺痛，卻開始發癢。非常癢。我試著把這當作好徵兆，意味著傷口正在痊癒。我瞥了比德和芬尼克一眼，看見他們正在抓自己遭到損傷的臉。是的，就連芬尼克的美貌，在今晚也被毀損了。

「別抓。」我說，雖然自己也想抓得要命。但我知道這是我媽會給的建議。「抓破了會引起感染。你們覺得現在再去找水喝安全嗎？」

我們走回比德挖洞的那棵樹，他把插管安進洞裡，芬尼克和我握著武器立在兩旁戒備，但是沒有任何威脅出現。比德找到了一條好水脈，大量的水從插管湧出來。我們解了渴，還讓溫暖的水沖洗我們發癢的身子。我們裝滿了好幾貝殼的飲水後，返回沙灘。

黑夜尚未過去，但黎明應該不遠了。除非，遊戲設計師要延長這黑夜。「你們兩個去歇一下吧，」我說：「我來守一會兒。」

「不，凱妮絲，還是我來。」芬尼克說。我看著他的眼睛，看著他的臉，這才發覺他強忍著眼淚。梅格絲。我不能做什麼，但至少可以給他一點隱私來哀悼她。

「好吧，芬尼克，謝了。」我說。我跟比德在沙灘躺下，他馬上睡著了。我瞪著夜空，想著一天可以造成多大的不同。昨天早上，芬尼克還在我的獵殺名單上，而現在，我卻願意讓他在我睡覺時當我的守衛。他讓梅格絲去送死，救了比德，而我不知道原因何在。只不過我永遠無法平衡我們之間的債了。此刻我能做的，是好好睡覺，讓他安安靜靜地哀傷。於是我睡了。

當我睜開眼睛，天已經大亮。比德在我身旁仍舊未醒。在我們上方，有一面草蓆懸在幾根樹枝上，為我們遮住了陽光。我坐起身，發現芬尼克的手始終沒有閒著。兩個草編的碗裝滿了水，第三個裝了滿滿一大碗的貝類。

芬尼克坐在沙灘上，用一塊石頭撬開牠們。「趁新鮮吃比較好吃。」他說，邊從貝殼上扯下一塊肉扔進自己嘴裡。他的眼睛還腫腫的，但我假裝沒注意到。

一嗅到食物的味道，我的肚子開始咕嚕咕嚕地叫起來。我伸手拿了一個，卻在看見自己手指甲時停了下來。指甲上都是已經凝結的血，我在睡夢中把自己的皮膚抓破了。

「妳知道，如果妳抓破了，會引起感染。」芬尼克說。

「我是這麼聽說的。」我說，走到海水邊清洗那些血跡，心裡想著到底哪一種比較討厭，痛還是癢。最後我煩了，重重跺著步子回到沙灘上，把臉仰起來，生氣地大叫：「喂，黑密契，如果你不是醉得不省人事，我們需要點什麼來搽搽皮膚。」

一朵降落傘旋即出現在我上方，速度之快簡直好笑。我伸出手，一管藥膏平穩地落在我張開的手掌中。「也該是時候了。」我說，不過我這張臭臉很快就擺不下去了。黑密契。我可是連跟他講個五分鐘話都受不了呀。

我在芬尼克旁邊的沙地上一屁股坐下，扭開那管藥的蓋子。裡面是一種濃稠、深色的藥膏，味道刺鼻，像是松針混合了柏油的氣味。我一邊皺著鼻子，一邊擠了一坨藥在掌心，開始把它抹到腿上。當這東西連根拔除我的癢，我舒服到忍不住發出呻吟的聲音。它也把我到處結痂的皮膚染上一層嚇人的灰綠色。我開始搽另一條腿時，把藥膏拋給芬尼克，他卻一臉懷疑地看著我。

「妳看起來好像要爛掉了。」芬尼克說。但我猜癢勝過了遲疑，因爲一分鐘後，芬尼克也開始往自己身上抹藥。說眞的，血痂跟藥膏混在一起，看起來是很可怕。我忍不住欣賞起他苦惱的模樣。

「可憐的芬尼克，這是你這輩子第一次看起來不夠英俊瀟灑吧？」我說。

「恐怕是。我還從來沒這麼恐怖過。過去那麼多年妳是怎麼撐過來的？」他問。

「別照鏡子就好了。你慢慢就不會去理會它了。」我說。

「如果我一直看見妳就很難。」他說。

我們把自己從頭到腳厚厚塗了一層，甚至輪流幫對方把藥膏抹在背上汗衫沒保護到的部位。「我去把比德叫起來。」我說。

「不，等一下。」芬尼克說：「我們一起去叫。先把我們的臉直接湊在他面前。」

嗯，我人生所剩可以玩樂的時刻實在太少了，於是我同意。我們在比德兩邊坐好，然後俯下身去，直到我們的臉離他鼻子只有幾吋，然後開始搖醒他。「比德，比德，醒醒。」我吟誦一般，輕輕柔柔地說。

他的眼皮顫動，睜開，然後跳了起來，好像被我們猛刺了一刀似地。「啊！」

芬尼克和我往後倒在沙灘上，笑了個半死。每次我們試著停下來，看見比德努力擺出一副不屑的表情，就又開始笑得不可抑遏。當我們終於笑夠了，收拾起心情，我心裡想，芬尼克．歐戴爾這人或許眞的不壞。至少，不像我過去所想的那麼愛慕虛榮，或自以爲了不起。

眞的，他人其實挺好的。就在我心裡做成這個結論時，一朵降落傘飄蕩下來，帶著一條新鮮麵包，落在我們旁邊。想起去年黑密契爲了傳達訊息，送禮物時經常抓準時機，於是我在心裡記下：**好好跟芬尼克做朋友，妳就不愁吃**。

芬尼克把麵包拿在手裡，翻來覆去地察看上面的酥皮，似乎不太想放手。根本沒必要。麵包上有細碎的海藻，泛著淡淡的綠色，第四區的麵包總是長這個模樣，我們都知道這麵包是他的。或許他只是想到這麵包有多珍貴，他以後說不定再也見不到。也或許，麵包的酥皮讓他想起了梅格絲。但是，他開口時只說：「這拿來配海貝還蠻好吃的。」

我幫比德塗抹藥膏時，芬尼克熟練地把貝殼中的肉挖下來。我們圍坐在一起，吃了一頓第四區的鹹麵包配甜美的海貝肉。

那藥膏似乎會讓一些痂剝落，只是我們的模樣看起來全都很可怕。但我很高興有這藥膏可搽。不單因爲它能止癢，還因爲它能防曬。粉紅色天空中的那輪太陽，熾烈無比。從太陽的位置來看，我估計現在大約是上午十點鐘，我們已經在競技場中過了一天。死了十一個，還有十三個活著。有十個躲在叢林裡，當中有三或四個是專業貢品。我實在不願去想活著的是哪些人。

對我而言，這叢林已經迅速從庇護之地變成了危險的陷阱。我知道，到了某種地步，我們會被迫重返林蔭深處，出獵或被獵。不過，現在我打算牢牢守在我們的小沙灘上。我也沒聽見比德或芬尼克有其他提議。有好一會兒，叢林看起來幾乎是靜止的，哼著低沉的嗡嗡聲，閃著光彩，一點也沒有顯露它險惡的一面。突然，遠處傳來一聲尖叫，我們對面叢林裡有塊楔形林地開始震動起來，地面起伏搖晃，巨大的震波直抵山巔，竄到林木頂端，轟隆轟隆地沿著斜坡滾滾而下。震動的力道撞得我們眼前的海水搖晃不已，潮水湧上沙灘，高達我們的膝蓋。我們極力走避，但我們僅有的幾樣東西都已漂在水面。除了被毒氣侵蝕得破爛不堪的連身褲裝，已經沒人在乎之外，我們三人總算將其他東西在漂走之前一一撿拾了回來。

一聲大砲響了。我們看見氣墊船出現在震波開始的地方的上空，從樹叢中取走一具屍體。我心裡想，**十二個了**。

環狀的水域吸收了巨大的震波，終於慢慢平靜下來。我們在潮濕的沙灘上重新整理自己的東西，正打算坐下來休息，就看到了他們。三個人，約在兩條輪輻之外，跌跌撞撞地踏上沙灘。「看那邊。」我靜靜地說，朝來人的方向點了點頭。比德和芬尼克隨著我的目光望去。彷彿事前約定好了一般，我們行動一致地閃進叢林的陰影中。

你可以一眼看出那三個人的狀況都不太好。有一個實際上是被另一個人硬拖著走，第三個則是莫名其妙地不斷打轉，像精神失常似的。他們全身都呈磚紅色，彷彿是被浸到染料裡，現在拿出來晾乾。

「是誰？」比德問：「或者，是什麼？變種動物嗎？」

我抽出一支箭，準備攻擊。但接下來的情況是，被拖著走的那個人一下子癱倒在沙灘上，拖人的那個人氣憤地拼命跺腳，顯然在發脾氣，接著轉身把那個精神失常，不斷打轉的人推倒在地上。

芬尼克神情一亮，喊道：「喬安娜！」接著便朝那三個紅色的人跑去。

「芬尼克！」我聽見喬安娜的聲音回答。

我跟比德對看了一眼。「現在是怎樣？」我問。

「我們可不能丟下芬尼克。」他說。

「我想也是。好吧，走。」我不高興地說，因為，即使我曾列過一個預定結盟的名單，喬安娜．梅森也絕對不在那上面。我們沿著沙灘奔向芬尼克與喬安娜碰面的地方。一走近，我才看清她的同伴是誰，立刻又糊塗起來。仰躺在地上的是比提，金屬絲已經爬起來，又繼續轉圈圈。「她把金屬絲跟比提帶來了。」

「瘋子和電壓？」比德跟我一樣糊塗了，說：「我一定要聽聽看這是怎麼回事。」

當我們走到他們身邊，喬安娜比了一下叢林，對芬尼克飛快地說道：「我們以為是下雨，你知道，因為閃電的關係，而我們都渴得要命。但是當雨下下來，竟然是血。濃稠熱燙的血。這下子，你既看不見，又不能講話，因為一開口就會灌得滿嘴都是。我們狼狽地亂闖，只想逃離它。布萊特就是在那時候撞到力場。」

「我很遺憾，喬安娜。」芬尼克說。我花了點時間去想布萊特是誰，我想他是喬安娜的夥伴，來自第七區的男貢品，但我根本想不起見過他。現在回想起來，我猜，訓練時他根本沒出現過。

「唉，是啊，雖然他不算什麼，總是自己家鄉的人。」她說：「而且，他丟下我獨自陪這兩個傢伙。」她用腳輕輕踢了踢仍然不省人事的比提。「他在豐饒角那裡背上挨了一刀，而她——」

我們全望向金屬絲，她還在轉圈圈，全身血污，嘴裡念念有詞：「滴答，滴答。」

「是啦，我們知道，滴答滴答。瘋子驚嚇過度了。」喬安娜說。這話似乎勾動了金屬絲，歪歪斜斜地朝喬安娜挨過來，喬安娜卻粗暴地把她推倒在沙灘上。「乖乖待在這兒行不行，妳？」

「別碰她。」我怒吼。

喬安娜瞇起她棕色的雙眼，狠狠地瞪著我，忿忿地說：「別碰她？」她上前兩步，我還沒來得及反應，她已經用力一巴掌摑在我臉上，我眼冒金星。「妳以爲是誰把他們弄出那血淋淋的叢林，帶來給妳？妳——」芬尼克將她一把扛上肩膀，不顧她拼命掙扎扭動，扛她下水，一再將她壓到水裡清洗，而她在水中不斷尖叫，對我罵了許多眞的很難聽的話。但是我沒一箭射過去。因爲她跟芬尼克在一起，也因爲她說的話——把他們帶來給我。

「她說她把他們帶來給我，這話是什麼意思？」我問比德。

「我不知道。可是妳一開始確實想要他們。」他提醒我。

「對，我是這麼想過，一開始。」但這沒回答我的問題。我低頭看著比提一動也不動的身體，說：「但是，如果我們不快點做點什麼，我就保不住他們了。」

比德彎腰把比提抱起來，我牽起金屬絲的手，我們回到我們在小沙灘上的營地。我讓金屬絲坐在淺水中，好讓她清洗一下，但她只呆坐著，雙手緊緊交握，偶爾嘟囔一聲：「滴答。」我解開比提的腰帶，發現腰帶一側用藤蔓緊緊繫著一個沉甸甸的圓柱形金屬線軸。我不知道那是什麼，但如果他認爲這東西值得保留，那我就不該把它弄丟。我把它拋在沙灘上。比提的衣服被血黏在身上，因此比德抱他下水，讓我在水裡試著把那身衣服脫下來。要脫掉那身連身褲裝還眞花了點時間，接著我們發現他的汗衫也被血浸透了。沒得選擇，我們得把他脫得精光，才能幫他清洗。不過，我得說，這對我已經沒太大影響了。這一年來，我家的餐桌上躺過許多赤裸的男人。你在看了一陣子之後就會習慣了。

我們把芬尼克編的草蓆拿下來鋪在地上，讓比提趴在上面，好檢查他的背。從他的肩胛骨到肋骨下方，有一道約六吋長的傷口，幸虧不深。不過，你可以從他蒼白的膚色得知，他失血甚多，而且傷口這時也還緩緩滲出血水。

我往後坐在腳跟上，試著思考。我有什麼材料可用？海水嗎？我想起藥品缺乏時，我媽總是先想到雪。我感覺自己好像我媽。我望向叢林。我敢說，只要我知道怎麼用，裡面一定可以找到各式各樣的草藥。但這叢林裡都是我不認識的植物。接著，我想起梅格絲遞給我擤鼻涕的苔蘚。「我馬上回來。」我告訴比德。運氣很好，這東西在叢林裡似乎隨處可見。我從鄰近的樹上扯了一大堆下來，帶回到沙灘上。我用苔蘚做了厚厚一片護墊，放在比提的傷口上，然後拿藤蔓綁在他身上，固定住護墊。我們餵他喝了些水，然後將他放在叢林邊緣的陰影中休息。

「我想我們只能做到這樣了。」我說。

「這樣就很好了。治療傷患的事，妳做得很不錯。」他說：「你們家的人都遺傳了這種本事。」

「不，」我搖搖頭說：「我遺傳了我爸的本事。」那種在打獵時，而不是在疫病蔓延時，會活躍起來的本事。「我去看看金屬絲。」

我抓了一把苔蘚當碎布，涉入淺水，回到金屬絲身邊。我脫掉她的衣服，幫她擦洗身上的血污時，她並未抗拒。但她的眼睛張得老大，充滿恐懼，而我跟她說話時，她除了一聲急似一聲的「滴答滴答」，沒別的回應。她似乎很努力要告訴我什麼，但是沒有比提在她旁邊幫忙翻譯，我眞的聽不懂。

「是啊，滴答，滴答。」我說。這似乎讓她平靜了些。我清洗她的連身褲裝，直到看不見血漬，然後再幫她穿上。這衣服不像我們的，沒有什麼損害。她的腰帶也完好如初，所以我幫她重新扣上。然後，我拿些石頭把她跟比提的內衣壓住，在水裡泡著。

等我把比提的連身褲裝漂洗乾淨時，洗得煥然一新的喬安娜和一身皮屑剝落得斑斑點點的芬尼克，已經回到我們身邊。有好一會兒，喬安娜忙著拼命灌水，把海貝肉往肚子裡塞，我則哄著金屬絲吃點東西。芬尼克用一種不帶感情的，近乎冰冷的語調，說了毒霧和猴子的事，但避掉故事中最重要的情節。

大家都說自己可以守衛，讓其他人休息，不過到最後，是喬安娜跟我兩個人值班。我負責守衛，是因爲我已經休息夠了，而她是因爲不想躺下來。我們兩個安靜地坐在沙灘上，直到其他人睡著。

喬安娜轉頭瞥了芬尼克一眼，確定他睡著了，然後轉過頭來對我說：「你們是怎麼失去梅格絲的？」

「因為毒霧。芬尼克背比德，我背梅格絲，走了一段路，然後我背不動了。芬尼克說他背不動兩個人。她親吻他，然後直接衝進毒霧裡。」我說。

「妳知道，她是芬尼克當年的導師。」喬安娜以指責的口吻說。

「不，我不知道。」我說。

片刻之後她又說：「她可以說是他半個家人。」不過，這次口氣中不再那麼充滿怨恨了。

我們看著海水沖刷著那些內衣。「所以，妳怎麼會跟瘋子和電壓在一起？」我問。

「我告訴過妳，我是把他們帶來給妳的。黑密契說，如果我們要結盟，我就得把他們帶來給妳。」喬安娜說：「這是妳告訴他的，對吧？」

才沒有咧，我心裡想。但是我點頭承認，說：「謝了。我很感激。」

「最好是。」她嫌惡地看了我一眼，好像我是她人生中最大的拖累一樣。我很好奇，如果你有一個很討厭你的姊姊，情況是不是就像這樣。

「滴答。」我聽到聲音從背後傳來。我轉頭，看見金屬絲慢慢爬過來，雙眼盯著叢林看。

「噢，好極了，她睡醒了。好吧，我要去睡了。妳可以跟瘋子一起幫大家守衛。」喬安娜說。她走過去，撲倒在芬尼克身邊。

「滴答。」金屬絲低聲說。我把她拉到我面前，讓她躺下，撫摸著她的手臂安撫她。不久她又睡著了，但睡得很不安穩，偶爾在睡夢中還邊嘆息邊說：「滴答，滴答。」

「滴答。」我低聲附和。「睡覺的時間到了。滴答。快睡吧。」

太陽爬得老高，已經直接照射在我們頭頂。**一定已經中午了**，我心不在焉地想著。時間其實無關緊要。在水域對面，右手邊，我看見閃電劈中一棵樹，燃起巨大火焰，暴雷再度發動了，地點就在昨晚發生閃電的同一個區域。一定是有人進入那個區域，引發了攻擊。有好一會兒，我只是坐著看閃電，繼續安撫著金屬絲。聽著海水沖刷的聲音，一陣一陣，彷彿催眠一般，我漸漸陷入一種寧靜平和的氣氛裡。我想到昨夜，先是噹噹十二響，然後閃電大作。

「滴答。」金屬絲說，醒轉片刻，然後又沉落夢鄉。

昨晚噹噹十二響。像是午夜。然後閃電。現在太陽在頭頂上。像是正午。然後閃電。

我慢慢站起來，環顧競技場。閃電在那一區。下一塊楔形地帶是下血雨的地方，喬安娜、金屬絲和比提曾困在那裡。我們曾待在它旁邊的第三個區，也就是毒霧出現的區域。當毒霧一被吸走，猴子開始聚集在第四個區。滴答。我的頭猛轉向另一邊。幾個小時前，大約十點左右，劇烈震波來自閃電區左邊數過去的第二個區域。正午。午夜。正午。

「滴答。」金屬絲在睡夢中說。隨著閃電停止，它右邊的區域又開始下起血雨。突然間，我懂得她在說什麼了。

「噢，」我壓低了聲音說：「滴答。」我的眼睛迅速掃過這一整圈競技場，我知道金屬絲是對的。「滴答，滴答。這是一座時鐘。」

23

一座時鐘。我幾乎可以看見時針跟分針滴答滴答地繞著圓圈，走過競技場分割成十二個楔形區塊的表面。每個鐘頭展開一波新的恐怖攻擊，揮舞一項遊戲設計師的新武器，並結束前一次行動。閃電、血雨、毒霧、猴子——這些是時鐘上開頭四個小時的武器。而十點是震波。我不知道其他七個是什麼，但我知道金屬絲是對的。

眼前，血雨傾盆而下，而我們正待在猴子區下方的沙灘上，太靠近毒霧區，我不喜歡。各種不同的攻擊，都會侷限在叢林中特定的區塊裡嗎？不見得。震波就沒有。萬一毒霧從叢林漫出來，或那群猴子返回此地……

「起來！」我大喝一聲，並將比德、芬尼克和喬安娜一一搖醒。「起來，我們得離開這裡。」不過，還有足夠的時間讓我向他們解釋這個時鐘理論。我揭示金屬絲「滴答滴答」的意義，指出看不見的時鐘指針是如何移動，在每個區塊引發致命的恐怖攻擊。

我想，除了喬安娜，我已經說服了每個清醒的人。反正無論我提議什麼，她都本能地要唱反調。不過，她也同意，寧可多慮，也不要遺憾。

當其他人在收拾我們僅有的一點東西，並幫比提穿上他的連身褲裝時，我去叫醒金屬絲。她醒來，驚慌地直說：「滴答，滴答！」

「對，滴答，這競技場是個時鐘。金屬絲，妳說得對，它是個時鐘。」我說：「妳說得對極了。」

她臉上露出大大鬆了一口氣的神情。我猜，這是因爲終於有人明白了她的意思。而這件事，從鐘聲第一次敲響，恐怕她就已經明白了。她說：「午夜。」

「是從午夜開始。」我肯定她說的。

有個記憶在我腦海中拼命掙扎著要跳出來。我看到一個時鐘。不，那是一只懷錶，躺在普魯塔克．黑文斯比的掌心裡。普魯塔克說：**「從午夜十二點開始。」**然後我的學舌鳥短暫閃現，迅即消失。現在回想起來，他簡直就像在給我一個有關競技場的暗示。但是他幹嘛這麼做呢？那時候，我的身份跟他一樣，不會再進入遊戲當貢品了。或許，他是認爲，等我當導師時，這對我會有幫助。也或許，一直以來，這整件事都在計畫之內。

金屬絲對下血雨的方向點了點頭，說：「一點半。」

「一點也沒錯。一點半。然後兩點，會有一道可怕的毒霧從那邊冒出來。」我說，並指了指鄰近的叢林。「所以，我們現在得動身到安全的地方去。」她露出微笑，順從地站起來。「妳渴不渴？」我遞給她一個草編的碗，她大口大口地喝了大約一夸脫的水。芬尼克把最後一片麵包給了她，她狼吞虎嚥地吃了。在克服了無法溝通的障礙後，她的行爲舉止恢復正常了。

我檢查過武器，把插管跟藥膏用降落傘包好，再用藤蔓緊緊繫在我的腰帶上。比提還是不很清醒，但比德要去抱他走時，他拒絕了，說：「金屬絲。」

「她在這裡。」比德告訴他：「金屬絲很好，她也會跟我們一起走。」

但比提仍然掙扎著，堅決地又說了一次：「金屬絲。」

「噢，我知道他要什麼了。」喬安娜不耐煩地說。她跨過沙灘，拾起那捲我們在幫他清洗時，從他腰帶上取下來的金屬線軸。那東西上面凝結著厚厚一層血污。「這沒用的破銅爛鐵，某種金屬絲線吧。他拼命跑去豐饒角拿這東西，就是這樣才會被人砍了一刀。我眞搞不懂這東西能當什麼武器。我猜你可以拉出一段來絞死人之類的。但是，說眞的，你能想像比提絞死人的樣子嗎？」

「他用金屬絲線設下通電的陷阱，贏了他那場遊戲。」比德說：「因此，這是他所能擁有的最佳武器。」

喬安娜居然沒把事情兜攏在一起，眞是怪。這其中必有蹊蹺，實在可疑。「看來妳應該早就想到了才對。」我說：「妳不是都管他叫電壓嗎？」

喬安娜瞇起眼睛，狠狠地瞪著我。「是啊，我可眞是蠢，對吧？」她說：「我猜，我一定是爲了要保住妳這兩個小朋友活命，而分了心。而那時……再說一遍，妳是在幹嘛？害梅格絲送命是吧？」

我的手握緊了插在腰帶上的刀柄。

「來啊。有膽就試試。我才不在乎妳肚子裡是不是被下了種，我會割斷妳的喉嚨。」喬安娜說。

我知道這個時候我還不能殺她。但這是遲早的事。喬安娜跟我，早晚其中一個一定會幹掉另一個。

「也許我們最好都小心一點，不要踩錯了地方。」芬尼克說，看了我一眼。他伸手拿過那捲金屬線圈，放在比提胸口，說：「喏，電壓，你的金屬絲線。留意你插電的地方。」

比德抱起不再抗拒的比提，問：「往哪兒走？」

「我想去豐饒角，在那裡守候一下，好確定我們對時鐘的看法沒有錯。」芬尼克說。這計畫看來沒什麼不好。再說，我不介意再次有機會去挑一些武器。現在我們有六個人了。即使不把比提跟金屬絲算在內，我們還有四名好手。去年這個時候，我是一個人，樣樣都要自己來。相較之下，現在的狀況實在差別很大。沒錯，有同伴眞好，只要不去想你最後得宰了他們。

比提和金屬絲大概不需要有人特別怎麼做，就會自己葬送生命。如果我們被什麼東西追殺，必須拼命逃，他們能逃多遠呢？至於喬安娜，坦白說，如果迫於情勢，爲了保護比德，我可以毫不猶豫地殺了她。或許，光是爲了讓她閉嘴，我也會下手。我眞正需要的，是有人來幫我除掉芬尼克。因爲，在他爲比德做了這麼多事之後，我想我下不了手。也許我能想個辦法，設計他跟專業貢品來個狹路相逢。我知道這很殘酷，但我還有什麼選擇？現在，我們既然知道這是個時鐘，他大概不會死在叢林裡了，因此一定得有人跟他大戰一場，把他除掉才行。

想這樣的事委實討厭，我的腦子焦躁地想換個題目思考。但唯一能使我從眼前這個處境分心的，是幻想宰了史諾總統。對一個十七歲的女孩來說，我猜，這不是什麼美好的白日夢，但挺過癮的。

我們走下最近一條輪輻沙地，小心翼翼地靠近豐饒角，以防萬一專業貢品躲藏在那裡。我想這不太可能，因爲我們已經在沙灘上待了好幾個小時，始終不見那裡有生命跡象。正如我所預期的，這個地方已經被遺棄了，空蕩蕩的，只剩那巨大的黃金角狀物和被翻尋過的武器。

比德挑了個豐饒角還能提供一點遮蔭的地方，把比提放下，然後開口喊金屬絲。她在他旁邊蹲下來，他把那捲金屬線圈放進她手裡，問說：「可以請妳把它洗乾淨嗎？」

金屬絲點點頭，蹦蹦跳跳地跑到水邊蹲下，把那捲線圈泡進水裡，然後開始低聲唱起一首有趣的小曲子，歌詞是說有一隻老鼠爬上時鐘。這一定是唱給小孩子聽的童謠，但唱著這歌，她似乎很快樂。

「噢，拜託，別又來了。」喬安娜翻了翻白眼，說：「在她開始滴答個不停之前，她唱這首歌唱了好幾個小時。」

突然間，金屬絲站起來，站得筆直，伸手指著叢林，說：「兩點。」

我的目光隨著她的手指望去，看到一道霧牆正開始滲向沙灘。「沒錯。看，金屬絲是對的。現在是兩點，毒霧開始了。」

「像時鐘一樣準確。」比德說：「金屬絲，妳想得到這點，真的很聰明。」

金屬絲露出微笑，回頭繼續唱歌跟清洗那捲金屬線圈。「噢，她何止聰明。」比提說：「她的直覺力絕佳。」我們全轉頭去看比提，他似乎逐漸恢復了生氣。「她能在所有其他人察覺之前，感覺到異常。就像你們礦坑裡的金絲雀一樣。」

「那是什麼？」芬尼克問我。

「那是一種鳥，我們攜帶著下到礦坑。如果有毒氣，牠會發出警告。」我說。

「怎麼發出警告？死翹翹嗎？」喬安娜問。

「起初牠會停止唱歌，這時候你就該立即離開礦坑。但如果毒氣太毒，沒錯，牠會死，而且你也會死。」我不想談唱歌的鳥兒死去的事，這只會讓我想起我爸的死、小芸的死，以及梅絲麗．唐納的死，然後我媽獲贈她的金絲雀。噢，太好了，這下子我想起了蓋爾，正深入恐怖的礦坑，而史諾總統的威脅迫在眉睫。在礦坑底下，要製造意外，太容易了。一隻無聲的金絲雀，一點火花，就全結束了。

我重新幻想刺殺總統的事。

儘管對金屬絲感到厭煩，喬安娜這時的模樣，是我在競技場看見她以來，最快樂的樣子。當我在給自己的箭袋多添些箭，她也在到處翻尋武器，直到找到一對看起來很危險的斧頭。這選擇乍看很怪，不過等她猛擲出一斧，斧頭深深砍入被太陽曬軟的黃金豐饒角時，我霎時醒悟。當然了，這是喬安娜．梅森，來自專門伐木的第七區。我敢說，從她還包著尿布學走路起，她就抓著斧頭到處玩了。就像芬尼克熟悉他的三叉戟，比提玩他的金屬絲線，或小芸熟諳植物。我明白了，這正是第十二區的貢品多年來所面對的另一項劣勢。我們年滿十八歲之後，才會下礦坑。看來，其他區的貢品更早就開始學習該區產業裡的本事了。你在礦坑裡做的一些事，在遊戲中也可能蠻有用的，像操持鐵鎬、爆破東西之類的。這些本事，都可以給你帶來一些優勢。就像打獵技能帶給我優勢那樣。只可惜，我們學得太晚。

當我在武器堆中翻找，比德蹲在地上，用刀子的刀尖，在一片從叢林裡帶過來的寬大光滑的葉子上畫著什麼。我越過他的肩膀，看見他繪出了競技場的地圖。中央是坐落在小沙洲上的豐饒角，周圍是從它放射出去的十二條輪輻。整個看起來就像一塊派餅，切分成十二等份的楔形區域。另外一圈代表海水的界線，再大一點的一圈標示著叢林的邊緣。「妳看看豐饒角放置的方位。」他對我說。

我端詳豐饒角，明白了他的意思。「角的尾端指著十二點的方向。」我說。

「對，所以我們這個時鐘的頂點是在這裡。」他說，迅速在鐘面標上從一到十二的數字。「十二到一是閃電區。」他在對應的區塊用小字工工整整寫下**閃電**，然後依順時鐘方向，在接下來的區塊寫下**血雨**、**毒霧**，和**猴子**。

「然後十到十一是震波。」我說。他加上這兩個字。這時，芬尼克和喬安娜加入我們，兩人都全副武裝，身上一堆的三叉戟、斧頭和刀子。

「你們在其他區塊還注意到什麼不尋常的東西嗎？」我問喬安娜和比提，想說他們或許見過我們沒碰到的事。但是他們只遇見一大堆的血。「我猜別的區塊裡隱藏著各種可能。」

「現在，我要就我們所知，把遊戲設計師用他們的武器追殺我們，一直追到叢林外面的區段標示出來。這是我們應該留意避開的地方。」比德說著，用斜線在毒霧區和震波區外面的沙灘畫出陰影。然後他往後坐下，說：「現在我們所知道的，總算比今天早上多了許多。」

我們全都點頭同意。就在這個時候，我察覺事情不對勁。太安靜了。我們的金絲雀停止唱歌了。

我毫不遲疑，立刻搭箭轉身，剛好瞥見渾身滴水的光澤鬆手讓金屬絲倒在地上，她喉嚨上的開口彎成一個鮮紅的、大大的微笑。我的箭尖沒入光澤的右側太陽穴。就在我搭上第二箭的同時，喬安娜飛出的斧頭埋進了凱絲米爾的胸腔。芬尼克拼著讓自己的大腿挨了伊諾巴瑞雅一刀，擋開布魯塔斯擲向比德的標槍。若不是有個豐饒角讓他們躲在後面，第二區的這兩個貢品早就是死人了。我縱足追趕。**砰！砰！砰！**大砲響聲確認了金屬絲已經無救，也不需要再對光澤或凱絲米爾補上一刀。我的盟友和我從角的兩側包抄，開始追擊布魯塔斯和伊諾巴瑞雅，他們衝上一條輪輻，逃向叢林。

突然間，我腳下的地面猛烈掣動，我側向跌在沙地上。承載著豐饒角的這個圓形沙洲開始快速轉動，眞的轉得非常快，外圍的叢林風馳電掣般旋轉，在我眼前糊成一片。我感覺到離心力要把我甩向海水，只得用力把手指和腳尖劃進沙地，試著穩住在這塊震動不已的土地上。沙土狂飛，頭腦暈眩，我不得不緊緊閉上眼睛。這時，我除了努力讓自己不要飛出去，什麼都不能做，直到又是毫無預警地，我們砰地一聲突然停下來。

我慢慢坐起來，又是咳嗽又是噁心，然後發現我的同伴個個如此。芬尼克、喬安娜，還有比德，全都在。但三具屍體已經被甩進海裡了。

從聽不見金屬絲的歌聲到現在，整個過程絕不可能超過一兩分鐘。我們坐著喘氣，拼命把嘴裡的沙子挖出來。

「電壓呢？」喬安娜說。我們全站起來，搖搖晃晃地繞著豐饒角走了一圈，確定他不見了。芬尼克終於瞥見他，在大約二十碼外的水裡，勉強漂浮著，於是游過去把他拖回岸上。

也就在這時候，我想到了那捲金屬線圈，以及他有多麼重視它。我著急地四處張望。東西在哪裡？到底在哪裡？接著我看到它，仍然緊握在金屬絲的手裡，遠遠地漂浮在水中。想到接下來得做的事，我的胃一陣緊縮。「掩護我。」我對其他人說，同時拋下身上的武器，疾奔上最靠近她屍體的輪輻。到了盡頭，我沒有停步，直接躍入水裡，朝她游去。我從眼角瞥見，氣墊船已經來到我們上方，鋼爪開始降下來，準備抓走她。但是我沒停。我竭盡全力拼命游，直到整個人撞上她的屍體，才浮出水面喘氣。從她割裂的咽喉冒出的血染得周圍海水一片紅，我努力避免吞下血水。因爲腰帶和死亡，她漂浮著，仰著臉瞪視無情的太陽。我一邊踏水，一邊奮力從她手中扯出那捲金屬線圈。她臨死的一握，握得好緊。然後，我伸手幫她把眼皮闔上，低聲跟她道再見。除此之外，我不能再做什麼。我游了開去。等我游回陸地，把金屬線圈拋到沙灘上，從水中爬上來時，她的屍體已經不見了。但我嘴裡仍能嚐到她的血攙和著海鹽的鹹腥味。

我走回豐饒角。芬尼克把比提救回來了，人活著。他全身濕漉漉，坐在地上，鼻孔嗆出海水。他當時總算記得抓緊自己的眼鏡，所以這會兒他至少看得見。我把金屬線圈放在他膝上。線圈已經洗得乾淨雪亮，上頭一點血漬也沒有。他拉出一段絲線，在自己的手指之間纏繞。這是我頭一次看清楚比提的絲線，淡金色，細如髮絲。不像我見過的任何金屬線。我好奇這一捲絲線總共有多長。要纏滿這麼大的一個圓柱形線軸，肯定有好幾哩長。但是我沒問，因爲我知道他在想念金屬絲。

我看著其他人神情肅穆的臉。現在，芬尼克、喬安娜和比提，全都失去了自己區的同伴。我走向比德，張開雙臂緊緊抱住他。有好一會兒，我們就這麼靜靜地待著。

終於，喬安娜說：「我們離開這個爛小島吧。」現在我們只剩武器需要收拾，而我們保住了大部分武器。僥倖的是，這裡的藤蔓很強韌，包在降落傘裡的插管和藥膏都還牢牢繫在我的腰帶上。芬尼克撕下汗衫，縛緊了伊諾巴瑞雅在他腿上砍出的傷口。還好傷口不深。比提覺得自己可以走，只要我們別走太快，因此我扶他站起來。我們決定去十二點鐘方向的沙灘，那裡起碼可以給我們幾個小時的安靜，並讓我們避開殘存的毒氣。接著，比德、喬安娜和芬尼克，分頭朝三個方向走去。

「要去十二點，對吧？」比德說：「豐饒角尾巴指的才是十二點啊。」

「在他們把我們轉暈之前是。」芬尼克說：「我現在是按太陽的位置來判斷。」

「芬尼克，太陽只告訴你現在快要四點了。」我說。

「我想凱妮絲的意思是，知道現在是幾點，並不表示你就知道這個時鐘的四點是在哪個位置。不過，你或許還可以有一個大致的方向感。除非，你認爲他們也同時轉動了外圈的叢林。」比提說。

不，凱妮絲的意思遠比這簡單多了。比提提出的理論，遠超過我剛才對太陽的見解。但我只是點頭，好像我從頭到尾都是這麼想的。「對。所以，現在眼前任何一個方向都有可能是朝十二點走。」我說。

我們繞著豐饒角走了一圈，仔細察看叢林。但是叢林的每個區塊全都長得一樣，把人都看糊塗了。我記得十二點時遭到第一道閃電襲擊的那棵高大的樹，但每一個區塊都有一棵同樣的大樹。喬安娜想到可以跟隨伊諾巴瑞雅和布魯塔斯的蹤跡走，但那些足跡已經被吹走或沖刷掉。現在完全不知道哪裡是哪裡了。「我不應該開口提到時鐘的。」我懊惱地說：「現在他們連我們的這點優勢也奪走了。」

「只是暫時奪走。」比提說：「到了十點，我們就又會看到震波，然後就知道哪裡是哪裡了。」

「沒錯，他們無法重新設計整個競技場。」比德說。

「那無關緊要啦。」喬安娜不耐煩地說：「妳要是沒告訴我們，我們先前一開始就不會到這邊來停留，笨蛋。」說來諷刺，她合乎邏輯的意見，或辱罵，竟是唯一安慰到我，讓我不再那麼氣惱的回應。沒錯，我是得告訴他們，否則大家就不會想離開原先的沙灘。「走吧，我需要喝水。誰的直覺還不錯？」

我們隨機選了一條路踏上去，完全不曉得我們是朝幾點走。當我們抵達叢林邊緣，我們向內部窺視，希望搞清楚在裡頭等著我們的會是什麼。

「嗯，這一定是猴子區，不過我連一隻都沒看見。」比德說：「我去找棵樹鑿洞。」

「不，這次輪到我了。」芬尼克說。

「那我至少幫你看著背後。」比德說。

「這事凱妮絲能做。」喬安娜說：「我們需要你再畫一張地圖。先前那一張已經被沖走了。」她從旁邊的樹上拔了片大葉子下來，遞給他。

有那麼片刻，我懷疑他們是要分開我們倆，然後個別宰殺。但這講不通。如果芬尼克要忙著在樹上挖洞，那麼佔優勢的是我，而比德比喬安娜高大許多。因此，我跟隨芬尼克朝叢林裡走了大約十五碼，他在那裡找到一棵不錯的樹，開始拿刀子鑿洞。

我站在那兒，箭在弦上，卻甩不掉一種令人不安的、事有蹊蹺的感覺，而且這事跟比德有關。我從鑼響開始回顧我們這一路的經歷，想找出令我不安的根由。芬尼克拖著比德游離金屬圓盤，帶他上岸。比德在遭受力場電擊，心跳停止時，芬尼克把他救活回來。梅格絲奔進毒霧裡，好讓芬尼克可以背著比德逃命。那名麻精蟲縱身跑到比德前面，幫他擋下了猴子的攻擊。跟專業貢品的對戰才一眨眼就結束，但芬尼克豈不是拼著讓自己的腿挨上一刀，也要擋開布魯塔斯擲向比德的標槍？就連現在，喬安娜寧可要他在葉子上畫地圖，也不願讓他進入叢林涉險……

這事已經毫無疑問。由於我完全無從揣測的原因，有些勝利者也極力在保護比德的性命，即使那表示他們必須犧牲自己的性命。

我愣住了。其一，保護比德是我的任務。其二，這一點道理也沒有。我們只有一個人能活著出去，所以他們爲什麼選擇保護比德？黑密契究竟對他們說了什麼，跟他們談了什麼條件，讓他們願意把比德的性命看得比自己重要？

我知道自己爲什麼要保住比德的命，我有我的理由。他是我的朋友，並且這是我反抗都城，顚覆遊戲的手段。但是，如果你對他沒有眞正的感情，那爲什麼你執意要救他，而不是救自己？當然，他很勇敢，但我們全都很勇敢，要不怎能捱過一場遊戲？沒錯，他的善良讓人很難忽視，但畢竟……這時，我想到了，有一件事比德做得比我們所有其他人好，好很多。他善於言詞。兩次訪問，他都將我們其餘所有的人一下子抹煞了。並且，或許正是那潛藏在底下的善良，讓他能夠簡單一句話就感動群眾——不，感動一整個國家，讓大家都向著他。

我記得我曾經想過，那正是我們這場革命的領袖該有的天賦。黑密契是用這點說服了眾人嗎？他們都相信，爲了對抗都城，比德的言詞所蘊藏的力量，遠超過我們任何人身體上的力量嗎？我不知道。這對某些貢品而言，好像還是一下子跨越得太大步了。我的意思是，我們這會兒談的可是喬安娜．梅森啊。但是，除此之外，還有什麼其他理由，能讓他們如此明顯地賣力保護他的性命呢？

「凱妮絲，插管在身上嗎？」芬尼克問，讓我一下回過神來。我割斷繫在腰帶上綁著插管的藤蔓，把這金屬管子遞給他。

就在這時候，我聽見了那聲尖叫。那聲音充滿了恐懼與痛苦，瞬間凍結了我的血液。並且，那聲音是如此熟悉。我拋下插管，忘了自己在哪裡，忘了注意前方有什麼，心裡只知道我要趕到她那裡，保護她。我瘋狂地朝那聲音奔去，無視於任何危險，衝過藤蔓與樹枝，衝過任何阻擋我到達她身邊的東西。

我一定要趕到我的小妹身邊。

24

她在哪裡？他們把她怎樣了？「小櫻！」我大喊：「小櫻！」回應我的是另一聲痛苦的尖叫。**她是怎麼來到這裡的？她為什麼會成為遊戲的一部分？**「小櫻！」

藤蔓割傷我的臉和手臂，地上的爬藤絆住我的腳。但我離她越來越近，越來越近了。現在眞的很近了。我汗如雨下，淌得我臉上正在痊癒的毒霧傷口刺痛不已。我喘氣，大口大口吸進濕熱的空氣，但似乎總吸不到多少氧氣。小櫻發出一個聲音──極度失望，毫無挽回餘地的聲音，我無法想像他們是做了什麼，以至於她發出這樣的聲音。

「小櫻！」我穿過一道綠牆，衝入一小塊林間空地，那聲音再度發出，就在我頭頂上。頭頂上？我的頭猛往後仰。他們把她綁在樹上嗎？我拼命搜尋上方的樹枝，但什麼也沒看見。「小櫻？」我哀求。我聽得見她，卻看不見。她的下一聲哀嚎大聲響起，清晰無比，來源位置也絲毫無誤。它發自一隻長了羽冠的黑色小鳥的嘴巴，牠就停在我頭頂大約十呎的一根樹枝上。於是，我明白了。

那是一隻八卦鳥。

我從未見過八卦鳥，我以為牠們已經絕跡。有好一會兒，我癱靠在樹幹上，手指緊抓按著腰側絞痛的地方，仔細看著那隻鳥。變種動物，先驅，先祖。我在腦海中搜出仿聲鳥的模樣，將牠與八卦鳥疊合，沒錯，我看得出來牠們是如何交配出我的學舌鳥。那隻鳥，不管怎麼看，都看不出是變種動物——除了牠嘴裡不斷發出恐怖、逼真的小櫻的聲音。我一箭射穿牠的喉嚨，讓牠安靜下來。鳥兒落到地上，我拔回我的箭，狠狠扭斷牠的脖子，然後把這可厭的東西扔進叢林裡。就算餓死，我也不會吃牠。

我告訴自己：**這不是真的。就跟去年的變種狼，並不是真正死去的貢品一樣。這只是遊戲設計師虐待狂的伎倆**。

芬尼克闖進這片空地，看見我正用一把苔蘚擦淨我的箭。「凱妮絲？」

「沒事，我沒事。」我說，雖然我一點都不覺得沒事。「我以為我聽到我妹妹的聲音，結果——」一聲刺耳的尖叫打斷我。這是另一個聲音，不是小櫻，可能是個年輕的女人，我認不得，但對芬尼克的衝擊是立即的。他臉上血色褪盡，我甚至看見他的瞳孔因恐懼而放大。「芬尼克，等等！」我說，急著想跟他解釋，讓他安心，但他已經衝了出去，瘋狂而盲目地要找尋受害者，跟我剛才找尋小櫻一樣。「芬尼克！」我喊道，但是，我知道，他不會回頭等我跟他講理。所以，我只好跟著他跑。

即使他奔得飛快，要跟緊他卻非難事，因爲他留下了清楚的蹤跡，一條在枝葉藤蔓之中踐踏出來的路徑。但那隻鳥起碼在四百多碼外，而且一路上大部分是上坡，等我追上他，我已經快喘不過氣來。他繞著一棵巨樹打轉，舉頭四處張望。那樹幹的直徑一定有四呎，岔出的樹枝離地最近的也有二十呎高。那女人的尖叫聲是從上方的枝葉中傳來，但看不見那隻八卦鳥。芬尼克也在嘶喊，一遍又一遍：「安妮！安妮！」他已經陷入恐慌當中，完全不理會旁人。因此，我做了我一定會做的事。我爬上一棵鄰近的樹，找到那隻八卦鳥，一箭射死牠。牠直直墜落，掉在芬尼克腳前。他把鳥撿起來，慢慢想出其中的關聯。但是，當我滑落地面，走到他身邊，他看起來卻更加絕望。

「別擔心，芬尼克。只是一隻八卦鳥。他們是在耍我們。」我說：「不是眞的。那不是你的……安妮。」

「對，那不是安妮。但那是她的聲音。八卦鳥模仿的是牠們聽過的聲音。凱妮絲，妳想，這些尖叫哀號的聲音，牠們是從哪裡學來的？」他說。

等聽懂他的意思，我感覺到自己臉色也變得一片蒼白。「噢，芬尼克，你不會認爲他們……」

「沒錯，我是這麼認為。我就是那麼想的。」他說。

我的腦海中浮現小櫻被關在一個白色房間，用皮帶綁在一張桌上的景象。戴面具，穿長袍的人，迫使她發出這些聲音。他們正在某處折磨她，或已經折磨過她，好取得這些聲音。我膝蓋一軟，跌坐在地上。芬尼克在跟我說什麼，我完全聽不見。但是，當另一隻鳥在左邊遠方某處開始尖叫，我終於聽見了。這次是蓋爾的聲音。

芬尼克在我拔腳跑開之前抓住我。「不，那不是他。」他開始拉著我走下坡，朝沙灘走去。「我們得離開這裡！」但蓋爾的聲音是那麼痛苦，我忍不住開始掙扎，要去找他。「那不是他，凱妮絲！那是變種動物！」芬尼克對我大吼：「我們走！」他半拖半抱，拉著我往前走，直到我聽明白他的話。他說得沒錯，那不過是另一隻八卦鳥。就算我找到牠，也幫不了蓋爾。但無論如何，那仍是蓋爾的聲音，這是改變不了的事實，而在某個時候，某個地點，有人讓他發出這樣的聲音。

不過，我不再抗拒芬尼克。就像毒霧來襲的夜晚，我逃離我無法對抗的東西，逃離只會傷害我的東西。只不過，這一次，崩潰的不是我的身體，而是我的心。這一定是時鐘的另一項武器。我猜，是四點。當指針滴答滴答走到四點，猴子回家休息，八卦鳥出來接班演戲。芬尼克說得沒錯，我們唯一能做的是離開這裡。這一次，黑密契無法再用降落傘送來什麼東西，幫芬尼克和我療癒八卦鳥對我們造成的重創。

我望見比德和喬安娜的身影了，他們站在叢林邊緣。我鬆了一口氣，但也感到憤怒。比德爲什麼沒來幫我？爲什麼沒有人來找我們？就連這時候，他仍然留在原地，舉起雙手，掌心朝著我們，嘴巴動啊動的，我們卻聽不見他說的話。爲什麼？

這面牆太透明了，芬尼克和我正面撞了上去，彈回叢林，跌在地上。我運氣好，肩膀承受了最重的衝撞。芬尼克是臉先撞上去，這會兒鼻子噴湧出血。難怪比德和喬安娜，乃至於比提，沒趕來幫我們。我看見比提站在比德和喬安娜背後，難過地搖頭。我們面前有一片看不見的障礙封住了這區域。這不是力場。你盡可碰觸它堅硬、光滑的表面，但無論比德的刀子或喬安娜的斧頭，都絲毫傷它不得。才往側邊探觸個幾呎，我已經知道，它整個封閉了從四點到五點的這個楔形區塊。我們會像老鼠一樣，困在裡頭，直到這個鐘頭過去。

比德把手貼在牆面上，我把手也對著貼上去，彷彿可以透過牆觸摸到他。我看見他嘴巴在動，卻聽不見他說的話，聽不見這個楔形區塊之外的任何聲音。我嘗試弄懂他在說什麼，但我無法專心，因此我只是瞪著他的臉，盡力保持清醒。

接著，那些鳥來了，一隻接一隻，棲在周圍的樹枝上。一首精心策劃，眾聲喧譁的恐怖之歌，開始從牠們口中湧出。芬尼克立刻放棄對抗，彎腰蹲俯在地上，兩手緊緊壓住耳朵，好像要把自己的頭骨壓碎。我努力奮戰了一陣子，把箭袋裡的箭一支支射光，射向那些可恨的鳥。只是，每當一隻死亡墜地，另一隻立刻補上牠的位置。最後我也放棄了，蜷縮在芬尼克旁邊，試圖隔絕那一聲聲摧心剖肝的嘶喊，來自小櫻、蓋爾、我媽、瑪姬、羅瑞、維克，乃至於無助的小波西的聲音……

當我感覺到比德的手觸摸我，感覺到他把我抱起來，走出叢林，我知道聲音停了。但我仍然雙眼緊閉，手摀耳朵，全身肌肉緊繃，無法放鬆。比德把我抱在他膝上，輕輕搖我，說著安慰的話。過了好久好久之後，我才開始放鬆緊緊蜷縮的身體。但肌肉一放鬆，身體立刻開始顫抖起來。

「沒事了，凱妮絲。」他低聲說。

「你沒聽見那些聲音。」我回答。

「我聽見小櫻的聲音。就在一開始的時候。但那不是她。」他說：「那是一隻八卦鳥。」

「那是她。在某個地方。八卦鳥只是模仿了她的聲音。」我說。

「不，那是他們要妳這麼想。就像去年我懷疑那隻變種狼的眼睛是閃爍的眼睛。但那不是閃爍的眼睛，而這也不是小櫻的聲音。即便是，那麼他們也是從訪談錄音或什麼取得她的聲音，然後加以扭曲、變造，讓那聲音像剛才那樣叫喊。」他說。

「不對，他們是在折磨她。」我回答說：「她說不定已經死了。」

「凱妮絲，小櫻沒死。他們怎麼可能殺害小櫻？我們幾乎要進入最後八強了。接下來會發生什麼事？」比德說。

「其中七個會死掉。」我絕望地說。

「不，我是說在家鄉。當遊戲進入到只剩下八名貢品的階段，會發生什麼事？」他抬起我的下巴，因此我得看著他，被迫接觸他的視線。「進入最後八強時，會發生什麼事？」

我知道他盡力在幫我，因此我強迫自己思考。「最後八強？」我重複他的話。「他們會在家鄉訪問你的家人和朋友。」

「一點也沒錯。」比德說：「他們訪問妳的家人和朋友。如果他們已經把這些人都殺了，他們還能做訪問嗎？」

「不能嗎？」我問，仍然不確定。

「不能。所以我們知道小櫻還活著。他們一定會第一個訪問她，對吧？」他問。

我很想相信他，真的很想相信。只是……那些聲音……

「先是小櫻。然後是你媽、妳表哥蓋爾、瑪姬。」他繼續說：「凱妮絲，這是個詭計。非常惡劣恐怖的詭計。但我們是唯一會受到傷害的人。參加遊戲的是我們，不是他們。」

「你真的這麼認爲嗎?」我問。

「我眞的這麼認爲。」比德說。但我猶豫不決,想到比德有本事讓所有的人相信任何事情。我轉頭望向芬尼克,希望他幫我確認,卻看見他全神貫注地看著比德,聽他說話。

「你相信嗎,芬尼克?」我問。

「可能。我不知道。」他說:「比提,他們能這麼做嗎?錄下一個人正常講話的聲音,轉變成……」

「噢,是的,芬尼克,這其實不難。我們區的孩子在學校裡就會學到類似的技術。」

「比德當然是對的。全國的人都非常喜歡凱妮絲的小妹妹。如果他們眞的這樣殺了她,這會兒只怕已經群起暴動,讓他們忙得不可開交了。」喬安娜冷冷地說:「他們可不想這樣,對吧?」她突然把頭往後一仰,大吼道:「全國叛變?不想要發生這樣的事吧!」

我震驚到下巴掉下來。從來沒有人在遊戲中說這樣的話。他們絕對會把喬安娜這段話刪除,不讓她這時的樣子出現在螢幕上。但是我聽見了,並且對她徹底刮目相看。她絕不是以仁慈著稱的人,但她肯定是膽大包天,或者是瘋了。她撿起幾個貝殼,朝森林裡走去。「我去取水。」她說。

我忍不住在她經過時抓住她的手。「別進去。那些鳥——」我想到那些鳥一定已經都走了，但我還是不想看到任何人踏進那個地方，即便那人是她。

「他們傷害不了我。我不像你們。我愛的人都已經不在了。」喬安娜說，不耐煩地甩開我的手。當她用貝殼盛了水帶來給我，我接過來，只靜靜地點頭道謝，知道她一定會痛恨我聲音中流露出同情的語氣。

喬安娜幫大家取水，並撿回我的箭時，比提在把玩他的金屬絲線，芬尼克則下到海水裡去。我也需要清洗一番，但我仍舊縮在比德的懷裡，還沒完全自震撼中恢復。

「他們拿誰的聲音對付芬尼克？」他問。

「一個叫安妮的人。」我說。

「一定是安妮．克利絲塔。」他說。

「誰？」我問。

「安妮．克利絲塔，就是那個梅格絲自願取代的女孩。她好像是五年前贏的。」比德說。

那是我爸去世後的那個夏天。那時，我開始養家，全副精神全用在對抗飢餓。「我不太記得那年的遊戲。」我說：「就是有地震的那一次嗎？」

「對。安妮最後瘋了，因爲看見她同區的夥伴被砍了頭。她獨自一人逃走，躲起來。隨後地震導致水壩破裂，幾乎整個競技場都淹沒了。她之所以贏，是因爲她是最會游泳的人。」比德說。

「她後來有好轉嗎？」我問：「我是說，她的心智狀況？」

「我不知道。我不記得後來的遊戲中有再見到她。不過，今年抽籤時，她看起來不是很健康。」比德說。

所以，那才是芬尼克真心所愛的人，我想著。**不是他在都城的那一大票情人，而是在家鄉的一個發了瘋的可憐女孩。**

大砲聲響起，我們全聚集在沙灘上。一艘氣墊船出現，我們估計是在六點到七點的方位。我們看見那個爪子降下五次，撿走一個屍體被撕爛的碎塊。看不出來那是誰。無論六點鐘的區塊發生了什麼事，我一點也不想知道。

比德在一片葉子上畫了一張新地圖，在四到五點的區塊加上一個**鳥**字，代表八卦鳥，然後在我們看到殘屍被撿走的區塊寫上**野獸**二字。現在我們已經知道七個區塊的內容。如果八卦鳥的攻擊帶來任何好處，那就是讓我們再度知道我們在鐘面上的位置。

芬尼克又編織了一個裝水的籃子，還有一張捕魚的網。我很快地游了一趟泳，並再度在身上抹上藥膏。之後我坐在水邊，邊清洗芬尼克抓到的魚，邊看著太陽落到地平面下。明亮的月亮已經上升，在競技場灑滿了奇異的暮光。正當我們準備好好吃一頓生魚片晚餐時，國歌開始演奏，然後是一張張的臉……

凱絲米爾、光澤、金屬絲、梅格絲、來自第五區的女人、捨命救了比德的麻精蟲、布萊特、來自第十區的男人。

死了八個，加上第一天晚上八個，才一天半，就死了三分之二的人。這一定破了記錄。

「他們眞的想把我們快速消耗掉。」喬安娜說。

「除了我們五個和第二區的兩個，還剩下誰？」芬尼克問。

「麥糠。」比德想都沒想就說出答案。也許，因爲黑密契的緣故，他一直都在留意他。

一朵降落傘飄落下來，帶來一堆方形麵包。這些麵包很小，恰好夠一口吃下。「這是從你那一區送來的，對吧，比提？」比德問。

「對，是來自第三區。」他說：「總共有多少個？」

芬尼克邊數邊在手中把每個麵包翻過來看，然後才放下，整整齊齊排列好。我不曉得芬尼克幹嘛這樣處理麵包，但他似乎著了迷，一定要這麼做。「二十四個。」他說。

「那麼，是剛剛好兩打？」比提說。

「二十四個整。」芬尼克說：「我們該怎麼分呢？」

「我們每個人先拿三個，然後明天吃早餐時還活著的人，可以投票決定怎麼分剩下的。」喬安娜說。不曉得爲什麼，她這話讓我笑了起來。我猜是因爲這話說得很眞實。我在笑的時候，喬安娜看了我一眼，似乎是在表示讚許。不，不是讚許。但多少有些高興吧。

我們等到巨大的震波從十到十一點的區塊傳下來，再等到上漲的海水退去，才回到那片沙灘上紮營。理論上，接下來整整十二個小時，應該不會有什麼東西從叢林中跑出來侵擾我們。從十一到十二點的那個區塊，傳來一種令人不舒服的喀嚓喀嚓聲，可能是某種邪惡的昆蟲發出來的。但無論發出聲音的是什麼東西，牠們都待在叢林裡，而我們也避開靠近那個方向的沙灘，以免牠們其實正等著看誰不小心踏錯地方，發出聲響，引得牠們蜂擁而出。

我不知道喬安娜怎麼還撐得住。自從遊戲開始，她大概才睡了一個小時。比德跟我自願先値班守衛，因爲我們休息得最夠，也因爲我們想要有點時間獨處。其他人立刻睡著了，不過芬尼克睡得很不安穩，我不時聽見他喃喃喚著安妮的名字。

比德跟我坐在濕濕的沙灘上，面向不同的方向，我的右肩和臀部靠著他，我注意海面，他注意叢林。這樣安排對我比較好。八卦鳥的聲音仍縈繞在我耳際，折磨著我。很不幸，這是那些蟲鳴聲也無法掩蓋過去的。過了一會兒，我把頭靠在他肩膀上，沉浸在他撫摸我頭髮的感覺裡。

「凱妮絲，」他輕聲說：「假裝我們不知道另一個人在做什麼打算，是沒用的。」是啊，我猜是沒用，但拿出來討論也一樣不好玩。反正對我們而言是不好玩。都城的觀眾這時一定都黏在電視機前，豎起耳朵，目不轉睛，生怕錯過任何一個令人悲傷的字眼。

「我不知道妳以爲妳跟黑密契達成什麼協議，但妳該知道，他也答應了我一些事。」當然，這我知道。他告訴比德，他們會盡力保住我的性命，好讓他不起疑。「所以，我想我們可以假設，他騙了我們當中一個人。」

這話令我心頭一凜。雙重交易。雙重承諾。只有黑密契才知道哪個是眞的。我抬起頭來，迎上比德的目光。「爲什麼你現在提起這件事？」

「因爲我要妳記住，我們的處境有多麼不同。如果妳死了而我活著，即使回到第十二區，我這一生也是空的，生不如死。妳是我人生的全部。」他說：「沒有妳，我今生再無快樂可言。」我正要開口反駁，他伸出一根手指壓在我唇上，說：「可是妳不一樣。我不是說事情對妳會比較容易。但是，妳還有其他人讓妳値得活下去。」

比德從脖子上取下他懸著金墜子的項鍊，把圓形墜子攤在月光下，好讓我清楚看見上面的學舌鳥。然後他的拇指撥了一下我之前沒注意的暗扣，那個墜子的表面隨即彈開來。原來它不是我所想的那種實心墜子，而是個小匣子，裡頭放了兩張照片。右邊那張是我媽和小櫻，一臉歡笑。左邊是蓋爾，面露微笑。

此刻，在這世上，沒有什麼能比這三張臉更快令我心碎了。在聽過今天下午的那些聲音之後……這眞是最犀利的武器。

「妳的家人需要妳，凱妮絲。」比德說。

我的家人。我媽。小櫻。還有我那冒牌表哥蓋爾。但比德的意思很清楚：蓋爾眞的是我的家人；或者，如果我活著，蓋爾總有一天會成爲我眞正的家人。也就是說，我會嫁給他。所以，比德是把他的性命，以及蓋爾，同時一起送給了我。他要我知道，對此我絕不該懷疑。每一件事都不必懷疑。這是比德要我從他手中拿去的。

我等著他提起我們的小孩，在攝影機前把戲演下去，但是他沒有這樣做。因此，我知道他剛才所說的，沒有半句話是遊戲的一部分。他告訴我的是他眞正的感覺。

「沒有人眞的需要我。」他說，聲音中毫無自憐的成分。他的家人不需要他，這一點也不假。他們會哀悼他，他的幾個朋友也會，然後他們會繼續過自己的人生。就連黑密契，只要灌下大量白乾，日子也照樣過得下去。我這才明白，如果比德死了，只有一個人的人生會就此毀掉，永遠無法修復。那就是我。

「我需要。」我說：「我需要你。」他看起來很難過，接著深深吸一口氣，彷彿要開始長篇大論。這可不妙，一點也不妙。因爲他又會開始講小櫻，講我媽，講每一件事，然後我會開始糊塗起來。因此，在他開口之前，我用吻封住了他的嘴。

我又有了那種感覺。之前我只感覺過一次。那是去年，在那個岩洞裡，在我試圖要黑密契送些食物來給我們的時候。在那場遊戲當中和之後，我吻過比德不知道多少次。但那當中只有一個吻，讓我體內深處起了騷動。只有一個吻，讓我想要更多的吻。但那時候我的額頭又開始流血，然後他要我乖乖躺好。

這次，除了我們自己，沒有什麼會來打擾。在幾度嘗試開口失敗後，比德放棄了。我裡面的激動逐步增溫，從胸口往外擴散，貫穿我的身體，分布到手臂和腿，直達到我的感覺的每個末端。這個吻沒有令我感到滿足，而是正好相反，讓我覺得更不足。我本來以爲，對於飢渴，我可以說是專家。未料這是全新的一種飢渴。

午夜，當一道閃電擊中那棵大樹，暴雷的第一聲脆響，讓我們恢復了意識，也驚醒了芬尼克。他大叫一聲坐起來。我看見他的手指深深插進沙地裡，試圖確定，無論剛才做了什麼噩夢，都不是眞的。

「我沒法再睡了。」他說：「你們有一個去睡吧。」這時候，他似乎才注意到我們的神情，以及我們彼此擁抱的模樣。「或者，你們兩個都去睡吧，我可以自己守夜。」

不過，比德沒讓他這麼做。「那太危險了。」他說：「我還不累。凱妮絲，妳睡吧。」我沒反對，因爲如果我希望自己能發揮功能，保住他的性命，我就得睡覺。我讓他帶我到其他人睡覺的地方。他把懸著墜子的項鍊戴到我脖子上，然後一隻手摸著我應該懷了孩子的肚子，說：「妳知道，妳會是個很棒的媽媽。」他最後一次吻我，然後回到芬尼克旁邊。

他提及孩子。這是個信號，表示我們暫時脫離遊戲的中場休息時間已經結束。表示他知道觀眾會開始懷疑，爲什麼他還不用他最具說服力的武器來打動我。也表示，還有資助人等著我們去操縱。

但是，當我在沙灘上躺下，我忍不住好奇地想，他這話還有別的意思嗎？譬如說，他試圖提醒我，有一天我還是可以跟蓋爾有孩子？嗯，如果他有這個意思，那他就錯了。因爲，其一，這事可從來不在我的計畫之內。其二，如果我們兩個人當中有誰會是好父母，任何人都看得出來，那應該是比德。

在我逐漸睡著的時候，我試著想像那樣一個世界，未來，某個地方，沒有飢餓遊戲，沒有都城。一個美好的地方，像小芸死亡時，我唱給她聽的歌中提到的青青草地。在那裡，比德的孩子可以安全地長大。

25

當我醒來，有那麼片刻，我心頭洋溢著一種幸福的甜美滋味。不知怎地，我覺得這與比德有關。當然，此刻覺得幸福是荒謬的，因為按照目前事情進展的速度，我恐怕會在一天內喪命。而那將是最佳的情況，如果我能除掉競技場上所有其他人，包括我自己，讓比德贏得這次大旬祭的冠冕。只是，這幸福的感覺委實來得太出人意料，也太甜蜜，我忍不住抓著不放，即使只是片刻也好。然後，砂礫、烈日，以及我發癢的皮膚逼使我返回現實。

大家都已經起來了，正看著一朵降落傘飄落在沙灘上。我加入他們，一起迎接再次送達的麵包。跟昨晚我們收到的禮物完全相同，來自第三區的二十四個麵包。連同昨天吃剩的，現在我們總共有三十三個麵包。我們每人拿五個，留下八個。沒有人說出來，但只要死一個，八個麵包剛好可以平分。光天化日下，不知怎地，下一餐誰還能活著吃麵包的玩笑，已經變得不好玩了。

這同盟我們能維持多久？我不認為有人先前想到貢品人數會減少得這麼快。如果我錯了，別人其實沒有想保護比德，那該怎麼辦？如果事情剛好都是巧合，或整個就是一種策略，爲了贏得我們信任，好輕易除掉我們，或我根本不明白究竟怎麼回事呢？等一等，這裡無所謂如果。我確實**不明白**究竟是怎麼回事。而如果我不明白，這該是比德跟我迅速離開的時候了。

我在沙地上比德的旁邊坐下，吃我的麵包。不曉得爲什麼，我很難抬眼看他。也許是因爲昨晚那個吻——儘管我們彼此親吻不是什麼新鮮事，而且他說不定不覺得那個吻有什麼不一樣。也許是因爲我們意識到所剩時間眞的不多了。還有，也許是因爲一旦面對誰該活下來的問題，我們心裡的打算是如此地南轅北轍。

我們吃過後，我牽起他的手，拉著他朝水邊走。「來，我教你游泳。」我得把他帶離其他人，才能討論跟他們分開的事。這事很棘手，因爲一旦他們察覺我們要切斷結盟關係，我們馬上會變成靶子。

如果我眞要教他游泳，我會要他解下那條能保持他漂浮的腰帶。但是，現在這又有什麼關係呢？所以，我只教他最基本的划水動作，讓他在水深及腰的地方來回練習。起先，我注意到喬安娜在留意我們，但最後她大概覺得無趣，跑去睡回籠覺了。芬尼克用藤蔓在編一張新的魚網，比提在把玩他的金屬絲線。我知道這正是時候。

比德在游泳的時候，我發現一件事。我身上剩下的那些斑斑點點的結痂開始剝落。我抓了一把沙子輕輕上下摩擦手臂，清除了其餘的痂，露出底下新嫩的皮膚。我藉口要教比德除掉令人發癢的結痂，叫他停下練習。我們一邊用沙子摩擦身體，我一邊提出了脫逃的想法。

「你看，現在總共剩下八個人。我想是我們離開的時候。」我壓低聲音說，雖然我不認爲其他有誰能聽見我說話。

比德點頭，我看得出來他在考慮我的提議，衡量著機會是否對我們有利。「我看這樣吧，」他說：「我們多待一陣子，直到布魯塔斯跟伊諾巴瑞雅死掉。我想，比提這時正在爲他們設計什麼陷阱。之後，我保證，我們就走。」

我沒有完全被說服。但是如果我們現在離開，我們將會被兩組敵人追殺。也許是三組，誰知道麥糠心裡是怎麼打算的？另外，還有這座時鐘要對付。再說，還有比提要考慮。喬安娜把他帶來，全是爲了我；如果我離開，她一定會殺了他。不過我隨即想起，我也不能保護比提。只能有一個勝利者，那一定得是比德。我必須接受這點。我做任何決定，必須以他的存活爲唯一考量。

「好吧。」我說：「我們留下，直到專業貢品死亡爲止。但絕對到那時候爲止。」我轉身，對芬尼克招手。「喂，芬尼克，過來！我們發現讓你再度變成大帥哥的辦法了！」

於是，我們三人開始用沙子擦身子，並彼此擦背，把所有的結痂都搓下來，露出粉紅一如天空的新皮膚。我們再次塗上一層藥膏，因爲新皮膚似乎太嫩，受不了烈日。藥膏搽在光滑的皮膚上看起來沒那麼糟，並且，這在叢林裡可以是不錯的僞裝。

比提把我們都叫過去，果然，在把玩了這麼多個鐘頭的金屬絲線之後，他確實想出了一個計畫。「我想，大家都同意，我們的下個目標是宰了布魯塔斯跟伊諾巴瑞雅。」他慢條斯理地說：「現在，他們跟我們比，人數懸殊，我相信他們不會再次公然攻擊我們了。我猜，我們是可以去找他們，但那很危險，也很累人。」

「你想，他們已經發現這是個時鐘了嗎？」我問。

「就算他們現在還沒發現，恐怕不久也會猜到。或許沒有我們那麼清楚，但他們一定曉得，起碼有些區域早設定好會發生事故，並且是週期性地重複發生。還有，我們上次對戰是遭到遊戲設計師的干預才中止的，他們不可能沒注意到這點。沒錯，我們曉得遊戲設計師的目的是要讓我們迷失方向，但他們一定會感到奇怪，爲什麼會發生這樣的事，而他們可能因此察覺，原來這個競技場是一座時鐘。」比提說：「所以，我想，我們最好的辦法，是設下我們自己的陷阱。」

「等等，我去叫喬安娜起來。」芬尼克說：「如果她覺得自己錯過了這麼重要的事，她一定會抓狂。」

「沒有錯過也會。」我咕噥道，因爲她根本從頭到尾都一直在抓狂。不過我沒攔他，因爲如果在這個節骨眼上，我自己被排除在計畫之外，我也會發火。

當她加入我們，比提揮手要我們大家讓開一點，好讓他在沙地上有地方畫圖。他很快畫了個圓圈，把它分成十二個楔形區塊。他畫的是競技場，筆畫沒比德那麼精確，只是一個粗略的圖。但眼前畫它的這個人，腦子裡想的全是其他更複雜的事情。「如果你們是布魯塔斯跟伊諾巴瑞雅，而且就像你們現在這樣，已經知道這叢林是怎麼回事了，你們覺得哪裡最安全？」比提問。他的語氣並沒有高高在上的意思，但我忍不住聯想到學校裡正在誘導孩子學習的老師。或許是因爲年齡的差異吧，也或許是因爲比提可能眞的比我們其餘的人聰明幾百萬倍。

「我們現在站的地方。沙灘上。」比德說：「沙灘是最安全的地方。」

「那爲什麼他們這時不在沙灘上？」比提問。

「因爲我們在沙灘上。」喬安娜不耐煩地說。

「沒錯。因爲我們在這裡，佔據了沙灘。好，那你們會到哪兒去？」比提繼續問。

我想著致命的叢林、被佔據的沙灘。「我會躲在叢林的邊緣。這樣，如果有任何攻擊來臨，我可以逃。同時我也可以在暗中偵伺我們這群人。」

「還有，爲了食物。」芬尼克說：「叢林中充滿了奇怪的動物和植物。不過，只要觀察我們，我就知道海鮮是安全的。」

比提滿臉微笑地看著我們，彷彿我們遠超過他所預期的。「是的，非常好。你們的確都懂。好，這是我的提議：十二點整出擊。在正午及午夜整點時，會發生什麼事？」

「閃電擊中那棵樹。」我說。

「沒錯。因此，我的提議是，在中午的閃電打下來之後，午夜的閃電臨到之前，我們把我的金屬絲線纏在那棵樹上，然後一直拉到海水裡。這海水，當然具有高度的傳導性。當閃電打下來，電流通過絲線，不單會傳導到水裡，還會傳導到整圈沙灘。那時，沙灘因爲十點鐘的震波所引發的海浪，還是濕的。任何那時候接觸到沙灘地面的人，統統都會被電死。」比提說。

有好一會兒沒有人說話，我們全都在消化比提的計畫。對我而言，它聽起來太不可思議了一點，簡直不可能。但爲何不可能？我設過成千上萬個陷阱。這不就是一個比較大的，包含比較多科學成分的陷阱嗎？行得通嗎？我們這些只懂得捕魚、伐木和挖煤的貢品，豈有資格質疑？我們哪知道怎麼利用天上來的力量？

比德提出一個質疑。「比提，這絲線能承載那麼強的電流嗎？它看起來很脆弱，好像一燒就會燒掉。」

「噢，它當然會燒掉。但是要等電流通過之後才會。事實上，它的功能像引信，只不過電流會沿著它跑。」比提說。

「你怎麼知道？」喬安娜問，顯然還沒被說服。

「因爲這是我發明的。」比提說，似乎有點驚訝。「它其實不是一般的金屬絲線。同樣，那閃電也不是自然的閃電，那棵樹也不是眞正的樹。喬安娜，妳比我們任何人都懂樹。正常的樹要是這樣遭到雷擊，這時豈不早就倒了嗎？」

「沒錯。」喬安娜不悅地承認。

「不用擔心絲線。它會像我說的那樣，發揮它的功能。」比提跟我們保證。

「那麼，電擊發生時，我們會在哪裡？」芬尼克問。

「在叢林裡頭，高度足夠安全的地方。」比提回答。

「那麼，除非專業貢品靠近海邊，否則他們也一樣安全。」我指出。

「是這樣沒錯。」比提說。

「但所有的魚鮮貝類都會被煮熟。」比德說。

「恐怕不只是煮熟而已。」比提說：「我們極可能一舉毀了所有海裡的食物來源。但是，凱妮絲，妳在叢林裡找到了其他可以吃的東西，對吧？」

「對，堅果和樹鼠。」我說：「而且我們還有資助人。」

「那就好啦。我不覺得少了海味會是個問題。」比提說：「不過，既然我們是盟友，而這件事又需要我們同心協力，所以是否決定這樣去幹，就看你們四個了。」

我們**確實**像小學生，除了一些最基本的顧慮，完全無法提出任何說法來質疑他的推論。而我們這些顧慮，大部分跟他實際的計畫一點關係也沒有。我看著其他人不安的神情，說：「試試何妨？就算失敗了，也沒什麼損失。如果成功了，我們確實有機會除掉他們。就算沒除掉他們，只除掉了海鮮，布魯塔斯跟伊諾巴瑞雅也一樣會失去這項食物來源。」

「凱妮絲說得對。」比德說：「我們放手一試吧。」

芬尼克揚起眉毛看著喬安娜。沒有她同意，他不會參與。「好吧。」她最後終於說：「反正，這總比在叢林裡獵殺他們好。再說，我不認爲他們會看穿我們的計畫，因爲我們自己也幾乎搞不懂。」

比提想要在埋設陷阱之前，先檢查那棵閃電樹。從太陽的位置來判斷，現在大概是早上九點。反正，我們很快就必須離開這處沙灘了。於是，我們拔營，走到靠近閃電區的沙灘，然後進入叢林。比提還太虛弱，沒辦法自己爬坡，因此芬尼克和比德輪流背他走。我讓喬安娜帶頭，因爲目標很明顯，直走上去就會抵達那棵樹，我認爲她不可能害大家迷路。再說，我這一袋箭的殺傷力，比她那兩把斧頭強多了，所以我最適合殿後。

悶熱潮濕的空氣沉沉地壓著我。打從遊戲一開始便是如此，未有片刻緩解。我希望黑密契不要再送來第三區的麵包，改送一些第四區的東西。過去兩天來我已經流了太多汗，雖然我吃了魚，但我想吃鹹的東西想得要命。如果能送來冰塊，當然也很好。要不，可以來杯冰涼的水。能從樹上鑿水喝，我很感激，但那水的溫度，跟海水、空氣、其他貢品，以及我一樣，都是溫熱的。我們彷彿待在一個大鍋子裡燉煮著。

當我們接近那棵大樹，芬尼克建議由我帶頭。「凱妮絲能聽見力場的聲音。」他向比提和喬安娜解釋。

「聽見？」比提問。

「只有都城幫我修復的那隻耳朵聽得見。」我說。你想，有誰是我這個故事騙不了的？比提。因爲他肯定記得他自己教過我怎麼看出力場，而且，說不定力場根本就是聽不見的。不過，無論他心裡怎麼想，他沒點破。

「既然這樣，那一定要由凱妮絲來帶頭了。」他說，然後停頓了一下，把他眼鏡上的水氣擦掉。「可不要輕忽力場的威力。」

那棵閃電樹比其他樹木高很多，不可能認錯。我找了一大把堅果，叫大家在原地等候，然後獨自緩緩往上爬，邊走邊把堅果往前扔。但是，在我擲出的堅果擊中力場之前，我幾乎立刻就看見了它，就在我前方十五碼開外。我行走時，雙眼不停掃視前方的綠色植物，就這樣捕捉到了在我右上方那塊泛著漣漪的小方塊。我朝正前方丟去一粒堅果，聽見它發出嗞的一聲響，證實我沒有看錯。

「待在閃電樹下方。」我告訴其他人。

我們分工合作。比提檢視那棵樹，芬尼克替他守衛。喬安娜鑿樹取水，比德採集堅果，我去附近打獵。樹鼠似乎一點也不怕人，因此我輕易就射下了三隻。十點鐘震波所發出的聲音，提醒我回去跟大家會合，於是我回到眾人身邊，清洗打來的獵物。我在離力場幾呎的地上畫一條線，提醒大家別靠近。然後，比德跟我開始專心地利用力場來烤堅果跟鼠肉串。

比提還在樹旁忙來忙去，一會兒量量，一會兒弄弄，反正我看不懂他在幹嘛。到了某個節骨眼，他扒下一小片樹皮，過來加入我們，把樹皮擲向力場。樹皮彈回來，落在地上，閃閃發光。片刻之後，它恢復原來的顏色。「嗯，這說明了許多事。」比提說。我看看比德，忍不住咬緊下唇，免得笑出來，因爲除了比提自己，我們其他人可一點也看不出這樹皮說明了什麼。

就在這時候，我們聽見旁邊的區域傳來喀嚓喀嚓的聲音。這表示，現在是十一點了。那聲音在叢林裡聽起來，比昨晚在沙灘上聽見的要響亮許多。我們全都凝神細聽。

「不是機械的聲音。」比提斷定。

「我猜是昆蟲。」我說：「大概是甲蟲。」

「還長了螯。」芬尼克補充。

那聲音越來越大，彷彿我們小聲交談的聲音驚動了牠們，讓牠們知道有新鮮的肉就在附近。不管發出這喀嚓聲的是什麼東西，我敢說，牠們能在瞬間把我們啃食得只剩白骨。

「反正我們該走了。」喬安娜說：「再不到一小時閃電就要打下來了。」

不過，我們沒走太遠。我們只走到血雨區相同的大樹旁，就停下來野餐，或蹲或坐，吃著我們在叢林裡取得的食物，等候正午十二點的那道閃電。當喀嚓聲漸漸退去，我應比提的要求，爬到樹上，鑽進樹顚的華蓋裡。即使隔著一個區塊的距離，而且是在正午的大太陽底下，閃電擊下時，還是亮得晃眼。它完全包覆了遠方那棵樹，樹發出藍白色的熾熱光芒，而四周的空氣因爲充滿電流而劈啪作響。我盪下樹來，向比提報告我的觀察。雖然我的遣詞用字一點也不科學，他卻似乎十分滿意。

我們走一條迂迴的路線，回到十點鐘方位的沙灘。沙灘剛被震波激起的海浪沖刷過，光滑潮濕。比提忙著處理他的金屬絲線，一整個下午基本上不太打擾我們。由於那是他的武器，而我們其餘的人只能完全尊重他的知識，聽從他的吩咐，所以我們竟然有一種提早放學的奇怪感覺。一開始，我們輪流在叢林邊上的陰影中睡午覺，但接近傍晚時，大家都醒著，而且焦躁不安。由於這可能是我們最後一次有海鮮吃，我們決定大擺宴席。我們在芬尼克的指導下叉魚、撿海貝，甚至潛水去挖牡蠣。最後這項我最喜歡，不是因爲我愛吃牡蠣。我只在都城吃過一次這東西，並不喜歡那種黏滑的感覺。但是，潛到水底的感覺很美妙，好像置身在一個不同的世界裡。水很清澈，有成群色彩鮮豔的魚，海底的沙地上還點綴著許多海中的花朵。

芬尼克、比德和我在清洗海鮮，安排大餐時，喬安娜一直在一旁負責警戒。比德才剛撬開一枚牡蠣，我就聽見他大笑出聲。「喂，你們看！」他拿起一粒豌豆大小，閃耀渾圓的珍珠，一臉認眞地對芬尼克說：「你知道，如果你給煤施加足夠的壓力，它會變成珍珠。」

「才不會。」芬尼克說，不把他的話當一回事。但我爆笑，想起去年，還沒有人認識我們的時候，老是搞不清楚狀況的艾菲．純克特，正是這樣向都城的人推介我們的。是呀，我們沉重的人生足以把煤壓成珍珠，美麗是由痛苦產生的。

比德把珍珠拿到水中洗乾淨後遞給我。「送妳。」我把它擺在掌心，看著它在陽光下發出彩虹般變幻的光澤。是的，我會保存它。在我人生的最後這幾個小時裡，我會把它貼身收藏著。比德給我的最後禮物。唯一一個我眞正能接受的禮物。或許，在最後一刻臨到時，它能給我力量。

「謝謝。」我說，屈指將它緊握在掌中。我冷靜地看著眼前這人的湛藍眼睛。現在，他是我最大的對手，這個會捨棄自己性命保我周全的人。而我，我向自己承諾，我一定要讓他的計畫落空。

那雙眼睛的笑意隱去，專注地凝視著我的眼睛，彷彿它們能看穿我的心思。「項鍊墜子沒打動妳，對吧？」比德說，無視於芬尼克就在旁邊，無視於每個人都能聽見他說話。「凱妮絲？」

「它打動我了。」我說。

「但不是我想要的那個樣子。」他說，轉開了視線。之後，除了牡蠣，他不再看別的。

正當我們要開飯時，一朵降落傘送來兩樣東西，爲我們的晚餐加菜。一小壺紅色香辣醬，以及另一輪的第三區麵包。當然，芬尼克立刻把麵包數了一遍，說：「仍是二十四個。」

那麼，現在總共有三十二個。所以，我們每人拿了五個，剩下的七個，是怎麼樣都無法平分的。那是留給一個人的麵包。

帶鹹味的生魚片，汁多味美的海貝。就連牡蠣，似乎在蘸了那個醬料之後，都變得好吃起來。我們大吃特吃，直到沒人再塞得下一口。即便如此，都還有剩。但這些海鮮不能保存，因此我們將剩餘的食物全拋進海裡。這樣，等我們離開，那兩個專業貢品也得不到它們。沒人去管那些空貝殼，海浪會把它們捲走的。

現在，除了等待，沒有別的事了。比德和我手牽手坐在水邊，無話可說。他昨晚已經把要說的話都說了，卻沒有改變我的心意。同樣，無論我說什麼，也不會改變他的。用口才說服彼此的時間已經結束了。

不過，我有那粒珍珠，跟插管、藥膏一起妥貼地包在降落傘裡，繫在我腰際。我希望它能回到第十二區。

我媽和小櫻肯定會知道，在把我的屍體埋葬之前，要把它還給比德。

26

國歌開始演奏，但今晚的天空沒有出現任何臉孔。觀眾一定很不耐煩，渴望濺血。不過，也許因爲比提的陷阱似乎很值得期待，遊戲設計師還沒展開下一波攻擊。或許，他們也好奇地等著看比提的計策能否奏效。

到了芬尼克和我判斷大約是九點的時候，我們離開貝殼丟棄滿地的營地，走到十二點的沙灘，在月光下開始靜靜往上爬，走向閃電樹。跟今天早上爬坡時的狀況比起來，此刻飽脹的肚子讓我們更不舒服，也更喘不過氣來。我開始後悔最後多吃了那十幾枚牡蠣。

比提請芬尼克幫他，我們其餘的人便站著守衛。在把金屬絲線纏上樹之前，他先拉出幾十碼的絲線。他請芬尼克將解下的絲線緊緊纏縛在一截折斷的樹枝上，然後將它放在地上。之後，他們站在樹的兩側，前後左右來回傳遞著線軸，把絲線一圈圈纏繞在樹幹上。一開始，那看起來像是任意纏繞，但沒多久我就看到，在比提這一側，月光下出現了一個圖樣，錯綜複雜如同迷宮。我很好奇，金屬絲線怎麼纏繞會有差別嗎？或者這僅僅是要增加觀眾的猜疑？我敢說，對於電，大部分觀眾跟我一樣，所知不多。

樹幹剛纏好，我們就聽見震波開始爆發。我一直沒弄清楚，爆發的正確時間到底是落在十點以後這個時段的哪一點。一定是先有一段醞釀時間，然後是震波爆發，然後才是引起海水漲潮。月亮的位置顯示，這時大約是十點三十分。

這個時候，比提才說出計畫的其餘部分。由於我跟喬安娜穿越林間奔跑的速度最快，他要我們拿著線圈穿越叢林跑下坡，沿途捲開金屬絲線，垂放在地上，橫亙十二點鐘的沙灘，最後把金屬圓軸跟剩餘的絲線全拋進海底深處，確定它整個沉下去，然後奔回叢林。我們如果現在立刻出發，應當趕得及安全歸來。

「我跟她們一起去，幫她們警戒。」比德立刻說。我知道，在經過他送我珍珠的那個片刻之後，他已經極不願意讓我離開他的視線範圍。

「你速度太慢了。再說，我這頭需要你。凱妮絲可以擔任警戒的工作。」比提說：「現在沒時間爭論了。我很抱歉。這兩個女孩如果要活著脫離沙灘，她們現在就得出發。」他把線圈交給喬安娜。

我跟比德一樣不喜歡這個計畫。我怎能從遠處保護他呢？但比提說得對。比德的腳那樣，速度太慢，不可能及時奔下山坡抵達海邊的。在叢林的地面上，喬安娜跟我是跑得最快最穩的兩個人。我想不出別的選擇。而且在這裡，除了比德，如果還有誰是我能信任的，那一定是比提。

「沒問題的，」我對比德說：「我們只是去拋下線圈，然後就直接回來。」

「不是回閃電區。」比提提醒我。「奔往一點鐘到兩點鐘那個區塊的那棵大樹。如果妳們發現時間不夠，就再往前推一個區塊。另外，直到我評估過電擊造成的損害之前，千萬別再回到沙灘上。」

我伸手捧住比德的臉，說：「別擔心。我會在午夜十二點見到你的。」在他能開口反駁之前，我吻他。然後，我放開比德，轉向喬安娜。「準備好了嗎？」

喬安娜聳聳肩說：「看妳啊。」她對於這樣分派工作，跟我同組，顯然跟我一樣，也不高興。但我們全都掉到比提的陷阱裡了。「妳戒備，我布線。稍後我們可以交換。」

沒再多說，我們朝山坡下奔去。事實上，我們之間根本很少交談。我們跑得相當快，一個沿途布置絲線，另一個一路保持警戒。下到一半時，我們聽見喀嚓聲開始揚起，表示時間已經過了十一點。

「最好快點。」喬安娜說：「在閃電打下來之前，跟海水距離越遠越好，免得電壓萬一計算錯了什麼。」

「線圈讓我接手一會兒吧。」我說。布線比戒備要困難多了，而她已經拉絲線拉了好長一段時間。

「拿去。」喬安娜說，把線圈遞給我。

就在我們倆的手都還搭在金屬圓軸上時，突然傳來一陣輕微的顫動。刹那間，那細細的金色絲線從上方彈落到我們身上，捲成一圈一圈，一下子纏住了我們的手腕，接著被切斷的那端絲線也像蛇一般繞上我們的腳

在電光石火之間，我們已經意識到事情有變。喬安娜和我互望一眼，但不必開口說出來。有人在我們上方不遠處割斷了絲線，並且他們隨時會來到我們身邊。

我的手才脫出絲線的糾纏，觸及一支箭矢的尾羽，那個金屬圓軸已重重擊中我頭側。接著我只知道，我躺在一堆藤蔓上，左邊太陽穴傳來陣陣劇痛。我的眼睛一定出了問題，看東西一下模糊一下清楚。我使勁凝視，浮在天空的兩個月亮才合併爲一個。我喘不過氣來，然後我察覺喬安娜坐在我胸口，兩個膝蓋抵在我兩邊肩膀上，壓制住我。

我的左前臂一陣劇痛，被什麼刺了進去。我試圖揮手掙開，卻無力辦到。喬安娜正使力插入什麼東西，我猜是她刀子的刀尖，插入我的手臂裡翻攪。一陣撕心裂肺的痛楚傳來，一股暖暖的感覺流淌到我的手腕，淌滿我的手心。然後，她在我的手臂上往下一抹，用我的血

塗滿我半張臉。

「待在這兒別動！」她低聲喝道。她身體的重量離開我，剩下我孤伶伶一人。

待在這兒別動？我想著，**幹嘛**？**發生了什麼事**？我的眼睛閉上，把模糊的、不穩定的世界隔絕在外。我試圖弄清楚我這時的情況。

我腦海裡只浮現喬安娜把金屬絲推倒在沙灘上，說：**「乖乖待在這兒行不行，妳？」**但是她沒攻擊金屬絲。不像剛才那樣。不過，反正我不是金屬絲，不是瘋子。我腦袋裡迴盪著喬安娜的聲音：**「乖乖待在這兒行不行，妳？」**

腳步聲接近。兩雙腳。重重的腳步聲，一點也不打算隱藏自己的位置。

布魯塔斯的聲音：「她差不多死了！快走吧，伊諾巴瑞雅！」腳步聲繼續奔入黑夜中。

我死了嗎？我時而失去意識，時而醒來，尋覓著答案。我已經差不多死了嗎？我沒有能力反駁。事實上，此時，用腦袋思考，已變成痛苦的掙扎。我只知道，喬安娜攻擊我，用那個金屬圓軸重擊我的腦袋，還切開我的手臂，說不定對血管和筋肉造成了無法彌補的傷害。然後，在她來得及把我解決掉之前，布魯塔斯和伊諾巴瑞雅趕來了。

同盟結束。芬尼克和喬安娜一定已經協議在今晚對我們動手。我就知道，我們該在今天早晨離開的。我不知道比提站在哪一邊。然而我是容易得手的獵物，比德也是。

比德！我的眼睛猛地睜開，恐慌不已。比德還在上方的大樹旁等著，蒙在鼓裡，沒有防備。說不定芬尼克已經殺了他。「不。」我呻吟著。金屬絲線是在不遠處被專業貢品割斷的。芬尼克、比提和比德，他們不可能知道下面這邊發生什麼事。當絲線鬆掉，甚或彈回大樹，他們只能猜測是出了事。這一點不可能是通知芬尼克下殺手的暗號吧？在這時候跟我們決裂，肯定是喬安娜一個人的決定。她打算殺了我，逃離專業貢品，然後盡快設法讓芬尼克也加入戰鬥。

我不知道。我不知道。我只知道我必須趕回比德身邊，保護他的性命。我竭盡僅存的所有意志力，迫使自己坐起來，然後拖著身子倚著一棵樹勉力站起來。運氣不錯，我還有東西可以扶著，因爲整座叢林正不斷前後搖晃。毫無任何前兆，我突然一彎身，把海鮮大餐吐出來，直嘔到我肚子裡連一丁點牡蠣也不可能留下。我不停地顫抖，冷汗涔涔，試著評估自己身體的狀況。

當我舉起受傷的左手臂，鮮血濺上我的臉，世界又是一陣嚇人的天搖地動。我緊緊閉上眼睛，抓住身旁的樹，直到周遭的東西稍微平靜一點。然後我小心地走了幾步，扶住鄰近的另一棵樹。我沒進一步察看傷口，便抓下一把苔蘚，當作綳帶，緊緊縛在我的手臂上。好多了。不要去看絕對比較好。然後我小心翼翼地伸手摸我頭上的傷。有個極大的腫包，但沒流什麼血。顯然有內傷，但我好像不至於流血致死。至少不會是因為頭部的傷而流血致死。

我用苔蘚抹乾雙手，受傷的左臂顫巍巍地抓著弓，然後在弦上搭穩一支箭，再移步朝上坡走去。

比德。我臨死前的心願。我的承諾。保住他的性命。當我想到沒有任何砲聲響起，我的心稍微振奮了一下，他一定還活著。也許喬安娜是單獨行動，知道一旦自己表明意向，芬尼克一定會站到她那一邊。這兩人之間究竟是怎麼回事，實在很難猜透。但我想到他在同意幫比提設陷阱之前望著她，等她認可。多年來的友誼讓他們之間有更深的結盟關係，天曉得還有什麼別的因素。因此，既然喬安娜突襲我，我就不該再相信芬尼克。

不過眨眼之間，我得到這樣的結論，接著便聽見有人衝下坡，朝我奔來。比德和比提都不可能有這樣的速度。我閃身躲到一片濃密的藤蔓後頭，及時隱藏起來。芬尼克飛也似地從我身邊衝下去，穿過地面的藤蔓灌木，奔躍如鹿；身上抹了藥膏，顯得陰森，彷彿神祕的鬼魅。他很快抵達了我受到攻擊的地方，一定看到了血跡。「喬安娜！凱妮絲！」他呼喊。我靜止不動，直到他朝喬安娜與專業貢品離開的方向奔去。

我盡可能快地往上爬。只要世界不旋轉，能多快就多快。心臟急促跳動，我的頭隨之不住抽痛。那些昆蟲，大概聞到血腥味，興奮起來，喀嚓喀嚓的聲音不斷加劇，直到在我耳中變成持續不斷的轟然巨響。不，等等。也許我的耳朵是因爲受了重擊，自己在鳴叫。在蟲聲停止之前，實在無法確定。但是，一旦蟲聲止歇，閃電就會打下來。我一定得更快一點。我一定要趕到比德身邊。

一聲大砲響聲讓我驟然止步。有人死了。此刻，大家身懷武器，驚惶恐懼，四處奔跑，死的可能是任何人。無論死的是誰，我相信，勢必在今晚引發混戰，至死方休。人們會先痛下殺手，事後才納悶自己的動機。我強迫自己的雙腿開始邁步奔跑。

有什麼東西絆住我的腳，我整個人撲跌在地上。我感覺到它裹住我，把我纏進銳利的細線中。一張網子！一定是芬尼克精巧的網子，設在這裡捕捉我，並且他一定就在附近，手持三叉戟。我在地上掙扎了一陣子，卻只讓網子把我捆得更緊。接著，我在月光中瞥見了它。我不懂。我舉起手臂，看到我的手跟一堆閃閃發亮的金色絲線纏在一起。根本不是芬尼克的網子，是比提的金屬絲線。我小心地站起來，發現這團絲線綁在一截樹幹上，一路延伸到那棵閃電樹。我慢慢地解開纏在身上的絲線，脫離它的糾纏，繼續往上坡跑。

往好的一面看，我是走在正確的路徑上，沒因爲頭傷而失去方向感，走失了。往壞的一面看，金屬絲線提醒了我，閃電暴雷即將臨到。我還聽得見蟲鳴，但聲音是不是開始變得越來越小了呢？

我往上奔跑時，始終沿著左邊數步之外繞成一圈圈的絲線前進，讓它引導方向，但也始終維持和絲線的距離，小心不要碰觸到它。等蟲聲消褪，第一道閃電將會擊向大樹，所有電擊的力量將沿著金屬絲線急速竄下，誰碰到它，必死。

大樹終於映入眼簾，樹幹上結彩一般纏滿金屬絲線。我慢下來，盡可能躡足潛步，隱匿行蹤，但我現在的狀況，能夠站穩就不錯了。我找尋其他人的蹤跡。沒人。一個也沒有。

「比德？」我輕聲叫喚：「比德？」

一聲低低的呻吟回答我，我快速轉身，看到有個人躺在更高一點的地方。「比提！」我脫口大喊，衝過去，在他身邊跪下。那聲呻吟一定是無意識的。我只看見他肘彎下方有一道割傷，沒發現他身上有其他傷痕，但他人昏迷不醒。我從身旁抓過一把苔蘚，笨拙地包紮那個傷口，一邊試著搖醒他。「比提！比提，發生什麼事？誰砍傷你？比提！」我猛烈地搖晃他。對一個受傷的人，實在不該這麼做，但我不知道我還能怎麼辦。他又發出呻吟，並且短暫地舉起手來擋開我。

這時候，我才注意到他握著一把刀子。我想，是之前比德帶在身上的刀子。刀上還鬆鬆地纏著金屬絲線。這更令人困惑了。我起身拉起絲線，確定它是連結到後面那棵大樹上沒錯。我過了一會兒才想起來，比提還沒開始在那棵樹上布設絲線之前，曾把一段絲線拉出來，纏在一截樹枝上，丟在地上。我曾想過，它應該有助於導引電流，所以先擱在一旁，等著稍後使用。但它始終沒被用上，因爲它大概還是原來那麼長，二十到二十五碼。

我瞇著眼使勁往山丘上看，發覺我們離力場只有幾步路而已。那個微微顫動的小方塊，就在我右邊高處，跟今天早晨一模一樣。比提在幹什麼？難道他想把這把刀子刺進力場裡去，像比德發生意外時那樣？那麼，這樣做跟金屬絲線有什麼關係？這是他的備案嗎？如果沒能讓海水通電，他難道是打算把閃電的威力引入力場裡嗎？那又會有什麼結果？什麼事情都不會發生？有嚴重後果？把我們全都烤熟？這力場肯定充滿能量，我猜。在訓練中心天台上的那個電網，是看不見的。這裡這個力場卻似乎像鏡子，映照出整座叢林。但是，當比德的刀跟我的箭擊中它，我曾瞥見它露出破綻。眞實世界就在這力場後面。

我的耳朵沒有耳鳴。畢竟都是昆蟲的聲音。我知道，因爲這時蟲聲正在快速消失，除了叢林的聲音，我什麼也沒聽見。比提不能動彈，什麼都不能做。我叫不醒他，也救不了他。我不知道他要用這把刀子和纏在上面的金屬絲線做什麼，而他沒有辦法向我解釋。我包紮在手臂上的苔蘚已經被血浸透了。不必自欺，我是如此虛弱、暈眩，幾分鐘之內一定會昏倒。我必須遠離這棵樹，而且……

「凱妮絲！」雖然他的聲音很遠，我還是聽見了。可是他在幹什麼？比德這時一定已經明白，大家都在獵殺我們。「凱妮絲！」

我無法保護他。我無法快速移動，也走不遠，就連我射箭的本領這時都大有問題。我做了唯一一件我能做的事，把攻擊者從他那邊引開，引向我這邊。「比德！」我大聲嘶喊：「比德！我在這裡！比德！」對，就是這樣，我要把他們引過來，把我周遭的任何人引過來，遠離比德，來到我這裡，來到閃電樹下，而這棵樹本身很快就會變成威力強大的武器。「我在這裡！我在這裡！」他趕不到的。在這樣的黑夜，以他那樣的腿，他永遠不可能及時趕到的。「比德！」

這法子奏效了。我聽見他們前來的聲音。有兩個人，摧枯拉朽，闖過叢林的茂密枝葉而來。我的膝蓋撐不住了，腿一軟跌坐在比提身邊，整個身體的重量落在腳跟上。我的弓箭舉到預備位置。如果我能除掉這兩個人，比德能在其他人的追殺下存活下來嗎？

伊諾巴瑞雅和芬尼克趕到了閃電樹旁。他們看不見我，我坐在他們上方的山坡上，皮膚用藥膏做了僞裝。我瞄準伊諾巴瑞雅的脖子。運氣好的話，當我射殺她，芬尼克會迅速躲到那棵樹後面，而這時閃電會擊下。閃電隨時會擊下。蟲聲已經稀了，只剩偶爾這裡或那裡傳出微弱的喀嚓聲。我現在可以殺了他們，我可以同時殺了他們兩個。

另一聲大砲聲響起。

「凱妮絲！」比德的吼叫聲拖得好長，他在叫我。但這一次，我沒出聲回應。比提在我旁邊還微弱地呼吸著。他跟我很快就會死。芬尼克和伊諾巴瑞雅會死。而比德活著。已經兩聲大砲響了。布魯塔斯、喬安娜、麥糠，當中有兩個人已經死了。這樣，比德只剩下一個貢品要對付。這已經是我所能做到最好的狀況了。只剩一個敵人。

敵人。敵人。這兩個字勾起一個近日的記憶，將它拉到我眼前。黑密契臉上的表情。**「凱妮絲，當妳進到競技場裡……」**他皺眉頭、不放心的模樣。**「怎樣？」**我聽見自己的聲音緊繃著，氣他不明白講出要指責我的話。**「妳只需記得敵人是誰。」**黑密契說：**「就這樣。」**

這是黑密契給我的最後一句忠告。爲什麼我需要被提醒？我始終都知道誰是敵人，誰在這競技場裡餓我們、折磨我們、殺我們，誰很快就會殺掉每個我所愛的人。

我懂了。他話中的意思，我懂了。我的弓垂下來。一點也沒錯，我知道誰是敵人。那人不是伊諾巴瑞雅。

現在，我的眼睛終於可以清楚地看見比提那把刀。我顫抖著手把金屬絲線從刀柄上滑脫，將它纏在箭的尾羽上端，用在訓練時學來的一個方法牢牢打了個結。

我站起來，轉身面對力場，暴露我整個身體，但我已經無所謂了。我只在乎箭尖應該指向哪裡。如果比提有能力決定，他會將那把刀刺向哪裡？我的弓往上揚，指向那個泛著漣漪的小方塊，那個破綻，那個……那天他是怎麼稱呼它的？盔甲上的裂縫。我鬆手讓箭飛出去，看見它擊中目標，拖著背後的金屬絲線一起沒入其中。

我的頭髮全豎起來，閃電擊中大樹。

一道白色的電光竄過那條金屬絲線，剎那間，整個競技場的穹頂爆出熾烈的藍光。我被一股力道擊倒在地，身體無法動彈，癱在那裡，雙眼圓睜，無數細小如羽毛的東西紛紛墜落在我身上。我無法趕到比德那裡。我甚至無法伸手去摸我的珍珠。我睜著眼睛，使勁捕捉最後一個美麗的景象，希望能隨身帶走。

就在爆炸開始的那一瞬間，我看見一顆星星。

27

所有的東西彷彿在一瞬間同時炸開。大地爆炸，泥土混合著植物的碎片，像暴雨一般落下。樹木著火，烈焰熊熊。就連天空也光彩耀目，布滿色彩鮮豔的火花。我想不透天空爲什麼會遭到轟炸，然後我突然明白過來，雖然眞正的摧毀行動發生在地面，遊戲設計師仍朝天空施放煙火，以免觀眾覺得競技場和剩餘的貢品被一舉消滅還不夠好玩。或者，他們這是爲了照亮我們的血腥下場。

他們會讓任何人活下來嗎？第七十五屆飢餓遊戲，會有一位勝利者存活下來嗎？也許不會。說到底，這次大旬祭不就是……史諾總統在讀那張卡片時，是怎麼說的？

「……為了提醒反叛政府的叛徒，即使他們當中最強的強者也不能勝過都城的力量……」

即使是強者之中最強的強者，都不會得勝。或許，他們根本就不打算讓這場遊戲有人勝出。也有可能，我最後的叛逆行動迫使他們不得不痛下殺手。

對不起，比德，我在心裡說。**真對不起，我救不了你。**救他？我破壞力場的行動，更像是宣布了他的死刑，奪走了他最後一絲生存的機會。也許，如果我們全都按照遊戲規則來玩，他們會讓他活命。

一艘氣墊船不聲不響地突然出現在我上方。如果此時周遭很安靜，附近樹上又有學舌鳥的話，我會先聽到叢林陷入一片沉寂，然後聽到鳥叫，預告都城的飛行器來到。但是，在這樣的大轟炸中，我的耳朵不可能聽見那麼細微的聲音。

鋼爪從氣墊船腹部落下，直下降到我上方。金屬爪子張開，滑到我身體下面。我想要尖叫、逃跑、奮力掙脫，但是我被凍住了，動彈不得，什麼也不能做，只能熱切地盼望，自己在抵達上方的船艙，看見那些陰森恐怖的人影之前，趕快死掉。他們不是要饒我一命，加冕我為勝利者，而是要盡可能公開地、緩慢地，把我折磨到死。

當我看見在氣墊船裡面迎接我的那張臉，是首席遊戲設計師普魯塔克·黑文斯比，我知道我最恐懼的噩夢成眞了。想想看，他這場由精巧時鐘與一眾勝利者所構成的美麗遊戲，被我搞成什麼樣子。他會因為他的失敗而遭到嚴懲，說不定會喪失性命，但在這之前，他一定會先確定我受到懲罰。他的手朝我伸過來，我想他是要打我，但他做了更糟的事。他用拇指和食指把我的眼皮輕輕闔上，把我判入最脆弱無助的黑暗中。現在，他們可以對我為所欲為，而我甚至連看都看不見。

我的心臟跳得極其劇烈，鮮血開始從濕透的苔蘚繃帶底下汩汩流出。我的思緒越來越模糊。說不定我終究能在他們把我救醒之前，先流血至死。就在我要昏過去的那一瞬間，我在心裡低聲向喬安娜・梅森道謝，感謝她在我身上留下這麼美好的傷口。

當我飄飄蕩蕩回到半醒狀態，我可以感覺到自己躺在一張鋪了軟墊的檯子上，左臂上有一種輕微緊縮的感覺。他們幫我插了點滴管，嘗試保住我的命，因爲如果我就這麼在私底下安靜無聲地死了，那我可就贏了。我基本上還是不能動，不能睜開眼睛，也不能抬頭。但我的右手臂有一點知覺了，可以笨拙地甩過我胸前，感覺像是動物的鰭狀肢。不，沒那麼有活力，比較像根木棒。我還沒有眞正的運動協調感，無法證明自己的手指依然存在。不過，我終於將右手甩到左邊，扯掉點滴管。警示訊號的嗶嗶聲響起，但我在得知是誰被召喚來之前，又昏過去了。

我再度醒來時，兩隻手都被綁在檯子上，點滴管又插回手臂。不過我可以睜開眼睛，稍微抬起頭。我在一個大房間裡，天花板很低，有銀色燈光的照明。兩列床隔著走道並排著。我可以聽見呼吸的聲音，我猜是我其餘的勝利者夥伴。就在我正對面，我看見比提，身上有管線連接到大約十種不同的儀器。**讓我們死吧**！我在心裡吶喊。我將腦袋重重地往後撞在檯子上，再次昏了過去。

當我最後終於眞正醒來，限制我行動的那些束縛不見了。我舉起手，發現指頭都還在，而且再度能聽從我的指揮。我撐著身子坐起來，抓緊這張鋪了軟墊的檯子，直到房間不再旋轉，東西都歸位聚焦爲止。我的左臂還用繃帶包紮著，但點滴管懸在床邊立架上晃蕩。

除了仍然躺在我面前，依靠大批儀器維生的比提，我沒見到其他人。那麼，其他人都到哪裡去了？比德、芬尼克、伊諾巴瑞雅，還有……還有……應該還有另外一個人，對吧？轟炸開始時，喬安娜、麥糠或布魯塔斯，其中應該有一個人還活著。我很確定，他們一定會嚴懲我們，藉以殺雞儆猴。但他們把他們帶到哪裡去了？把他們從醫院移到監牢裡了嗎？

「比德……」我低聲呼喚。我在競技場上是如此想要保護他，現在我的決心仍未改變。但是，由於我在競技場裡無法保護他活命，現在我一定要找到他，殺了他——在都城決定用最痛苦的方式折磨死他之前。我把雙腿滑下檯子，舉目張望，找尋武器。在比提床邊的桌上，有幾支用無菌塑膠套封著的針筒。太好了。我只需把空氣注射到他的一條靜脈裡就行了。

我停下片刻，思考著是否要殺掉比提。如果我這麼做，監視器一定會開始嗶嗶響，那麼我在找到比德之前，就會被逮住。我默默許諾，如果我能，我一定回來解決他。

我身上除了一件薄薄的睡袍，沒別的衣物。因此我把一支針筒塞到包紮左臂的繃帶底下。門口沒有守衛。毫無疑問，我一定是在訓練中心地底好幾哩深的一個房間，或在都城的某個堡壘，根本不可能逃跑。這沒關係。我不是要逃，我只是要完成一個任務。

我悄悄沿著一條狹窄的通道往前走，來到一扇微微開著的金屬門前。門內有人。我取出針筒握在手中，身體平貼在牆面，聆聽裡頭說話的聲音。

「第七、第十和第十二區的通訊已經中斷。不過，第十一區現在已經控制了運輸系統，所以，他們至少有機會運一些糧食出來。」

我想，那是普魯塔克．黑文斯比。我雖然只跟他說過一次話，仍認得那聲音。另一個聲音，沙啞的聲音，問了個問題。

「不，我很抱歉。我沒有辦法送你去第四區。但我已下達特別指令，只要可能，務必把她撤出來。我最多只能做到這樣了，芬尼克。」

芬尼克。我的腦袋掙扎著，想聽懂這段對話，弄明白這到底是怎麼回事，在裡頭講話的兩個人竟然是普魯塔克．黑文斯比和芬尼克。難道他跟都城的關係是如此親密，以至於他們赦免了他的罪？難道他對比提的意圖眞的一無所知？他用粗啞的聲音又說了什麼，聲音充滿了絕望。

「別蠢了。你如果這樣做，眞是再糟糕不過了，保准害死她。只要**你**還活著，他們就會讓**她**活著當誘餌。」黑密契說。

黑密契說！我猛地撞開門，踉踉蹌蹌撲進去。黑密契、普魯塔克，以及渾身是傷的芬尼克，圍坐在一張擺了食物的桌前，但沒有人在吃。日光從弧形的窗戶透進來。窗外遠處，我看見一片森林的樹木頂端。我們在空中飛翔。

「終於醒過來了，小甜心？」黑密契說，聲音裡明顯帶著惱怒。但是當我歪斜著身子往前跨步，他起身走過來，抓住我的手腕，穩住我。他看了一下我的手，說：「所以，妳單槍匹馬帶一支針筒就要去對抗都城了？看吧，這就是爲什麼沒有人讓妳來參與制訂計畫。」我瞪著他，茫然不解。「丟掉。」我感覺到右腕上的壓力增加，直到我被迫張開手，放掉針筒。他拉我坐進芬尼克旁邊的椅子裡。

普魯塔克把一碗肉湯、一個麵包，放到我面前，並塞了一根湯匙到我手裡。「吃吧。」他的聲音比黑密契親切溫和多了。

黑密契在我正對面坐下。「凱妮絲，現在我要解釋發生了什麼事。在我講完之前，我不希望妳問任何問題。懂嗎？」

我木然地點點頭。而這就是他告訴我的事。

打從大旬祭的消息宣布的那一刻起，就有一個把我們救出競技場的計畫。第三、四、

六、七、八和第十一區的勝利者貢品，多多少少都知道這件事。多年來，普魯塔克・黑文斯比一直是一個地下組織的成員，該組織的目標便是推翻都城。他確保那捲金屬絲線會放進那堆武器當中。比提負責把力場炸出一個洞。我們在競技場裡收到的麵包是密碼，代表救援行動的時間。麵包所來自的區域，表示天數：第三天。麵包的數量是時辰：第二十四個小時。這艘氣墊船屬於第十三區。邦妮和織文，我在森林中遇見的那兩位第八區的女生，她們沒有說錯。第十三區確實存在，而且擁有強大的軍事能力。我們目前正選擇一條非常迂迴的路線，前往第十三區。與此同時，施惠國絕大部分的行政區已經全面叛變。

黑密契停下來，看我有沒有跟上。也或許他要講的話已經暫時告一個段落。太多了，要一口氣吸收這些訊息。在如此精心設計的計畫裡，我只是一顆棋子，正如我在飢餓遊戲中本來就被當作棋子。他們就這樣擺布我，未經我同意，我一無所知。在飢餓遊戲中，至少我還知道自己被當作棋子玩弄。

這些理應是我的朋友的人，卻更詭祕，對我守口如瓶。

「你竟沒告訴我。」我的聲音跟芬尼克一樣沙啞。

「妳跟比德都未被告知。我們不能冒那個險。」普魯塔克說：「我甚至擔心妳會在遊戲中提到我考慮欠周的舉動，給妳看那只懷錶。」他從口袋掏出那只懷錶，拇指抹過水晶錶面，點亮那隻學舌鳥。「當然，我給妳看這錶時，我只是要給妳一點有關競技場的暗示。妳將成爲導師，我以爲這是博取妳信任的第一步。我從來沒想過，妳會再次成爲貢品。」

「我還是不明白，爲什麼比德和我不可以知道這個計畫。」我說。

「因爲一旦力場被炸開，你們會是他們第一個要抓的人，所以你們知道得越少越好。」黑密契說。

「第一個要抓的人？爲什麼？」我問，試圖跟上其中的理路。

「跟我們其他人都同意捨命保護你們的理由是一樣的。」芬尼克說。

「不，喬安娜想要殺我。」我說。

「喬安娜把妳打昏，是爲了要挖出妳手臂裡的追蹤器，同時把布魯塔斯和伊諾巴瑞雅引開。」黑密契說。

「什麼？」我的頭好痛，我不要他們這樣繞著圈子講話。「我不懂你們在說——」

「我們必須救妳，凱妮絲。因爲妳是那隻學舌鳥。」普魯塔克說：「只要妳活著，革命就不會死。」

那隻鳥，那枚胸針，那首小曲子，那把毒莓果，那只懷錶，那塊餅乾，那身燃起火焰的衣服。我是學舌鳥。那隻不甩都城的計畫，存活下來的學舌鳥。叛變的標誌。

我在森林中遇見邦妮和織文時，心裡曾這麼懷疑過。只是，我從未眞正瞭解到這有多重要。不過，那時可沒有人指望我瞭解。我想到黑密契的嘲笑和挖苦——對我逃離第十二區的計畫，對我發動自己的暴動的念頭，甚至對我期待第十三區存在的夢想。全是詭計，都是瞞騙。如果他可以這樣做，躲在冷嘲熱諷和爛醉如泥的面具背後，躲這麼久，又這麼令人信服，那他還隱瞞了什麼?我知道答案。

「比德。」我低聲說，整顆心沉了下去。

「其他人保護比德活命，是因爲我們知道，如果他死了，我們就不可能把妳留下來當盟友。」黑密契說：「而我們不能冒險拋下妳，沒人保護。」他一副就事論事的口吻，表情毫無改變，但是他無法隱藏自己的臉色稍微暗了下來。

「比德在哪裡?」我對他吼道。

「他被都城抓走了，同時被抓的還有喬安娜和伊諾巴瑞雅。」黑密契說。終於，他還知道要垂下眼睛。

嚴格說來，我身上是沒有武器。但任何人都不該低估指甲所能造成的傷害，尤其如果攻擊目標毫無防備的話。我撲過桌子朝黑密契的臉狠狠抓下去，他立刻鮮血直流，而且傷了一隻眼睛。接著，我們彼此吼叫，說了許多難聽、非常難聽的話。芬尼克試圖把我拖出去，而我知道黑密契已竭盡所能，才沒衝過來把我大卸八塊，因爲我是學舌鳥。我是學舌鳥，而要在這種情況下保我活命，很難很難。

有其他人來幫芬尼克，於是我回到了那張檯子，身體被束縛，雙腕被綁牢，因此我憤怒地用頭一再撞擊檯子。一根針刺進我的手臂，我的頭痛到彷彿要裂開，於是我停止反抗，只是不斷大聲哀號，像動物瀕死時那樣哀號，直到我再也發不出聲音。

注射到我體內的藥只是讓人鎮靜，不會昏睡，因此我被困在一種模糊的、悶悶的痛苦中，似乎永遠不會結束。他們重新給我插上點滴，用安撫的聲音跟我說話，但那些話始終沒有抵達我內心。我心裡想的，都是比德，躺在某處一張類似的檯子上，而他們正無所不用其極地，要從他嘴裡逼出他根本不知道的訊息。

「凱妮絲。凱妮絲，我很抱歉。」芬尼克的聲音從我旁邊的床鋪傳來，滑進了我的意識裡。或許，這是因爲我們陷在同樣的痛苦裡吧。「我想回到他跟喬安娜身邊，但我不能動。」

我沒回答。芬尼克．歐戴爾的好意，完全沒有意義。

「比起喬安娜，他的處境會好一些。他們很快就會發現他什麼都不知道。而且他們不會殺他，如果他們認爲可以利用他來對付妳的話。」芬尼克說。

「像是當作誘餌？」我對著天花板說：「就像他們把安妮當作誘餌嗎，芬尼克？」

我聽到他哭了，但我不在乎。他們甚至可能不會拷問她，因爲多年前，在她的那場遊戲中，她已經瘋了。我很有可能會變成她那樣。也許我已經開始發瘋，只是沒有人忍心告訴我。我覺得自己已經瘋了。

「我但願她已經死了。」他說：「我但願他們都死了，而我們也都死了。那樣最好。」

對此，我啞口無言。我無法反駁他的話，因爲在找到他們之前，我豈不是帶著針筒，要去殺比德？我眞的想要比德死嗎？我想要的是……我想要的是他回到我身邊。但如今我再也無法找回他了。就算叛軍終究能夠推翻都城，你可以確定，史諾總統的最後一擊，將是割斷比德的咽喉。對，我永遠再也找不回他了。因此，死了最好。

但是，比德知道這點嗎？還是他會繼續反抗？他很強壯，而且很會騙人。他會認爲自己還有一絲存活的機會嗎？甚至他會在乎自己能否活下去嗎？他原本就不指望能活下去。他已經決意向生命告別。也許，如果他知道我獲救了，他會更高興，覺得自己終於達成了保護我的任務。

我想，我恨他甚至超過了恨黑密契。

我放棄了。不再說話，不再回應，不吃不喝。他們可以注射任何他們想要注射的東西進入我身體，但是，一旦一個人失去生存的意志，要讓他活下去，這樣是不夠的。我甚至有一個奇怪的想法，如果我死了，也許他們會讓比德活下去。不是像自由人那樣活下去，而是變成去聲人之類的，侍候未來的第十二區貢品。然後，他或許可以找到方法逃脫。那麼，說不定我的死事實上仍能救他一命。

就算不能，也無所謂。怨恨至死，懲罰黑密契，這就夠了。在這個逐漸崩解的世界裡，是他把比德和我變成他遊戲中的棋子。我信任他，把最寶貴的一切託付他，放在他手中，而他背叛了我。

「看吧，這就是為什麼沒有人讓妳來參與制訂計畫。」他說。

這話沒錯。任何腦筋正常的人，都不會讓我來參與制訂計畫。因爲我連敵友都分不清。

有許多人來跟我說話，但我把他們的話都當成叢林裡那些昆蟲的喀嚓喀嚓響。毫無意義，十分遙遠，也非常危險，但只有在靠近時才會危險。每次只要他們的話開始變清楚，我就呻吟，直到他們給我更多的止痛藥，而止痛藥可以讓他們的話又變模糊。

直到有一次，我張開眼睛，看見一個我無法阻絕在外的人正低頭看著我。這人不會對我辯解，不會向我解釋，也不會認爲他可以用懇求來改變我的心意。因爲唯獨他才眞的明白我是怎樣一個人。

「蓋爾。」我低聲說。

「嗨，貓草。」他伸手過來，撥開一縷遮住我眼睛的頭髮。他有一邊臉最近燒傷過。他的一隻手臂用一塊方巾懸吊在胸前。我看見他的礦工服底下包紮著繃帶。他發生了什麼事？他怎麼會在這裡？家鄉一定發生了非常可怕的事。

要忘記比德很難，但要想起其他人一點也不難。只要看一眼蓋爾，所有其他的人就都會湧現到眼前，逼我面對。

「小櫻呢？」我困難地喘著氣問。

「她活著。妳媽也活著。我及時救了她們出來。」他說。

「她們不在第十二區？」我問。

「遊戲結束後，他們派了飛機來，投擲燃燒彈。」他遲疑了一下。「嗯，妳知道灶窩的情況。」

我確實知道。我看見它爆炸燒毀。這個昔日的堆煤倉庫裡，每個縫隙都埋入了煤灰。整個行政區，都覆蓋著煤塵。當我想像燃燒彈投擲在炭坑的樣子，一種新的恐懼開始在我心裡高漲起來。

「她們不在第十二區？」我重複，彷彿這樣可以阻擋眞相。

「凱妮絲。」蓋爾輕聲喚我。

我認得這聲音。這是他在接近受傷的動物，準備給予致命一擊時，會發出的聲音。我本能地抬起手，要擋住他的話，但他抓住我的手，緊緊抓住。

「不要。」我低聲說。

但蓋爾不是會對我保守祕密的人。「凱妮絲，第十二區已經不存在了。」

第二部曲終

國家圖書館出版品預行編目資料

星火燎原 / 蘇珊·柯林斯(Suzanne Collins)著 ;
鄧嘉宛譯. -- 初版. -- 臺北市 :
大塊文化, 2010.02
面 ; 公分. --（R ; 26飢餓遊戲 ; 2）
譯自 : Catching fire
ISBN 978-986-213-160-2（平裝）

874.57　　　　98024972